Edgewood

Helden des Lichts, Band 1

Karen McQuestion

NIGHTSKY PRESS

Übersetzt von Barbara Ostrop

Für meine Leser, wo immer sie sein mögen. Ihr seid wichtig.

Die Originalausgabe erschien 2012 unter dem Titel: *Edgewood*

Deutsche Erstveröffentlichung 2015

Copyright © der Originalausgabe 2012 by Karen McQuestion

http://www.karenmcquestion.com/

ISBN: 979-8-9870600-2-5

Copyright © der deutschsprachigen Ausgabe 2015

Übersetzt von Barbara Ostrop

http://b-ostrop.homepage.t-online.de/

Eine Nacht, die alles verändert hat. Hätte ich gewusst, dass das passieren würde, wäre ich dann trotzdem nach Mitternacht spazieren gegangen? Unbedingt. — Russ Becker

Vergiss diesen Abend nicht ... denn er ist der Anfang der Zukunft. — Dante Alighieri

Erstes Kapitel

Ich war außer mir, dass es nun schon wieder passierte. Ich konnte nicht schlafen, konnte beim besten Willen einfach nicht einschlafen. Es war Montagnacht; morgen fing die Schule um 7.20 Uhr an, und ich war erschöpft, aber das war meinem Körper egal. Ich wälzte mich im Bett herum und drückte mein Kopfkissen mal in die eine, mal in die andere Form, als ob das helfen würde. Aber das hatte es noch nie.

Als dann Mitternacht kam und verging, löste ich das Problem auf meine übliche Weise – ich stand auf. Ich schlüpfte in meine Jeans und ein Kapuzenshirt und schlich auf Zehenspitzen nach unten. Bei der Hintertür angekommen, blieb ich kurz stehen, um meine Nikes aufzuheben, die immer neben der Fußmatte standen, und schlüpfte dann in die Nacht hinaus. Draußen zog ich die Schuhe an und ging los. Allein im Dunkeln. Ich hatte nie Angst, nachts allein draußen unterwegs zu sein, weil ich mich im Verborgenen hielt. Obgleich ich ein ziemlich großer Kerl war, beinahe eins fünfundachtzig, gelang es mir, unauffällig im Schatten zu bleiben. Ich genoss es, mit meinen Gedanken allein zu sein. Aber vor allem freute ich mich darauf, wieder nach Hause zurückzukehren und nach meinem Spaziergang endlich schlafen zu können.

Es war nasskalt. Aber nicht wirklich unangenehm, für eine Frühlingsnacht in Wisconsin war es doch relativ warm, und Moskitos gab es auch noch nicht. Unser Nachbar hatte am Abend draußen ein bisschen Holz in seiner Feuerstelle verbrannt, und es hing immer noch leichter Rauchgeruch in der Luft.

Ich ging um unser Haus herum nach vorne zum Bürgersteig. Es war bei uns in allen Zimmern dunkel, abgesehen von der einen Lampe, die meine Mutter immer im Wohnzimmer brennen ließ, um Einbrecher abzuschrecken.

Ich verweilte nicht lange vor dem Haus. Ich hatte eine bestimmte Route, die ich jede Nacht ablief, und dabei mied ich die Straßen. Lieber durchquerte ich Gärten, Felder und

Parkplätze. Ich sagte mir, wenn ich einfach nur diese Runde hinter mich brächte, könnte ich heimgehen und endlich einschlafen. Es war ein kleines Psychospiel mit mir selbst, und im Gegensatz zu allen anderen Mitteln funktionierte es.

Ich wusste es zwar noch nicht, aber heute Nacht würde alles anders laufen.

Es ist erstaunlich, wie viele Leute morgens um zwei wach sind. Die meisten sitzen am Steuer oder arbeiten. Es gibt auch noch andere, Menschen wie mich, die einfach grundlos wach zu sein scheinen und im Haus herumwandern oder das Spätprogramm im Fernsehen schauen oder lesen. Sie können nicht schlafen, und ich kann nicht schlafen. Wenn ich sie durch ihre Fenster sehe und weiß, dass ich nicht der einzige bin, fühle ich mich ein bisschen besser.

Die Nacht begann wie üblich. Ich folgte meiner Route zu einem Wohngebiet auf der anderen Seite der Stadt. In ein paar Häusern war immer Licht; dort wohnten Leute, die wie ich um diese Zeit noch wach waren. Ich blieb normalerweise bei jedem Haus stehen und beobachtete sie durchs Fenster, von einem Gefühl der Verbundenheit erfüllt, auch wenn sie mich niemals draußen bemerkten. Vor dem Ausflug zu diesen Wohnhäusern schaute ich immer beim Einkaufszentrum vorbei, das drei Straßen von meinem Zuhause entfernt lag, und streifte hinter dem Gebäude herum. Danach schlug ich stets den Weg über das Industriegebiet ein. Bei der Rückkehr machte ich dagegen einen Abstecher zum alten, mit Brettern vernagelten Bahnhof.

Ich war beinahe beim Bahnhof angekommen, als mir verschiedene helle Lichter auffielen, die oben am Himmel schnell dahinglitten. Ich blieb stehen und versuchte dahinterzukommen, was das war. Es war kein Flugzeug, kein Lichtsignal und auch keine Spiegelung. Eher sah es aus wie ein Schwarm von Sternschnuppen. Nur dass Sternschnuppen normalerweise schon höher am Himmel erloschen. Diese Lichterscheinung fiel dagegen abwärts und stob dabei auseinander, fast wie Feuerwerk, aber weniger regelmäßig. Es sah ein bisschen aus wie die Polarlichter, die ich schon auf Fotos gesehen hatte, aber wenn so etwas hier zu erwarten gewesen wäre, hätte ich sicher davon gehört.

Ich wünschte, es wäre noch jemand anders da, der all das sehen und mir sagen könnte, was das seiner Meinung nach war. Ich jedenfalls kam nicht dahinter. Dann hörte ich, wie die Luft rauschte, als die Lichter im Bogen heranflogen. Sie schienen jetzt langsamer zu fallen, fast so, als gälten die Gesetze der Schwerkraft für sie nicht, brachen auseinander und versprühten dabei Funken. Die Fragmente sanken in einer langsamen, trägen Bewegung zu Boden wie Lichttränen eines Feuerwerks. Das Ganze landete nicht weit entfernt, vielleicht nur eine Straße weiter auf der anderen Seite des Bahnhofs. Obwohl diese Lichterscheinung so langsam gesunken war, kam sie trotzdem hart auf. Ich schwöre, dass die Erde unter meinen Füßen erbebte. Meine Sohlen kribbelten eigenartig, und unwillkürlich näherte ich mich der Stelle. Was auch immer da heruntergekommen war, ich wollte es mir näher ansehen.

Ich rannte um ein Gebäude herum, das vor Jahrzehnten einmal ein Bahnhof gewesen war. Es war mit Brettern vernagelt, und Schilder mahnten, dass der Zutritt verboten sei. Ich überquerte die Schienen, die nun nicht mehr befahren wurden und verrostet waren. Das Gelände dahinter war übersät mit glühenden Brocken, als hätte jemand einen Holzkohlegrill von der Größe eines Wasserturms umgeworfen. Sie sahen aus wie Kohlenstücke, die blau und golden schimmerten, so prachtvoll wie Edelsteine. Ich kam näher und bemerkte, dass die Brocken unterschiedlich groß waren, insgesamt aber ein Wirbelmuster bildeten, das die ganze Fläche bedeckte. Wie hatte das, was da heruntergekommen war, in einer derart vollkommenen Spirale landen können?

Von dem Feld strahlte Wärme ab, aber nichts brannte oder qualmte auch nur. Wie eigenartig. Ich ging mitten ins Muster hinein, zunächst in der Erwartung, dass die Hitze mich vielleicht zurücktreiben würde, aber sie war nicht so groß, wie ich es erwartet hatte. Was mochte die Ursache dieser Erscheinung sein? Ein Meteor, eine Sternschnuppe, eine Waffe oder ein Feuerwerk? In der Mitte des Wirbels war es so hell, dass ich ein Buch hätte lesen können, aber das Licht blendete mich nicht, sondern schimmerte nur. Plötzlich fühlte ich mich wohlig und mit Energie aufgeladen, wie wenn ich an einem sonnigen Tag vom Joggen zurückkomme. Was auch immer das hier war, es hatte eine positive Wirkung auf mich.

Kleine Bruchstücke fielen überall um mich herum zu Boden, aber ich machte mir keine Sorgen, dass sie mich treffen oder mir Brandwunden zufügen könnten. Es war ein angenehmes Gefühl, so wie wenn die Sonne an einem verhangenen Tag hinter den Wolken hervorkommt.

Die Brocken auf dem Boden glitzerten. *Funkle, funkle kleiner Stern ...*

Ihr wisst ja, wie es ist, wenn man etwas Interessantes betrachtet und dann nach ein paar Minuten genug gesehen hat und weitergeht? Nun, so war das hier ganz und gar nicht. Ich hätte ewig so stehen können, genau dieses Gefühl hatte ich. Ich schob mich vor, bis ich genau in der Mitte des Wirbelmusters stand, und verharrte dort, froh, dass ich so verweilen und alles in mich aufnehmen konnte. Ich ging erst weg, als die Glutstücke zu einem schwachen Glimmen verblasst waren. Schließlich wurde mir aber bewusst, wie viel Zeit vergangen war, und ich machte mich widerstrebend auf den Heimweg. Ich wusste noch immer nicht, was ich da eigentlich erlebt hatte, war mir aber sicher, dass ich morgen in den Nachrichten davon hören würde.

Etwas derart Unglaubliches ereignete sich nicht, ohne dass die Welt davon Kenntnis nahm.

Zweites Kapitel

Seit einigen Monaten gibt es Nächte, in denen ich einfach beim besten Willen nicht einschlafen kann. Ich bin dann müde, ja sogar erschöpft. Ich schließe die Augen und warte - warte, dass ich in einem glückseligen Schlummer versinke, ins Schlaf-Koma falle, mein Bewusstsein verliere. Ich halte mich immer für einen Besuch des Sandmännchens bereit, aber der kleine Racker taucht niemals auf.

Als das Problem bei mir begann, gingen meine Eltern mit mir zu einem Psychiater, zu Dr. Anton. Der ist ein netter Kerl. Ein stämmiger, freundlicher Mann mit einem kleinen Spitzbärtchen, der immer ein Tweed-Jackett und eine graue Hose trägt. Außerdem hat er eine Schleife umgebunden. Ich fand, dass er dadurch trottelig wirkte, aber meine Mom sagte, damit sähe er „fesch" aus, was auch immer das bedeutet.

Dr. Anton ist auf Schlafprobleme bei Kindern und Jugendlichen spezialisiert. Er ist ein guter Zuhörer, das muss ich ihm lassen. Wenn ich redete, legte er den Kopf schief, und sein Gesichtsausdruck zeigte, dass er sich wirklich Gedanken über mich machte. „Wir werden das schaffen, Russ", sagte er, als wäre mein Problem auch seines. „Ich werde dir zeigen, wie du deinem Körper die richtigen Schlafsignale geben kannst." Er riet mir, meine Lampen zu dimmen, warme Milch zu trinken und nicht kurz vor dem Schlafengehen am Computer zu sitzen oder Games zu spielen. Leider hatte er etwas gegen Schlaftabletten. „Du musst deinen Körper einfach wieder an einen normalen Tag-Nacht-Rhythmus gewöhnen", sagte er.

Ich probierte alle seine Vorschläge aus und tat noch mehr. Ich trieb Sport, um müde zu werden, ließ einen Ventilator laufen, um ein beruhigendes Hintergrundrauschen zu hören, und stellte mir vor, an einem einsamen Strand in einer Hängematte zu liegen. Ich nahm ein paar Abende lang Melatonin und, als das nicht half, Erkältungssirup für die Nacht. Nichts wirkte. Nach einer Weile stellte ich meine Besuche bei Dr. Anton ein, weil ich mich als totaler Versager fühlte. Ich flunkerte ihm vor, inzwischen sei alles wieder in Ordnung, ich schliefe jetzt wie ein Baby, was tatsächlich der Wahrheit entsprach, denn Babys sind nachts andauernd wach. Meine Eltern waren erleichtert, dass ich aus meiner Phase der Schlaflosigkeit herausgewachsen war.

Irgendwann fand ich heraus, dass Herumwandern das einzige Mittel war, das half. Nach ein oder zwei Stunden konnte ich nach Hause zurückkehren und ins Bett gehen. Dann sackte ich sofort weg. Tagsüber war ich zwar trotzdem noch müde, aber das Schuljahr ging dem Ende entgegen; bald würde das also keine Rolle mehr spielen.

Mein Problem hatte ich jedenfalls nicht von meinen Eltern geerbt. Jeden Abend versuchten sie, bis zu den Spätnachrichten wach zu bleiben, aber das gelang ihnen fast nie. Für sie gab es nichts Leichteres als einzuschlafen. Mein Vater schaffte es sogar, vor laufender Glotze in seinem Fernsehsessel wegzupennen. Ich schaute ihn an, wie er mit zurückgelegtem Kopf und offenem Mund Schnarchlaute von sich gab, und wünschte, das würde ein bisschen auf mich abfärben. Nicht das Schnarchen, aber ihr wisst schon, was ich meine.

Bei meinen ersten nächtlichen Wanderungen war ich fest überzeugt, dass ich erwischt würde. Meine Eltern würden bestimmt hören, wie die Hintertür auf- und zuging, oder in meinem Bett nach mir schauen und einen Schreck kriegen, weil ich weg war. Anfangs hinterließ ich sogar Zettel – *Konnte nicht schlafen. Bin spazieren. Bin bald wieder da.* Aber das war gar nicht nötig, wie ich bald herausfand. Es wachte nie einer auf. Keiner machte sich Gedanken, wo ich nur steckte. So paradox es klingt, meine Eltern verschliefen meine Schlaflosigkeit einfach.

Nachts draußen zu sein war cool, sogar am Anfang, als noch Schnee lag. Ich fand es aufregend, an Orten herumzulaufen, an denen ich eigentlich nichts zu suchen hatte. Falls mich einmal ein Polizist erwischte, würde ich richtig Ärger kriegen, weil ich die in Edgewood geltende nächtliche Ausgangssperre für Jugendliche missachtete. Aber ich passte auf und verzog mich ins Gebüsch, wann immer ich irgendwo in der Ferne Scheinwerfer auftauchen sah.

Nach den ersten ein, zwei Wochen stellte ich fest, dass ich immer dieselbe Route abklapperte. Ich fing mit einem Besuch hinter dem Einkaufszentrum an. Manchmal fand ich bei den Abfallcontainern interessantes Zeugs. Insbesondere der Supermarkt warf oft Ware weg, die eigentlich noch total okay war, Konservendosen mit einer kleinen Delle darin oder Bananen, die auch noch ganz gut aussahen. Irgendwo wäre jemand bestimmt froh gewesen, das alles zu bekommen, aber stattdessen wurde es weggeworfen. Was für eine Verschwendung.

Nach meinem Streifzug hinter das Einkaufszentrum ging ich durchs Industriegebiet, das aus drei Straßen mit kleineren Fabriken bestand. Ich war mir nicht wirklich sicher, was in ihnen produziert wurde – ich beobachtete Schweißarbeiten und sah Maschinen zur Herstellung von Gummiwaren. Wenn ich da vorbeiging, entdeckte ich oft ein paar Arbeiter hinten bei den Verladerampen. Manchmal waren sie beschäftigt, aber gelegentlich rauchten sie auch nur. Hin und wieder verharrte ich in der Nähe und belauschte sie. Sie hatten diese witzige Art, sich gegenseitig aufzuziehen. Sie frotzelten einer über den Bierbauch des anderen oder verspotteten jemanden, der eine Wette verloren hatte. Brunos laute Stimme erkannte ich jedes Mal wieder, und Tim, Mike und Dougie waren mir vom Sehen vertraut. Ich fühlte mich irgendwie mit ihnen verwandt. Als sie Zigarren verteilten, weil Tims Frau einen kleinen Jungen zur Welt gebracht hatte, wäre ich am liebsten aus der Dunkelheit herausgetreten und hätte wie sie dem neuen Vater auf den Rücken geschlagen. Wäre gerne einfach nur einer von den Kumpels gewesen.

Mein Lieblingsteil der Route waren die Häuser. Ich ließ die Finger von meiner eigenen Nachbarschaft – mich dort herumzutreiben, wäre einfach nur gruselig gewesen. Stattdessen ging ich zu einem Viertel am Stadtrand, Old Edgewood. Es war das komplette Gegenteil von meinem eigenen Viertel, *New* Edgewood. Clever, oder?

Die Häuser in Old Edgewood waren klein und standen dicht beieinander, genau wie bei mir zu Hause, aber das war auch schon die einzige Ähnlichkeit. Es waren überwiegend Backsteinhäuser mit Vorderveranda, und sie hatten mehr Stil als die Häuser in New Edgewood. Die alten Bäume boten mir gute Deckung. Ich konnte auf dem Bürgersteig stehenbleiben, und solange ich mich hinter so einem dicken Stamm verborgen hielt, konnte ich die Bewohner beobachten, ohne gesehen zu werden. Ich weiß, das klingt ziemlich voyeuristisch, aber das war es überhaupt nicht. Ich wollte einfach nur wissen, wie sie damit umgingen, nachts wach zu sein, und nach einer Weile kam es mir so vor, als würde ich einige von diesen Leuten tatsächlich kennen. Zumindest kannte ich ihre nächtlichen Gewohnheiten und wusste, was sie taten, wenn sie nicht schlafen konnten.

Ich mochte all diese Nachtmenschen nach einer Weile irgendwie gut leiden und fing an, ihnen Namen zu geben. Da waren Grandma Nelly und die Klavier spielende Frau. Der Frühschichtmann lebte in der Elm Street. Wenn ich nicht so spät dran war, sah ich ihn gerade noch zur Arbeit aufbrechen. Drei Türen weiter wohnte die Strickmadam. Sie strickte ununterbrochen. Es gab noch andere, aber die eben Genannten waren regelmäßig wach. Ich fragte mich, wie viele von ihnen zu schlafen versuchten und es einfach nicht konnten. Quälten sie sich genau wie ich mit dem Gefühl im Bett herum, gleich würde ihnen der Kopf platzen, wenn sie auch nur noch eine Minute liegen blieben?

Ich beendete meine nächtliche Runde mit einem Bogen, den ich zum aufgegebenen Bahnhof am Stadtrand schlug. Das Gebäude war alt und mit Brettern vernagelt, aber noch nicht wirklich baufällig. Im Denkmalschutzausschuss Edgewoods war einmal die Rede davon gewesen, es restaurieren zu lassen, aber das war nicht geschehen. Hinter dem Bahnhof lagen die Gleise, die nicht mehr befahren wurden, und jenseits von ihnen erstreckte sich ein großes, offenes Areal. Am Bahnhof hingen Betreten-Verboten-Schilder, und so ging dort außer mir niemals jemand hin, oder zumindest kam es mir so vor. Vor dem Ende meiner Wanderung machte ich gerne noch einen Abstecher zum Bahnhof. Es war verboten, dort zu sein, und es war dunkel. Ein bisschen unheimlich. Danach konnte ich erleichtert nach Hause gehen.

Jede Nacht glaubte ich, diese Wanderung durch die halbe Stadt sei nun wirklich die letzte gewesen. Es war doch lächerlich, dachte ich, draußen herumzustreifen, obwohl ich schrecklich müde war und einfach nur schlafen wollte. Ich musste eine Möglichkeit finden einzuschlafen, ohne vorher aus dem Haus zu gehen. Aber ich fand nie eine Lösung und machte einfach so weiter.

Vielleicht fragt ihr euch jetzt – wieso machte ich diesen Rundgang nicht einfach früher in der Nacht? Um acht, um neun oder um zehn? Wenn ich es so hielte, könnte ich nach meiner Rückkehr zu einer normalen Zeit zu Bett gehen. Glaubt nicht, dass ich mir das nicht selbst überlegt hatte. Ich hatte es mehr als einmal probiert, aber es hatte nicht hingehauen. Es funktionierte nur, wenn ich nach dem Schlafengehen noch einmal aufstand. Ich wusste, dass es einfach nur eine fixe Idee war, aber ich hatte keine Ahnung, was ich sonst tun sollte.

Wie schon gesagt, meine Eltern haben kein Problem, in den Schlaf zu finden. „Ich wünschte, ich hätte deine Energie", sagt meine Mom gerne, als hätte das irgendwas mit Energie zu tun. Sie ist Sprachtherapeutin an einer Schule (Gott sei Dank nicht meiner) und nach der Arbeit meistens ziemlich kaputt. Sie und mein Dad sind Ende fünfzig, viel älter als die Eltern meiner Freunde. Einen Nachteil habe ich auf jeden Fall von so alten Eltern, nämlich dass meine Großeltern nicht mehr am Leben sind; der letzte von ihnen starb, als ich noch ganz klein war. Ich habe allerdings eine ältere Schwester, Carly, aber mit der habe ich nicht viel zu tun. Ich bin zur Welt gekommen, als Carly noch in der Highschool war. Ihr Sohn, mein Neffe Frank, ist nur fünfeinhalb Jahre jünger als ich. Ich war so eine Art Unfall, ein Nachzügler, der das Leben seiner Eltern noch einmal auf den Kopf stellte.

Meine Mom hat mir erzählt, als sie von ihrer Schwangerschaft erfahren habe, seien sie und mein Dad vor Freude ganz außer sich gewesen, aber Carlys Version klingt da anders. Sie sagt, Mom habe gar nicht mehr mit Weinen aufgehört, als sie es herausfand.

Ich weiß, dass meine Geburt den Plänen meiner Eltern einen Dämpfer verpasst hat. Sie wollten das Thema Kindererziehung gerade abhaken, als ich mich anmeldete. Ich habe deswegen ein paar Schuldgefühle, aber ich kann nicht wirklich etwas daran ändern. Carly war ein Teufelsbraten, das gibt sie sogar selbst zu. Sie trank, kiffte, schwänzte die Schule und fuhr das Auto kaputt. Ich habe meinen Dad sagen hören, so etwas wollten sie nicht noch einmal durchmachen, sie seien froh, dass ich ein lieber Junge sei. Das ist wohl das mindeste, was ich tun kann. Ich möchte nicht, dass sie sich um mich und meine verquere Psyche Sorgen machen.

Und so behalte ich meine Probleme für mich. Wenn ich nicht schlafen kann, und das ist fast immer so, laufe ich nachts herum. Ich drehe meine Runde, wandere vom Einkaufszentrum über das Industriegebiet bis zu den Häusern, mache mich dann auf den Rückweg und krieche ins Bett.

Drittes Kapitel

In dieser Nacht fiel ich nach dem Erlebnis mit dem Lichtwirbel in einen tiefen Schlaf, sobald mein Kopf das Kissen berührte. Ich erinnere mich tatsächlich, wie ich durch alle Schlafstadien hinabsank, tiefer und immer tiefer in einen Trichter aus Wohlgefühl und Wärme. Ich hatte Träume, lebhafte, farbenfrohe Träume, und als der Wecker klingelte, erinnerte ich mich noch an sie, aber irgendwann zwischen dem Drücken der Schlummertaste und dem Zeitpunkt, zu dem meine Mutter die Treppe hinaufrief, verschwanden sie vollständig aus meinem Gehirn.

Ich checkte kurz im Internet, ob in den News irgendwas über Meteore oder Sternschnuppen oder eigenartige Lichter am Himmel auftauchte, aber da war nichts. Nada.

Allmählich kam mein Erlebnis mir so vor wie einer dieser lebhaften Träume, die real wirken, wenn man die Augen aufschlägt, aber verblassen, sobald man eine Weile wach ist. Ich hatte allerdings nicht allzu viel Zeit, darüber nachzugrübeln, da ich in die Gänge kommen und mich auf den Weg in die Schule machen musste. Im Verlauf des Tages schaffte ich es irgendwie, die Sache aus dem Kopf zu bekommen. Bis zur letzten Schulstunde, als ich bei Mr Specter Naturwissenschaften hatte.

Specter war an meiner Schule einer der besseren Lehrer. Er war beinahe so alt wie meine Eltern, und er versuchte nicht, sich an die Schüler ranzuschmeißen, was mir gefiel. Es gibt nichts Schlimmeres als Lehrer, die so tun, als wären sie bei der Jugendsprache auf dem neuesten Stand, oder die sich nach Rockbands und bekannten Jugendromanen erkundigen, als wären sie einer von uns. Mr Specter tat einfach das, wozu er da war. Er unterrichtete uns in Naturwissenschaften. Er war total verliebt in dieses Fach – so viel war klar. Den Kurs, den ich bei ihm belegte, nannten alle Wissenschaft für Dummies. Offiziell hieß er Schnupperkurs Naturwissenschaften. Er bestand aus Unterrichtseinheiten zu Biologie, Chemie und den anderen Naturwissenschaften. Im Grunde genommen behandelte Specter einfach das, was er selbst faszinierend fand. Das schien jedes Jahr und von einem Kurs zum anderen etwas anderes zu sein, aber es beklagte sich nie jemand, weil sein Unterricht intelligent, witzig und interessant war. Wir sahen Filme über technische Erfindungen, er führte Zaubertricks vor und erklärte, wie sie zustande kamen, und er ermutigte uns, Gegenstände in den Unterricht mitzubringen und etwas dazu zu erzählen, so wie Grundschüler es machen, nur hier eben mit naturwissenschaftlichem Bezug. Eine Schülerin schleppte das ausgestopfte Eichhörnchen ihres Onkels an, und daraus entwickelte sich ein langes Gespräch darüber, wie ein Tierpräparator vorging und warum er es so machte. Und eine andere Schülerin kam mit Versteinerungen, die sie im Urlaub gefunden hatte, und dann standen eine ganze Woche lang Fossilien im Zentrum. In Spencers Kurs wusste man nie, was einen erwartete, aber es war niemals langweilig, und ein höheres Lob kann man als Zehntklässler eigentlich nicht vergeben.

An diesem Tag saß ich auf meinem Platz in der Mitte der Reihe, die der Tür am nächsten war. Ich ließ mich nieder und legte Buch und Heft auf meinen Tisch. Wir benutzten das Schulbuch zwar kaum jemals, aber ich hatte trotzdem das Gefühl, dass ich es mitbringen sollte. Der Rest der Klasse tröpfelte herein, aber Mr Specter stand nicht vorne wie sonst immer. Es klingelte, und noch immer kam er nicht. Ein paar Kinder äußerten die Vermutung, dass wir allein bleiben würden. Es wurde debattiert, ob wir gehen sollten, aber keiner stand auf. Einige nahmen ihre Handys heraus, und ein paar Mädchen begannen miteinander zu schwatzen, so wie Mädchen das manchmal tun, irgendwie übertrieben. Dabei lachen sie laut und lächeln in die Richtung der Jungs, die ihnen gefallen, weil sie hoffen, dass die es bemerken und sich von ihnen angezogen fühlen. Ich war nicht der Typ, den eine von ihnen angelächelt hätte, und so verhielt ich mich still und beobachtete alles.

Nach einer halben Stunde klappte ich dann aus lauter Langeweile mein Heft auf und begann, aufs Geratewohl darin herumzukritzeln. Ohne mir dessen bewusst zu werden, fertigte ich eine Skizze der nächtlichen Lichterscheinung an, erst so, wie sie am Himmel aufgetaucht war, und dann so, wie sie am Boden ausgesehen hatte. In den Hintergrund zeichnete ich den aufgegebenen Bahnhof, rasch, aber sehr detailliert. Normalerweise konnte ich überhaupt nicht zeichnen, aber dieses Bild wurde gut, überraschend gut. Es war, als hätte meine Hand ein Eigenleben. Sie wusste genau, wo jeder Strich und jeder Punkt hingehörte, als ob jemand anderes durch mich zeichnete. Ohne auch nur darüber nachzudenken, skizzierte ich eine Gestalt, die mit erhobenen Armen auf dem Feld stand, genau in der Mitte des leuchtenden Wirbels. Es war ein Bild meiner selbst, obwohl ich mich nicht daran erinnerte, genau so dagestanden zu haben.

Als ich aufblickte, sah ich, dass das Mädel vor mir, Mallory Nassif, sich auf ihrem Stuhl umgedreht hatte und mich beim Zeichnen beobachtete. Ich kannte Mallory nicht besonders gut. Sie war die Art Mädel, das in der Menge gar nicht auffiel, bis man es bemerkte, aber dann stach es wirklich hervor. Sie hatte große Rehaugen mit langen Wimpern, glänzendes, dunkles Haar, das sie immer zum Pferdeschwanz zurückgebunden trug, und ein besonders nettes Lachen, das manchmal durch die ganze Kantine schallte. Ihre Haut war wie Milchkaffee. Mein Teint war manchmal im Hochsommer auch so dunkel, wenn ich viel draußen war, aber sie war von alleine so braun. Abgesehen von dem, was ich direkt vor Augen hatte, wusste ich über sie nur, dass sie zu Anfang des Schuljahrs die Neue gewesen war und dass sie Feldhockey spielte. „Was malst du da, Russ?", fragte sie.

Ich fuhr zusammen, überrascht, dass sie meinen Namen kannte. Ich setzte an, um zu sagen, dass das gar nichts sei, nur eine Kritzelei, aber in diesem Moment flog die Tür auf, und Mr Specter marschierte herein. Ich klappte mein Heft zu.

„Okay, Leute", brüllte er auf dem Weg nach vorn. „Setzen Sie sich. Die Freistunde ist um. Jetzt bin ich dran." Er wirkte ein bisschen atemlos und, offen gesagt, nicht ganz er selbst. Er trug ein Hemd mit gestrickter Weste und wie üblich eine zerknitterte, graue Hose. Seine Metallbrille war ihm auf die Nasenspitze gerutscht, und auf seiner Stirn glänzte Schweiß.

„Alles in Ordnung mit Ihnen, Mr Specter?", fragte eines der Mädels. Emily, eine totale Schleimerin. „Sie sind doch nicht etwa krank?"

„Alles bestens, Emily", antwortete er. „Ich komme einfach nur von einer Besprechung, die ein bisschen länger gedauert hat." Er blätterte die Unterlagen auf seinem Pult durch und ging zu seinem Computer, um eine Meldung für die Anwesenheitsdatei des Sekretariats abzuschicken. Inzwischen waren alle still. Jeder hatte Achtung vor Mr Specter. Er war ein echter Lehrer. „Nun", sagte er, ging von seinem Pult weg und stellte sich vorne in die Mitte. „Ich denke, wir sollten heute einmal über Astronomie reden."

„Ich bin ein Steinbock!" Das kam von Chris Jennings, einem Jungen, mit dem ich in der Grundschule einmal befreundet gewesen war. Meinen guten Geschmack, was Leute angeht, musste ich damals erst noch entwickeln.

„Das wäre Astrologie, Mr Jennings." Mr Specter zog ein Taschentuch aus der Hosentasche und wischte sich die Stirn. „Ebenfalls ein faszinierendes Gebiet, aber keines, das in unserem Lehrplan enthalten wäre." Unser Lehrplan – was für ein Witz. Als ob wir hier irgendwelchen Vorgaben folgten. „Nein, ich spreche von *Astronomie*, dem Studium der Objekte und der Materie außerhalb der Erdatmosphäre und der Untersuchung ihrer physikalischen und chemischen Eigenschaften." Er blickte uns über seine Brillengläser hinweg an. „Genau so steht es im Wörterbuch, aber das ist meiner Meinung nach eine ziemlich beschränkte Sichtweise. Astronomie ist noch so viel mehr." Er ließ die Augen durch den Raum wandern. „William Shakespeare hat gesagt: ‚Nicht die Sterne bestimmen unser Schicksal, sondern wir selbst.' Weiß jemand, was das bedeutet?"

Mallory hob die Hand, und als er nickte, sagte sie: „Das stimmt nicht ganz, Mr Specter. Dieses Zitat stammt ursprünglich aus dem Stück *Julius Cäsar*, und wörtlich lautet es folgendermaßen: ‚Der Mensch ist manchmal seines Schicksals Meister; Nicht durch die Schuld der Sterne, lieber Brutus, Durch eigne Schuld nur sind wir Schwächlinge.'"

Ich dachte, Mr Specter würde sich vielleicht darüber ärgern, dass sie ihn korrigiert hatte, aber er nickte einfach nur. „Sehr gut, Ms Nassif. Und was genau bedeutet das nun also?" Er blickte sich im Raum um.

Mallory setzte zur Antwort an, aber er winkte ab und sagte: „Lassen wir mal jemand anderen dran, einverstanden?"

Er deutete auf einen Jungen in der ersten Reihe. Der zuckte mit den Schultern und meinte: „Na ja, kann ich nichts zu sagen."

Mr Specter lehnte sich gegen das Whiteboard. „Also los, hier sitzen vierundzwanzig Schüler. Miss Nassif kann doch nicht die einzige mit einem Gehirn im Kopf sein."

Hoppla, das war ziemlich hart. Insbesondere von Mr Specter, der normalerweise gar nicht anspruchsvoll war.

„Können Sie das Zitat wiederholen?", rief jemand.

Mr Specter sah Mallory mit hochgezogenen Augenbrauen an, und die richtete sich auf und sagte erneut: „Der Mensch ist manchmal seines Schicksals Meister; Nicht durch die Schuld der Sterne, lieber Brutus, Durch eigne Schuld nur sind wir Schwächlinge."

„Sind wir jetzt plötzlich im Englischunterricht?", moserte ein Junge. „Ich will Naturwissenschaft machen."

Mr Specter beachtete ihn nicht und kam auf mich zu. „Mr Becker, möchten Sie uns vielleicht erklären, was das bedeutet?" Er beugte sich vor und trommelte mit den Fingern auf meinem Heft herum.

Ich räusperte mich nervös. „Äh, es bedeutet, glaube ich, dass wir unser Schicksal selbst bestimmen. Nicht das, was uns im Leben widerfährt, ist entscheidend, sondern das, was wir daraus machen."

Mr Specter sah mich durchdringend an und nickte. „Sehr gut." Er ging rasch nach vorn. „Gestern Nacht hat sich nur wenige Meilen von hier ein unglaubliches astronomisches Schauspiel ereignet. Falls Sie gegen ein Uhr früh wach waren, müssten Sie es gesehen haben. Weiß hier irgendjemand, wovon ich spreche?"

Ich wusste sofort, was er meinte, aber ich würde hier nicht eingestehen, dass ich so spät nachts draußen unterwegs gewesen war. „Kommen Sie schon", sagte er, nachdem eine Minute oder so verstrichen war. „Das war einfach spektakulär. Jemand muss es doch gesehen haben."

„Sagen Sie uns, was es war", bat Chris Jennings. „Vielleicht habe ich es ja gesehen und wusste es nur nicht."

„Sie hätten es sofort gewusst", antwortet Mr Specter, diesmal etwas ruhiger. Er schaute jedem Schüler einem nach dem anderen prüfend ins Gesicht. „Sonderpunkte für jeden, der mir etwas darüber sagen kann", fügte er lockend hinzu. Ich hielt den Kopf gesenkt, weil ich seinem Blick nicht begegnen wollte.

„Kommen Sie, Mr S., geben Sie uns einen Hinweis", bat eines der Mädchen.

„Keine Hinweise."

Er ging die erste Tischreihe entlang, die der Tür am nächsten war. „Jeder, der das Phänomen gesehen hat und exakt beschreiben kann, muss das Abschlussprojekt nicht machen und bekommt sofort die Bestnote dafür." Jetzt horchten alle auf.

„Boah."

„Cool."

„Gemein. Ich kann doch nichts dafür, dass ich es nicht gesehen habe."

„Oh, oh." Allie Westfahl hob die Hand.

„Ja, Miss Westfahl?"

„Jetzt erinnere ich mich. Gestern Nacht habe ich aus dem Fenster geschaut und eine Mondfinsternis gesehen."

„Guter Versuch, aber das war's nicht."

Jetzt ging Mr Specter methodisch von Reihe zu Reihe und von Tisch zu Tisch, blieb bei jedem Schüler stehen und legte ihm die Hand auf die Schulter. Wenn derjenige ihn nicht anschaute, sagte er seinen Namen, damit er aufblickte. Keiner wusste, wovon eigentlich die Rede war.

Keiner außer mir. Er war nur noch fünf Schüler von mir entfernt, und ich wusste nicht, wie ich klarkommen würde.

Jetzt waren nur noch vier Schüler vor mir. „Brad?", fragte Mr Specter, aber Brad schüttelte den Kopf.

Drei Schüler. Mein Herzschlag beschleunigte sich etwas. Ich konzentrierte mich darauf, nicht nervös zu wirken.

Vor mir hörte ich plötzlich ein ersticktes Gurgeln, bei dem ich unwillkürlich aufblickte. Es war Mallory Nassif. Ihr Kopf zitterte erst und ruckte dann so heftig, dass ihr Pferdeschwanz wippte. Sie kippte von ihrem Stuhl in den Mittelgang, und ihr Kopf schlug mit einem lauten Rums auf dem Linoleumboden auf.

Kaum dass sie dort lag, brach die Hölle los. Ein Mädchen kreischte, und die Schüler schrien alles Mögliche durcheinander.

„Jemand soll im Sekretariat anrufen."

„Quatsch, Sekretariat, den Notruf."

Ein Mädchen sagte: „Ich habe gehört, bei epileptischen Anfällen soll man demjenigen etwas in den Mund stecken, damit er nicht seine Zunge verschluckt."

Es kam mir allerdings nicht wie ein epileptischer Anfall vor, denn als Mallory auf dem Boden lag, hörte das krampfartige Zittern auf, und sie erschlaffte. Mr Specter ergriff rasch die Initiative, schickte ein Mädchen ins Sekretariat, um Hilfe zu holen, und sagte uns anderen, wir sollten die Tische von Mallorys Körper wegrücken. Körper, als wäre ihr Geist schon erloschen. Das alles fühlte sich ganz schön unwirklich an. Mallory lag vollkommen bewegungslos da und zuckte nicht einmal, als er sich neben sie kniete und ihr die Finger an den Hals legte. „Ich fühle ihren Puls, und sie atmet", sagte er zu niemandem im Besonderen. Als Mrs Schroeder, die Frau aus dem Krankenzimmer, an der Tür erschien, hatte Mallory schon die zitternden Augenlider aufgeschlagen und Mr Specter ihr geholfen, sich aufzusetzen. „Schön langsam", sagte er freundlich. Sie blickte um sich, anscheinend verwirrt.

Einige der Mädchen machten ein Theater um sie und gaben idiotische Kommentare ab. Andere zogen ihre Handys heraus, obgleich das gegen die Schulregeln verstieß. Ich weiß nicht, ob sie auf Facebook posteten oder Kurznachrichten verschickten oder was, aber es kam mir ziemlich kaltschnäuzig vor. Als Mrs Schroeder und Mr Specter Mallory auf die Beine halfen, klatschten alle, wie man es für einen verletzten Sportler tut, der sich nach einem Unfall auf dem Spielfeld wieder aufrappelt. Sie wirkte wackelig, und die Erwachsenen entschieden, dass sie sich sofort von einem Arzt untersuchen lassen sollte. „Ich denke, ich war einfach nur benommen", protestierte Mallory. „Ich habe heute Morgen nicht gefrühstückt, und mein Blutzuckerspiegel ist zu niedrig. Wahrscheinlich ist mit mir alles in Ordnung."

Das glaubte ich allerdings nicht, nicht nachdem ihr Kopf auf dem Boden aufgeschlagen war, als hätte jemand eine Melone fallen lassen.

„Am besten, Sie lassen sich kurz untersuchen", sagte Mrs Schroeder beschwichtigend und schob Mallory zur Tür. Emily nahm Mallorys Schultasche und folgte ihr, auch hier wieder die totale Schleimerin. Sie waren kaum zur Tür heraus, da klingelte es, und die Stunde war vorbei.

Viertes Kapitel

In dieser Nacht verließ ich mehr aus Gewohnheit als aus einem inneren Zwang heraus das Haus gegen Mitternacht und schlug, in Gedanken an die Stunde bei Mr Specter vertieft, meine übliche Route ein. Wie eigenartig, dass er das astronomische Ereignis zur Sprache gebracht hatte, das ich in der Nacht zuvor gesehen hatte. Wie kam es, dass er darüber Bescheid wusste, während es nirgends in den Nachrichten erwähnt wurde und im Internet nichts darüber zu finden war? Ich hatte nicht vorgehabt, mein Wissen in dem Kurs auszuplaudern, Bestechung hin oder her. Zusatzpunkte, na und? Als ob ich deswegen zugeben würde, dass ich mitten in der Nacht draußen unterwegs gewesen war. Und die Art, wie er gefragt hatte, war auch ziemlich merkwürdig gewesen. Er war ein wenig zu erpicht auf die Information gewesen. Verdächtig.

Noch immer mit diesen Gedanken beschäftigt, kam ich nach Old Edgewood. Eine der ersten Stellen, an denen ich immer Halt machte, war ein Haus, in dem eine wirklich alte Dame lebte. Tatsächlich wohl sogar uralt, fünfundachtzig oder so. Die Vorhänge waren immer offen, und so konnte ich sie deutlich durchs Fenster erkennen. Sie schlief sitzend in einem Fernsehsessel, aber manchmal schlurfte sie auch mit Hilfe eines Rollators durch die Wohnung. Meistens schaute sie fern, aber das, was lief, schien sie nicht besonders zu interessieren. Es war nie jemand bei ihr: Weder eine Pflegerin noch jemand aus ihrer Familie. Sie wirkte ziemlich gebrechlich für eine Frau, die allein wohnte. Ich hatte einmal ihre Adresse im Internet eingegeben und ihren Namen gefunden. Nelly Smith, so hieß sie. Obgleich es mitten in der Nacht war, sah ich sie nie im Morgenmantel. In ihrem Haus war es wohl kalt, denn sie trug immer eine Trainingshose und ein Sweatshirt in Übergröße (normalerweise mit dekorativen Vögeln oder Marienkäfern verziert).

Keiner meiner Großeltern lebte mehr, und so nannte ich Mrs Smith bei mir Grandma Nelly. Ich überlegte mir öfter, ich könnte am Tag zurückkommen und ihr anbieten, etwas für sie zu erledigen oder vielleicht für sie einzukaufen. Aber am nächsten Morgen empfand ich es anders. Schließlich kannte ich sie ja eigentlich gar nicht. Vielleicht war sie ja böse oder verrückt. Ich meine, warum hatte sie denn keine Kinder oder Freunde, die sich um sie kümmerten? Wenn sie eine reizende alte Dame wäre, wären die doch da, oder?

An diesem Mittwoch stand ich wie immer mit dem Rücken an die raue Rinde eines Baums in Mrs Smith' Vorgarten gelehnt. In der Ferne hörte ich einen Laster rumpeln. Die Lampe auf der Vorderveranda brannte, aber im Haus selbst gab nur eine Stehlampe im Zimmer nach vorn Licht. Die alte Dame saß nicht in ihrem Sessel, aber das war nichts Ungewöhnliches. Nelly Smith war zwar betagt, aber ja noch nicht tot. Vielleicht war sie zur Toilette gegangen oder machte sich gerade in der Küche einen Happen zu essen. Ich wartete lange, wie mir schien, aber im Haus rührte sich nichts. Noch eigenartiger war, dass ihr Rollator direkt neben ihrem Sessel stand. Ich hatte sie noch nie ohne ihn gesehen, in all den Wochen meiner nächtlichen Besuche nicht.

Ich hätte all das beinahe abgetan – beinahe wäre ich zu meinem nächsten Beobachtungsposten weitergegangen, aber irgendetwas hielt mich zurück, und ich schlich mich näher zum Haus, bis ich auf der Vorderveranda stand und direkt durchs vordere Fenster hineinschaute. Ich konnte das ganze Wohnzimmer überblicken – der Fernseher lief noch, beim Sessel war die Rücklehne hochgestellt, und Nelly Smith lag zusammengebrochen auf dem Boden.

Fünftes Kapitel

Ich weiß nicht, wie lange ich auf Nelly Smith' Veranda stand und durchs Fenster spähte. Dreißig Sekunden, zehn Minuten, eine Ewigkeit? Mir stockte der Atem, und ich spürte, wie mein Herz immer schneller schlug, ein rasendes Hämmern. Sie bewegte sich nicht, und ich konnte nicht sehen, dass sie atmete, aber das bedeutete nicht, dass sie tot war. Andererseits war sie alt und offensichtlich nicht in bester körperlicher Verfassung, ihr Tod war also durchaus eine Möglichkeit. Ich verlagerte mein Gewicht aufs andere Bein und schaute mich suchend um, unsicher, was ich tun sollte. Sollte ich ein vorbeifahrendes Auto anhalten? Oder bei einem Nachbarn klingeln? Und dann? Wenn ich irgendetwas dergleichen täte, würde man mich fragen, wer ich sei und warum ich mitten in der Nacht weit weg von Zuhause auf einer fremden Veranda herumstände. Selbst in meinen eigenen Augen wirkte das verdächtig.

Ich hob die Hand, um zu klingeln, ließ sie aber gleich wieder sinken, als mir bewusst wurde, wie dumm das war. Als müsste ich nur an der Tür läuten, und Nelly Smith, die entweder tot war oder nach einem Schlaganfall das Bewusstsein verloren hatte, würde bei diesem Klang aufstehen, zur Tür kommen und mir versichern, es gehe ihr bestens, sie habe sich nur ein bisschen auf dem Boden ausgeruht. Wo hatte ich eigentlich meinen Kopf?

Ich nahm mein Handy aus der Tasche meines Kapuzenpullis. Verdammt. Der Akku war leer. Als ich auf das Gerät hinunterschaute, fiel mein Blick auf die Fußmatte unter mir. Sie sah aus wie viele dieser braunen Fußabtreter mit stacheligen Borsten, auf denen normalerweise „WILLKOMMEN" steht. Hier aber las ich: „VERSCHWINDEN SIE". Die alte Dame hatte jedenfalls Humor. Unter anderen Umständen hätte ich gelacht.

Einer Eingebung folgend trat ich davon herunter, bückte mich und hob die Matte auf. Aha – ein Schlüssel. Wusste Ms Smith denn nicht, dass ein Schlüssel unter dem

Fußabtreter eine Einladung an alle Verbrecher war? Aber zum Glück war Old Edgewood nicht für Einbruchsdiebstahl bekannt.

Ich hob den Schlüssel auf, öffnete die Fliegengittertür und schloss die Haustür auf, als wohnte ich dort. Bevor ich die Tür aufmachte, schob ich den Schlüssel wieder unter die Fußmatte zurück. „Mrs Smith?", rief ich, bevor ich über die Schwelle trat. Himmel, was würde das für Ärger geben, wenn sie jetzt dachte, dass ich ein Einbrecher war. Na ja, unwahrscheinlich, denn sie antwortete nicht. Vorsichtig trat ich ein und ging quer durchs Wohnzimmer zu der alten Dame. Sie lag mit angezogenen Beinen auf der Seite, neben ihrem Kopf ein schnurloses Telefon. Ich kniete mich hin und legte ihr die Fingerspitzen an den Hals. Was das sollte, wusste ich selbst nicht recht, aber ich erinnerte mich, dass ich das in der siebten Klasse in einem Film gesehen hatte. Ihre Haut fühlte sich kalt an. *Bitte, lieber Gott, mach, dass sie nicht tot ist. Morgen schreibe ich einen wichtigen Test, und ich bin todmüde. Ich kann das jetzt wirklich nicht gebrauchen.*

Ich führte die Hand an ihrem Hals nach vorn, spürte aber keinen Puls. Himmel nochmal, das war einfach schrecklich. „Mrs Smith", sagte ich, „ich bin Russ Becker. Halten Sie durch. Ich rufe jetzt Hilfe, okay?" Keine Antwort, aber ich fühlte mich besser, als ich die Worte aussprach, als gäbe es hier jetzt jemanden, der die Verantwortung übernommen hatte. Ich nahm das Telefon, stand auf und wählte die Notrufnummer 911. Ich hörte meine eigene Stimme sagen: „Jemand muss sofort hierherkommen."

Sechstes Kapitel

„Russ, du siehst schrecklich aus", sagte mein Freund Justin, als er am nächsten Tag in der Schule an meinem Schließfach zu mir trat. „Das viele Crack rächt sich eben irgendwann."

„Du liegst voll daneben. Ich rauche kein Crack mehr", spielte ich mit. „Für mich gibt es nur noch Crystal Meth, und ich höre erst auf, wenn meine Zähne völlig verfault sind." Ich bückte mich, um meine Bücher aus dem Rucksack ins Schließfach zu räumen.

„Was immer du treibst, es tut dir nicht gut. Du siehst aus wie ausgespuckt." Sein Tonfall wurde jetzt ernster. „Du wanderst doch nicht immer noch nachts draußen herum?"

„Nur hin und wieder", antwortete ich. „Wenn ich nicht schlafen kann."

Justin war der einzige, dem ich von meinen nächtlichen Wanderungen erzählt hatte. Er hatte sich Sorgen gemacht, als ich ihm davon berichtet hatte, und mir geraten, unbedingt wieder zu Dr. Anton zu gehen und ihn um Schlaftabletten zu bitten. „Mensch, es ist doch sein Job, dir die Medikamente rüberzuschieben. Sag ihm, dass du sie brauchst." Er gab keine Ruhe und hakte immer wieder nach, bis ich ihm endlich sagte, ich hätte alles unter Kontrolle.

„Und war das gestern Nacht so?", fragte er.

„Nein, gestern Nacht habe ich geschlafen wie ein Baby", antwortete ich und schlug mein Schließfach krachend zu. In Wirklichkeit hatte ich gar nicht geschlafen. Ich war den ganzen Heimweg gerannt, und danach hatte ich so hibbelig im Bett gelegen, als hätte ich ein Viererpack Red Bull gekippt.

Es lief immer wieder vor meinem inneren Auge ab, wie ich das Telefon aufgehoben und den Notruf angerufen hatte. Ich stand direkt neben Mrs Smith, als ich mit der Zentrale telefonierte, und plötzlich spürte ich, dass jemand unten am Saum meiner Jeans zupfte. Ich fuhr ein wenig zusammen – das wäre jedem so gegangen – und berichtete der Dame in der Notrufzentrale: „Sie kommt jetzt zu sich. Gerade hat sie sich bewegt."

„Gut", antwortete die Frau gelassen. „Bleiben Sie einfach bei ihr und reden Sie weiter mit mir. Hilfe ist unterwegs."

Ich hockte mich neben Mrs Smith, den Hörer noch immer am Ohr. Ich tätschelte ihren Arm. „Alles wird gut. Sie schicken jetzt einen Krankenwagen. Der ist bald da."

Sie starrte mich mit aufgerissenen Augen an. „Das hättest du nicht tun sollen", sagte sie mit heiserer Stimme. „Ich wollte nicht zurückkommen." Eindeutig verwirrt.

Ich blieb bei ihr, bis ich den Krankenwagen in der Zufahrt hörte. Dann legte ich das Telefon hin und ging zur Tür, um den Sanitätern aufzumachen. Etwas an der Art, wie die beiden Männer aus dem Fahrzeug stiegen, einer mit einer großen Notfalltasche bewaffnet, erschreckte mich. Mir gingen die Worte *Du hast hier nichts zu suchen* durch den Kopf.

Plötzlich erwachte mein Fluchtinstinkt, und ohne nachzudenken nahm ich die Fersen in die Hand und rannte an ihnen vorbei in die Dunkelheit davon. Einer von ihnen rief „He!", als ich an ihm vorbeistürmte. Ich schaute mich nicht um.

Ich ging erst wieder langsamer, als mein Zuhause in Sicht war. Ganz leise schlich ich mich zur Hintertür herein und die Treppe hinauf und achtete dabei darauf, nicht auf die knarrende Stufe zu treten. Unser Haus war klein, unten Wohnzimmer und Elternschlafzimmer und oben im Dachgeschoss noch zwei weitere Zimmer. Da meine Eltern im Erdgeschoss schliefen, hatte ich das Dachgeschoss einschließlich eines eigenen Badezimmers ganz für mich allein. Meine Freunde fanden es cool, dass ich einen eigenen, abgeschlossenen Bereich hatte. Ich dachte nicht allzu viel darüber nach, außer wenn ich nachts kam oder ging und mich fragte, ob sie mich auf der Treppe hören würden.

In gewisser Weise war das Aufstehen an diesem Morgen einfach gewesen. Ich war schon wach, als mein Wecker loslegte. Ich fühlte mich, als wäre ich gerade von einem Bus überfahren worden, aber davon abgesehen fehlte mir nichts. Ich taumelte unter die Dusche, und dort ging es mir dann ein bisschen besser. Unter einem warmen Wasserstrahl zu stehen, ist ein schnelles, aber leider nicht langfristig wirksames Mittel gegen alle Probleme des Lebens.

Ich sagte mir, wenn ich es schaffte, die Schule durchzustehen, ohne vor Müdigkeit gegen eine Wand zu laufen oder im Unterricht einzuschlafen, wäre der Tag ein Erfolg. Abgesehen von Justin, der fand, dass ich eher an etwas erinnerte, was man normalerweise in einer Klärgrube findet, fiel niemandem auf, dass ich ein Wrack war.

Nach dem Mittagessen stand ich bei meinem Schließfach, als Mallory zu mir trat. „Russ Becker?", fragte sie streng.

Ich machte das Schließfach zu und schwang mir den Rucksack über eine Schulter. „Mallory, alles in Ordnung mit dir?"

„Natürlich. Warum denn nicht?"

„Du hast dir den Kopf ziemlich heftig angeschlagen, als du diesen Anfall in Specters Kurs hattest."

Sie winkte ab. „Oh, das. Das war nur ein Ablenkungsmanöver. Ich habe den Anfall nur vorgetäuscht."

„Wirklich? Warum denn das?"

„Das spielt im Augenblick keine Rolle." Sie beugte sich verführerisch zu mir vor, aber ihre Worte klangen eher vorwurfsvoll als sexy. „Die Sache ist die. Ich habe dich gestern Nacht gesehen."

„Gestern Nacht?"

„Mitten in der Nacht. Ich wohne direkt neben der alten Dame und habe gesehen, wie du weggelaufen bist, als der Krankenwagen kam. Was war da los?"

Es war wie ein Schlag in die Magengrube. Was für Eulenaugen hatte sie eigentlich? Es war dunkel gewesen, und ich war wie der Blitz gerannt. „Ich weiß wirklich nicht, wovon du redest", sagte ich.

„Ich weiß, was ich gesehen habe. Ich habe dich gesehen." Sie legte den Kopf schief und wartete ab.

„Das muss eine Verwechslung sein."

„Du willst also behaupten, dass du das gar nicht warst?"

„Genau. Ich war's nicht", erwiderte ich so lässig wie möglich.

„Ich stand nur drei Meter entfernt. Ich weiß, dass du es warst."

„Ich muss jetzt los, oder ich komme zu spät zum Unterricht. Bis dann mal." Ich ging um sie herum, ein wenig taumelnd, weil der Schlafmangel nun schließlich doch seinen Tribut forderte.

„Wir sind noch nicht miteinander fertig, Russel Becker", rief Mallory mir nach. „Glaub nicht, dass ich das einfach auf sich beruhen lasse."

Siebtes Kapitel

Als ich von der Schule nach Hause kam, verließ mich der letzte Rest von Kraft, und ich strich die Segel. Ich schrieb meiner Mom, die noch bei der Arbeit war, einen Zettel. *Hallo Mom, ich mach ein Nickerchen. Weck mich zum Abendessen. Russ.*

Wäre das Leben gerecht, hätte ich es geschafft, bis zehn Uhr wach zu bleiben und mich dann in der Nacht ordentlich auszuschlafen wie normale Menschen. Aber ich war einfach zu müde. Das Leben war nun einmal ungerecht.

Mom rief mich auf meinem Handy an, um mich zu wecken. Sie ging nie die Treppe hinauf, wenn es sich irgend vermeiden ließ. Fünf Minuten später saß ich mit Mom und Dad am Tisch, aß Knoblauchtoast und hörte zu, wie sie sich über ihren Tag unterhielten. Bei ihrer jeweiligen Arbeit schien niemals etwas Schönes zu passieren, zumindest sprachen sie nicht davon.

Um achtzehn Uhr schaltete Mom den kleinen Fernseher ein, der bei uns auf der Küchentheke stand. Wir schauten immer beim Essen fern, eine Gewohnheit, bei der sich meiner Lehrerin im Fach Gesundheit alle Haare gesträubt hätten, hätte sie davon gewusst. Anscheinend ist Fernsehen während des Essens die Hauptursache des Niedergangs der amerikanischen Familie. Abgesehen davon, dass einer, der vor dem Bildschirm sitzt, statistisch gesehen mehr Kalorien zu sich nimmt als einer, der sich unterhält. Ganz Amerika würde verfetten, während die Familienbande zerbröselten, und an all dem war die Technik schuld. Sagte zumindest Ms Hadley.

Wir schwiegen, während die Nachrichten-Vorschau lief: Die Aussicht auf ungewöhnlich früh einsetzendes, warmes Wetter, Vorhersagen für das lokale Basketball-Team, ein Mann bekommt eine lebensrettende Nierenspende von seinem Bruder, mit dem er nicht zusammen aufgewachsen ist und den er gar nicht persönlich kannte, eine Frau aus

Edgewood erhält einen äußerst ungewöhnlichen Besuch. Blah, blah, blah. Irgendwas ist immer.

Ich hörte nur mit halbem Ohr zu, den Mund voll Spaghetti, als sie zu dem Beitrag über die Frau aus Edgewood kamen, die am Ende der Vorschau erwähnt worden war. Madeline Park, der weibliche Teil des Moderatorenteams, übernahm den Bericht. „Gestern hat Nelly Smith vom Poplar Drive in Old Edgewood eine ungewöhnliche nächtliche Erfahrung gemacht."

Ich saß plötzlich kerzengerade. Das Essen in meinem Mund klumpte zusammen und fühlte sich an wie nasser Zement. Madeline Park redete weiter, und ich bekam kaum noch Luft. „Mrs Smith, eine sechsundachtzigjährige, allein in ihrem Haus lebende Dame, hatte heute Morgen gegen ein Uhr einen Herzanfall. Ein Krankenwagen wurde zu ihrer Adresse geschickt, nachdem bei der Notrufzentrale von dort ein Anruf eingegangen war. Der Anruf kam von einer bisher nicht identifizierten männlichen Person, die beim Eintreffen der Sanitäter nicht vor Ort war. Im Krankenhaus berichtete Mrs Smith unserem Reporter, dass ein Unbekannter ihr Haus betreten und sie von den Toten zurückgeholt habe, obgleich die Tür abgeschlossen war. Laut Aussage der Polizei gibt es keinen Hinweis auf einen Einbruch."

Mom streute Parmesan über ihre Nudeln. Zum Glück schaute weder sie noch Dad zu mir hin. Sonst hätte mein Gesichtsausdruck mich mit Sicherheit verraten.

Nach einem Schnitt erschien eine Aufnahme von Mrs Smith' Haus. Darunter stand: *Frau aus Edgewood glaubt, dass sie in ihrem Heim gestorben und von einem Unbekannten wiederbelebt worden ist.* Nun schwenkte die Kamera zum Reporter Patrick Doolan hinüber, der vor dem Haus stand und im Großen und Ganzen das wiederholte, was Madeline Park bereits berichtet hatte.

„Warum sagen sie immer das Gleiche nochmal?", fragte Mom.

Dad zuckte mit den Schultern. „Füllt die Sendezeit. Es ist wirklich nervig."

Unterdessen sprach Patrick Doolan ins Mikrophon: „Von Mrs Smith habe ich heute einen faszinierenden Bericht erhalten. Sie erinnert sich daran, dass sie erst Schmerzen hatte und dann ihren Körper verließ. Sie schwebte zu einem wundervollen Licht hinauf und traf dort verstorbene Familienmitglieder. Ihre nächste Erinnerung ist, dass sie durch die Berührung eines Unbekannten, der dann den Notruf alarmierte, auf die Erde zurückgeholt wurde. Mrs Smith erholt sich derzeit im Krankenhaus und wollte nicht gefilmt werden. Bei uns befindet sich jetzt ihre Nachbarin Mallory Nassif, die den Krankenwagen eintreffen sah. Sie hat sich ihre eigenen Gedanken über den Vorfall gemacht." Er streckte das Mikrophon aus, und die Kamera zoomte auf Mallorys Gesicht. „Mallory, können Sie uns berichten, was Sie gestern Nacht beobachtet haben?"

Mir war, als müsste ich mich gleich übergeben.

Sie lächelte; es schien, als schaute sie mich dabei direkt an. „Ich bin mitten in der Nacht aufgestanden, um ein Glas Wasser zu trinken, und zufällig habe ich gerade aus dem Fenster geblickt, als der Krankenwagen gegen viertel nach zwei wegfuhr. Meine Mom und ich schauen manchmal nach Mrs Smith, wir kennen sie sehr gut. Ich habe gehört, dass ihr Zustand jetzt stabil ist, und morgen werde ich sie besuchen."

Aus dem Off hörte man Patrick Doolans Stimme: „Was halten Sie von Mrs Smith' Versicherung, dass die Person, die den Notruf alarmierte, ein ihr vollkommen Unbekannter war, der irgendwie in ihr Haus gelangt ist und sie ins Leben zurückgeholt hat?"

„Ich halte das für möglich", antwortete Mallory. „Warum denn nicht?"

„Manche Leute werden sich weigern, so etwas zu glauben", bemerkte Patrick Doolan. „Was würden Sie diesen Skeptikern sagen?"

Mallory lächelte erneut. „Ich denke, Mrs Smith weiß, ob ihre Tür abgeschlossen war oder nicht. Und sie stand offen, als die Sanitäter kamen, und war unbeschädigt, es ist also niemand eingebrochen. Und wenn sie sagt, dass sie gestorben, aber dann zurückgekommen ist, will ich das gerne glauben. Wunder gibt es."

„Da hören Sie es, liebe Zuschauer." Nun füllte Patrick Doolans Gesicht den Bildschirm aus. „Ein Wunder im Poplar Drive."

Im Studio sagte jetzt Madeline Park: „Hier im News Center Five lieben wir ein Happy End. Und die Haltung dieser jungen Frau gefällt mir sehr. Auch ich bin bereit, an Wunder zu glauben."

Während Madeline noch ein paar Worte mit ihrem Kollegen wechselte, stand Dad auf und schaltete den Fernseher aus. Irgendwann im Verlauf des Ganzen hatte ich angefangen, wieder zu atmen. Hoffentlich sah man meinem Gesicht meine Bestürzung nicht mehr an.

„Was haltet ihr denn davon?", fragte mein Dad.

„Komische Geschichte." Mom trank einen Schluck Wasser.

„Okay, vergessen wir mal diese Totenerweckung. Konzentrieren wir uns einfach auf den nicht identifizierten Mann — die Stimme von dem Kerl muss doch in der Notrufzentrale aufgenommen worden sein", sagte Dad.

„Ja, aber er hat seinen Namen nicht genannt", erwiderte Mom.

„Hmmm." Dad wechselte in den Problemlösungs-Modus. „Klingt wie ein Fall für *CSI: Den Tätern auf der Spur*. Ich sag euch, was sie tun sollten – Fingerabdrücke sicherstellen, nach verlorenen Haaren suchen, drinnen und draußen nach Fußspuren fahnden und DNA-Spuren untersuchen. Ein Mensch kann heute doch nicht einmal mehr durch ein Zimmer gehen, ohne etwas Verwertbares zu hinterlassen."

„Die Polizei hier hat bestimmt keine Kriminaltechniker bei der Hand", sagte Mom. „Außerdem ist ja auch kein Verbrechen verübt worden, oder?"

„Stimmt, aber durch eine Untersuchung könnte man ein übersinnliches Phänomen ausschließen. Und offensichtlich war es jemand, der dort eigentlich nichts zu suchen hatte – jemand, der ursprünglich einbrechen wollte oder so."

Ich hoffte, dass keiner mein laut pochendes Herz hören konnte. „Warum muss es denn ein Krimineller sein?", fragte ich. „Könnte es nicht einfach ein guter Mensch gewesen sein, der zufällig vorbeigekommen ist? Jemand, der beim Spazierengehen gemerkt hat, dass da irgendwas nicht in Ordnung war?"

„Um ein Uhr früh?", fragte meine Mutter. „Wer geht denn um die Uhrzeit spazieren?"

Ich zuckte mit den Schultern. „Zum Beispiel jemand, der Nachtschicht arbeitet?"

„Aber wäre so jemand nicht dageblieben? Warum ist er dann weggelaufen, als der Krankenwagen kam?"

Darauf konnte ich nichts erwidern.

Dad sagte: „Ich finde es schön, dass du immer das Beste von den Leuten denkst, Russ, wirklich, aber diesmal glaube ich, dass mehr dahinter steckt. Wart mal ab, das kommt irgendwann noch raus."

Als er das sagte, lief mir ein Schauer den Rücken hinunter, so wie man es in Horrorromanen liest. Ich weiß gar nicht, warum ich so ein schlechtes Gewissen hatte. Ich hatte ja nichts Schlechtes getan, und wenn man es recht bedachte, war es ja tatsächlich sogar etwas Gutes gewesen. Ich hatte Grandma Nelly das Leben gerettet, oder? Warum sollte ich meinen Eltern eigentlich nicht erzählen, dass ich der Unbekannte war? Natürlich wären sie dann angesäuert, weil ich nachts draußen unterwegs gewesen war, und Mom wäre auch verletzt, weil ich ihr das Fortbestehen meines Schlafproblems verschwiegen hatte. Wahrscheinlich würde ich wieder zu Dr. Anton gehen müssen, und er würde versuchen, sich tiefer in meine Psyche zu graben, oder wie auch immer man das nennt, um die Ursache meines Problems zu ergründen. Und das wollte ich nun wirklich nicht. Aber vielleicht könnte ich ja das Ganze herunterspielen und sagen, ich hätte gestern Nacht nur ausnahmsweise einmal nicht schlafen können und sei da zum ersten Mal nachts spazieren gegangen. Wenn Mom und Dad dann Bescheid wüssten, würden sie mich allerdings künftig im Auge behalten, und das wäre das Aus für meine nächtlichen Wanderungen. Und wie sollte ich dann jemals wieder einschlafen?

„Ach, was ich ganz vergessen habe, Russ", sagte Mom. „Vorhin, als du geschlafen hast, hat dich jemand angerufen. Ein Mädchen."

Meine Hand, mit der ich gerade eine Gabel voll Spaghetti zum Mund führen wollte, erstarrte mitten in der Bewegung. „Wer denn?"

„Keine Ahnung. Sie sagte, es sei wichtig. Da habe ich ihr deine Handynummer gegeben."

Achtes Kapitel

Nach dem Essen ging ich hoch, um Hausaufgaben zu machen. So lautete jedenfalls die offizielle Version – Hausaufgaben machen. An Schultagen verbrachte ich die meisten Abende in meinem Zimmer. Ich hatte meinen eigenen Fernseher, meine eigene Spielekonsole, meinen Laptop und mein Handy, es gab also keinen Grund, irgendwo anders im Haus zu sein. Mom und Dad stellten nie Fragen, was ich mit meiner Zeit anfing, wahrscheinlich weil ich immer gute Noten heimbrachte und, im Gegensatz zu Carly, noch niemals Besuch von der Polizei bekommen hatte. Dass ich nach ihr gekommen war, machte alles einfacher.

Ich setzte mich aufs Bett und schaute auf mein Handy. Keine Nachricht von dem geheimnisvollen Mädchen, das sich wohl, wie ich befürchtete, als Mallory Nassif entpuppen würde, aber ein Freund hatte mich angerufen. Ich gehörte zu einer Clique, mit der ich gerne mal abhing, aber Justin und Mick waren meine besten Freunde. Mick hatte jetzt auf meine Mailbox gesprochen. „Du Loser. Nimm ab, verdammt nochmal." Typisch. Er hatte mir sieben Textnachrichten geschickt, die meisten völliger Nonsens.

Ich rief ihn zurück.

Ich: „S'n los?"

Mick: „Was machst du gerade?"

Ich: „Hausaufgaben."

Mick: „Ha! Guter Gag. Aber jetzt ernsthaft, du musst mal online gehen und dir das angucken. Komisch, wirklich total witzig. Du stirbst vor Lachen. Ich schick dir den Link."

Ich: „Okay."

Mick: „Was ist denn los? Was hast du?"

Ich: „Nichts."

Mick: „So, wie du *Nichts* sagst, klingt das aber ganz schön depressiv. Bring dich nicht um, okay? Was immer es ist, so schlimm kann es nicht sein."

Ich: „Kennst du Mallory Nassif?"

Mick: „Nicht so gut, wie ich gern würde."

Hier muss ich kurz erläutern, dass Mick so eine Art Möchtegern-Frauenheld war. Er kam zwar nie zum Zug, aber er sonderte Kommentare zu so ziemlich jedem Mädchen ab, das an ihm vorbeiging. Und er war immer überzeugt, dass er ganz dicht davor stand, bei ihr zu landen. Er machte sich da ziemlich was vor.

Mick: „Warum? Hat sie sich nach mir erkundigt?"

Ich: „Das wünschst du dir wohl. Ich hab dich das einfach nur gefragt, weil sie vorhin in den Nachrichten war."

Mick: „Mallory Nassif war in den Nachrichten und hat gesagt, dass sie scharf auf mich ist?" (Anschließend stieß er so ein meckerndes Lachen aus.)

Ich (ohne ihn zu beachten): „Nein, ihre Nachbarin hatte einen Herzanfall."

Mick: „Jemand in unserem Alter?"

Ich: „Nein, eine sehr alte Dame."

Mick (in gelangweiltem Tonfall): „Ach so. Na ja, so was passiert eben, wenn man alt ist, oder?"

Das war der Moment, in dem ich mich dann richtig geärgert habe. Ja, tatsächlich, so was passiert, wenn man alt ist, aber es ist etwas anderes, wenn man denjenigen wirklich auf dem Boden liegen sieht. Dann ist es etwas Furchtbares. Weil ich da gewesen war, *ging mich das etwas an.* Aber das wollte ich Mick nicht erzählen. Zumindest noch nicht. Etwas in meinem Inneren sagte mir, dass ich es für mich behalten sollte. „Ich muss jetzt Schluss machen", sagte ich. „Morgen schreib ich einen Mathetest."

„Jetzt mach mal halblang", gab er zurück und laberte mich dann mit etwas voll, was er auf Comedy Central gesehen hatte. Ich legte auf, während er noch redete, so wie ich es immer machte. Die meisten Leute würden das für unhöflich halten, aber das war so unsere Art.

Ich hatte mich mit Mathe letzthin ein bisschen schwer getan, daher wusste ich, dass ich mich ranhalten musste, wenn ich dieses Halbjahr die Bestnote A bekommen wollte. Meine Freunde glaubten, die guten Noten würden mir einfach so zufliegen. Ich ließ nie durchsickern, wie viele Stunden ich zu Hause mit dem Lesen von Lehrbüchern und meinen Notizen dazu verbrachte. Manchmal ging ich sogar in den Mathe-Förderraum, die Zuflucht der wahrhaft Verzweifelten. Im Gegensatz zu manchen anderen Schülern war ich auf mich allein gestellt. Als ich in die sechste Klasse kam, weigerten sich meine Eltern, mir noch bei den Hausaufgaben zu helfen. Sie sagten, seit ihrer Zeit habe sich zu viel verändert. Meine Mom behauptete sogar, abgesehen von den Grundrechenarten keine Ahnung von Mathematik zu haben. Kaum zu glauben, dass sie ihren Master gemacht hat.

Ich steckte bis über beide Ohren in Logarithmen, als mein Handy klingelte. Die Augen weiter auf mein Heft gerichtet, nahm ich ab. „Hallo?"

„Russ?"

Mir wurde mulmig. Ich setzte mich aufrecht hin. „Ja?"

„Ich bin's. Ich hab dir doch gesagt, dass ich das nicht auf sich beruhen lassen würde." Es folgte eine lange Pause, in der wir beide schwiegen. Schließlich sagte Mallory: „Bist du noch dran, Russ?"

„Ja, bin ich."

„Also, hast du nichts zu sagen?"

„Was soll ich denn deiner Meinung nach sagen?"

Sie seufzte, extra laut, wie mir schien, damit es mir auch ja nicht entging. „Ich glaube, das hier würde besser laufen, wenn wir beide aufhören würden, um den heißen Brei herumzureden. Ich weiß über die Lichter Bescheid, die auf die Wiese hinter dem Bahnhof gefallen sind, und ich weiß, dass du gestern bei Mrs Smith warst. Und du weißt das alles ebenfalls. Wenn du das Gegenteil behauptest, ändert das nichts."

Ich nahm meinen Kuli zur Hand und zeichnete Spiralen auf den Rand meines Hefts, eine nervöse Gewohnheit, die ich seit der Grundschule habe. „Sagen wir einmal, ich wäre gestern Nacht tatsächlich bei euch in der Gegend gewesen", erwiderte ich schließlich. „Das heißt nicht, dass ich da war, aber *falls* ich da gewesen wäre – na und? Es ist ja kein Verbrechen oder so. Und sowieso kann keiner es beweisen."

„Daran liegt mir auch gar nichts", erwiderte sie. „Ich weiß, was ich weiß. Ich bin mir so sicher, dich da gesehen zu haben, wie ich nur von irgendwas auf der Welt überzeugt bin."

„Gibt es irgendeinen Grund für diesen Anruf?", fragte ich. „Ich bin nämlich gerade beschäftigt und habe keine Zeit für Spielchen."

„Ich mache keine Spielchen." Jetzt klang sie empört. „Ich rufe dich an, um dich einzuladen, Mitglied meiner Gruppe zu werden. Das hier ist streng geheim. Ich würde dieses Angebot nicht einfach irgendjemandem machen, aber wenn es dich nicht interessiert ..."

„Was für eine Gruppe denn?", fragte ich. Ich musste mir eingestehen, dass sie meine Aufmerksamkeit geweckt hatte.

„Das erzähle ich dir nicht, es sei denn, du bist garantiert dabei", erwiderte sie. „Es ist streng vertraulich."

Dieses Mädel hatte nicht alle Tassen im Schrank. „Ich werd' doch nicht Mitglied einer Gruppe, über die ich nicht das Geringste weiß", erwiderte ich. „Wenn das die Bedingung ist, vergiss es."

„Das hier ist deine Gelegenheit, bei etwas Bedeutendem dabei zu sein", sagte sie jedes Wort betonend. „Du gehörst dazu, ob du es nun weißt oder nicht. Wir brauchen einander – das wirst du früher oder später selbst herausfinden."

Wieder entstand eine lange Pause – von ihrer Seite wohl um der dramatischen Wirkung willen, und von meiner Seite, weil ich sprachlos war. Was zum Teufel soll man zu so was schon sagen? „Es geht um die Jugendgruppe einer Kirche, oder?"

„Nein."

Ich riet ein weiteres Mal. „Ein Wohltätigkeitsverein?"

„Nein."

„Ein exklusiver akademischer Club?"

„Nein, nein und nochmals nein." Sie lachte. „Hältst du mich wirklich für so einen Typ?"

„Ehrlich gesagt habe ich keine Ahnung, was für ein Typ du bist, Mallory Nassif. Ich weiß, dass du an Wunder im Poplar Drive glaubst und Feldhockey spielst. Und mehr weiß ich nicht." Ich schaute auf die Heftseite hinunter, die inzwischen vollkommen vollgekritzelt war. Ich schrieb SPINNT TOTAL in Großbuchstaben und umkringelte es drei Mal.

„Weißt du was", sagte Mallory. „Lern uns einfach erst mal kennen und triff dann deine Entscheidung. Ich glaube, dass du gut zu uns passen würdest."

Ich räusperte mich. Der Vorschlag klang interessant, aber ich bezweifelte, dass er so großartig war, wie sie ihn hinstellte.

Sie fuhr fort, ohne eine Antwort abzuwarten. „Morgen um Mitternacht. Ich schicke dir vorher eine Nachricht, wo der Treffpunkt ist."

„Um Mitternacht?"

„Um diese Zeit treffen wir uns immer", antwortete sie. „Bist du jetzt interessiert oder nicht?"

„Übermorgen ist Schule."

„Na und? Heute war auch Schule."

Das war ein Argument. Wahrscheinlich würde ich ohnehin wach sein und draußen herumwandern. „Was soll das denn für eine Gruppe sein, die sich mitten in der Nacht trifft?"

„Komm und finde es selbst heraus, wenn es dich interessiert. Und wenn du den Mut hast."

„Okay", sagte ich endlich.

„Was heißt okay?"

„Ich denke darüber nach."

„Tu das." Dann lachte Mallory erneut, ein glockenhelles Lachen, als hätte sie bei einer Auseinandersetzung den Sieg davongetragen. Sie war sich sicher, dass ich kommen würde, soviel war klar. Was mich betrifft, so hatte ich mich noch längst nicht entschieden.

Neuntes Kapitel

Ich gab es nicht gerne zu, aber Mallory Nassif hatte mein Interesse wachgekitzelt. Der Trick, mich als neues Mitglied einer Geheimgruppe zu werben, ohne mir irgendwelche Einzelheiten zu verraten, sollte mich mit Sicherheit wahnsinnig neugierig machen, und er funktionierte. Am nächsten Tag dachte ich ständig über ihre Einladung nach. Was, wenn das irgendein finsterer Kult war? Musste man blutige Eide schwören oder schwarze Kutten tragen? Was, wenn die Gruppe Verbrechen beging? Oder vielleicht erlaubte Mallory sich auch nur einen Scherz mit mir, und es gab gar keine Gruppe. Das Ganze mochte einfach nur ein blöder Streich sein. Tausend Möglichkeiten schwirrten mir durch den Kopf und lenkten mich vom Unterricht ab.

„Mr Becker, möchten Sie vielleicht an unserer Diskussion teilnehmen?", fragte Ms Birnbaum. Das war eine dieser süffisanten Pädagogenfragen, die ich wirklich hasse. In dieselbe Kategorie gehört auch: *Dürfen wir vielleicht mitlachen?* und *Wir stören Sie doch hoffentlich nicht beim Schlafen?* Die Lehrer halten sich dann für superschlau, aber tatsächlich nervt so was einfach nur. Wenn die Schüler so antworten dürften, wie sie gerne wollten, würden sie sagen: *Nein, ich möchte nicht an der Diskussion teilnehmen, weil die total öde ist. Und wenn ich wollte, dass alle mitlachen, hätte ich den Witz schon erzählt. Und zum Schluss noch, ja, Sie stören mich beim Schlafen. Könnten Sie vielleicht etwas leiser reden?*

Vielleicht hatte ich einfach nur schlechte Laune. Das kommt vor, wenn man zu wenig geschlafen hat.

Ich hielt in den Pausen nach Mallory Ausschau und sah sie ein paar Mal im Korridor. Und dann über Mittag in der Schulkantine. Sie war immer mit noch mindestens einem weiteren Mädchen zusammen, so dass ich nicht mit ihr reden konnte. Mir ist aufgefallen, dass Mädels immer in Gesellschaft sind, wenn sie es so einrichten können. Auch heute trug Mallory das Haar zu ihrem üblichen Pferdeschwanz zusammengebunden. Einmal hörte ich, wie sie laut herauslachte, und musste lächeln. Ihr Lachen klang so spontan und glücklich. Einfach unnachahmlich.

Endlich, gegen Ende des Schultages, gelang es mir, ihren Blick auf mich zu lenken. Ich holte gerade etwas aus meinem Schließfach, als sie mit Amelia Schuster vorbeiging. Amelia redete wild gestikulierend unausgesetzt auf sie ein, und Mallory nickte dazu, als wäre sie mit allem, was Amelia sagte, hundertprozentig einverstanden. Als sie näherkamen, hob ich die Hand, um Mallory auf mich aufmerksam zu machen, aber sie schüttelte den Kopf, als wollte sie sagen: *Nicht hier.* Eigenartig, dass ich so viel aus dieser kleinen Geste herauslesen konnte. Ich hätte das Gefühl gehabt, dass sie mich abservierte, wäre nicht gleich darauf noch etwas nachgekommen. Sie zwinkerte mir zu und lächelte. Ganz kurz, nur für den Bruchteil einer Sekunde. Ich war der einzige, der es sah, und das machte es irgendwie cool.

Zu Hause angekommen, begann ich, fast zwanghaft immer wieder auf meinem Handy nachzuschauen, ob ich nicht endlich den Hinweis zum Treffpunkt erhielt. Ich bekam ein paar andere Nachrichten, aber nichts von Mallory. Ich schwankte zwischen der Überlegung, dass ich überhaupt nicht zu ihrem Geheimtreffen am Geheimort gehen würde, und der Angst, dass sie die Sache abblasen könnte. Was, wenn ich wegen meines Zögerns nicht in die Gruppe aufgenommen würde? Wäre das nicht verdammt ärgerlich?

An diesem Abend gab es zum Abendessen Hackbraten und Salat. Ich kippte ziemlich viel Ketchup über meinen Hackbraten, damit er nicht so trocken war. Als ich aufblickte, sah ich, dass meine Eltern einen belustigten Blick wechselten. „Schmeckt der Hackbraten nicht, Russ?", fragte mein Vater.

„Doch, er ist prima", antwortete ich.

Meine Mom wechselte das Thema. „Habe ich dir schon erzählt, dass Frank übers Wochenende kommt?"

Ich stöhnte innerlich. Das war wirklich eine schlechte Nachricht. Frank war der Sohn meiner Schwester Carly. Mein Neffe. Sein vollständiger Name lautete Frank Shrapnel Becker, ob Sie es nun glauben oder nicht. Meine Schwester wollte, dass er nach einem harten Burschen klang. Das war während ihrer Phase als Motorradbraut. Die Phase ging vorbei, aber der arme Junge war nun für sein Leben mit dem Namen Frank Shrapnel geschlagen. Ein starkes Stück. Im Vergleich dazu war mein eigener mittlerer Name, „David", den ich ziemlich langweilig fand, wirklich vorzuziehen.

Frank verbrachte so viel Zeit bei uns zu Hause, dass man fast den Eindruck haben konnte, wir teilten uns das Sorgerecht mit Carly. Als er klein war, war er ein richtig süßer Knopf. Damals hatte sich vor allem Mom um ihn gekümmert. Inzwischen aber war er zehn und hatte sich an mich gehängt. Er folgte mir im Haus auf Schritt und Tritt, quasselte mir die Ohren voll und stellte tausend Fragen. Manchmal war das cool. Der Junge war an der Spielkonsole ziemlich gut, und gelegentlich hatte ich Lust darauf. In letzter Zeit allerdings nicht mehr so oft.

„Nein, das hast du mir noch nicht erzählt", erwiderte ich. „Was liegt denn diesmal an?"

„Was meinst du damit, was soll anliegen?"

„Warum kommt er zu uns?"

Meine Mutter warf mir einen tadelnden Blick zu. „Er ist unser Enkelkind. Muss es da einen besonderen Grund geben?"

„Carly geht zu so einem spirituellen Workshop", sagte mein Dad. „Ihr neuer Freund ist eine Art Esoterik-Guru."

Ich trank einen Schluck Milch. „Ich hoffe, ihr geht nicht davon aus, dass ich Frank bespaße. Ich habe dieses Wochenende schon ganz viel vor." Oder zumindest würde ich ganz viel vorhaben, jetzt, wo ich Bescheid wusste.

„Sei doch nicht so, Russ", entgegnete Mom. „Er himmelt dich an. Er will doch nur ein bisschen Aufmerksamkeit. Ist das wirklich zu viel verlangt?"

„Seine Mutter sollte diejenige sein, von der er Aufmerksamkeit bekommt", gab ich zurück. „Sie will ihn einfach nur los sein."

Mom sah aus, als hätte ich ihr eine Ohrfeige gegeben, und ich bereute meine Worte sofort. Carly war eine beschissene Mutter, aber das war nicht die Schuld meiner Eltern. Sie hatten ihr ein gutes Beispiel gegeben. Sie hatte sich eben nur entschieden, ihm nicht zu folgen.

„Egal", sagte Dad. „Frank sollte nicht für ihren fehlenden Mutterinstinkt büßen müssen. Mom und ich gehen mit ihm ins Kino und ins Einkaufszentrum, aber wir können ihn nicht die ganze Zeit beschäftigen. Wir hätten gerne deine Hilfe."

„Wir wissen das wirklich zu schätzen", fügte Mom hinzu. Das glaubte ich ihr. Sie waren mir dankbar für meine Unterstützung. Nur meine Spinnerin von Schwester erwartete alles und war für gar nichts dankbar. Als Frank noch ganz klein war, lud sie ihn bei jeder Gelegenheit bei uns ab. Im Laufe der Jahre nahm das ab, aber er verbrachte immer noch einen gehörigen Teil seiner Zeit bei uns.

„Okay", sagte ich. „Ich kümmere mich um den Burschen."

Nach dem Essen räumte ich den Tisch für meine Mom ab und ging dann nach oben. Ich schaute jetzt andauernd auf mein Handy. Kurz nach acht, als ich die Hoffnung schon fast aufgegeben hatte, wurde ich mit einer Nachricht von Mallory belohnt. Sie lautete: „Wichtiges Treffen um Mitternacht hinter der Kugellagerfabrik. 276 Industry Drive. Bis dann."

Jetzt, da die Nachricht endlich eingetroffen war, wurde mir doch ein bisschen mulmig. Was mich störte, war der Ort. Ich kannte den Industry Drive. Er gehörte zu meiner nächtlichen Runde. Ich hatte gar nicht gewusst, dass es dort eine Kugellagerfabrik gab. Man erfährt doch immer wieder etwas Neues. Falls Mallory so eine Art Psychopathin war, die zu einer Bande gehörte oder so, konnten diese Leute mich überfallen und Gott weiß was mit mir anstellen. Ich behauptete ja gar nicht, dass das passieren würde, aber es kam mir doch in den Sinn. Wer trifft sich denn an einem Werktag um Mitternacht im Industriegebiet? Es war merkwürdig. Nicht interessant-merkwürdig, sondern beunruhigend-merkwürdig.

Ich dachte über mein Leben nach. Ich hatte meine Freunde, die Schule, die Hausaufgaben und meine Familie. Und diesen Sommer würde ich meinen Führerschein machen und mir einen Job besorgen. Bei mir war eine Menge am Laufen. Ich brauchte Mallory und ihren Geheimclub nicht. Ganz zu schweigen davon, dass ich müde war und Schlaf nachholen musste. Und ich hatte zu meiner Überraschung wirklich das Gefühl, dass ich heute Nacht würde einschlafen können.

Also Schluss mit dem Quatsch. Ich würde nicht hingehen.

Um zweiundzwanzig Uhr fuhr ich alles herunter, wusch mich und schlüpfte unter die Decke. Ich schloss die Augen und achtete auf einen ruhig fließenden Atem, wie Dr. Anton es mir beigebracht hatte. Ein und aus, ein und aus. Eine Stunde später konzentrierte ich mich immer noch aufs Atmen, aber jetzt war ich entnervt. Ich konnte nicht schlafen, dabei wollte ich das unbedingt. Verdammt, ich war so müde. Warum spielte mein Körper einfach nicht mit?

Im Haus knackte es, und draußen hörte ich Straßengeräusche: Ein Auto, das vorbeifuhr, und eine Wagentür, die zugeschlagen wurde. Jemand war entweder angekommen oder fuhr weg. Neugierig stand ich auf und ging zum Fenster. Ich drückte die Lamellen der Jalousie ein wenig auseinander und schaute nach unten. Dort stapfte gerade unsere

Nachbarin mit einer vollen Tüte aus dem Supermarkt zu ihrem Haus. Das war uninteressant.

Ich wollte mich wieder auf den Weg ins Bett machen, merkte aber, dass ich jetzt wirklich hellwach war. Tatsächlich sogar mehr als hellwach. Hyperwach. Ich schaute auf die Uhr. Zwanzig vor zwölf. Ich rechnete kurz und kam zu dem Schluss, dass ich mich nur rasch anziehen und ein bisschen beeilen müsste, dann könnte ich immer noch rechtzeitig um Mitternacht bei der Kugellagerfabrik eintreffen.

Zehntes Kapitel

Es war vollkommen still; außer dem Geräusch meiner Schuhe auf dem Pflaster war nichts zu hören. Als ich eine Abkürzung über eine Wiese einschlug, ging ich langsamer. Dort vorn im Industriegebiet standen die Straßenlaternen weiter auseinander als im Wohnviertel, und ich sah schlecht. Einmal blieb ich stehen und machte mein Handy an, um die Zeit abzulesen. Gut, mir blieben noch ein paar Minuten. Ich würde es schaffen.

Auf der anderen Seite der Wiese betrat ich die Straße, den Industry Drive. In dieser Gegend folgten alle Straßennamen dem Motto Arbeitswelt. Die Manufacturing Street, die Production Avenue, der Assembly Circle. Wer immer sich diese Namen ausgedacht hatte, hielt sich bestimmt für unwahrscheinlich intelligent.

Ich fiel hier mehr auf, als mir lieb war, aber ich musste am Straßenrand bleiben, um die Hausnummern an den Gebäuden erkennen zu können. Einige hatten überhaupt keine, oder zumindest waren sie nicht zu sehen. Schließlich kam ich zur richtigen Adresse: 276 Industry Drive. *Metallgusswaren* stand auf dem Firmenschild. Der Parkplatz war zur Hälfte voll, und drinnen brannte Licht. Da wurde in Nachtschicht gearbeitet.

Ich ging über den Parkplatz zur anderen Seite des Gebäudes und dann nach hinten. Hinter der Fabrik befand sich ein weiterer Parkplatz, aber es standen keine Autos darauf. Hier und dort lagen Stapel von Metallstäben. Auf der einen Seite gab es ein paar Abfallcontainer. Eine einsame Laterne beleuchtete den Platz, aber sie gab nicht viel Licht. Der Asphaltbelag war rissig und voller Beulen. Als ein leises Lüftchen vorbeistrich, erhaschte ich einen Hauch von heißem Metall und Fett. Wenn der Geruch hier draußen schon so stark war, konnte ich mir vorstellen, wie die Arbeiter nach einer Achtstundenschicht in der Fabrik stanken.

Dieser leere Parkplatz sah nicht gerade wie ein Ort aus, an dem sich eine Geheimgesellschaft traf. Ich stand ein paar Minuten herum und lauschte, hörte aber weder Schritte noch Stimmen. Wo waren sie? Und plötzlich begriff ich es – Mallory hatte mich an der Nase herumgeführt. Sie hatte mich tatsächlich dazu gebracht, um Mitternacht hinter einem Fabrikgebäude nach einer supergeheimen Organisation zu suchen. Wie bescheuert war das denn, auf so was reinzufallen? Ich schaute auf mein Handy: 00.04 Uhr.

Ich stellte mir vor, wie sie sich jetzt auf meine Kosten gehörig amüsierte. So ein raffinierter Streich war das nun auch wieder nicht. Ich fühlte mich wie ein Trottel, weil ich ihr auf den Leim gegangen war. Die blöde Mallory mit ihrem tollen Lachen und der faszinierenden Einladung.

Ich schaute ein letztes Mal auf mein Handy. Keine Nachricht. Ich überlegte, was ich nun tun sollte – einfach noch ein bisschen herumstreifen, vielleicht sogar meine übliche Runde gehen, oder nach Hause zurückkehren? Nach Hause, entschied ich. Ich steckte das Handy in die Hosentasche und kehrte zur Vorderseite des Gebäudes zurück.

Als ich um die Ecke bog, stieß ich mit Mallory zusammen, und das meine ich wörtlich – wir rempelten gegeneinander, und sie prallte praktisch von mir zurück, aber erst trat ich ihr noch auf den Fuß. „He", sagte sie, als hätte ich ihr wehgetan. „Wohin läufst du denn so schnell weg, Becker?"

„Nach Hause", erwiderte ich ungnädig. „Ich war rechtzeitig hier und du nicht, also wollte ich wieder heim."

Sie stand so dicht bei mir, dass ich den Kopf senken musste, um ihr Gesicht zu sehen. „Du bist aber ganz schön ungeduldig. Wie lange wartest du jetzt schon, ganze drei Minuten?"

„Ich mag es nun mal nicht, wenn man mich hinters Licht führt, Mallory Nassif." Zur Betonung dehnte ich die letzte Silbe: Na-siiif.

Sie legte den Finger an die Lippen und sagte dann leise: „Wir waren die ganze Zeit da. Hinter den Abfallcontainern. Wir haben darauf gewartet, dass du dorthin kommst, aber du bist immer dicht bei der Fabrik geblieben wie so ein Kleinkind."

„Ich habe nach euch Ausschau gehalten", antwortete ich. „Und ich habe euch nicht gehört. Ich hatte nicht vor, hinter irgendwelchen Müllcontainern rumzustöbern."

„Du musst ein bisschen verwegener sein, wenn du ein Mitglied unserer Gruppe sein möchtest", flüsterte Mallory. „Los, komm." Sie packte mich beim Ärmel und zog mich mit sich. "Ich möchte, dass du die anderen kennenlernst." Sie schaltete eine kleine Taschenlampe ein und führte mich nach hinten. Ihr Griff war fest und energisch. Wir gingen um Schrotthaufen, Stapel von Metallstäben und Behälter mit Kleinteilen herum, die ich vorhin im Dunkeln nicht bemerkt hatte. Sie schlängelte sich zwischen ihnen hindurch, als hätte sie das schon oft getan.

Als wir näher kamen, traten zwei Jugendliche hinter den Müllcontainern hervor. Ein zierliches Mädchen mit einem schwarzen Kapuzenshirt, das ihr Gesicht fast vollständig verhüllte, und ein hochgewachsener, schlaksiger Kerl mit Brille. Der Junge trug eine Strickmütze auf dem Hinterkopf, daher sah man nur die Spitzen seines weißblonden Haars. Ich kannte keinen der beiden. Mallory führte mich zu ihnen und ließ nun endlich meinen Arm los. Das hier war Mallorys Geheimgesellschaft? Ich wollte ja nicht gemein sein, aber was ich sah, haute mich nicht gerade um.

Mallory deutete auf die beiden. „Russ, das sind Nadia und Jameson." Das Mädchen hielt den Kopf weiter gesenkt, hob aber kurz die Hand. „Jameson, Nadia, das hier ist Russ." Jameson nickte zum Gruß, sehr ernst. Mallory wandte sich mir zu. „Ich habe ihnen alles über dich erzählt."

„Aber mir hast du nicht das mindeste über sie erzählt", erwiderte ich. Die Gruppe war absolut nicht beeindruckend. Nadia hielt ewig den Kopf gesenkt, und Jameson trat von einem Bein aufs andere und wirkte ebenfalls ein bisschen verlegen. Mit einem Finger schob er seine Brille hoch und starrte mich dann an, als wäre ich hier der komische Typ.

„Was möchtest du wissen?", fragte Mallory.

„Alles", antwortete ich.

„Wir müssen uns verstecken", sagte Nadia mit noch immer gesenktem Kopf. „Da kommt jemand."

Ich drehte mich um, entdeckte aber niemanden und wollte das gerade sagen, als ich sah, dass die anderen drei sich bereits in Bewegung gesetzt hatten.

„Komm schon", zischte Jameson mir zu, und ehe ich mich versah, kauerte ich mit den anderen hinter den Containern.

„Was machen wir da eigentlich?", fragte ich Nadia, die neben mir hockte. Sie antwortete nicht. Ich wandte mich Mallory zu, aber die schüttelte den Kopf und legte den Finger auf die Lippen. Diese Spinnerin hatte mich für irgendein total bescheuertes Erstklässlerspiel hierher gelockt. Normalerweise konnte ich Leute recht gut einschätzen, aber diesmal hatte ich total danebengelegen. Irgendwie hatte sie mich in diesen Unsinn hineingezogen, sie und ihre merkwürdigen Freunde.

Aber plötzlich hörten wir tatsächlich jemanden kommen. Schritte näherten sich dem Container. Dann wurde der Deckel quietschend hochgeklappt, und eine volle Tüte landete im Müll.

Würden wir jetzt gleich vorspringen und jemanden erschrecken? Oder wollten wir jemanden belauschen? Was lief hier eigentlich ab? Ich schaute die drei an, die wie erstarrt am Boden kauerten.

Als alles wieder vollkommen still war, fragte ich Mallory: „Was zum Teufel sollte denn das?"

Sie zuckte mit den Schultern. „Wir wollen nachts nicht erwischt werden."

Ja, klar. Ich versuchte es noch einmal. „Und was ist mit der Kugellagerfabrik? Was hat die zu bedeuten?"

„Gar nichts. Wir haben sie rein zufällig als Treffpunkt ausgewählt", antwortete Mallory. „Wir gehen mal hierhin, mal dorthin." Sie wandte sich Nadia zu. „Bist du soweit?" Zur Antwort wippte Nadias Kapuze auf und nieder.

Dann trat Nadia mit vorgerecktem Arm auf mich zu, als wollte sie mir die Hand geben, aber als ich die ihre ergreifen wollte, zog sie sich unvermittelt zurück und sah Mallory erschreckt an.

„Was ist denn?", fragte ich. „Habe ich was Falsches gemacht?"

„Beweg dich nicht", sagte Mallory. „Lass die Arme hängen und steh einfach still da."

Nadia trat wieder vor. Ohne mich zu berühren, strich sie mit der Hand an meiner Körperseite entlang, erst an der einen, dann an der anderen, und schließlich tat sie dasselbe von vorne und hinten, genau wie es mit diesen Handdetektoren im Flughafen geschieht. Worum ging es hier eigentlich? In der Hoffnung, dass sie mich aufklären würde, warf ich Mallory einen verwirrten Blick zu, aber alle drei blickten äußerst ernst drein, als wäre das hier mehr als nur ein Spiel. Gerade, als ich dachte, es sei vorbei, hob Nadia die Hände und ergriff mich bei den Schultern. „Schau mich an", sagte sie. Ich sah auf ihr von der Kapuze verhülltes Gesicht hinunter. Obgleich es im Schatten lag, bekam ich ein total unheimliches Gefühl, als sie mich so durchdringend anstarrte. Ich fühlte mich bloßgestellt und beschämt, als hätte sie mich dabei überrascht, wie ich nackt in meinem Zimmer tanzte. Nicht, dass ich jemals nackt in meinem Zimmer tanzen würde. Okay, doch, hab ich gemacht, aber nur ein einziges Mal, und dabei hat mich niemand überrascht. Trotzdem musste ich jetzt daran denken.

Schließlich ließ Nadia mich los und sagte: „Er ist okay."

„Was zum Teufel sollte das?", fragte ich.

Mallory, die eindeutig die Anführerin war, sagte: „Nadia hat die Begabung, Mensch besonders gut einschätzen zu können. Wir wollten dir unser Geheimnis nicht anvertrauen, bis wir wussten, dass du okay bist. Es wäre zu gefährlich."

„Ach wirklich", sagte ich und verschränkte die Arme vor der Brust. Ich wollte nicht sarkastisch klingen, aber ich weiß, dass es so herauskam. Zumindest ein bisschen. Das hier erinnerte mich allmählich an die Geheimclubs, die Grundschüler gerne mal erfinden. Demnächst würden sie mir dann ihr Clubhaus und ihren geheimen Handschlag zeigen. „Und wie genau hat sie das gemacht, mich einschätzen?"

„Das ist Teil einer längeren Geschichte."

„Ach ja? Nun, ich bin ganz Ohr, ihr dürft mich also gerne aufklären."

Elftes Kapitel

Ich musste warten, bis ich mehr herausfand. Jameson verkündete plötzlich, er habe Hunger, und Mallory sagte, sie würden mir alles im auch nachts geöffneten Diner an der Highway 63 berichten. Rosie's Diner hatte es schon gegeben, als meine Eltern noch klein waren (damals hieß er allerdings Melvin's Diner), und ich war schon hunderttausend Mal dort gewesen, meistens nach Footballspielen meiner Highschool. Ich wusste, dass der Imbiss die ganze Nacht offen hatte, aber mir war nie der Gedanke gekommen, während meiner nächtlichen Wanderungen dort hinzugehen. Musste ein Teenager nach Mitternacht in einem Diner nicht Verdacht erregen? Das hatte ich mir zumindest so überlegt, aber Jameson, Nadia und Mallory schien das keine Sorgen zu bereiten. Sie marschierten hinein wie die Stammkunden, die sie anscheinend waren. Es waren keine Gäste da, abgesehen von einem alten Mann, der an der Theke saß. Ich hatte ihn schon öfter in der Stadt gesehen. Er sah wie ein Penner aus, hatte wirres Haar, trug ein Flanellhemd und eine zerschlissene Arbeitshose und schlurfte herum, als wäre er nicht ganz richtig im Kopf. Manchmal sah ich ihn in der Bücherei; er saß dann in der Zeitschriftenecke und machte ein Nickerchen. Wenn wir ihm begegneten, grüßte meine Mom ihn immer, und sie wechselten ein paar Worte, aber so war sie mit jedem. Ich hatte mir den alten Kerl nie näher angeschaut, aber Mallory begrüßte ihn herzlich, legte ihm die Hand auf die Schulter und fragte: „Hi, Gordy, was geht ab?"

Er drehte sich zur Antwort auf seinem Hocker herum. „Nichts. Alles angewachsen." Er glucкste, als wäre das ein richtig guter Scherz, und Mallory lachte ebenfalls. Ich hatte den Eindruck, dass das bei ihnen ein Running Gag war.

Die Besitzerin Rosie, die gleichzeitig die Kellnerin abgab, winkte uns auf „euren Stammplatz", wie sie das nannte. Ich wählte meinen Stuhl als Erster und war froh, als Mallory sich neben mich setzte.

„Ihr habt also Verstärkung bekommen", sagte Rosie, als sie die Speisekarte brachte. „Jetzt seid ihr kein Trio mehr."

„Er ist auf Probe dabei", gab Mallory zurück und knuffte mich gegen den Arm. „Wir fühlen ihm noch auf den Zahn."

Rosie lachte. „Falls er viel Trinkgeld gibt, schlage ich vor, dass ihr ihn behaltet."

Oh, Mist, das erinnerte mich daran, dass ich überhaupt kein Geld dabei hatte. Jeder in der Gruppe wusste, was er wollte, ohne überhaupt in die Speisekarte zu schauen. Alle bestellten sie Frühstück und nannten Rosie dazu eine Nummer.

„Okay, ich habe also zweimal die Nummer vier und einmal die Nummer sechs für den langen Herrn dort beim Fenster", erwiderte sie und notierte die Bestellung auf einem Block. Sie blickte auf. „Zum Trinken das Übliche?" Die drei nickten.

Nun richtete Rosie ihren Blick auf mich. Ich gab ihr die Speisekarte zurück und sagte: „Ich habe eigentlich keinen Hunger. Ich trinke nur ein Glas Leitungswasser, bitte."

Mallory griff ein. „Er nimmt eine Nummer vier wie ich. Und einen Orangensaft. Ich lade ihn ein."

„He", sagte ich, „das ist nicht nötig." War mein Gesicht rot angelaufen? Es fühlte sich so an.

Sie zuckte mit den Schultern. „So viel bin ich dir immerhin schuldig, nachdem du schon hier rausgekommen bist." Die Kellnerin notierte die Bestellung und ging, bevor ich sie widerrufen konnte. Dann nahm ich also die Nummer vier, was auch immer das war.

„Du brauchst mir kein Essen zu spendieren", sagte ich.

„Nenn es eine Rückzahlung", erwiderte Mallory.

„Wofür denn?"

„Dafür, dass du Nelly Smith das Leben gerettet hast", ertönte Nadias Stimme. Sie hielt noch immer den Kopf gesenkt.

Ich wandte mich Mallory zu. „Du hast ihnen davon erzählt?"

„Das war nicht nötig. Sie waren damals mit mir zusammen. Sie haben dich weglaufen gesehen." Sie trank einen Schluck von ihrem Eiswasser. „Aber ich hätte es ihnen erzählt, wenn sie es nicht schon gewusst hätten. In dieser Gruppe haben wir keine Geheimnisse voreinander."

„Was ist das nun eigentlich für eine Gruppe?", fragte ich. Jameson baute gerade mit seinen Marmeladendöschen einen perfekt symmetrischen Stapel, und Nadia hatte noch immer die Kapuze auf. Soweit ich es beurteilen konnte, war Mallory die einzige, bei der keine Schraube locker saß.

Jameson maß mich über seine Brille hinweg mit einem harten Blick. „Wir sind Genies mit Superkräften."

Ich konnte mich nicht beherrschen und lachte los. Er hatte das gesagt, ohne eine Miene zu verziehen, aber ich konnte mir nicht vorstellen, dass er es ernst meinte. Ich blickte von Nadia zu Jameson und von Jameson zu Mallory. Sie sahen überhaupt nicht aus wie Genies mit Superkräften.

Jameson schaute angewidert drein. „Ich hab dir doch gesagt, dass das eine schlechte Idee ist", bemerkte er zu Mallory gewandt. „Ich kann jetzt schon sagen, dass das mit ihm nichts wird."

Rosie kam mit unseren Getränken. Alle hatten Orangensaft bestellt, außer Jameson, der Kaffee trank. Nadia schob ihren Strohhalm aus seiner Verpackung und wickelte den Papierstreifen dann um ihren Finger. Nachdem die Kellnerin gegangen war, sagte ich: „Tut mir leid, dass ich gelacht habe, aber kommt schon. Das ist ein Scherz, oder?"

„Es ist kein Scherz", erklärte Mallory mit gesenkter Stimme.

„Ihr seid alle Genies?"

Nadia nickte unter der Kapuze mit dem Kopf. Jameson sah mich wütend an.

„So haben wir uns kennengelernt", erklärte Mallory. „In einer Gruppe für Hochbegabte, die zu Hause auf College-Niveau unterrichtet werden."

Jetzt war ich verwirrt. „Aber du wirst doch gar nicht zu Hause unterrichtet."

„Dieses Jahr nicht", antwortete sie. „Aber davor schon. Und jetzt gehe ich nur deshalb zur Schule, weil ich wissen wollte, was ich alles versäume. Zu Schulpartys gehen, ein Schließfach haben, im Physik- oder im Chemielabor experimentieren. Was man eben an der Highschool so macht. Ich wollte Feldhockey spielen und über das Essen in der Kantine meckern. Außerdem dachten meine Eltern, mehr Kontakt mit Gleichaltrigen würde mir guttun."

„Und hat er dir gutgetan?", fragte ich und fügte hinzu: „Der Kontakt, meine ich."

Bevor sie antworten konnte, mischte Jameson sich ein. „Mallory würde dir das nicht selbst sagen, aber sie ist brillant. Ein Tag bei euch an der Highschool ist für sie so, als würdest du dich mit Vorschülern abgeben." Sein Tonfall war nicht gerade feindselig, aber freundlich konnte man ihn auch nicht nennen. Ich merkte, dass er mir die Hackordnung klarmachen wollte. Wie Jungs so sind.

„Okay, ich hab kapiert, dass ihr alle intelligenter seid als ich", erwiderte ich. „Du kannst dich gerne überlegen fühlen, wenn dir das guttut."

„Es ist eigentlich gar nicht so, dass wir intelligenter sind", warf Mallory ein. „Nur unser Wissensstand ..."

„Nein, er hat recht", unterbrach Jameson sie. „Wir sind intelligenter. Du brauchst dich nicht dafür zu entschuldigen, Mallory. Das kann man ruhig sagen. Russ hat wahrscheinlich andere Stärken."

„Ich weiß, dass ich einfach nur durchschnittlich begabt bin. Damit hab ich kein Problem", sagte ich. „Ich bekomme gute Noten, aber ich verbringe auch viel Zeit mit Lernen." Jameson nickte, als teilte er meine Meinung. Was für ein Kotzbrocken. Ich wechselte das Thema. „Und von was für Superkräften sprechen wir hier?"

„Jetzt erzähl mal, woher wusstest du eigentlich, dass Nelly Smith Hilfe brauchte?", fragte Mallory, ohne auf meine Frage einzugehen. „Und warum warst du in dieser Nacht überhaupt draußen unterwegs?" Sie drückte meinen Arm so freundschaftlich, dass ich bereitwillig einlenkte. Zu der Frage mit den Superkräften konnten wir später zurückkehren.

„Ich kann abends nicht einschlafen", antwortete ich. „Das Einzige, was zu helfen scheint, ist ein nächtlicher Spaziergang."

Nadia sah mich überrascht an. In Mallorys Gesicht zeichnete sich Triumph ab, und ich bemerkte, dass sie Jameson einen Blick zu warf, aber dessen Miene veränderte sich nicht.

„Warum kannst du nicht einschlafen?", fragte Mallory.

„Das weiß ich nicht. Es geht eben einfach nicht."

„Wie bist du denn auf die Idee gekommen, spazieren zu gehen? Das ist doch ein ziemlich merkwürdiges Verhalten."

Ich dachte einen Augenblick nach und zuckte mit den Schultern. „Keine Ahnung. Ich habe einfach irgendwie den Drang empfunden, aus dem Haus zu gehen. Drinnen kam ich mir eingesperrt vor. Ich musste einfach raus. Und als es mir dann geholfen hat, habe ich damit weitergemacht."

In diesem Augenblick kam Rosie mit einem Tablett und stellte uns schwungvoll das Essen hin. Mensch, die Küche war hier aber schnell. „Vorsicht, die Teller sind heiß", sagte sie, zog ein Fläschchen Tabascosauce aus ihrer Schürzentasche und stellte es vor Nadia auf den Tisch. „Braucht ihr sonst noch irgendwas?"

„Nein, alles bestens", antwortete Jameson für uns andere mit. „Danke."

Alle wandten nun ihre Aufmerksamkeit dem Essen zu. Der Salzstreuer wurde herumgereicht, und Nadia übergoss ihre Spiegeleier mit genug Tabascosauce, um einem Elefanten den Magen zu verbrennen. Die drei griffen nach ihren Gabeln und futterten los. Ich folgte ihrem Beispiel und machte mich über meine Bratkartoffeln her. Ich war hungriger, als ich gedacht hatte.

„Also, Russ", nahm Mallory den Faden wieder auf. „Du kannst nicht einschlafen und gehst darum spazieren. Darauf läuft es hinaus, oder?" Sie trank einen Schluck Orangensaft und wartete auf meine Antwort.

„Ich denke schon. Es ist das Einzige, was hilft."

„Weiß irgendjemand, dass du nachts draußen unterwegs bist?", fragte Jameson.

„Nein. Ich gehe raus und komme zurück, bevor meine Eltern irgendwas merken."

„Und du folgst immer derselben Route." Das war wieder Mallory. Es klang wie eine Feststellung, nicht wie eine Frage.

„Ihr habt mich beobachtet?"

„Nicht absichtlich", antwortete Jameson. „Aber irgendwie bist du uns andauernd über den Weg gelaufen. Überall, wo wir hingegangen sind, warst du auch." Er grinste Nadia an, und die lächelte zurück.

„Nachts sind nicht allzu viele Leute unterwegs", bemerkte Mallory. „Als wir also gesehen haben, dass du dich im Dunkeln herumtreibst, sind wir auf dich aufmerksam geworden. Wir sind dir nur gefolgt, um sicherzugehen, dass du nichts Böses anstellst."

„Ihr seid mir gefolgt?" Das war unheimlich. Wie hatte mir das entgehen können?

„Nur am Anfang", antwortete Jameson. „Wir haben dann ziemlich schnell gemerkt, dass du harmlos bist." Er schüttete ein Päckchen mit Zucker in seinen Kaffee und rührte um. Dabei klingelte sein Löffel laut im Glas. Rühren ohne Löffelgeklirr wird im Genieunterricht wohl nicht behandelt.

„Also", sagte Mallory fröhlich. „Möchtest du Mitglied unserer Gruppe werden?"

„Äh, nein", antwortete ich. „Warum sollte ich das wollen?"

Nadia wandte sich an Mallory. „Du hast vergessen, ihm zu sagen, worum es bei uns eigentlich geht."

„Vor lauter Fragenstellen bist du nicht dazu gekommen", fügte ich hinzu und trank einen Schluck Orangensaft.

„Okay, hier ist die Antwort in Kurzform", erwiderte Mallory. „Derzeit ereignet sich ein ausgesprochen merkwürdiges astronomisches Phänomen. Wer ihm ausgesetzt ist, scheint davon auf irgendeine Weise verändert zu werden."

Plötzlich ging mir ein Licht auf, und ich begriff, wovon sie redete. Von den Lichtern am Himmel. Ich war also nicht der einzige Zeuge dieser Erscheinung gewesen. „Dann habt ihr sie also vor ein paar Nächten ebenfalls gesehen? Die Lichter, die aus dem Himmel herabgesunken und in einer Spirale gelandet sind?"

Die drei wechselten einen Blick, den ich nicht recht deuten konnte. Mallory holte tief Luft. „Nein, diesmal nicht."

„Es ist schon einmal passiert?", fragte ich.

Mallory nickte. „Wir haben sie vor ungefähr einem Jahr gesehen. Die Lichter fielen im Schwarm herab und landeten in einer perfekten Fibonacci-Spirale auf dem Boden. Wir haben die Erscheinung beobachtet, bis sie vollkommen verglüht war, aber keiner von uns konnte sich einen Reim darauf machen. Später hat dann jeder von uns andere Erfahrungen gemacht. *Ungewöhnliche* Erfahrungen."

„Es hat uns irgendwie verzaubert", sagte Nadia. „Es war berauschend."

„Woher wusstet ihr, dass ich das Gleiche gesehen habe?"

Jetzt hatten sie meine ungeteilte Aufmerksamkeit.

„Weil du in Specters Kurs ein Bild davon gekritzelt hast", antwortete Mallory. „Und zwar genau so, wie wir es auch gesehen haben. Unmittelbar darauf hat Specter danach gefragt. Da habe ich zwei und zwei zusammengezählt."

„Erzähl ihm, was danach geschehen ist", warf Jameson mit gepresster Stimme ein. „Nach der Spirale."

„Das war letztes Jahr. Ein paar Tage, nachdem wir die ‚Lichter' gesehen hatten, wie du es nennst, sind wir an den Schauplatz zurückgekehrt, um Proben zu sammeln. Wir waren von dem, was wir gesehen hatten, so fasziniert gewesen, dass uns gar nicht der Gedanke gekommen war, ein paar Beweisstücke mitzunehmen. Darum sind wir noch einmal hingegangen." Mallory sprach fast flüsternd. „Und jetzt wird es wirklich eigenartig. Die Fragmente waren alle weg."

„Weg?"

„Nicht mehr da", bestätigte Jameson mit vor Sarkasmus triefender Stimme.

„Ich weiß, was *weg* bedeutet", gab ich zurück. „Nur verstehe ich das einfach nicht. Wie können denn all die Fragmente verschwunden sein? Es waren doch Tausende davon. Vielleicht waren sie ja in der Erde schlecht zu erkennen?"

„Nein, sie waren wirklich weg. Jemand war da gewesen und hatte die Fläche gesäubert", berichtete Jameson und fügte dann bedauernd hinzu: „Ich hätte sofort ein paar Proben mitnehmen sollen. Ich habe die Chance vertan."

Nadia tätschelte seinen Arm, aber ihr Versuch, ihn zu trösten, schien ihn nicht aufzumuntern.

„Keiner macht dir einen Vorwurf, Jameson", sagte Mallory. „So wichtig ist es auch gar nicht. Nur hätten wir gerne ein paar Bruchstücke analysiert", fuhr sie fort und beugte sich dichter zu mir. „Ihre Eigenschaften korrelieren nicht mit dem, was wir über Energie und Materie wissen. Sie verstrahlen noch eine längere Zeit Licht und leichte Wärme, sind aber an sich nicht heiß. Manchmal strahlt das Licht noch einmal hell auf, nachdem es schon ausgegangen ist, wie bei einer dieser Scherzartikel-Geburtstagskerzen, deren Flamme immer wieder aufspringt. Die Erscheinung scheint bei denen, die mit ihr in Kontakt gekommen sind, eine Veränderung zu bewirken, aber nicht durchgängig dieselbe. Bei jedem von uns ist eine andere Nebenwirkung aufgetreten, um das in Ermangelung eines besseren Wortes einmal so zu nennen."

„Ich würde meinen rechten Arm dafür hergeben, einen Brocken von diesem Zeug untersuchen zu können", sagte Jameson.

„Was immer es ist, die üblichen Eigenschaften von Energie weist es anscheinend nicht auf", bemerkte Nadia achselzuckend. „Und die Wirkung, die es auf Menschen hat, scheint ganz zufällig mal so und mal so zu sein."

„Nur ein einziger, kleiner Brocken, mehr bräuchte ich gar nicht", sagte Jameson.

Mein Essen war noch auf dem Teller. Ich legte die Gabel weg. Ich war fertig. „Und jetzt habt ihr also alle Superkräfte?"

„Ich nenne sie gerne *erweiterte Fähigkeiten*", sagte Mallory und setzte die letzten beiden Worte mit den Fingern in Gänsefüßchen.

Jameson grinste höhnisch. „Ich habe sie einfach nur Superkräfte genannt, damit du es kapierst, Russel."

„Meinetwegen brauchst du es nicht für Doofe zu sagen", erklärte ich. „Selbst wenn du große Worte verwendest, kann ich dir folgen, glaub mir."

Rosie kam mit einer Kanne Kaffee und schenkte Jameson nach. Solange sie da war, schwiegen alle.

„Und was sind das nun für erweiterte Fähigkeiten?", fragte ich, als die Kellnerin wieder weg war. Ich musterte jeden von ihnen kurz und versuchte, mir etwas zurechtzulegen, musste aber passen. Mallory sah aus wie eine ganz normale, hübsche Zehntklässlerin. Jameson ähnelte mit seiner teigigen Haut und der schlaksigen Figur einer bebrillten Albino-Giraffe. Und Nadia, nun ja, da sie sich immer unter ihrer Kapuze versteckt hielt, wusste ich nicht recht, was ich von ihr denken sollte. Mit ihren stacheligen Ponyfransen und den großen, dunklen Augen hätte sie auch eine Manga-Figur sein können. Keinen der drei konnte man mit einem Superhelden verwechseln. Es entstand eine lange Pause, und als eine Antwort ausblieb, sagte ich: „Soll ich etwa raten?"

Ich sah, wie Nadia Jameson anschaute, und obgleich sie nicht miteinander sprachen, lief zwischen ihnen etwas ab. Ihre Lider zuckten ganz leicht, und ihr Gesichtsausdruck verriet sie. Ich warf Mallory einen Blick zu, ob sie mich aufklären würde, aber sie schaute wie gebannt auf die anderen beiden. Es war so still, dass ich fast erschrak, als Nadia schließlich das Wort ergriff.

„Zeig es ihm, Jameson", sagte sie.

Jameson grinste, als hätte er nur auf diesen Augenblick gewartet. Er rieb sich die Hände. „Na, Russ, wie gut bist du in Naturwissenschaften?"

Ich zuckte mit den Schultern. „Okay, schätze ich. Ich werde im Kurs die Bestnote bekommen."

„Schön für dich!", sagte er in eindeutig herablassendem Tonfall.

„Ich bin allerdings im Kurs für Dummies, irgendwas namens Schnupperkurs Naturwissenschaften", schränkte ich ein. „He, Moment mal", ich zeigte auf Mallory. „Wenn du dermaßen hochbegabt bist, was machst du dann in meinem Unterricht?"

Sie wirkte verlegen. „Ich habe für alle Mathekurse, die die Schule anbietet, eine Befreiungsprüfung abgelegt. Specters Kurs ist für mich ein Wahlfach."

„Oh. Und was sollte das mit deinem vorgetäuschten epileptischen Anfall?"

„Ich musste irgendwas unternehmen. Sonst hättest du Mr Specter von den Lichtern erzählt."

„Augen auf, Russ", sagte Jameson, wedelte mit der Hand und schnalzte mit den Fingern. „Kommen wir mal wieder zur Sache."

„Zeig ihm einfach nur, was du kannst", sagte Nadia. Ihre dunklen Augen strahlten, und sie zappelte ein wenig vor Aufregung. „Es ist sehr beeindruckend", sagte sie zu mir.

„Ich möchte erst noch eine Kleinigkeit erklären", bemerkte Jameson. „Das ist für dich vielleicht ein bisschen arg anspruchsvoll, Russ, aber versuch mal mitzudenken. Es hat mit Energie zu tun. Der Einfachheit halber wollen wir einmal sagen, dass es zwei Grundformen von Energie gibt, kinetische Energie und potenzielle Energie. Potenzielle Energie ist gespeicherte Energie. Wenn ich ein Marmeladendöschen hochhebe, wende ich dazu Energie auf, die sich in kinetische Energie verwandelt, sobald ich das Ding wieder fallenlasse." Er hob eines auf Augenhöhe hoch und ließ es auf den Tisch plumpsen.

„Himmelherrgott nochmal, zeig ihm doch einfach, was du kannst", sagte Mallory.

Jameson hob die Hand. „Nur Geduld, Mallory, er begreift es, das merke ich." Er wandte sich wieder mir zu. „Kinetische Energie andererseits ist Bewegungsenergie. Je schneller ein Körper sich bewegt, desto mehr kinetische Energie wird freigesetzt. Wenn ich eben dieses Marmeladendöschen auf dem Spielplatz eine Rutschbahn hinuntersausen lasse, wird die potenzielle Energie in kinetische Energie umgewandelt. Kannst du mir folgen, Russ?"

Ich nickte.

„Je größer also die Masse und die Geschwindigkeit des Objekts, desto größer die kinetische Energie."

„Ich hoffe, du kommst irgendwann noch zum springenden Punkt", sagte ich mit einem Blick auf die Wanduhr, die mir gegenüber hing. Es war viel später als sonst, und das machte mich nervös.

„Oh, das tue ich in der Tat."

Ich senkte den Kopf wieder und sah plötzlich, dass das Marmeladendöschen sich ganz von allein bewegte. Es zog vor Jameson Kreise über den Tisch, und bei mir entstand der Eindruck, dass er es mit winzigen Bewegungen seines Zeigefingers dirigierte. Er wackelte mit dem Finger hin und her und fuhr mit ihm kleine Runden, und das Marmeladendöschen ahmte diese Bewegungen in zwanzig Zentimeter Entfernung nach. „Spring, kleines Döschen, spring", sagte Jameson ausgelassen, und genau das tat es. Es hüpfte auf dem Tisch herum wie ein Gummiball. Jameson streckte die Hand aus und fing es mitten in der Luft auf.

Mir blieb der Mund offen stehen. „Wie machst du das?"

„Es ist weder kinetische *noch* potenzielle Energie", antwortete er, und wieder dirigierte er das Marmeladendöschen im Kreis. „Es ist etwas völlig Neues. Ich nenne es Jameson Energie."

Zwölftes Kapitel

Mallory stupste mich an, als wollte sie mir bedeuten: *Schau, ich hab dir doch gesagt, dass das ein Riesending ist.* Ein Ausdruck reinen Entzückens huschte über ihr Gesicht. Auch Nadia wirkte verzaubert und applaudierte Jameson mit lautlosem Klatschen. Ich hoffte, dass ich nicht so verdattert dreinschaute, wie ich mich fühlte.

Jameson reichte mir das Marmeladendöschen, und ich nahm es benommen entgegen. Es war nichts Ungewöhnliches daran, keine Fäden, nichts war irgendwie daran befestigt, und es verströmte auch keine Wärme. Es sah genauso aus wie all die anderen Döschen, ein winziger Plastikbehälter mit abreißbarem Deckel, der mit einem Foto violetter Trauben verziert war. Der einzige Unterschied zwischen diesem Döschen und seinen Kollegen war sein sportliches Talent. „Als du vor einem Jahr der Wirkung der Lichter ausgesetzt warst, hat dir das die Fähigkeit verliehen, Objekte zu bewegen, ohne sie zu berühren?", fragte ich.

Jameson grinste so, dass ich alle Zähne sah. „Ich hatte dir ja gesagt, dass er es kapieren würde, Mallory. Was für ein schlaues Kerlchen." Er nahm die Brille ab und wischte mit dem Saum seines Sweatshirts daran herum.

„Okay, das waren jetzt genug sarkastische Sprüche", sagte Mallory. Die Kellnerin kam, um Kaffee nachzuschenken, aber Mallory winkte ab. „Nur die Rechnung, bitte."

„Wie ist das möglich?" Ich stellte das Marmeladendöschen auf den Tisch zurück. Ich konnte mir das, was ich gesehen hatte, absolut nicht erklären. Es war ein Trick, alles andere war ausgeschlossen. Magier und Illusionisten führten schon seit Jahrhunderten weit hirnzersprengendere Kunststücke vor. Wenn jemand ein Mädchen in der Mitte durchsägen oder einen Elefanten verschwinden lassen konnte, war es bestimmt auch nicht so schwer, ferngesteuerte Bewegungen eines kleinen Objekts vorzutäuschen.

Mallory beugte sich zu mir und sagte leise: „Nachdem wir der Wirkung der Energiefragmente ausgesetzt waren, haben wir festgestellt, dass jeder von uns eine besondere Fähigkeit erworben hatte, und bei jedem war es etwas anderes." Sie legte mir beruhigend die Hand auf den Arm. „Ich weiß, dass einem das irgendwie verrückt vorkommen kann, wenn man nicht damit rechnet."

„Und was ist dann deine Superkraft?", fragte ich.

„Meine. Ich denke, man könnte es Bewusstseinskontrolle nennen."

„Bewusstseinskontrolle? So wie in ‚Das sind nicht die Droiden, die ihr sucht?'", fragte ich, einen Ausspruch Obi-Wans aus *Star Wars* zitierend.

„So ungefähr. Ich bemühe mich noch, es herauszufinden. *Wir alle* bemühen uns noch, es herauszufinden." Mallory blickte die anderen an, und die nickten. „Keiner von uns wusste, dass die Lichter etwas mit uns angestellt hatten, bis eigenartige Dinge passiert sind. Ich wusste nicht, dass ich Gedanken kontrollieren konnte. Anfangs habe ich mich einfach nur gewundert, warum alle plötzlich stets einer Meinung mit mir zu sein schienen. Ich war total verwirrt. Inzwischen spüre ich tatsächlich, wie diese Energie durch meinen Körper fließt, und kann sie irgendwie kontrollieren."

„Warum möchtest du sie denn kontrollieren?", fragte ich. „Wäre es nicht einfach super, wenn alle einem ständig recht gäben?"

Mallory schüttelte den Kopf. „Anfangs, als ich gerade begriffen hatte, dass ich das kann, habe ich es andauernd gemacht. Ich meine, es war wirklich cool, in allem meinen Willen zu bekommen, aber es lief dann in eine komische Richtung. Jetzt passe ich auf. Wenn ich Menschen so dirigiere, scheint ihnen das Energie zu entziehen. Sie werden müde und bekommen Kopfschmerzen und Muskel- und Gelenkschmerzen. Meine Mutter ist davon so krank geworden, dass sie zwei Tage im Bett liegen musste."

Ich war mir nicht sicher, ob ich ihr das alles wirklich glaubte, aber wenn sie mir nur etwas vorflunkerte, war sie eine perfekte Schauspielerin. Ich wollte nicht davon ausgehen, dass dieses hübsche Mädchen mich anlog, aber was sie sagte, wirkte einfach zu unfassbar. „Kannst du es mir einmal vorführen?"

„Das mache ich, versprochen", antwortete sie. „Aber nicht heute Abend."

„Und deine Superkraft?", fragte ich mit einem Blick auf Nadia. „Welche Fähigkeit hast du bekommen?"

„Ich kann in Menschen hineinschauen. Ich kann ihre Gedanken lesen, ich merke es, wenn sie lügen, und ich sehe, was sie in der Vergangenheit gemacht haben. Wenn ich ihnen in die Augen blicke, kenne ich sie. Ich kann das Innerste ihrer Seele sehen." Bei diesen Worten hielt Nadia den Kopf gesenkt, und so sah ich nur die Spitze ihrer Kapuze.

„Interessant", sagte ich. Und es war wirklich interessant. Interessant, dass zwei der drei Kräfte im Grunde unsichtbar blieben, während Jamesons Fähigkeit eigentlich nicht mehr als ein Zauberkunststück war. Ich war zwar kein Genie, aber ein Dummkopf war ich auch nicht. Und wenn diese drei mir einen Streich spielen wollten, würde ich nicht darauf hereinfallen. Mrs Becker hatte keinen Trottel großgezogen (es sei denn, man zählte meine Schwester Carly mit, aber das war eine andere Geschichte).

„Und du hast eine Verstorbene zum Leben erweckt", sagte Nadia. „Was deine Superkraft ist, kann man sich also ziemlich leicht zurechtlegen."

„Oh nein", entgegnete ich. „Das war ich nicht. Ich meine, ich war da, aber ich habe sie nicht ins Leben zurückgeholt."

„Hat ihr Puls noch geschlagen?", fragte Jameson.

„Ich konnte ihn nicht fühlen. Aber", und hier hob ich zur Betonung die Hand, „das bedeutet nicht, dass sie tot war. Ihr Puls war wahrscheinlich so schwach, dass ich ihn nicht entdeckt habe. Ich war ziemlich durch den Wind. Ein Arzt oder Pfleger hätte wahrscheinlich einen Puls festgestellt."

„Du behauptest also, dass sie nicht vollkommen tot war, sondern nur ein bisschen tot."

„Nein, ich ..." Die Art, wie Jameson mir das Wort im Mund herumdrehte, machte mich allmählich wild. „Sie war überhaupt nicht tot, und also konnte ich sie auch nicht zum Leben erwecken."

„Aber das hast du getan", sagte Nadia.

„Wie du meinst." Ich wollte mich deswegen nicht streiten, aber ich wusste, dass ich recht hatte. Was vollkommen neue Dinge in meinem Leben betrifft, bin ich ein ziemlich aufmerksamer Beobachter. Ich habe es sofort bemerkt, als mir Achselhaare wuchsen. Da würde es mir bestimmt nicht entgehen, wenn ich plötzlich über eine Superkraft verfügte.

Die Kellnerin brachte die Rechnung, und alle standen auf. Ich ging hinter den anderen her, immer noch damit beschäftigt, das gerade Gehörte zu verdauen. An der Kasse bezahlte Mallory für alle. Nadia und Jameson schauten nicht einmal in ihren Jackentaschen nach, ob sie Geld dabeihatten.

„Danke für das Essen", sagte ich, als wir den Diner verließen und die Tür hinter uns zufiel. „Es war prima."

„Danke für das Essen? Es war prima?", wiederholte Mallory. „Das ist alles, was du zu sagen hast, nachdem wir dir dieses unglaubliche Geheimnis über die Superkräfte anvertraut haben?"

„Hast du denn keine Fragen?" Das kam von Nadia, die hinter uns herkam. Sie hatte im Diner kein einziges Mal die Kapuze abgezogen, und jetzt war sie vollständig darunter verborgen.

„Nur hunderttausend." Das stimmte; ich hätte die ganze Nacht darüber reden können, aber die Uhrzeit, zu der ich normalerweise nach Hause kam, war schon vorbei, und das machte mich nervös. Meine Eltern hatten bisher noch nie etwas gemerkt, wenn ich nachts unterwegs war, aber das bedeutete nicht, dass sie mich nicht diesmal erwischten. Wenn ich Pech hätte, würde ich gerade in dem Moment zur Tür reinkommen, in dem meine Mutter mal wieder aufstand, um zur Toilette zu gehen. Warum jemand keine Nacht durchhielt, ohne zwischendurch pinkeln zu müssen, begriff ich zwar nicht, aber ich hörte oft nachts unten die Toilettenspülung rauschen, und dann wusste ich immer, dass sie es war. Sie schob es auf die Wechseljahre. Tatsächlich schob sie ziemlich viel auf die Wechseljahre. „Ich muss heim", sagte ich und steckte die Hände in die Hosentaschen. „Wir können uns ein andermal unterhalten, oder?"

Mallory nickte. „Ich erkläre dir alles nach der Schule. Aber vergiss nicht, dass das, was wir dir gesagt haben, streng vertraulich ist. Nur wir vier wissen davon."

„Moment mal. Ihr wisst also jetzt seit einem Jahr Bescheid, und keiner von euch hat *irgendjemandem* davon erzählt?" Wir hatten den Parkplatz überquert, aber jetzt blieb ich stehen, um die drei anzusehen. „Warum denn nicht?"

Nadia hielt den Kopf gesenkt. Ihre Stimme kam unter der Kapuze hervor. „In den Comics erzählen sie so was nie."

„Okay, na ja ..." Das stimmte zwar, aber das hier war kein Comic-Buch, und ich war nicht Peter Parker. Jemandem in offizieller Position davon in Kenntnis zu setzen, erschien mir als eine vernünftige Vorgehensweise.

„Der Hauptgrund, warum wir uns dagegen entschieden haben, irgendetwas preiszugeben, ist der, dass das derzeit vielleicht gefährlich wäre", erklärte Mallory. „Du musst mir hier vertrauen. Erzähle niemandem davon, googele es nicht und verschicke keine Textnachrichten darüber. Das lässt sich alles zurückverfolgen. Wir müssen hier ganz altmodisch sein und dürfen uns nur von Angesicht zu Angesicht unterhalten. Außer uns weiß noch irgendjemand von dieser Sache, und diese Leute bemühen sich, uns zu finden.

Wir versuchen immer noch herauszufinden, wer da eigentlich Bescheid weiß und was man von uns will. Wenn wir Klarheit haben, werden wir vielleicht an die Öffentlichkeit gehen. Aber vorläufig behalten wir alles für uns."

„Woher wisst ihr denn, dass jemand informiert ist und nach euch sucht?"

„Mr Specter zum Beispiel wusste Bescheid", antwortete sie und begann, die Punkte an den Fingern abzuzählen. „Dann ist da die Tatsache, dass es nicht in den Nachrichten kommt und man online nichts darüber findet. Es gibt noch mehr. Jemand jagt uns. Wenn wir uns wiedersehen, erzähle ich dir mehr davon." Sie blickte in den Nachthimmel hinauf. Es war klar, und über uns funkelten die Sterne. „Sei einfach vorsichtig, Russ. Ich glaube, wenn wir zusammenhalten, können wir herausfinden, was das alles bedeutet."

„Was meinst du damit, dass jemand uns jagt?"

„Vielleicht ist jagen das falsche Wort. Eher könnte man sagen, jemand versucht, uns aus der Deckung zu locken. Morgen erzähle ich dir mehr."

„Halte vorläufig einfach den Mund, falls du dazu imstande bist", sagte Jameson und zeigte mit seinem ausgestreckten Zeigefinger auf mich. „Versuche, es nicht zu vermasseln."

„Ich weiß, wie man ein Geheimnis bewahrt", gab ich genauso unhöflich zurück.

„Das hoffe ich", erwiderte Jameson und schob seine Brille mit seinem langen, spitzen Zeigefinger die Nase hinauf. „Mallory hat für dich gebürgt. Wenn es nach mir ginge, wärest du nicht hier."

„Ja, das ist mir nicht entgangen", antwortete ich. Der Kerl hatte offensichtlich ein ernsthaftes Problem mit mir. Mir war zwar nicht recht klar warum, aber ich würde seine Beleidigungen nicht hinnehmen, auch wenn er ein Freund von Mallory war.

Dreizehntes Kapitel

Wir wünschten uns gegenseitig eine gute Nacht und gingen auseinander. Ich machte mich auf den Heimweg, aber unterwegs überfiel mich der Gedanke, dass ich zum aufgegebenen Bahnhof zurückkehren sollte, um mir das Areal, auf dem ich die Lichter gesehen hatte, noch einmal anzuschauen. Mallory und ihre Freunde hatten gesagt, sie seien ein paar Tage nach ihrem Erlebnis mit den Lichtern zurückgekehrt, aber die Bruchstücke seien weg gewesen, alle verschwunden. Mir war schleierhaft, wie das möglich sein sollte. Ein Mensch würde ewig brauchen, um jedes einzelne Bröckchen einzusammeln. Nicht einmal ein ganzer Trupp von Suchern würde alle finden können. Es gab Tausende, vielleicht sogar Zehntausende Fragmente. Irgendein Beweis musste doch zurückgeblieben sein. Wenn ich ein kleines Bruchstück fände, hätte ich diesem eingebildeten Kotzbrocken von Jameson, der sich für etwas Besseres hielt, eindeutig etwas voraus. Na gut, vielleicht war er ja intelligenter. Na und? Das hieß nicht, dass ich nicht auch etwas beitragen konnte. Was hatte er noch gesagt? *Ich würde meinen rechten Arm dafür hergeben, einen Brocken von diesem Zeug untersuchen zu können.* Ich wollte seinen rechten Arm nicht und auch sonst keinen seiner Körperteile, aber ich würde wirklich gerne sein Gesicht sehen, wenn ich plötzlich etwas besäße, was er selbst sich so rasend wünschte.

Ich eilte so schnell ich konnte zu dem Areal. Als ich beinahe beim Bahnhof angelangt war, sah ich die Lichter in der Ferne. Nicht die Art Lichter, die ich am Anfang der Woche vom Himmel hatte fallen sehen. Nein, dies hier war elektrisches Licht, und es wurde vom Sirren irgendwelcher Geräte begleitet. Ich ging einen kleinen Hügel hinauf, huschte hinter das mit Brettern vernagelte Bahnhofsgebäude und spähte um die Ecke.

Die Wiese war abgesperrt worden wie der Tatort eines Verbrechens. In jeder Ecke stand ein Pfahl, und von einem zum anderen war gelbes Band gespannt. Scheinwerfer auf Stativen erhellten die Fläche, wo nur wenige Nächte zuvor die Lichtspirale geleuchtet hatte. Links und rechts des Areals stand je ein mit einer Schusswaffe im Schulterhalfter bewaffneter Wächter. Die Waffen waren nicht so lang wie ein Gewehr, aber mächtiger als eine Pistole. Aus dieser Entfernung waren sie schwer genauer zu bestimmen. Auch die Uniformen der Männer kannte ich nicht. Sie gehörten zu keiner mir geläufigen Polizeitruppe oder Armee. Worum konnte es hier gehen? Bewachten sie etwa Steine?

Auf der abgesperrten Fläche gingen mindestens ein Dutzend Männer langsam hin und her und schwenkten dabei jeder ein Gerät, das wie ein Metalldetektor aussah, über den Boden. Sie trugen weiße Overalls, die vorne mit einem Reißverschluss geschlossen wurden. An den Händen hatten sie übergroße, weiße Handschuhe wie Micky Maus. Keiner redete, aber die Geräte gaben ein Geräusch wie ein Trafo-Summen von sich, das mich verrückt machte. Mit langsamen, vorsichtigen Schritten, die Augen auf den Boden geheftet, gingen die Männer das Areal ab. Sie suchten mit Sicherheit die kleinen Steinfragmente, die vom Himmel gefallen waren. Das Ereignis lag jetzt zwei Nächte zurück. Hatten sie vielleicht den größten Teil inzwischen schon gefunden und vergewisserten sich jetzt nur noch einmal, dass sie auch wirklich alles eingesammelt hatten?

Während ich zuschaute, gab eines der Geräte Alarm, ein unangenehmes, lautes Piepen wie von einem altmodischen Wecker. Der Arbeiter stellte den Ton ab, klemmte das Gerät unter den Arm und bückte sich, um etwas aufzuheben. Ich konnte nicht sehen, was es war, aber es passte in seine eine Hand, groß war es also nicht. Er ging zu einem Mann hinüber, der unmittelbar außerhalb des abgegrenzten Bereichs stand.

Den Mann hatte ich bisher noch gar nicht wahrgenommen. Er trug keinen weißen Overall, gehörte also offensichtlich nicht zu den Arbeitern. Ich sah nur seinen Rücken, aber er war groß, schlank und dunkel gekleidet. Er hatte die respektgebietende Haltung dessen, der das Kommando hat. Nach meiner Einschätzung überwachte er die Operation. Der Arbeiter zeigte seinem Chef, was er gefunden hatte, und warf es nach dessen anerkennenden Nicken in einen zylindrischen, mülleimergroßen Behälter. Die beiden wechselten ein paar Worte, und dann schlug der Arbeiter plötzlich meine Richtung ein, den Detektor noch immer unter den Arm geschoben.

Himmel, er kam direkt auf mich zu. Das war nicht gut. Wenn man mich hier entdeckte, war ich am Arsch. Wenn ich jetzt wegrannte, würde man wohl auf mich aufmerksam werden. Ich erstarrte und presste mich dicht an die Wand. Unwillkürlich hob ich die Hand vor den Mund, damit nur ja kein Ton herauskam. Auf meiner Seite des Hauses war es ziemlich dunkel. Vielleicht würde ja alles gutgehen.

Dann aber kam mir ein anderer Gedanke. Was, wenn der Chef mich bemerkt und den Mann losgeschickt hatte, um mich zu schnappen? Wieso hatte Mallory mich noch einmal ermahnt, nicht die Aufmerksamkeit auf mich zu lenken? Weil es gefährlich wäre. Genau dieses Wort hatte sie verwendet. Gefährlich im Sinne von Lebensgefahr. Ich hatte nicht das geringste Interesse herauszufinden, was diese bewaffneten Wächter mit jemandem anstellen würden, der das Bahnhofsgelände unerlaubt betreten hatte.

Ich hörte, wie die Schritte des Arbeiters im hohen Gras raschelten und immer näher kamen. Mein Herz hämmerte so laut, dass ich Angst hatte, es würde mich verraten. Aber das konnte ja keiner außer mir selbst hören, oder?

In der Ferne vernahm ich noch immer das Sirren der Geräte und die Schritte der anderen Männer, aber Sorgen bereitete mir der, der auf mich zu kam. Näher und immer näher. Er räusperte sich drohend. Doch gerade, als ich schon zur Flucht ansetzen wollte, blieb der Arbeiter stehen. Ich befand mich hinter dem Gebäude, und er stand um die Ecke, so nah, dass ich hätte wetten können, ich müsste nur den Arm ausstrecken, um ihn zu berühren. So nah, dass er mich mit einem einzigen Satz hätte packen können.

Doch nichts dergleichen geschah, denn als nächstes hörte ich, wie ein Reißverschluss geöffnet wurde. Dann nahm ich das unverkennbare Plätschern wahr (und den entsprechenden Geruch), mit dem Pisse gegen die Wand eines Hauses sprüht. Der Kerl war nicht hinter mir her gewesen, er musste einfach nur mal pinkeln. Ich blickte zum Sternenhimmel auf und dankte Gott. Was für eine Erleichterung. Ich atmete lautlos aus und spürte, wie mein Herzschlag ein wenig ruhiger wurde.

Ich gelobte mir, sofort, wenn der Kerl fertig war, nach Hause in mein sicheres Zimmer zurückzukehren. Und es nie wieder zu verlassen. Ich war nicht für so einen Stress geschaffen. Ich wartete ab, während der Kerl pinkelte und pinkelte und gar nicht mehr damit aufhören wollte. Mann, der hatte es aber wirklich nötig gehabt. Ich lehnte mich mit dem Kopf gegen die Wand und gestattete mir, mich ein bisschen zu entspannen, nur ein kleines bisschen. Gleich würde ich hören, wie er zu seiner Arbeit zurückkehrte, und dann wäre ich gerettet.

Ich hörte, wie das Plätschern versiegte und der Reißverschluss hochgezogen wurde. Dann ein Klicken, und ich erhaschte ein elektronisches Sirren, als hätte er den Detektor wieder eingeschaltet. Wenige Sekunden später ertönte das schrille Piepen, mit dem das Gerät auch schon auf dem Suchareal angeschlagen hatte. Ich fuhr erschreckt zusammen.

„Was zum Teufel", hörte ich ihn brummen, und dann rief er zu den anderen zurück: „Ich hab hier was."

Ich wartete nicht ab, was als nächstes geschehen würde. Ich rannte los. Ich rannte so schnell ich konnte, was mir plötzlich nicht schnell genug vorkam. Ich hörte, wie der Kerl „He!" rief und wusste, dass er mich entdeckt hatte.

Hinter dem Bahnhof fiel das Gelände ein wenig ab, und ich war ohne jede Deckung. Nicht großartig, aber so war es eben. Ohnehin hatte ich nicht viel Zeit, darüber nachzudenken. Angst und Adrenalin verliehen meinen Beinen Flügel.

Ich würde mehr Versteckmöglichkeiten finden, wenn ich erst die Häuser von Old Edgewood erreicht hätte, das Viertel, in dem Nelly Smith (die jetzt im Krankenhaus lag) wohnte. Aber bis dahin waren es noch drei Kreuzungen. Hinter mir hörte ich hämmernde Schritte und eine Stimme, die mich zum Stehenbleiben aufforderte, aber ich hatte etwas Vorsprung, und außerdem war ich jünger und schneller.

Als ich bei der Straße ankam, konnte ich mich nicht mehr beherrschen und schaute mich um. Ich sagte mir, dass ich nur mal ganz schnell gucken und die Lage einschätzen wollte, aber, wie sich herausstellte, war das ein großer Fehler. Zwei Männer hatten die Verfolgung aufgenommen. Der Arbeiter, der zum Pinkeln ausgetreten war, war mir von den beiden am nächsten. Der Detektor baumelte in seiner Hand, und gelegentlich piepte er laut, was eigenartig war, da wir uns nicht in der Nähe der Wiese mit den Fragmenten befanden. Der andere Kerl war einer der bewaffneten Wächter, ein stämmiger Mensch, der mit seinen breiten Schultern und seiner ganzen Statur an den Hulk erinnerte. Obwohl sie nicht mehr jung waren, waren sie schnelle Läufer, und in dem Augenblick, in dem ich mich umschaute, holten sie auf.

Ich war in der Mittelschule in der Leichtathletikmannschaft gewesen, aber dann hatte ich gehört, wie hart der Wettbewerb in der Highschool wurde, und mir ab meinem ersten Jahr dort die Mühe gespart. Damals war mir das als eine gute Entscheidung erschienen, da ich eigentlich nicht besonders sportlich bin. Nach der Mittelschule hatte ich nur noch in den Sommerferien in Edgewoods Ferienteam Baseball gespielt und mit meinen Freunden einfach zum Spaß Discgolf und Basketball, aber das war auch schon meine ganze sportliche Betätigung gewesen. Damit war ich auf diese Nacht absolut nicht vorbereitet.

„Stehenbleiben!", rief einer der Männer hinter mir.

„Stopp, oder ich schieße."

Stehenbleiben. Stopp, oder ich schieße. Das klang unwirklich. Wie in einem Film oder im Traum. In diesem Augenblick kam mir der Gedanke, dass ich mich vielleicht mitten in einem äußerst lebhaften Albtraum befand, so eindringlich, dass man im Augenblick des Erschreckens, in dem man sich in Lebensgefahr wähnt, seine Umgebung bis hin zur beißenden Nachtkälte mit allen Sinnen wahrnimmt. Die Situation war auch tatsächlich so grotesk, dass sie durchaus solch ein Alb hätte sein können, aber sie fühlte sich zu real an. Ich war außer Atem und keuchte, aber meine Beine arbeiteten noch immer wie Pleuelstangen, fast als hätten sie einen eigenen Willen. Angst kann einen ganz schön antreiben.

Ich spürte, wie mich etwas im Nacken traf. Der Empfindung folgte ein scharfes Stechen und ein Brennen, aber ich hatte keine Zeit, darüber nachzudenken. Der Schmerz und die Tatsache, dass ich Old Edgewood schon nahe war, verliehen mir neue Kraft. Ganz bald befände ich mich nicht mehr auf dem freien Feld, sondern in der Nähe der Häuser, Bäume und Zäune. Dort könnte ich mich verstecken.

Trotz des Brennens im Nacken rannte ich einfach weiter. Als ich den Rand des Wohngebiets erreichte, machte ich einen Satz von der Straße herunter. Ich hatte Seitenstechen wie früher öfter als Kind, wenn ich mit offenem Mund gerannt war. Ich hatte so stark geschwitzt, dass mir das T-Shirt am Leib klebte. In meinem Sweatshirt war mir plötzlich viel zu warm, aber es hatte eine dunkle Farbe und bot mir darum eine gewisse Tarnung. Ich rannte zwischen zwei Häuser und flüchtete in dichtes Gestrüpp, das die Gärten voneinander trennte. Die schweren Schritte der Männer schienen sich weiter zu entfernen, aber ich verharrte. Ich schnappte nach Luft und kauerte mich zwischen zwei Buschreihen nieder. Es brannten zwar Straßenlaternen, aber ich war ein ganzes Stück von der Straße entfernt und im Gestrüpp fast nicht zu erkennen. Außerdem konnte ich mich notfalls auch noch zum Nachbargrundstück hin verdrücken.

Ich presste mich an den Boden und lauschte. Meine Hände lagen auf der Erde, und ich erhaschte einen Hauch meines eigenen Schweißes, vermischt mit dem Geruch taunassen Grases. Ich hatte die Männer zwar abgehängt, aber sie gaben nicht auf. Ich hörte, wie sie sich auf der Straße über mich unterhielten.

„Wo ist er denn hin?"

„Wir können ihn doch unmöglich verloren haben."

Das Geräusch eines herankommenden Autos gab mir Hoffnung. Vielleicht würde es die beiden verscheuchen. Wenn ich Glück hätte, wäre es ein Polizeiwagen, und dann wären meine Sorgen vorbei. Ein Typ in einem weißen Overall in Begleitung eines Kerls, der eine Schusswaffe bei sich trug, würde einiges zu erklären haben.

Der Wagen hielt mit leicht quietschenden Bremsen, und ich lauschte mit angehaltenem Atem. Statt eines Polizisten, der sich erkundigte, was die beiden hier mitten in der Nacht trieben, hörte ich, wie mehrere Autotüren aufgingen und die Passagiere heraussprangen. Dann die Stimmen von Männern, die alle gleichzeitig redeten.

„Schnell, bevor wir ihn verlieren!"

„In welche Richtung ist er gerannt?"

„Wisst ihr noch, wie er aussah?"

„Leute, verteilt euch und sucht die Gegend ab. Er kann noch nicht weit sein."

Das kam mir allmählich wie eine Verbrecherjagd des FBI vor. Wegen unberechtigten Betretens des Bahnhofsgeländes? Ich steckte wirklich in der Klemme. Sollte ich besser weglaufen oder mich an Ort und Stelle versteckt halten? Ich konnte mich nicht entscheiden. Solange ich gerannt war, hatte ich nicht viel Zeit gehabt, nachzudenken oder irgendetwas zu empfinden – ich hatte genug mit meiner Flucht zu tun gehabt. Jetzt aber spürte ich, wie eine Woge des Entsetzens über mir zusammenschlug. In Panik spähte ich aus meinem Versteck und versuchte, mich zu entscheiden, was ich tun sollte. *Denk nach, denk doch verdammt nochmal nach.* Ich beobachtete, wie vier Männer in Weiß sich zerstreuten, alle führten ihre sirrenden Detektoren vor sich her. Der bewaffnete Wächter beriet sich mit dem dunkel gekleideten Mann, den ich für den Leiter der Operation hielt.

Eine Haustür ging auf, und eine alte Frau in einem grünen Bademantel trat auf die Veranda hinaus. „Was ist hier los?" Ihre Stimme klang scharf. Mit der war bestimmt nicht gut Kirschen essen.

„Beunruhigen Sie sich nicht, Ma'am. Nur eine Zivilschutzübung", sagte der Chef.

Sie drohte ihm mit dem Finger. „Eine Zivilschutzübung? Mitten in der Nacht? So was hab ich noch nie gehört. Ich rufe jetzt die Polizei!"

„Bitte, Ma'am." Die Stimme des Mannes wurde lauter, als er sich ihr näherte. „Darf ich Ihnen meinen Ausweis zeigen? Zu Ihrer Beruhigung?" Er näherte sich rasch über den Gartenweg und trat auf die Veranda.

„Verschwinden Sie aus meinem Garten! Ich möchte Ihren Ausweis gar nicht ..."

Sie brach ab. Ich hielt den Atem an und fragte mich, wie er es geschafft hatte, sie mitten im Satz zum Schweigen zu bringen. Als ich aber zu den beiden hinüberspähte, sah ich sie dort nur dicht beieinander stehen. Er hatte ihr die Hand auf den Arm gelegt. Er sprach so leise, dass ich die Worte nur mit Mühe verstehen konnte. „Gehen Sie einfach ins Haus zurück und schlafen Sie wieder ein. Vergessen Sie, dass Sie uns jemals gesehen haben."

Sie blickte sich verwirrt um. „Wieder ins Bett gehen?"

„Ja, genau. Sie werden tief und fest schlafen, und wenn Sie aufwachen, erinnern Sie sich an nichts von alldem."

„Na gut", sagte sie, machte kehrt und ging ins Haus.

Der Chef kehrte zum Wagen zurück, und er und der bewaffnete Wächter stiegen ein und fuhren weg. Ich sah den Schlussleuchten nach und spürte, wie ich von Erleichterung überflutet wurde. Ich wischte mir die schweißnassen Hände an der Jeans ab und blinzelte Tränen zurück.

Erst dann wurde mir der pulsierende Schmerz hinten im Nacken wieder bewusst. Ich fuhr mit der Hand über die Stelle und stellte fest, dass sie feucht und klebrig war. Als ich die Finger wegnahm und anschaute, begriff ich plötzlich, dass mein T-Shirt, das mir am Leib klebte, gar nicht schweißnass war, wie ich geglaubt hatte, sondern von Blut durchtränkt. Ich hatte keine Ahnung, wie es dazu gekommen war. Die Männer, die mich gejagt hatten, waren doch gar nicht in meine Nähe gekommen. Aber etwas hatte mich eindeutig im Nacken getroffen und das Stechen und Brennen verursacht. Und dieses Etwas war unter die Haut gedrungen.

Ich hatte keine Zeit, darüber nachzudenken. Bis nach Hause war es noch mindestens eine Meile, und die musste ich zurücklegen, ohne erwischt zu werden. Ich spähte die Straße hinauf und hinunter, bevor ich aus meinem Versteck kroch. In ein paar Häusern brannte Licht, und Straßenlaternen beleuchteten die Straße, aber die vielen hohen, alten Bäume in diesem Teil der Stadt würden mir helfen, mich unterwegs verborgen zu halten.

Vierzehntes Kapitel

Ich war schon so oft durch Old Edgewood gegangen, dass ich alle guten Verstecke kannte. Ich schlüpfte hinter parkende Autos und Hecken. Kauerte mich hinter Garagen nieder und schlich verstohlen zwischen Bäumen hindurch. Die Männer in Weiß hatten die Detektoren eingeschaltet, daher würde ich sie hören, wenn sie sich in der Nähe befänden. So lange das aber nicht der Fall war, würde ich mich vollkommen still verhalten. Ich versuchte, nicht über den Mann mit der Waffe nachzudenken. Vielleicht waren er und sein Chef endgültig weggefahren.

Ich kam zum Haus der Strickmadam. Ein Blick durchs Vorderfenster zeigte mir, dass sie ihrer üblichen Beschäftigung nachging. Als ich sie so stricken sah, wirkte meine Welt auf einmal wieder normal. Für einen Augenblick konnte ich mir einreden, ich würde gar nicht von Männern in weißen Overalls und einem bewaffneten Wächter gejagt. *Gejagt?* War das nicht das Wort, das Mallory verwendet hatte? Und ich hatte geglaubt, sie übertreibe.

An einen Baumstamm vor dem Haus der Strickmadam gelehnt, gestattete ich mir den Luxus, mich kurz auszuruhen. Ich beobachtete, wie sie an einem blassrosa Wollknäuel zupfte und dann wieder mit den Nadeln weitermachte. Sie verarbeitete den Faden mühelos zu etwas, das (so nahm ich an) wohl einmal ein Schal werden würde. Ihr bei ihrer Beschäftigung zuzuschauen, war beruhigend; mein Kopf schwirrte von all dem, was passiert war. Obgleich ich die Männer dort beim Bahnhof ja tatsächlich ausgespäht hatte, hatte ich nichts Interessantes beobachtet. Warum sollten sie sich überhaupt darum scheren, dass ich da gewesen war? Und warum hatten sie sich verteilt und suchten mit eingeschalteten Detektoren nach mir? Ich dachte darüber nach, wie eigenartig es war, dass die alte Dame ihr Vorhaben, die Polizei zu rufen, fallengelassen hatte. Sie hatte fast so gewirkt, als stünde sie unter Drogen. Hatte der Chef sie vielleicht hypnotisiert? Aber vielleicht war es auch Bewusstseinskontrolle, diese Fähigkeit, von der Mallory gesprochen hatte. Das alles ergab überhaupt keinen Sinn. Ich schaute auf mein Handy und stöhnte, als ich sah, dass halb drei vorbei war. In drei Stunden würde mein Wecker klingeln.

Widerstrebend verließ ich den Garten der Strickmadam und setzte meinen Heimweg vorsichtig fort: Durch das Industriegebiet und am Einkaufszentrum vorbei, bis ich endlich wieder in New Edgewood war. Meine Seite der Stadt war nicht so grün, aber dafür standen die Häuser dichter. Ich kannte jeden bellenden Hund, jede Außenlampe mit Bewegungsmelder und jedes Haus, in dem ein Schlafgestörter wie ich wohnte, der vielleicht aus dem Fenster schauen könnte. Das alles mied ich. Von den Männern, die mich verfolgt hatten, war nichts mehr zu sehen, und ich sagte mir, dass sie wohl aufgegeben hatten. Das Schlimmste war überstanden.

Als ich die Hintertür unseres Hauses erreichte, überkam mich ein so starkes Glücksgefühl wie sonst nicht einmal am Weihnachtsmorgen. Es war sogar stärker als damals, als ich beim Baseball zum ersten Mal einen Home-Run erzielt hatte. Noch nie war mir mein Zuhause so anziehend erschienen, und ich konnte mir mühelos ein Leben vorstellen, in dem ich es nie wieder verließ und mich für den Rest meiner Tage sicher in seinem Inneren einspann. Ich machte die Fliegengittertür auf und drückte die Klinke langsam herunter, um keinen Lärm zu erzeugen. Als ich drinnen war und die Tür hinter mir zugezogen hatte, trat ich mir die Schuhe an der Fußmatte ab. Dann überlegte ich, wie dreckig sie waren, und bückte mich, um sie auszuziehen.

Aus dem Zimmer meiner Eltern erklang ein scharrendes Geräusch, und gleich darauf hörte ich eine Tür quietschen. Ich erstarrte. Falls meine Mutter auf dem Weg zur Toilette war, würde sie vielleicht gar nicht hier entlang kommen. Doch wie sich herausstellte, war das nicht der Fall.

„Russ?" Als sie meinen Namen rief, wusste ich, dass ich nicht so tun konnte, als wäre ich nicht da. „Russ, bist du das?"

„Ja, ich bin's." Die gute Nachricht war, dass Mom nicht aus dem Schlafzimmer gekommen war und mich daher nicht sehen konnte. Wenn ich Glück hatte, würde sie bleiben, wo sie war, und ich könnte ihr etwas vorflunkern.

„Oh, Gott sei Dank. Ich dachte schon, es wäre ein Einbrecher."

„Nein, ich bin's nur."

„Wieso bist du denn auf, Schatz?", fragte sie. Ihre Stimme drang durch die Dunkelheit. „Kannst du nicht schlafen?" Obgleich ich sie nicht sah, konnte ich mir vorstellen, wie sie sorgenvoll die Stirn runzelte.

„Nein, ich bin einfach nur hungrig aufgewacht und hab einen Happen gegessen." Ich dachte hastig nach. Sie hatte bestimmt gehört, wie ich die Haustür aufgemacht und wieder geschlossen hatte. Dafür musste ich eine Erklärung liefern. „Dann ist mir aufgefallen, dass der Abfalleimer voll war, und ich hab den Müll rausgetragen."

„Ach so. Danke."

„Gute Nacht, Mom."

„Gute Nacht, Russ. Schlaf jetzt schön."

„Mach ich."

Sie zog sich in ihr Zimmer zurück. Als die Tür zu war, ging ich in die Küche und schaute nach dem Müll. Er war beinahe leer, wie ich es mir gedacht hatte. Vorhin nach dem Abendessen hatte ich ihn unaufgefordert rausgetragen. Zum Glück hatte meine Mom die nette Geste vergessen. Die Wechseljahre hatten auch ihr Gutes.

Ich stieg die Treppe hoch und ging sofort ins Bad, um mir meine Wunde anzuschauen. Beim Blick in den Spiegel war es, als sähe ich jemand anderen. Meine Haare standen komisch hoch, und ich hatte dunkle Ringe unter den Augen. Die rechte Seite meines Sweatshirts war dunkel von Blut, und auf der rechten Wange hatte ich rote Streifen. Ich musste mir mit der blutigen Hand übers Gesicht gefahren sein. Auch meine Hände waren mit getrocknetem Blut verschmiert, aber das meiste hatte ich an den Kleidern abgewischt. Ich zog am Kragen des Sweatshirts, um einen besseren Blick auf die Wunde zu bekommen, und bei der Bewegung zuckte ich vor Schmerz zusammen. Oh Mann, das tat ja höllisch weh. Ich überging den Schmerz und zog ein Kleidungsstück nach dem anderen aus. Die Kleider stapelte ich in der Ecke zu einem Haufen und achtete dabei darauf, dass kein blutiger Stoff den Boden berührte. Meine Eltern kamen nur selten hier hoch, aber ich würde nicht das Risiko eingehen, dass meine Klamotten Flecken auf der Bademate oder den Vinyl-Fliesen hinterließen.

Ich verdrehte mich vor dem Spiegel, um die Wunde in meinem Nacken sehen zu können, wo der Schmerz herkam. Hatte ich mir die Schulter vielleicht an irgendetwas aufgerissen, das aus der Wand des Bahnhofsgebäudes geragt hatte, und es erst später bemerkt? Die Wunde war kreisrund, als hätte jemand mich mit einem großen Fleischspieß gestochen, und sie blutete immer noch, aber nicht mehr so stark. Ich legte die Hand darauf, um zu sehen, ob ich die Blutung vielleicht stoppen konnte, und meine Finger wurden eigenartig warm. Der Druck auf der Wunde fühlte sich gut an und linderte den Schmerz. Ich behielt ihn bei, und meine Finger wurden immer wärmer, als hätten sie ganz alleine Fieber. Unter meiner Berührung entstand plötzlich eine Bewegung, wie wenn etwas sich mit einem Ruck freireißt. Es war wie damals als Kind, als mein Dad mir einen Splitter aus der Hand gezogen hatte. Einmal zwicken, einmal ziehen, und bevor ich auch nur *Au* hatte sagen können, war er draußen gewesen. Aber das hier tat niemand, es geschah einfach von selbst. Etwas stieg aus der Wunde in meinem Nacken nach oben; ich spürte, wie es sich an die Oberfläche arbeitete.

Und dann befand es sich unmittelbar unter meinen Fingerspitzen, ein kleiner, blutiger Klumpen. Ich betrachtete ihn kurz, drehte den Wasserhahn auf und spülte ihn ab.

Es war eine Pistolenkugel.

Ich zwinkerte ein paar Mal, weil ich dachte, meine Augen spielten mir einen Streich. Eine Kugel. Ich war angeschossen worden und hatte es noch nicht einmal bemerkt. Diese Leute versuchten *tatsächlich*, mich zu töten. Wenn das hier ein Krimi gewesen wäre, hätte ich gewusst, um was für ein Kaliber es sich handelte und aus welcher Waffe die Kugel stammte. Aber das hier war kein Krimi, und außer dem, was ich durch Videospiele gelernt hatte, wusste ich nichts über Schusswaffen oder ihre Munition. Und im echten Leben angeschossen zu werden, war nicht aufregend – es machte einem eine Heidenangst.

Erschüttert und zitternd stellte ich mich unter die Dusche. Ein Risiko, weil meine Mutter fließendes Wasser meist hörte, selbst wenn sie schlief. Später würde sie mich sicher fragen, warum ich so früh geduscht hatte, aber es ließ sich nicht vermeiden. Ich musste das Blut abwaschen und mir die Wunde einmal genauer ansehen.

Sicher, ich hatte Mallory und ihren beiden Freunden versprochen, dass ich die Sache geheim halten würde, aber das hier nahm allmählich eine Dimension an, mit der ich nicht mehr alleine fertigwerden konnte. Um eine Schusswunde musste sich ein Arzt kümmern, und da ich dann erklären müsste, wie das passiert war, würde ich notgedrungen die Wahrheit sagen müssen. Und vielleicht war es ja genau das, was hier nottat. Am besten, ich erzählte alles der Polizei und ließ die das regeln. Ein paar Schüler konnten gegen bewaffnete Männer nichts ausrichten.

Als ich aus der Dusche stieg, fühlte ich mich schon wesentlich besser. Ich schlang mir ein Handtuch um die Hüfte und stellte mich wieder vor den Spiegel, um meine Wunde in Augenschein zu nehmen, aber aus diesem Blickwinkel konnte ich sie nicht erkennen.

Ich verdrehte mich anders herum, da ich meinte, über die falsche Schulter geschaut zu haben, aber es gelang mir immer noch nicht, sie aufzufinden. Schließlich nahm ich mir einen Handspiegel und inspizierte meinen ganzen Rücken vom Nacken bis zum Po. Die Haut war vollkommen unversehrt. Es gab keinerlei Hinweis, dass ich irgendeine Verletzung gehabt hatte, von einer Schusswunde ganz zu schweigen. Ich blickte auf den blutdurchtränkten Kleiderstapel hinunter, um mich zu vergewissern, dass ich nicht gerade den Verstand verlor. Ich bückte mich und berührte das Sweatshirt. Als ich meine Finger anschaute, waren sie rot verschmiert.

Und auf der Badezimmerablage fand ich die Kugel genau da vor, wo ich sie hingelegt hatte.

Frisches Blut und eine Kugel. Aber keine Wunde. Das war vollkommen verrückt.

Fünfzehntes Kapitel

In meinem Zimmer war es kalt, und so zog ich eine Jogginghose und ein sauberes T-Shirt an, bevor ich ins Bett schlüpfte. Ich war mir sicher, dass ich nicht schlafen würde, denn nach den Ereignissen dieser Nacht war das garantiert unmöglich. Daher war ich ziemlich geschockt, als mein Wecker losplärrte und ich mit einem Ruck wach wurde. Ich schlug automatisch auf die Schlummertaste, machte die Augen einen Spalt weit auf und versuchte, mir darüber klar zu werden, was in dieser Nacht nun wirklich geschehen war.

Ich stand taumelnd auf und ging ins Bad, um mir Wasser ins Gesicht zu klatschen. Als ich das Handtuch weghängte, fiel mein Blick auf die Kugel, die neben der Seifenschale und der Zahnbürste lag. Nichts verweist so deutlich darauf, dass man angeschossen worden ist, wie die Existenz einer Kugel. Ein Blick nach unten zeigte mir meine blutige Kleidung, die noch immer in einem Haufen auf dem Boden lag. Die Ereignisse der vergangenen Nacht hatten also wirklich stattgefunden. Ich schaute mir mein Gesicht im Spiegel an, blutunterlaufene Augen mit schwarzen Ringen, und da war mir klar, dass ich heute nicht durch die Korridore meiner Highschool laufen und so tun konnte, als wäre alles wie immer. Ich schleppte mich die Treppe hinunter und sagte meiner Mutter, ich sei krank und würde heute zu Hause bleiben.

„Was hast du denn?", fragte sie und wandte sich von den Eiern in der Pfanne ab. Sie legte den Pfannenheber weg und legte mir die Hand auf die Stirn. „Fieber hast du keines, aber du siehst furchtbar aus." Ihr besorgter Blick begegnete dem meinen. „Ist es der Magen?"

„Mein Magen, mein Kopf, einfach alles." Das stimmte vollkommen. Dann fügte ich hinzu: „Ich glaub, ich krieg eine Grippe." Das stimmte nicht.

„Vielleicht war es keine so gute Idee, mitten in der Nacht etwas zu essen."

„Nein, Mom, ich glaub nicht, dass das was damit zu tun hat."

Sie schaute mich so besorgt an, dass ich ein schlechtes Gewissen bekam. „Na gut", sagte sie. „Leg dich wieder ins Bett, und ich melde dich in der Schule krank. Oder willst du erst noch was essen?"

„Nein, ich brauche wohl einfach nur Ruhe."

Sie nickte. „Oh, fast hätte ich's vergessen. Carly bringt Frank direkt nach der Schule vorbei. Ich lege einen Zettel auf den Tisch, dass du schläfst, damit er dich nicht stört."

„Du weißt doch, dass er trotzdem in mein Zimmer kommt, oder?", fragte ich kopfschüttelnd. In der Welt meines Neffen gab es keine Grenzen. Carly erzog ihn falsch, daran lag das.

„Sei nett zu ihm, Russ", sagte Mom seufzend. „Frank ist dein Neffe."

Als ob sie mich daran erinnern müsste. Auf dem Weg nach oben hörte ich Dad in die Küche kommen.

„Was ist los?", fragte er.

Ich blieb stehen, um Moms Antwort zu hören. Sie sagte: „Russ ist krank. Er bleibt heute zu Hause."

Dad lachte mitfühlend. „Im Büro geht derzeit auch was um – Kopfschmerzen, Magenprobleme und alles tut weh. Es kommt einfach angeflogen, aber nach ein oder zwei Tagen ist der Spuk vorbei."

„Das muss es sein", sagte Mom. „Das hat er bestimmt."

Der Vorteil eines guten Rufs. Sie zweifelten nie auch nur eine Sekunde an mir. Hätte Carly in ihrer Highschool-Zeit denselben Trick probiert, wären sie davon ausgegangen, dass sie entweder einen Kater hatte oder ihnen etwas vorspielte, um einen Tag lang mit ihren Loser-Freunden abhängen zu können. Es war schon ein bisschen unfair. Ich ging in mein Zimmer hinauf, ließ mich ins Bett fallen und hoffte, wie ein Pharao in seiner Grabkammer zu ruhen – allein und sehr, sehr lange.

Ich wachte im Verlauf des Vormittags ein paarmal auf, wenn mein Handy mit einem Piep den Empfang einer Textnachricht anzeigte.

Von Justin: *Hey, Alter. Machst du blau?*

Mick: *Krieg mal den Arsch hoch! Wenn wir anderen den Freitag hier durchstehen müssen, dann du auch.*

Mallory: *Alles okay?*

Und nicht viel später hörte ich wieder von ihnen.

Mick: *Muss ich dich vielleicht holen kommen?*

Justin: *Ich hoffe sehr, dass du wenigstens was Geiles anstellst.*

Mallory: *Jetzt mache ich mir Sorgen. Bitte gib mir Bescheid, ob alles in Ordnung ist.*

Ich war zu müde, um mehr zu tun, als Mallory ein *„Alles okay"* zurückzuschicken. Die anderen würden warten müssen.

Gegen ein Uhr stand ich auf, um etwas Suppe und ein Sandwich zu essen, und dann rief ich im Internet die Lokalnachrichten auf. Aber dort stand nichts über eine Ausgrabung in der Nähe des alten Bahnhofs oder über Männer in weißen Anzügen, die mit sirrenden Detektoren in Händen die Straßen Old Edgewoods unsicher gemacht hätten. Da ich mich an Mallorys Warnung erinnerte, googelte ich nicht nach dem Thema. *Das lässt sich zurückverfolgen.* Als sie es gesagt hatte, hatte ich ihr nicht geglaubt, jetzt dagegen schon. Was immer ich gestern Nacht gesehen hatte, war gefährlich, und ich war nicht scharf auf Ärger. Mein Zimmer war meine Schutzzone, und ich wollte nicht entdeckt werden. Sollten doch andere Leute herausfinden, was hier los war. Ich war nicht mutig genug, um mich auf diese Geschichte einzulassen und dabei mein Leben zu riskieren.

Ich war nicht einmal ein winziges bisschen mutig. Ich wollte mein altes Leben zurück, in dem ich für Tests lernte, die Schule ernst nahm und nichts tat, was mich aus der Menge heraushob. Etwas Schlimmeres, als mal zusammen mit Freunden ein Haus mit Toilettenpapier zu „verzieren", endlos über Sex nachzudenken und im letzten Sommer bei Melissa Reinhardts Pool-Party einen Zug von etwas zu rauchen, was keine Zigarette gewesen war, hatte ich nie getan. Selbst diese kleinen Vergehen hätten allerdings meine Eltern schockiert, die überzeugt waren, dass ich der beste Sohn war, den es auf der ganzen Welt nur geben konnte. Und das war mir recht.

Ich schlüpfte wieder unter die Decke und schloss erneut die Augen, aber diesmal fiel ich in einen Traum. Es war stockfinstere Nacht, und ich rannte vor den Männern mit den Detektoren weg. Es waren keine Häuser zu sehen, nur eine endlose, freie Fläche. Keuchend und erschöpft floh ich weiter, aber es half nichts, sie kamen immer näher. Meine Beine waren schwer, und am Boden fand ich mit den Füßen keinen Halt. Die Männer im weißen Overall waren jetzt unmittelbar hinter mir, und das Sirren ihrer Geräte klang, als umschwirrte ein Bienenschwarm meinen Hinterkopf. Ich öffnete den Mund zum Schreien, aber es kam kein Laut heraus. Einer der Männer packte mich beim Arm. Ich versuchte, mich loszureißen, aber er hielt fest. Ich wusste, dass ich gleich sterben musste. „Nein", sagte ich. „Bitte nicht." Ich konnte sein Gesicht nicht sehen, aber er schüttelte mich am Arm und sagte: „Russ, Russ, wach auf!"

Es kostete mich größte Mühe, aber ich tauchte aus dem Schlaf auf und kam zu mir. Als ich die Augen aufschlug, lag ich in meinem Bett, und Mallorys Gesicht schwebte unmittelbar über mir. „Russ, es war nur ein Traum. Du hast geträumt." Sie legte mir die Hand auf die Stirn, so wie meine Mutter es am Morgen gemacht hatte, aber die Berührung von Mallorys Hand gefiel mir viel besser. Das hier kam mir genauso unwirklich vor wie die letzten paar Minuten, als wäre die Verfolgungsjagd ein Traum in einem Traum gewesen.

„Mallory?" Ich setzte mich auf und rieb mir die Augen. „Was machst du denn hier?" Doch, sie saß wirklich hier auf meiner Bettkante. Nur meine Steppdecke samt Bettwäsche trennte meinen Körper von ihrem.

Ihre dunklen Augen zogen sich besorgt zusammen. „Als du nicht in die Schule gekommen bist, bin ich unruhig geworden. Ich dachte, wir hätten dich gestern Nacht vielleicht total verschreckt oder es wäre dir sonst irgendwas zugestoßen."

„Wer hat dich ins Haus gelassen?" Ich warf einen Blick auf meinen Wecker. Es war kurz nach zwei. Die Schule war noch gar nicht aus. „Solltest du nicht im Unterricht sein?"

Sie zuckte mit den Schultern. „Ich habe im Krankenzimmer vorbeigeschaut und mich entschuldigt, weil ich meine Regel und Schmerzen hätte. Ich habe ihnen gesagt, dass ich eh nur noch eine Lernzeitstunde habe, und da konnte ich früher gehen. Danach bin ich hierhergekommen, und als keiner auf mein Klopfen reagiert hat, bin ich zur Hintertür reingegangen. Sie war nicht abgeschlossen."

„Moment mal. Du bist einfach so bei mir zu Hause reinmarschiert?" Die hatte Nerven. Das hätte ich mich nie getraut. Ich wusste nicht, ob ich sie bewundern sollte oder eher nicht.

„Ich habe mir *wirklich* Sorgen gemacht."

„Oh." Mir wurde ganz heiß bei dem Gedanken, dass dieses wunderschöne Mädchen sich Sorgen um mich machte. Dafür lohnte es sich fast, einen Schuss abbekommen zu haben.

„Ihr solltet wirklich die Türen abschließen", stellte sie das Offensichtliche fest.

„Ich hab es wohl vergessen, als ich gestern Nacht heimgekommen bin."

„Du bist also wirklich einfach nur zu Hause geblieben, weil du krank bist?"

„Nicht ganz", antwortete ich. „Gestern Nacht nach meinem Aufbruch ist was passiert." Ich fuhr mir mit der Hand über den Kopf und fragte mich, wie mein Haar wohl aussah.

„Hatte ich also recht, dass irgendwas nicht stimmte", bemerkte sie.

„Moment mal", sagte ich. Sie rutschte zurück, und ich schlüpfte unter der Decke hervor, froh, dass ich statt meiner üblichen Nachtbekleidung die Trainingshose und das T-Shirt trug. Ich ging ins Bad, um die Kugel zu holen, und warf im Vorbeigehen einen Blick in den Spiegel. In Anbetracht der Umstände war es gar nicht so schlimm.

Bei der Rückkehr in mein Zimmer sah ich, dass sie vom Bett aufgestanden war und sich auf meinen Schreibtischstuhl gesetzt hatte. Als ich sie beim Hineingehen dort erblickte, das Haar zurückgebunden (was ihre hohen Wangenknochen betonte), das Kinn erhoben und die Hände im Schoß zusammengelegt, dachte ich, dass sie wie ein Mädchen aussah, das in einer ganz anderen Liga spielte als ich. Nachdem sie vor ein paar Tagen im Naturwissenschaftskurs vom Stuhl gefallen war, hatte ich daheim den Namen Nassif im Netz gesucht und festgestellt, dass er ägyptisch war. In diesem Augenblick hätte ich ohne weiteres geglaubt, dass sie zum alten ägyptischen Adel gehörte, eine Nachfahrin Kleopatras. Unvorstellbar, dass jemand wie Mallory in mein Schlafzimmer gekommen war, weil sie sich Sorgen um mich gemacht hatte. Von so einem Szenario redete mein Freund Mick gerne. Wenn er mich jetzt doch nur sehen könnte.

Ich legte die Kugel vor ihr auf den Tisch. „Ich habe gestern ein kleines Geschenk bekommen, dort drüben beim Bahnhof."

Sie nahm sie in die Hand, betrachtete sie prüfend und sah mich dann fragend an. „Eine Gewehrkugel?"

Ich setzte mich ans Fußende meines Bettes, und sie schwang sich auf dem Drehstuhl herum, um mich anzuschauen. Ich fing an. „Als wir gestern Nacht vom Diner aufgebrochen sind, musste ich einfach noch einmal zu der Wiese zurückkehren, wo ich die Lichter gesehen hatte." Ich erzählte ihr die ganze Geschichte in allen Einzelheiten. Es kam mir ein bisschen so vor, als würde ich schwafeln, aber sie beugte sich vor und nahm jedes Wort fasziniert auf.

Als ich fertig war, lehnte Mallory sich mit vor der Brust verschränkten Armen zurück. „Dann hatte ich also recht", sagte sie befriedigt.

„Du hast das alles schon gewusst?"

„Nein, ich hatte keine Ahnung von den Männern auf der Wiese oder davon, dass man versuchen würde, dich zu töten. Ich habe deine Superkraft gemeint. Du kannst wirklich Menschen *heilen*." Als ich nichts erwiderte, fügte sie hinzu: „Erst Nelly Smith und dann dich selbst."

„Du meinst, *ich selbst* hätte bewirkt, dass die Wunde verschwindet? Ich hätte sie berührt, und dann, einfach so – *plopp* – ist es besser?"

„Ja, natürlich. Denkst du etwa, so eine Kugel wandert von alleine aus einer Wunde heraus? Und überhaupt, warum hat der Schuss dich nicht auf der Stelle umgebracht? Er hat dich in den Nacken getroffen, Mensch nochmal. Du müsstest jetzt eigentlich tot sein, oder gelähmt!" Ihre Augen leuchteten vor Erregung. „Und deswegen ist auch Nelly Smith wieder zu sich gekommen. Als du nach ihrem Puls gefühlt hast, hast du sie ins Leben zurückgerufen."

„Also, da bin ich mir nicht so sicher ..." Wenn das stimmte, würde ich es dann nicht wissen? Ich hatte nicht gespürt, dass mich irgendeine besondere Heilenergie durchströmte, ich hatte einfach nur die Finger auf die Wunde gelegt.

„Was ist Heilung anderes als Zellregeneration?", fragte sie. „Und das erfordert Energie. Wir alle haben von der Lichtquelle Energie aufgenommen, und jeder von uns verwendet sie nun anders. Jameson kann Objekte bewegen; ich kann die Gedanken von Menschen beeinflussen ..."

„Bewusstseinskontrolle", sagte ich.

„Mehr oder weniger. Und Nadia kann ins Innerste von Menschen hineinschauen und ihre Vergangenheit sehen. Sie ist darin erschreckend gut. Sie sieht direkt durch die Oberfläche in die geheimsten Tiefen von jemandem hinein. Das ist für sie tatsächlich gar nicht so leicht zu ertragen, weil sie normalerweise anderen Leuten nicht gerne derart nahe kommt."

„Hör mal. Du musst mir alles erzählen, was du weißt", sagte ich. „Ich möchte erfahren, was ihr gesehen habt, wie ihr herausgefunden habt, dass ihr diese sogenannten ‚Fähigkeiten' besitzt, und woher ihr wisst, dass jemand euch jagt. Du hast gar nicht sonderlich geschockt gewirkt, als du erfahren hast, dass man versucht hat, mich umzubringen. Ich fühle mich, als befände ich mich plötzlich mitten in einem Film. Es wird Zeit, dass du mich in alles einweihst."

Sechzehntes Kapitel

Mallory stand auf und setzte sich neben mich aufs Bett. Ihre Nähe ließ mein Herz rasen, aber ich merkte schnell, dass sie nicht Intimität suchte, sondern einen bequemen Platz. Und außerdem wollte sie, dass unser Gespräch vertraulich blieb. Sie lehnte sich gegen das Kopfbrett, die Beine lang ausgestreckt, und begann. Die nächste Stunde erzählte sie ununterbrochen. Ihre Hände flatterten beim Reden wie Vögel, und ihre Stimme hob und senkte sich. Hätte ich nicht gewusst, dass alles, was sie sagte, der Wahrheit entsprach, hätte ich geglaubt, die Geschichte sei einem Comic-Roman entsprungen, so abwegig war sie.

„Ich habe Nadia und Jameson in einer Gruppe für Jugendliche kennengelernt, die Hausunterricht bekommen", berichtete sie. „Die Gruppe kommt einmal im Monat zusammen. Wir drei sind hier in der Gegend die einzigen unseres Jahrgangs, und wir waren alle in dem Programm für vorgezogenen Unterricht auf College-Niveau, das hatten wir also auch gemeinsam."

Jetzt geht das schon wieder los, dachte ich. Ihr alle seid superintelligent, ich dagegen? Na ja, nicht so sehr. Aber vielleicht hatte sie es gar nicht so gemeint. Es war durchaus möglich, dass ich da überempfindlich reagierte.

„Nadias Eltern lassen sie niemals ohne die Begleitung eines Familienmitglieds aus dem Haus. Und damit meine ich *wirklich niemals*. Ich dachte, dass meine Eltern streng seien, aber im Vergleich dazu ist das gar nichts. Ihre Mutter ist so überbehütend, dass es schon wieder lächerlich ist. Nadia darf zum Beispiel auch kein eigenes Handy haben, und so müssen wir immer bei ihr zu Hause anrufen und nach Nadia fragen. Sie überwachen ihre Telefongespräche, ob du das nun glaubst oder nicht. Zum Glück dürfen Jameson und ich mit ihr reden, aber wir müssen immer erst eine Weile Smalltalk machen, bevor ihre Eltern den Hörer an Nadia weitergeben."

„Warum sind sie so?", fragte ich.

„Weil Nadia vor drei Jahren in einem Bus attackiert worden ist. Sie redet nicht gerne darüber, darum frage ich nicht weiter danach", fügte sie hinzu, als hätte ich nachgehakt. „Jedenfalls haben wir drei angefangen, miteinander zu telefonieren, erst, um über Unterrichtsstoff zu reden, und später einfach so zum Zeitvertreib."

Sie begannen nachts draußen herumzuwandern, so Mallory, als alle ungefähr zur selben Zeit feststellten, dass sie Schlafprobleme hatten. Sie fanden keine Ruhe; es war, als wären sie *gezwungen* hinauszugehen, als engte das Haus sie plötzlich ein. Also trafen sie sich draußen und streiften herum. Für Nadia war es eine süße Freiheit, nach all der Zeit, in der ihre Mutter sie aus Sorge praktisch eingesperrt hatte.

Als sie sich zum ersten Mal nachts trafen, sollte das nur ein einmaliger Ausflug sein. Aber da sie nicht erwischt wurden, gab es keinen Grund, damit aufzuhören. „Nachts ist es so, als gehörte die Welt uns", bemerkte sie mit träumerischem Blick. „Alles hat dann eine andere Atmosphäre. Es war, als hätten wir einen geheimen Ort entdeckt." Außerdem hatten sie tatsächlich immer in denselben Nächten das Bedürfnis, draußen unterwegs zu sein. Alle drei wurden zur selben Zeit von Rastlosigkeit überfallen.

„Und wir fühlten uns von bestimmten Orten angezogen", berichtete sie. „Wir haben nicht viel darüber nachgedacht. Wir haben dem einfach nachgegeben."

„Und was ist mit dem Diner?", fragte ich.

Sie nickte. „Eines Nachts haben wir Hunger bekommen und beschlossen, es zu riskieren. Der Kellnerin – Rosie - haben wir erzählt, wir seien College-Studenten, und anscheinend hat sie das geschluckt. Jetzt gehen wir immer dorthin. Um diese Nachtzeit ist nie jemand da, außer manchmal dieser alte Bursche, Gordy. Aber der würde keiner Fliege was zuleide tun."

„Und wie lange seid ihr nachts immer wieder herumgestreift, bis ihr die Lichter gesehen habt?"

„Vielleicht zwei Monate? So ungefähr", antwortete Mallory. „Wir befanden uns auf der anderen Seite der Stadt, als wir sie am Himmel entdeckten, und als wir bei der Wiese hinter dem Bahnhof eintrafen, waren sie schon in einer perfekten Fibonacci-Spirale zu Boden gesunken. Wir sind da hindurchgegangen und waren einfach nur überwältigt. Ich meine, keiner von uns hatte je so was gesehen. Und vielleicht ja überhaupt noch kein Mensch. Die Sache hat uns derart umgehauen, dass wir sogar vergessen haben, Proben zu sammeln, und darüber ist Jameson bis heute nicht hinweggekommen." Sie zog die Nase kraus. „Als wir tagsüber zu der Wiese zurückgekehrt sind, war sie mit einem Bulldozer planiert worden. Die ganze oberste Erdschicht war von Unbekannten abgetragen und weggeschafft worden. Es hat lange gedauert, bis das Gras wieder nachgewachsen ist, aber schließlich war es dort wieder grün."

„Und wer hat das Planieren nun also veranlasst?"

„Das haben wir nie herausgefunden. Das Gelände um den alten Bahnhof gehört der Stadt. Ich habe ein paarmal mit einem Wegwerfhandy im Rathaus angerufen, aber da bin ich nicht weitergekommen. Alle, die ich an der Strippe hatte, haben behauptet, sie wüssten nicht, wovon ich überhaupt rede. Für mich selbst haben sie sich allerdings sehr interessiert. Die Dame in der Zentrale hat mich mit dem Bürgermeister verbunden, und der wollte wissen, wer ich war und *warum* ich überhaupt fragte. Tatsächlich hat er energisch verlangt, dass ich ihm das sage. Schließlich habe ich aufgelegt."

Und danach sei es noch merkwürdiger geworden, erzählte sie. In der Stadt seien plötzlich Aushänge aufgetaucht, auf denen jedem, der Informationen über ein bestimmtes Meteorereignis geben konnte, eine Belohnung versprochen wurde, und darauf sei genau das Datum angeführt gewesen, an dem die Lichter am Himmel erschienen waren. „Natürlich war es kein Meteorereignis, aber irgendeinen Namen mussten sie dem Kind ja geben."

Ich schnippte mit dem Finger und deutete dann auf sie. „An diese Aushänge erinnere ich mich. Sie hingen im Supermarkt am Schwarzen Brett, oder?" Mein Freund Justin hatte gescherzt, wir sollten eine Geschichte erfinden, um das Geld einzustreichen.

Sie nickte. „Und auch in der Post und noch an vielen anderen Orten. Aber das Merkwürdige ist, dass in den Medien nicht über das Ereignis berichtet wurde, und auch sonst schien keiner die Lichter gesehen zu haben." Nadia sei von Anfang an geradezu paranoid gewesen, erzählte Mallory. Sie habe sie eindringlich gebeten, niemandem von dem Ereignis zu erzählen, ihre eigentlichen Handys nicht zu benutzen und nicht im Netz nach Informationen zu suchen. „Ich fand damals, dass sie es ein bisschen übertrieb", sagte Mallory, zog die Beine unter sich und setzte sich darauf. „Aber dann haben wir schnell festgestellt, dass sie vollkommen recht hatte. Ich habe einen Computer in der Bibliothek zum Recherchieren verwendet und mich mit dem Namen „Marsina Follys" in die Benutzerliste eingetragen. Das ist, wie dir sicher schon aufgefallen ist, ein Anagramm meines richtigen Namens Mallory Nassif.

Ich versuchte, so intelligent auszusehen, wie ich ihrer Meinung nach war. „Natürlich."

„Meine Suche blieb völlig ergebnislos. Ich konnte es einfach nicht glauben. Ich saß eine Stunde am Computer und gab jedes Suchwort ein, das mir nur einfiel, aber ich fand keinerlei Bericht, dass das Ereignis auch nur stattgefunden hatte. Wären zuvor nicht Nadia und Jameson mit auf der Wiese gewesen, hätte ich geglaubt, die Lichter nur halluziniert zu haben. Eine Woche danach kamen zwei Männer in die Bibliothek, als Jameson gerade dort saß und lernte. Sie trugen Anzüge und wirkten sehr amtlich. Sie fielen ihm sofort auf. Er hörte, wie sie erklärten, sie kämen vom FBI und wollten mit der Person sprechen, die in der Bibliothek für die Internetnutzung zuständig sei. Die Leiterin der Bibliothek – du kennst doch Mrs Wick? – kam heraus und geriet ganz durcheinander. Die beiden wollten die Liste sehen, in die die Nutzer sich immer eintragen müssen, und außerdem wissen, wie die Benutzung der Computer geregelt ist. Sie schauten sich die Liste an und verglichen sie mit Unterlagen, die sie mitgebracht hatten. Dann sagte einer von ihnen, sie bräuchten die Kontaktdaten von Marsina Follys. Als Jameson das gehört hat, hat er eine richtige Gänsehaut bekommen. Mrs Wick suchte in ihrem eigenen Computer hinter der Theke nach Marsina Follys, aber natürlich war dort keine Nutzerin dieses Namens verzeichnet. Einer der Männer schob sie zur Seite, um sich selbst zu vergewissern, und dann stauchten sie sie zusammen, weil sie die Ausweise nicht überprüft hatte. Jameson sagte, sie hätte so ausgesehen, als würde sie gleich in Ohnmacht fallen, die Arme."

„Und deshalb denkt ihr, dass die Sache gefährlich ist."

„Oh, es kommt noch besser." Mallory genoss es sichtlich, mir die Geschichte zu erzählen. Es war, als hätte sie sich schon seit einer Ewigkeit danach gesehnt, sie endlich bei jemandem loszuwerden, und jetzt endlich durfte sie. Sie begann, die Punkte an ihren Fingern abzuzählen: „Bisher haben wir erstens ein sonderbares astronomisches Ereignis, von dem keiner etwas zu wissen scheint. Als Nächstes wird das Areal von Beweisstücken gesäubert, und es tauchen Aushänge auf, in denen nach Zeugen gesucht wird. Und dann erkundigt sich das *FBI*" - sie setzte das Wort mit den Fingern in Gänsefüßchen – „nach dem Computernutzer, der Informationen zu der Sache gegoogelt hat. Inzwischen sind wir von den Schlussfolgerungen, die sich aufzudrängen scheinen, vollkommen überwältigt. Jameson beginnt, alles zu lesen, was er über Astronomie in die Finger kriegen kann, und Nadia recherchiert, an welches Verfahren sich das FBI normalerweise halten muss, weil sie wissen will, ob der Vorfall in der Bibliothek nach dem vorgeschriebenen Muster verlaufen ist. Wir dachten, wir wären da irgendwas auf der Spur, aber wir hatten ja keine Ahnung, dass das erst der Anfang war. Ein paar Tage nach dem Besuch der

Anzugträger bei Mrs Wick sind wir drei wieder draußen rumgestreift. Wir haben im Diner vorbeigeschaut, um etwas zu essen, und als Jameson nach dem Salzstreuer greifen wollte, ist der quer über den Tisch direkt auf ihn zugerutscht." Sie lachte. „Du hättest sein Gesicht sehen sollen. Kurz darauf hat Nadia entdeckt, dass sie genau spürt, ob jemand die Wahrheit sagt oder lügt, und dass sie ein Gefühl dafür entwickelt, wie jemand tickt und was er in seinem Innersten für ein Mensch ist. Wenn sie jemanden anfasst und ihm in die Augen schaut, kann sie seine Vergangenheit erkennen, oder zumindest Bruchstücke davon. Sie sagt, es sei so deutlich wie ein Film, aber es käme alles gleichzeitig, nicht nacheinander wie sonst."

„Und du hast herausgefunden, dass du die Fähigkeit der Bewusstseinskontrolle besitzt", ergänzte ich den Rest.

„Ja." Sie lächelte mich an, und ich fand es unmöglich, nicht in ihre großen, dunklen Augen zu schauen.

Ich fühlte tatsächlich, wie ich mich zu ihr vorbeugte, es zog mich ... Moment mal! Ich richtete mich auf. „Machst du das etwa jetzt gerade mit mir?"

„Nein!" Sie streckte die Hand aus und schlug mir spielerisch auf den Arm. „So was würde ich nicht mit dir anstellen, zumindest nicht, ohne dich erst zu fragen, ob du zum Beispiel eine Vorführung willst."

„Tja, aber ich glaube nicht, dass ich sowas will, zumindest nicht mit mir als Versuchskaninchen", sagte ich von plötzlicher Verlegenheit überwältigt. Ich dachte an den Typ im Discovery Channel, der Leute dazu brachte, lächerliche Dinge zu machen, zum Beispiel einen vollkommen Fremden mit Liebesschwüren zu überschütten oder zu nicht vorhandener Musik zu tanzen. Ich konnte mich auch aus eigener Kraft zum Affen machen, dazu brauchte ich keine Hilfe, vielen Dank.

„Wie faszinierend, dass du Menschen heilen kannst", sagte sie. „Stell dir nur vor, was du damit anfangen könntest."

„Ich glaube nicht, dass es das ist, was Nelly Smith auf die Beine geholfen hat", entgegnete ich. „Ich versuche noch dahinterzukommen, was es eigentlich war, aber es muss eine andere Antwort geben."

Als hätte sie mich nicht gehört, setzte sie das Gespräch fort, aber jetzt lenkte sie es in eine ganz andere Richtung. Mir ist aufgefallen, dass Frauen oder Mädchen so was oft machen. Mein Dad redet zum Beispiel über etwas, was in den Nachrichten gekommen ist, und plötzlich unterbricht ihn meine Mom und fragt, ob das Auto demnächst wieder einen Ölwechsel braucht. Mallory blieb aber zumindest einigermaßen beim Thema. „Wir haben hin und her überlegt, wer hinter dem Bibliotheksbesuch stehen könnte. Wenn es nicht die Regierung ist, könnte es eine Firma sein, die versucht, die Macht der Steine für sich zu erschließen."

Die Regierung oder ein übler Konzern, beides typische Filmklischees. „Vielleicht sind uns die Lichtpartikel ja von den Außerirdischen geschickt worden", flachste ich.

„Den Gedanken haben wir auch schon gehabt", sagte sie. „Derzeit können wir wirklich gar nichts ausschließen. Aber wahrscheinlicher ist, dass es sich um ein natürliches Phänomen handelt, das bisher noch nicht aufgetreten ist. Oder über das zumindest keine Berichte vorliegen. Die Wissenschaft entdeckt immer wieder neue Dinge. Das ist ja gerade das Schöne an der wissenschaftlichen Arbeit. In dem Maße, in dem wir Beweise für unerwartete Tatsachen finden, ändert sich das, was die Wissenschaft für wahr hält. Da ist mehr in Bewegung, als die Leute glauben."

„Und warum wendet ihr euch mit dieser Information nicht an die zuständigen Stellen?", fragte ich. „Oder erzählt euren Eltern davon?"

„Denk nicht einmal darüber nach, das jemandem weiterzusagen", entgegnete sie. „Das meine ich ernst. Wir haben gute Gründe, mit dieser Sache nicht an die Öffentlichkeit zu gehen."

„Aber wäre es denn nicht sinnvoll, wenigstens ..."

Ich wurde unterbrochen, weil unten Lärm entstand: Die Haustür ging auf und wurde wieder zugeschlagen, und dann hörte ich die üblichen Geräusche, die ankündigten, dass Frank und Carly angekommen waren. Carly rief: „Hallo, ist jemand da?", und gleich darauf schrie sie Frank an, er solle sich die Schuhe ausziehen und seinen Rucksack in den Dielenschrank stellen.

Ich stöhnte. „Oh, nein."

„Was ist denn?"

„Meine Schwester lädt meinen Neffen hier ab. Er bleibt übers Wochenende bei uns."

„Oh, das ist aber nett", sagte sie auf eine Weise, der man anmerkte, dass sie Frank Shrapnel nicht kannte. „Wie alt ist er denn?"

„Zehn", antwortete ich. „Es ist nur so ..." Aber es war zu spät, irgendwas zu erklären, denn Frank trampelte bereits die Treppe hinauf. Er hatte schon immer ein Händchen für schlechtes Timing gehabt, aber heute übertraf er sich selbst.

„Frank, komm wieder runter!", rief Carly ihm nach, und gerade, als ich glaubte, schlimmer könnte es nun nicht mehr werden, hörte ich ihre Schritte auf der Treppe. Sie kam hinter ihm her.

Die Tür flog auf und gab den Blick auf Frank mit seinem zerzausten Haarschopf und den vor Erregung leuchtenden Augen frei. „Hey, Russ, weißt du was?" Dann aber erblickte er Mallory und verwandelte sich aus einem übereifrigen Frank in einen sehr schüchternen Jungen. „Hi", sagte er.

Sie winkte zurück. „Hallo, du."

Carlys Gesicht tauchte in der Tür auf. „Ich hab versucht, ihn aufzuhalten, Russ! Ehrenwort. Oh, hallo ..." Sie erblickte Mallory auf meinem Bett, und die Bestürzung in ihrem Gesicht war nicht zu übersehen. Keiner erwartet viel vom guten, alten Russ, soviel ist klar. Gleich darauf verzogen sich ihre Lippen zu einem selbstzufriedenen Lächeln, als hätte sie da gerade ein Geheimnis von mir aufgedeckt. „Was haben wir denn da?", fragte sie. Ich hätte sie dafür umbringen können, dass sie so tat, als wäre sie mir irgendwie auf die Schliche gekommen.

„Mallory, das sind meine Schwester Carly und mein Neffe Frank", sagte ich, nacheinander auf die beiden deutend.

Mallory stand auf und reichte Carly höflich die Hand. „Freut mich, Sie kennenzulernen. Ich bin Mallory Nassif, eine Schulkameradin von Russ", erklärte sie. „Ich habe ihm seine Hausaufgaben vorbeigebracht."

Carly schüttelte ihr die Hand und warf mir einen Blick zu. „Du warst heute krank und bist zu Hause geblieben?"

„Das hättest du gewusst, wenn du Moms Zettel auf dem Küchentisch gelesen hättest."

„Tut mir leid", sagte sie, klang aber gar nicht zerknirscht. Sie fuhr sich mit den Fingern durchs Haar und schaute sich prüfend im Zimmer um, als gäbe es da vielleicht noch mehr zu sehen. Carly war schon beinahe erwachsen gewesen, als ich zur Welt kam, aber das sah man ihr nicht an. Sie war dreißig, wirkte aber viel jünger, und da sie sich mit Musik, Computerspielen, Filmen und Klamotten auskannte und wusste, was angesagt war, empfand sie sich als gleichaltrig mit mir, aber das stimmte nicht. Ich wusste zwar, dass sie mit mir befreundet sein wollte, aber dazu würde es niemals kommen.

Es war nicht immer so gewesen. Als ich noch klein war, ging sie oft mit mir in den Park oder spendierte mir ein Eis. Sie las mir vor, und wir spielten Verstecken. Damals habe ich Carly geliebt. Aber als ich vier war, ist sie eines Tages einfach verschwunden, und wir haben über ein Jahr lang nichts von ihr gehört oder gesehen. Meine Mutter hat mir erzählt, dass ich damals wochenlang Tag für Tag auf der Verandatreppe gesessen und auf ihre Rückkehr gewartet habe. Meine Erinnerungen sind verschwommen, aber ich weiß noch, wie ich die Straße hinuntergeschaut und mir gewünscht habe, dass sie zu mir zurückkommen würde. Als sie es dann aber tat, mehr als zwölf Monate später und schwanger mit Frank, habe ich ihr nicht mehr vertraut.

Carly war in so vieler Hinsicht unzuverlässig. Nachdem sie ihren Highschool-Abschluss mal gerade so eben geschafft hatte, hatte sie einen Deppen-Job nach dem anderen. Oder die Sache mit ihren Handys. Sie verlor sie ständig oder wechselte ihre Nummer. Die Männer in ihrem Leben kamen und gingen. Wer Franks Vater war, war ein großes Geheimnis. Carly nannte ihn nie. Mein Tipp war, dass Frank bei einem One-Night-Stand im Suff gezeugt worden war und sie den Typ nicht nach seinem Namen gefragt hatte.

Carly hatte zahllose Freunde und Bekannte, und die Männer flogen auf sie. Ich weiß auch nicht warum. Einer nach dem anderen, es war, als würden sie bei ihr Schlange stehen und darauf warten, dass sie an die Reihe kämen. Das Muster sah so aus, dass sie eine Beziehung begann und unablässig von ihrem neuen Lover schwärmte. Der hier sei anders; fürsorglicher, aufgeklärter, verantwortungsbewusster, bla, bla, bla. Sie brachte ihn mit, und wir mussten ihn an Thanksgiving und auf Geburtstagsfeiern ertragen. Und gerade, wenn ich mich an den Kerl gewöhnt hatte, servierte sie ihn ab. Viele von ihnen hätten sie gerne geheiratet, aber darauf ließ sie sich nicht ein. Meine Mom glaubte, sie suche etwas und finde es nicht. Mein Dad sagte, er sei froh, dass sie ihren Lebensunterhalt selbst verdiene und nicht bei uns wohne. Mir war sie inzwischen egal. „Du hast also Russ seine Hausaufgaben gebracht, und jetzt hängt ihr beiden einfach hier ab, in Russ' *Schlafzimmer*, und unterhaltet euch?" Sie grinste, und ich hätte sie gerne rausgeschmissen, aber ich kannte sie zu gut und beschloss, einfach nicht zu reagieren. Sie zog mich gerne auf und hielt das für total witzig. Ich fand es nicht besonders komisch.

„Wir wollten gerade Schluss machen", sagte Mallory. „Russ, falls es dir morgen Abend besser geht, ruf mich an, dann gehen wir zusammen Chicken Wings essen."

„Klingt gut", sagte ich und folgte ihr durch die Tür ins Treppenhaus. Ich schob mich an Frank und Carly vorbei, die sich noch immer im Eingang zu meinem Zimmer herumdrückten, als hätten sie nichts Besseres zu tun, als meine Privatsphäre zu verletzen.

Als Mallory und ich bei der Haustür angekommen waren, drehte sie sich zu mir um und flüsterte: „Ernsthaft, sag niemandem ein Sterbenswörtchen. Es gibt noch mehr. Das erzähle ich dir morgen." Mich überlief ein warmer Schauer, als ich ihre Lippen so dicht an meinem Ohr fühlte.

„Erzähl es mir jetzt", flüsterte ich zurück.

Sie lachte. „Ausgeschlossen, dafür brauche ich mehr Zeit."

„Gehen wir wirklich Chicken Wings essen?", fragte ich.

Sie trat einen Schritt zurück und zuckte mit den Schultern. „Können wir ruhig. Essen müssen wir schließlich, oder? Soll ich dich um sechs abholen?"

„Sechs ist prima", antwortete ich und hielt ihr die Tür auf. Ich sah ihr nach, wie sie über die Zufahrt zu einem silberfarbenen Wagen ging, der am Straßenrand gegenüber parkte. Sie angelte den Autoschlüssel aus ihrer Handtasche und öffnete die Tür mit einem Piepen der Fernbedienung. Als sie losfuhr, schaute sie sich noch einmal um und winkte mir zu. Ich winkte zurück. Ein Haufen Zehntklässler in meiner Schule hatten schon den Führerschein, aber ich war in meiner Jahrgangsstufe relativ jung und würde erst im Juni sechzehn werden. Als ich dem davonschießenden Wagen nachsah, konnte ich es gar nicht abwarten, bis ich selbst auch am Steuer sitzen durfte. Ich hatte es satt, zu Fuß zu gehen oder mich von meiner Mom überall hin chauffieren zu lassen.

Ich hätte nicht erschrecken sollen, als ich mich umdrehte und Carly plötzlich direkt hinter mir stand, aber ich zuckte zusammen. Frank hatte bereits die PlayStation 3 in meinem Zimmer mit Beschlag belegt; ich hörte, wie die Geräusche des Spiels von oben herunterdrangen. Man wusste immer sofort, wenn Frank zu Besuch war: Der Junge konnte um nichts in der Welt nur mal fünf Minuten still sein. Aber meine Schwester war ganz anders. Sie schlich sich an, leise wie eine Katze. Wahrscheinlich war das die jahrelange Übung aus der Zeit, als sie sich als Jugendliche nachts aus dem Haus gestohlen und ohne Erlaubnis das Auto der Eltern geborgt hatte. Ich erwartete, dass sie gleich einen spöttischen Kommentar ablassen würde, aber sie legte mir nur die Hand auf die Stirn. „Oh, allerdings", sagte sie, das Gesicht sorgenvoll verzogen. „Ich verstehe, dass du heute zu Hause geblieben bist. Du hast es wirklich."

„Was habe ich?"

„Das Liebesfieber." Carly grinste und stieß die Faust in die Luft, sehr zufrieden mit sich selbst.

„Okay, es reicht jetzt." Ausnahmsweise ärgerte ich mich aber gar nicht besonders über sie.

„Und fahren darf sie auch schon!" Carly boxte mich gegen den Arm. „Eine ältere Frau, Russ! Du durchtriebener Schuft, du!" Sie konnte ihre Erregung kaum zügeln.

„Sie ist einfach nur eine Freundin." Ich versuchte, ein Lächeln zu unterdrücken, aber ohne viel Erfolg.

„Eine Freundin? Einfach nur eine Freundin, und da flüstert sie dir auf diese Weise ins Ohr?"

„Eine gute Freundin."

„Einfach nur eine gute Freundin?"

Ich grinste. „Eine *sehr* gute Freundin."

„So fängt es an", sagte sie und wirbelte mit nach oben gereckten Armen um sich selbst. „Und ehe du dich versiehst, bist du eine Stufe weiter, und dann – pass auf! Feuerwerk! Das kannst du mir glauben. Ich kenne mich da aus."

„Ja, weil du die Expertin in Beziehungsfragen bist." Es war als Scherz gemeint, aber es kam völlig verkehrt heraus. Sobald die Worte aus meinem Mund waren, wusste ich, dass ich das Falsche gesagt hatte. Ihr Gesicht fiel in sich zusammen wie ein Ballon, aus dem die Luft entweicht, und sie hörte auf zu tanzen. Sie war glücklich gewesen, und wir hatten uns ausnahmsweise einmal verstanden, aber jetzt änderte sich die Stimmung schlagartig. Ich hatte es versaut.

„Das war nicht nett, Russ", sagte sie. „Das war sogar irgendwie richtig grausam."

„Tut mir leid. So war es nicht gemeint."

„Ich weiß, dass ich kein Talent für Beziehungen habe. Ich gebe mir Mühe, aber es klappt einfach nicht." Ihre Stimme klang belegt. Sie sah so aus, als würde sie gleich weinen. Und plötzlich empfand ich ihr gegenüber eine Art von Zärtlichkeit, wie ich sie seit dem Alter von vier Jahren nicht mehr gefühlt hatte. Auch Carly musste etwas spüren, denn sie hob die Hand und zerzauste mir das Haar, wie sie es getan hatte, als ich noch klein war. Ich hatte den Impuls zurückzuweichen, blieb aber stehen. Sie lächelte, wenn auch nur ganz leicht. „Als ich in deinem Alter war, habe ich wahre Liebe gefunden, und das ist mir seitdem nicht mehr passiert. Ich suche immer danach, aber nichts kommt dem gleich. Ich sollte wohl froh sein, dass ich es einmal erlebt habe, auch wenn es viel zu schnell vorbei war."

„Was ist passiert?", fragte ich.

Carly stieß die Luft aus und schwieg so lange, dass ich nicht mehr mit einer Antwort rechnete. Schließlich sagte sie: „Er ist gestorben."

„Oh." Das zum Thema Erschrecken. Mit so einer Antwort hatte ich absolut nicht gerechnet. Ich wollte mehr erfahren, aber der definitive Tonfall ihrer Stimme sagte mir, dass das alles war, was sie preisgeben würde. „Das tut mir wirklich schrecklich leid, Carly."

Sie gab mir einen wehmütigen Klaps. „Der wahren Liebe begegnet man nicht so oft. Solltest du sie bei diesem Mädchen finden, halte sie fest. Und lass dir von niemandem einreden, dass du noch zu jung bist."

Siebzehntes Kapitel

Meine Mutter war beeindruckt, wie schnell ich mich nach einem Tag im Bett erholt hatte. „Das ist die Widerstandskraft der Jugend", sagte sie beim Abendessen zu meinem Dad. Sie glaubte, dass ich Grippe hätte, und war vollkommen baff wegen meines Appetits. Hätte sie gewusst, wie schnell ich nach einem eigentlich tödlichen Schuss wieder hochgekommen war, hätte sie wirklich staunen können. Ich hatte mir gerade ein zweites Mal Lasagne und Salat aufgegeben. Neben mir wartete Frank darauf, sich ebenfalls Nachschlag nehmen zu können. Der Junge machte alles nach, was ich tat.

„Ich habe den größten Teil des Tages verschlafen", sagte ich und schob die Salatschüssel zu meinem Neffen weiter.

„Schlaf", sagte Dad mit zustimmendem Nicken. „Genau das braucht der Körper, wenn man krank ist."

„Russ hatte ein Mädchen zu Besuch, als ich gekommen bin." Frank stocherte mit der Salatzange in der Schüssel herum und merkte gar nicht, wie sehr ich mir wünschte, dass er nur einmal im Leben den Mund halten würde.

„Ein Mädchen?" Meine Eltern wechselten einen verwunderten Blick.

Ich spielte den Coolen. „Mallory Nassif aus meinem Naturwissenschaftskurs hat mir heute auf dem Heimweg die Hausaufgaben vorbeigebracht. Wir arbeiten zusammen an einem Projekt."

„Ach, das ist ja schön", erwiderte Mom. „Eine Mallory hast du bisher noch gar nicht erwähnt."

„Wahrscheinlich lernt ihr sie morgen Abend kennen", sagte ich betont lässig. „Ein paar von uns gehen Chicken Wings essen, und ich glaube, dass sie fährt." Mit dem Zusatz „ein paar von uns" war dies eine leicht überarbeitete Version. Das war nötig, um mir Fragen vom Leib zu halten.

„Sie ist total scharf", sagte Frank, obgleich er noch kaute. Bei jedem Wort sah man die zermanschte Lasagne in seinem Mund. Widerlich.

„So respektlos reden wir in diesem Haus nicht über Frauen", tadelte meine Mom Frank. „Mallory hat außer ihrer Attraktivität mit Sicherheit noch viele andere wunderbare Eigenschaften."

„Sie ist ein Genie", sagte ich. „Ich meine, richtig hochbegabt."

„Ich hätte auch nichts anderes erwartet", gab mein Dad vollkommen ernst zurück, und dann wechselten sie zu meiner Überraschung das Thema und redeten über ihre Pläne fürs Wochenende. Ich, Russ Becker, war mit einem total scharfen, hochbegabten Mädchen allein zu Hause gewesen, und weder meine Mom noch mein Dad war auch nur einigermaßen neugierig. Der Vorteil eines guten Rufs war auch sein Nachteil. Keiner traute mir zu, dass ich auch einmal etwas Verbotenes tun könnte.

Den ganzen Freitagabend spielte ich mit Frank an der PlayStation. Eine Ausrede hatte ich ja schließlich nicht. Da ich nicht in der Schule gewesen war, hatte ich auch keine Hausaufgaben, und meine Eltern hätten es ganz und gar nicht goutiert, wenn ich nach einem Tag krank zu Hause abends weggegangen wäre. Es brachte wirklich nichts, es wegen sowas auf einen Streit anzulegen. Außerdem würde ich ja Samstagabend mit Mallory ausgehen. Ich hatte eine Menge, worauf ich mich freuen konnte.

Wir tranken beim Spielen ein paar Flaschen Root Beer, und ich legte die Deckel für den Fall beiseite, dass Frank sie mit nach Hause nehmen wollte. Er sammelte einfach alles: Steine, Flaschendeckel oder Münzen. Mom glaubte, das sei sein Versuch, Ordnung und Beständigkeit in sein Leben zu bringen. Ich glaubte, dass der Junge einfach nur Müll mochte.

Frank hatte bei uns sein eigenes Zimmer: Carlys altes Kinderzimmer, das schon vor Jahren umgeräumt und neu gestrichen worden war. Unglückseligerweise lag es direkt neben meinem eigenen Raum im ersten Stock, und so störte er mich jedes Mal, wenn er zu Besuch war, an meinem Rückzugsort. Von außen sah unser Zuhause ungefähr so aus, wie der Zeichnung eines Erstklässlers entsprungen: Unten ein Rechteck, oben ein dreieckiges Dach, schwarze Fensterläden zu beiden Seiten der symmetrisch angeordneten Fenster und ein aus rotem Backstein gemauerter Schornstein. Meine Eltern nannten es einen Milwaukee-Bungalow, und das bedeutete einfach nur, dass es ungefähr so aussah, wie viele Häuser in unserer Nachbarschaft. Im ersten Stock lagen zwei Zimmer und ein Bad. Klein, aber mein, zumindest solange Frank nicht da war.

Aber eigentlich sollte ich mich nicht beschweren. Für einen Zehnjährigen war Frank gar nicht so verkehrt, nur legte er es eben ein bisschen zu sehr darauf an, mir zu gefallen. Damit ich zufrieden war, ließ er mich bei den Computerspielen immer gewinnen, und zwar selbst noch, als ich dahinter gekommen war und ihn gebeten hatte, damit aufzuhören. Ich löste das Problem, indem ich mit ihm Games spielte, die einen Koop-Modus hatten. Darauf fuhr er total ab. Wir waren „Kriegerkumpel" – so nannte er das jedenfalls. Den ganzen Abend über rief er Sprüche wie: „Keine Sorge, Russ, ich pass auf dich auf." Meine Mom schaute ein paar Mal herein, und einmal sah ich, wie sie *Danke, Russ* mit den Lippen formte. Als wüsste sie, dass ich nur mit Frank spielte, um allen einen Gefallen zu tun.

Am nächsten Tag baten meine Eltern Frank nach dem Mittagessen, seine Jacke anzuziehen, weil sie mit ihm ins Einkaufszentrum fahren wollten, um neue Schuhe zu kaufen. Danach würden sie mit ihm ins Multiplex gehen und einen Film schauen. Frank lud mich ein mitzukommen, ja er bettelte sogar. „Komm schon, Russ, das ist bestimmt cool!" Als ob er mich so überreden könnte.

Ich sagte, ich müsste zu viel für die Schule tun, und zeigte die Treppe hinauf. „Schön wär's, aber ich brauche den ganzen Nachmittag für ein Referat. Du kannst mir den Film erzählen, wenn ihr zurück seid. Wenn er dir gefällt, dann mir wahrscheinlich auch." Das machte ihn glücklich, das merkte ich. Der Junge war zwar nicht pflegeleicht, freute sich aber über alles. Carly sollte sich wirklich mehr um ihn kümmern. Entweder das, oder sie hätte beizeiten für einen jüngeren Bruder sorgen sollen. Ich hatte wohl Glück, dass meine Eltern immer da waren. Frank war mit seiner Familie zu kurz gekommen, er hatte keinen Dad, eine Mutter, die sich ständig vom Acker machte, und keine Geschwister. Wenigstens hatte er Großeltern, die ihn liebten. Und dann hatte er natürlich noch mich. Ich tat, was ich konnte.

Ich beobachtete aus meinem Fenster, wie Dad rückwärts auf die Straße setzte, und gleich darauf, wie er wieder auf die Zufahrt rollte. Frank stieg aus und rannte zum Haus, seine Beine und Arme schlenkerten dabei so wild, als hätte er keine Kontrolle über sie. Ich hörte, wie die Haustür aufgerissen wurde, und ging von meinem Zimmer ins Treppenhaus. „Was hast du vergessen?", rief ich hinunter.

Er antwortete nicht, sondern rannte die Treppe hinauf und streckte mir meine alten Nikes entgegen. „Deine Schuhe waren ganz dreckig, und Grandma hat mich gebeten, sie für dich zu putzen. Sie standen zum Trocknen auf der Vorderveranda, und Grandpa hat gesagt, ich soll sie besser reinbringen, falls du noch irgendwo hingehst und sie brauchst."

„Oh, danke", sagte ich und nahm sie entgegen. Ich machte mir nie die Mühe, die Schuhe sauber zu machen, weil ich sie nur bei meinen Nachtwanderungen trug, aber das wusste meine Mutter nicht. Ich drehte sie um und sah, dass die Sohle makellos sauber war. Mom musste Frank eine Bürste gegeben haben, um damit das Profil zu bearbeiten. „Gut gemacht." Sein Gesicht leuchtete bei dem Lob auf, was irgendwie gleichzeitig süß von ihm und traurig war.

„Ich musste mich richtig anstrengen", sagte er. „Ich hab ein Buttermesser genommen, um die Schlammkruste und kleine Steinchen rauszukriegen. Grandma hat gesagt, ich hätte es besser gemacht, als wenn du es selbst erledigt hättest."

„Tolle Arbeit", sagte ich.

Draußen hupte es laut. Dad konnte manchmal ziemlich ungeduldig sein.

„Ich muss los", sagte Frank, stürmte zwei Stufen auf einmal nehmend die Treppe hinunter und stieß sich unten vom Geländer ab. „Bis dann, Russ", schrie er hinauf.

„Bis dann, Frank." Ich kehrte in mein Zimmer zurück, wo ich die nächsten fünf Stunden damit zubrachte, die Minuten bis zu meinem Date (es würde doch hoffentlich stattfinden) mit Mallory zu zählen. Ich hatte bisher noch nie ein Date gehabt, es sei denn, man rechnete den Schulball im letzten Jahr ein, wo ich für den Abend mit einer Freundin von Justins Freundin verkuppelt worden war, einem stillen Mädchen namens Katy, das an eine andere Schule ging. Wir waren mit noch acht weiteren Pärchen unterwegs, und Katy schien sich mehr für die Gruppendynamik zu interessieren als für das Gespräch mit mir. Ein paarmal tanzten wir ungeschickt, und am Ende des Abends gab es einen kurzen, sehr enttäuschenden Kuss. Am nächsten Tag wollte meine stets neugierige Mutter wissen, ob ich Katy wiedersehen würde. Als ich mit den Schultern zuckte, sagte sie: „Die Chemie hat nicht gestimmt, oder?", und das traf es ziemlich genau. Und dann seufzte meine Mutter und sagte: „In der Highschool steht der, auf den du selbst stehst, niemals auf dich." Ich bin mir sicher, dass sie aus dieser Zeit eine Geschichte zu erzählen hatte, aus der man etwas lernen konnte, aber ich fragte sie nicht danach.

Bei Mallory wusste ich nicht recht, ob aus ihrer Sicht die Chemie stimmte, aber aus meiner war es unbedingt so. Ich fragte mich, ob es als Date zählte, wenn nur einer der Beteiligten wusste, dass es ein Date war. Eigentlich schon, wenn ich für das Essen bezahlte, und das hatte ich vor.

Mick schickte mir eine Nachricht. Er war bei Justin, und wie üblich langweilten sie sich. Am Vortag hatte ich ihnen geschrieben, ich müsse zu Hause bleiben, weil Frank zu Besuch und ich ja gerade noch krank gewesen sei. Nun fragte er mich in seiner Nachricht, was ich heute Abend tun würde. Ich antwortete, ich würde mit Mallory Nassif Chicken Wings essen gehen, und bekam die Reaktion, die ich von ihm erwartete.

Mick: *Kann nicht sein.*

Ich: *Ist so.*

Mick: *Du lügst. Hör. Auf. Zu. Lügen.*

Ich: *Sie holt mich um sechs ab.*

Mick: *Unglaublich. Hat sie den Verstand verloren?*

Ich: *Um achtzehn Uhr ist sie hier bei mir und holt mich ab. Zum Essengehen.*

Dann begann auch Justin, der den ganzen Spaß nicht Mick allein überlassen wollte, mir Nachrichten zu schicken.

Justin: *Was höre ich da? Mallory Nassif nimmt Drogen und geht mit jedem Deppen aus?*

Mick: *Aber weißt du, Alter, du bist nicht der einzige. Mich holte Mallory um fünf ab!*

Ich: *Jetzt ist mal gut.*

Mick: *Und wir lassen die Chicken Wings aus und gehen gleich ins Bett. Ha.*

Ich: *Ihr seid doch Loser.*

Noch vor ein paar Tagen hätten wir uns ewig so drangehalten, und ich hätte es wahnsinnig witzig gefunden. Jetzt nervte es mich. Ich mochte die Gags auf Mallorys Kosten nicht, aber das war nicht alles. Die beiden wirkten einfach kindisch. Ich sagte ihnen, ich müsse jetzt los, und reagierte nicht auf die nächsten paar Nachrichten. Schließlich gaben sie auf, und mein Handy verstummte.

Um Punkt sechs schaute ich in meinem Zimmer aus dem Fenster, und da sah ich schon Mallorys Wagen in unsere Zufahrt einbiegen. Gleichzeitig klingelte mein Handy. Sie war dran. „Ich bin sofort draußen", sagte ich und stürmte begeistert die Treppe hinunter, ganz ähnlich wie Frank Shrapnel ein paar Stunden zuvor. Ich war froh, dass meine Eltern nicht zu Hause waren. Es war viel einfacher, wenn sie sich hier nicht herumdrückten und alles wissen wollten.

Dann erblickte ich plötzlich Jameson auf dem Beifahrersitz, und meine Stimmung sank in den Keller. Das war doch mein Platz. Nach Jamesons Miene zu schließen, freute er sich auch nicht besonders, mich zu sehen. Ich stieg hinten ein und sagte (zu seinem Hinterkopf): „Hallo, Jameson, schön dass du mitkommst."

Mallory brach in ihr wunderbar melodisches Lachen aus, aber Jameson reagierte überhaupt nicht. Der Kerl saß da wie aus Stein gehauen; er bewegte nicht einmal den Kopf. Als Mallory sich nach mir umschaute, zeigte ich auf Jameson und sagte: „Man sollte meinen, ein Kerl, der nach einer Whiskey-Marke heißt, müsste eine Stimmungskanone sein, aber das stimmt wohl nicht."

„Bevor wir losfahren, würde ich gerne ein kleines Experiment machen, Russ", sagte sie. „Wenn es dir recht ist."

Jameson drehte sich jetzt um, und beide schauten mich so aufmerksam an, dass mir nicht recht wohl dabei war. „Okay, was habt ihr im Sinn?"

Mallory hob die rechte Hand und wedelte mit den Fingern. „Ich habe eine Scherbe aus der Geschirrspülmaschine geholt und mich dabei geschnitten." Tatsächlich war um ihren Zeigefinger ein Pflaster gewickelt. „Ich hatte gehofft, du könntest das vielleicht in Ordnung bringen." Sie riss das Pflaster ab und streckte mir die Hand hin; in der Fingerkuppe war ein kleiner, von getrocknetem Blut gesäumter Schnitt.

„In Ordnung bringen?"

„Stell dich nicht dumm", sagte Jameson. „Du weißt genau, was sie meint. Fass ihre Hand an und mach, dass die Wunde verschwindet."

„Ich habe euch doch gesagt, dass ich nicht ..."

„Ach bitte", sagte Mallory mit einer ganz lieben Stimme. „Mir zuliebe? Versuch es einfach mal."

„Okay." Ich hatte keine Ahnung, wie ein Heiler vorging, aber ich konnte ja probieren, mich da hindurchzubluffen. Ich schüttelte die Hände aus wie ein Pianist vor einem großen Konzert, beugte mich vor und ergriff ihre Hand. Ich nahm ihre Finger zwischen meine beiden Hände, schloss die Augen und stellte mir vor, dass ihre Haut sich regenerierte. *Heile*, dachte ich. *Heile.* Es stand eine Menge auf dem Spiel, und ich wollte Erfolg haben, und sei es auch nur, um Mallorys Bewunderung zu erringen und richtig zur Gruppe dazuzugehören. Ich hielt ihre Hand für eine Minute oder länger fest, aber wie sehr ich mich auch bemühte, ich spürte keine Heilerkräfte durch meinen Körper strömen. Ehrlich gesagt spürte ich gar nichts, außer dem Gefühl, dass ich mich zum Affen machte, insbesondere als ich dann die Augen aufschlug und sah, dass beide mich anstarrten. „Ich habe mich konzentriert", erklärte ich. Ich nahm die Hände weg, und Mallory betrachtete ihren Finger. Ich kannte das Ergebnis ohne hinzuschauen.

„Es hat nicht funktioniert", sagte sie unverkennbar enttäuscht.

„Was für eine Überraschung", bemerkte Jameson mit vor Sarkasmus triefender Stimme.

„Hört mal, ich hab nie behauptet, dass ich Menschen heilen könnte. Diese Schlussfolgerung habt ihr gezogen, nicht ich."

„Vielleicht brauchst du ja einfach nur Zeit", sagte Mallory. „Vielleicht könntest du mit mehr Übung ..."

„Ja, haargenau", unterbrach Jameson sie, wieder voller Sarkasmus.

„Oder vielleicht funktioniert es auch anders", fuhr sie fort. „Vielleicht musst du auf eine bestimmte Weise stehen oder eine bestimmte innere Haltung einnehmen. Wir können es später noch einmal versuchen. Warten wir einfach mal ab."

Als ob uns eine andere Wahl bliebe. Sie seufzte und ließ den Motor an. Als wir losfuhren, sagte ich: „Holen wir Nadia ab?"

„Nadia geht niemals aus", erklärte Jameson mit ausdrucksloser Stimme.

„Das entspricht nicht ganz der Wahrheit", sagte ich. „Ich habe sie vorgestern Nacht draußen gesehen."

„Ihre Mutter lässt sie keine Sekunde aus den Augen", gab Mallory zurück. „Nadia schleicht sich für die Nachtspaziergänge nach draußen. Genau wie wir alle."

„Na ja, das wusste ich." Es fiel mir gerade wieder ein. „Hattet ihr nicht gesagt, dass Nadia vor ein paar Jahren im Bus überfallen worden ist? Und dass das der Grund ist, warum ihre Mutter sie so übertrieben behütet und nirgends hin lässt?"

„Also, wenn du es wusstest, warum hast du dann gefragt?" Jameson schaffte es irgendwie, gleichzeitig herablassend und genervt zu klingen. Für einen Langeweiler mit Streberallüren hatte er ganz schön viel Selbstvertrauen.

„Jungs, Jungs", sagte Mallory. „Können wir uns nicht alle einfach mal vertragen?" Sie bog in eine Seitenstraße ein, die zum Stadtrand führte. Irgendwas daran kam mir nicht koscher vor.

„Wo fahren wir denn hin?" Ich hatte plötzlich das unangenehme Gefühl, dass ich *ganz genau* wusste, wohin wir unterwegs waren, und der Gedanke gefiel mir ganz und gar nicht.

„Ich dachte, wir fahren jetzt erst mal bei der Wiese vorbei und schauen, ob es noch irgendwelche Hinweise auf die Vorgänge gibt, die du vorgestern Nacht beobachtet hast."

„Mallory hat mir die von dir behaupteten Ereignissen berichtet", sagte Jameson. „Ich würde mir die Sache gerne einmal selber anschauen."

Es dauerte einen Augenblick, bis ich begriff, dass er mir gerade eine Lüge unterstellt hatte. „Das waren nicht einfach nur Behauptungen", sagte ich. „Alles, was ich Mallory erzählt habe, entspricht der Wahrheit. Ich habe eine Mannschaft von Männern mit Detektoren gesehen, die das Areal abgesucht haben. Als sie mich entdeckten, haben sie mich gejagt und auf mich geschossen. Falls du mir nicht glaubst, kann ich dir gerne die Kugel zeigen."

„Das ist nicht nötig. Ich glaube dir, dass du *eine* Kugel hast."

Plötzlich war es vollkommen still. Seine Bemerkung lief letztlich auf den Vorwurf hinaus, dass ich die ganze Geschichte frei erfunden hatte und irgendeine Kugel als Pseudobeweis benutzte. Mallory kam mir nicht zu Hilfe, dabei hatte sie Freitagnachmittag so gewirkt, als ob sie mir glaubte. „Zu der Wiese hinter dem Bahnhof zu fahren ist keine gute Idee", sagte ich. „Was, wenn sie da sind und mich erkennen?"

„Das Areal liegt ein ganzes Stück von der Straße entfernt", sagte Mallory. „Von dort können sie unsere Gesichter gar nicht richtig sehen. Wir schauen einfach nur mal kurz vorbei."

Als ich zuletzt nur mal kurz bei dem Areal vorbeigeschaut hatte, hatte jemand versucht, mich zu ermorden. Ich hatte hier wirklich ein total schlechtes Gefühl.

Achtzehntes Kapitel

Als wir zu dem Gelände kamen, hätte es nicht verlassener und weniger bedrohlich daliegen können. Natürlich sieht am helllichten Tage alles nicht so gefährlich aus, sagte ich mir.

„Die bewaffneten Kerle müssen heimgegangen sein", sagte Jameson zu niemandem im Besonderen, aber ich kapierte es schon – er stichelte gegen mich.

„Der Versuch, mich zu ermorden, hat sie wohl müde gemacht", sagte ich.

Mallory bremste und hielt an. „Ich möchte mir das mal näher anschauen." Bevor ich sie daran hindern konnte, war sie aus dem Auto und ging die Steigung zum Bahnhof hinauf. Jameson stieg ebenfalls aus und überließ mich auf dem Rücksitz mir selbst. Meine Bedenken hielten mich noch kurz dort zurück, aber Gruppendruck ist ein nicht zu unterschätzender Faktor, und gleich darauf eilte ich hinter ihm her.

„Ich dachte, du hast Angst", sagte Jameson, ohne sich umzudrehen. „Oder war es Panik?"

Ich wollte eine süffisante Erwiderung geben, doch ich hatte schon vor einer Weile beschlossen, dass ich mir dazu zu schade war. Sollte Jameson doch kleinlich, überheblich und auf Mallory eifersüchtig sein. All das ließ ihn ja doch nur kümmerlich und unsicher wirken. Ich würde mich über seine Verachtung erheben. „Meinetwegen habe ich keine Angst", sagte ich. „Ich renne schneller als die und kann sie überlisten. Du dagegen brauchst vielleicht Schutz."

Er brummte etwas Unverständliches und ging weiter. Vor uns hatte Mallory inzwischen den Schauplatz erreicht und blieb stehen. Sie musterte den Boden aufmerksam, und als wir näher kamen, sagte sie: „Eigenartig."

„Was denn?"

„Es ist nichts zu sehen", antwortete sie. „Überhaupt nichts weist darauf hin, dass hier einmal die leuchtenden Fragmente niedergegangen sind. Und man sieht auch nicht, dass jemand hier herumgestapft wäre. Hast du nicht gesagt, dass die Wiese abgesperrt worden war?" Sie blickte zu mir auf.

Ich nickte. „Wie ein Tatort. Mit gelbem Band, das an Eckpfählen befestigt war. Die Männer gingen im Inneren der Absperrung herum."

Ihre Miene war verblüfft. „Es sieht nicht so aus, als wäre hier irgendjemand zugange gewesen."

„Das Gras ist zertreten", merkte ich an.

„Es ist Frühjahr. Nach der Schneeschmelze sieht es überall so aus", sagte Jameson.

Ich gab es nicht gerne zu, aber er hatte recht.

„Als die Lichter beim letzten Mal vom Himmel gefallen waren, hat jemand tatsächlich anschließend die oberste Erdschicht abgetragen und weggeschafft." Mallory kauerte sich hin und berührte die Erde. „Warum sie es wohl diesmal anders gemacht haben?"

„Wahrscheinlich, weil du herumtelefoniert und dich danach erkundigt hast", sagte ich. „Da haben sie entschieden, diesmal unauffälliger vorzugehen."

„Das wird es sein", pflichtete Jameson mir bei und schenkte mir einen Blick, der mich ein wenig an Bewunderung erinnerte. „Und in dem Fall hieße das, dass die Typen, die auf Russ geschossen haben, entweder im staatlichen Auftrag handeln, oder die Regierung in der Tasche haben."

„Oder es waren Außerirdische", scherzte ich.

Mallory stand auf und rieb sich die Hände, um den Schmutz abzuwischen. „Nein, das hatten wir so ziemlich ausgeschlossen, schon vergessen?"

„Du vielleicht schon, aber ich grübele immer noch darüber nach", erwiderte ich. „Du weißt ja, wie es heißt – Die Wahrheit ist irgendwo da draußen."

Wir schlenderten ein bisschen herum und gingen das Gelände ab, aber nichts ließ erkennen, dass dort nur zwei Tage zuvor etwas Entscheidendes vorgefallen war. Die stillgelegten Gleise waren auf inzwischen halb verfaulte Holzschwellen gebettet, und zwischen den Schienen wuchs Unkraut. Das Bahnhofsgebäude weiter hinten sah genauso aus wie immer. Einfach nur ein mit Brettern vernagelter Bau mit abblätterndem Verputz und einer rissig gewordenen Asphaltfläche zu beiden Seiten. Kaum zu glauben, dass ich Angst gehabt hatte, hierher zurückzukommen.

„He, Russ, willst du mal was Cooles sehen?", fragte Jameson, nachdem wir den Boden praktisch Zentimeter für Zentimeter in Augenschein genommen hatten. Ohne auf eine Antwort zu warten, nahm er sein Handy aus der Hosentasche und hielt es lose in der Hand. Ich beobachtete, wie es nach oben schwebte, um meinen Kopf herumsauste und zu Jameson zurückschwirrte. Der ließ es noch einen Augenblick in der Luft verharren, bevor er die Hand ausstreckte und es wieder an sich nahm.

„Das ist cool." Ich war nicht ganz so baff wie kürzlich bei dem Marmeladendöschen, aber ich musste zugeben, dass Jameson zu etwas wirklich Unglaublichem fähig war. Ich hatte noch immer Zweifel, ob es mir jemals gelingen würde, Menschen zu heilen. (Und selbst falls ich mich vor zwei Nächten *wirklich* selbst geheilt hätte, könnte ich das wiederholen? Vielleicht hatte Mallory ja recht, und die Umstände mussten genau stimmen.)

„Angeber." Mallory versetzte Jamesons Arm einen Knuff.

„Das ist noch gar nichts", sagte er. „Ich übe jetzt jeden Tag mit Gewichten. Ich kann inzwischen schwerere Gegenstände über weitere Entfernungen bewegen als jemals zuvor, und meine Kräfte scheinen mit dem Üben zu wachsen."

„Eine erneuerbare Energie", sagte Mallory nachdenklich. „Das ist mir bei mir selbst auch aufgefallen. Allerdings habe ich nicht wirklich geübt. Es kommt mir irgendwie unmoralisch vor, Leute ohne ihre Einwilligung zu irgendeiner Handlung zu veranlassen."

„Darüber könnte ich hinwegkommen", sagte Jameson.

Mir kam plötzlich ein Gedanke. „Wenn du durch Gedankenkraft Gegenstände bewegen kannst, wieso solltest du dann nicht auch andere Dinge bewerkstelligen können? Vielleicht hast du ja ebenfalls die Fähigkeit zur Bewusstseinskontrolle wie Mallory oder kannst ins Innere von Menschen schauen wie Nadia. Hast du denn überhaupt versucht, noch irgendwas anderes zu machen? Hey, vielleicht kannst du ja fliegen oder unsichtbar werden."

Jameson sah mich finster an. „Es ist jetzt ein Jahr her. Wenn wir noch andere Fähigkeiten hätten, hätten sie sich inzwischen gezeigt." Er war wieder der alte, der Jameson, der alles besser wusste als ich. Offensichtlich war unser Waffenstillstand nur von kurzer Dauer gewesen.

Auf dem Rückweg zum Auto streckte ich Mallory vor dem abschüssigen Teil die Hand hin. Besonders steil war der Hang eigentlich nicht, aber trotzdem akzeptierte sie sie als Stütze, und mich überkam ein aufwallendes Triumphgefühl gegenüber dem armen Jameson, der vor uns herging und es noch nicht einmal bemerkte. „Gestern bei mir zu

Hause sind wir gestört worden, als du mir gerade erzählen wolltest, warum wir nicht einfach mit allem, was wir wissen, zur Polizei oder zu einer anderen Behörde gehen sollten."

Sie drückte mir die Hand auf dem Weg über den letzten, kleinen Höcker und ließ mich los, als der Boden wieder eben war. „Anderen Kindern ist hier früher schon das gleiche widerfahren wie uns, und als sie versuchten, von ihrem Erlebnis zu berichten, sind sie verschwunden oder getötet worden."

Ich blieb stehen. „Weißt du das mit Gewissheit?"

Ihr Gesicht wurde ernst. „Ich bin mir ziemlich sicher. In den letzten fünfunddreißig Jahren ist eine unverhältnismäßig große Zahl von Teenagern aus dieser Gegend plötzlich gestorben oder verschwunden. Viele von ihnen hatten vorher von eigenartigen Dingen berichtet, die sie am Himmel gesehen hatten. Teilweise sind auch ihre Familien verschwunden – sie sind einfach weggezogen, ohne eine Nachsendeadresse zu hinterlassen. Als wären sie ... umgesiedelt worden oder so."

„Woher weißt du das?"

„Ich habe Hunderte von Stunden in der Bibliothek verbracht und mir alte Ausgaben der Lokalzeitung und unserer Highschool-Zeitungen angeschaut." Sie lächelte mich an. „Die Schüler haben damals tatsächlich kleine Zeitungen drucken lassen und in der Schule verkauft. Ist das nicht süß?"

Ihr Bericht über die verschwundenen Teenager machte mir immer noch zu schaffen. „Über wie viele gestorbene oder verschollene Kinder reden wir denn?"

„Im Laufe der letzten fünfunddreißig Jahre vielleicht ein Dutzend? Ich kann dir eine Liste zeigen, wenn du willst."

„Ja, das wäre gut", antwortete ich. Es war nicht so, als ob ich ihr nicht geglaubt hätte, aber wenn ich etwas schwarz auf weiß vor Augen hatte, half mir das manchmal, einen Sinn hineinzubekommen. Und ich wollte wirklich verstehen, was hier eigentlich los war.

„Es gibt da noch etwas Merkwürdiges", sagte Mallory. „Es sind immer nur Teenager, die die Lichter beobachten. Und an den Tagen, an denen die Jugendlichen diese Ereignisse sehen, gibt es am nächsten Tag Berichte über Erwachsene, die in der Nacht im Gegenteil ein Problem mit dem Wachbleiben hatten – Autofahrer, die am Steuer einschlafen, oder Arbeiter, die bei der Nachtschicht einnicken, so was alles. Deshalb glaube ich inzwischen, dass die Lichtpartikel einigen Menschen, insbesondere einigen Teenagern, Energie verleihen und sie anlocken, während sie auf Erwachsene die entgegengesetzte Wirkung ausüben. Einige Jugendliche haben berichtet, dass sie sich schon Wochen, bevor die Lichter erschienen, genötigt fühlten, nachts nach draußen zu gehen."

„Genau wie wir."

Mallory nickte. „Stimmt."

„Was könnte der Grund dafür sein?"

Sie zuckte mit den Schultern. „Ohne zusätzliche Informationen ist das schwer zu sagen. Meine Schlussfolgerungen basieren nun mal allein auf dem, was mir an Wissen zur Verfügung steht."

Weil wir beim Reden stehen geblieben waren, kam Jameson vor uns beim Auto an, und jetzt schien er sich über jemanden zu beugen, der sich tatsächlich *im* Wagen befand. Jameson hatte uns den Rücken zugekehrt und versperrte uns die Sicht, aber ich konnte sehen, dass die hintere Tür offen stand und er sich mit einem Mann beschäftigte, der auf dem Rücksitz zusammengebrochen war, dort, wo zuvor ich gesessen hatte.

Jameson drehte sich um und winkte uns hektisch heran. „Leute, kommt schnell! Beeilt euch!"

Mallory rannte los, und ich folgte ihr auf dem Fuß. Aus Jamesons aufgerissenen Augen und der Art, wie er brüllte, schloss ich, dass es sich um etwas Gravierendes handelte. Doch als Mallory Jameson zur Seite schob, brauchte ich einen Augenblick, um Gordy zu erkennen, den alten Mann aus dem Diner. Er lag auf der Rückbank des Wagens.

„Was ist passiert?", fragte ich.

Und Mallory fragte: „Wo kommt er her?"

„Ich weiß es nicht, ich weiß es nicht." Ausnahmsweise einmal wirkte Jameson nicht arrogant und selbstgewiss. „Ich bin zum Auto gekommen, und da lag er. Ich glaube, er ist tot."

„Noch nicht tot", erklang Gordys Stimme leise und heiser aus dem Wagen heraus. Sein ganzer Körper zitterte. Mallory beugte sich über ihn und verschaffte mir einen Blick auf ihr Hinterteil. „Was ist passiert, Gordy? Hat Ihnen jemand etwas angetan?", fragte sie, und als er nicht antwortete, flüsterte sie beruhigend auf ihn ein, bald sei alles wieder gut. Als sie sich aufrichtete, schaltete sie um und übernahm das Kommando. Erst reichte sie Jameson den Autoschlüssel und forderte ihn auf, eine Decke aus dem Kofferraum zu holen. Als nächster war ich an der Reihe. „Hilf mir, ihn anders zu betten", befahl sie, und nun war ich zum Dienst requiriert und befolgte ihre Anweisungen, Gordy tiefer in den Wagen hineinzuziehen, damit seine herabbaumelnden Beine aus dem Weg waren und wir die

Wagentür schließen konnten. Als Jameson mit einer grünen Karodecke kam, faltete sie sie und reichte sie mir. „Heb ihn an und schieb ihm das unter den Kopf." Sie nahm Jameson den Autoschlüssel ab, setzte sich hinters Steuer und blaffte uns unterdessen Befehle zu:

„Los geht's."

„Halten Sie durch, Gordy. Wir bringen Sie dahin, wo Ihnen geholfen wird."

„Jameson, ruf im Krankenhaus an und sag dort Bescheid, dass wir auf dem Weg in die Notaufnahme sind."

„Sollten wir nicht den Notruf alarmieren?", fragte Jameson.

„Nein!", schrie Mallory ihn an. „Tu einfach, was ich dir sage."

Ich stand auf der Fahrbahnseite des am Straßenrand parkenden Wagens und versuchte, Gordys Kopf auf die zusammengefaltete Decke zu heben. Sein Körper nahm den ganzen Rücksitz ein, und da drängte sich die Frage auf: „Wo soll ich eigentlich sitzen?"

Mallory drehte sich um und sah mich streng an. „Nimm seinen Kopf auf deinen Schoß, Mensch nochmal. Komm schon, Russ, jetzt aber mal ernsthaft. Wir haben hier einen Notfall."

Als ob ich nicht ernsthaft wäre. Ich setzte mich auf den Rand der Rücksitzbank und hob vorsichtig Gordys Kopf an, während ich mich hineinmanövrierte. Als ich die hintere Wagentür schloss, zuckten seine Augenlider. Für den Bruchteil einer Sekunde gingen sie auf, er begegnete meinem Blick und lächelte kurz. „Halten Sie durch, Sir, wir fahren zum Krankenhaus", sagte ich. Er nickte ganz leicht.

Jameson rief im Mercy Hospital an, um Bescheid zu geben, dass wir demnächst in der Notaufnahme eintreffen würden. Aus dem, was er sagte, war deutlich herauszuhören, dass es ihn nervös machte, nicht alle verlangten Antworten geben zu können. Er konnte dem Krankenhaus weder Gordys Nachnamen nennen, noch sein Alter, noch wusste er, was dem alten Mann fehlte. Einmal zogen sie wohl sogar in Zweifel, dass er mit gutem Grund anrief, denn er antwortete: „Nein, das ist kein Scherz."

Mercy Hospital lag eine halbe Stunde entfernt im Stadtzentrum, aber Mallory schaffte es in zwanzig Minuten. Vor roten Ampeln hielt sie kurz, schaute nach links und rechts und überfuhr sie dann, sie überholte im Überholverbot und bretterte mit fünfundachtzig Meilen über den Highway. Jameson sagte „Himmel!", als sie einen Sattelzug überholte und wir unvermittelt direkt auf ein entgegenkommendes Fahrzeug zusteuerten. Zum Glück schaffte sie es gerade noch rechtzeitig auf unsere Spur zurück. „Wenn hier irgendwo ein Bulle ist, kriegen wir Ärger", fügte Jameson hinzu.

„Ein Polizist wäre genau das, was wir brauchen", entgegnete sie. „Wir haben einen Sterbenden auf der Rückbank, um den sich dringend ein Arzt kümmern muss."

„Na ja, wenn wir den Notruf alarmiert hätten ...", sagte Jameson.

Mallory warf ihm einen scharfen Blick zu. „Sollten wir alle darauf aufmerksam machen, dass wir eben auf der Wiese hinter dem Bahnhof waren? Hast du den Verstand verloren?"

Ich saß auf der Rückbank und verkniff mir im Gegensatz zu gewissen anderen Typen alle blöden Kommentare. Ich nahm nur alles in mich auf. Bei den schrecklichsten Kurven hielt ich den Atem an, aber ansonsten ließ ich mich absolut nicht aus der Fassung bringen. Meistens hielt ich den Blick auf Gordy gerichtet. Alles andere wäre auch schwierig gewesen, da sein Kopf ja mit der Decke auf meinem Schoß lag. Die runzligen, schmutzigen Hände hatte er an sein stoppeliges Kinn gezogen. Sein Mund stand offen und ließ zwei Zahnlücken erkennen. Die Zähne, die er noch hatte, standen schief und waren gelb, wahrscheinlich vom Rauchen. Von ihm ging ein beißender Zigarettengestank aus, der mich an den überfließenden Aschenbecher in Großtante Trudys Auto erinnerte. Außerdem roch ich einen Hauch von verschmortem Gummi.

Gordy stöhnte gelegentlich, als hätte er Schmerzen, und ich gab Sätze von mir wie: „Halten Sie durch, Sir", und „Wir sind bald da." Ich weiß nicht, ob es half, aber mehr konnte ich nicht tun.

Als wir schließlich beim Eingang der Notaufnahme ankamen, ließ ich die Fensterscheibe ein Stück weit herunter, um den Wagen zu lüften. Dieser Gestank nach etwas Angesengtem machte mir wirklich zu schaffen.

Mallory legte die Parkstellung ein, und sie und Jameson rannten in die Notaufnahme, um Hilfe zu holen.

„Wir sind jetzt beim Krankenhaus angekommen", sagte ich zu Gordy und strich ihm in dem Versuch, mein Mitgefühl zu zeigen, vorsichtig über den Arm. Ich war bisher davor zurückgescheut, ihn zu berühren, weil ich Angst hatte, ihm weh zu tun, und außerdem, weil ich es als eigenartig empfand, einem vollkommen Fremden so nahe zu sein. Es machte mich verlegen. Ich war froh, dass ich ihn gleich an professionelles Krankenhauspersonal übergeben konnte. Ich hielt durch das Autofenster nach den Helfern Ausschau.

„Mein Junge?"

Aufgeschreckt blickte ich auf ihn hinunter. „Ja?"

Die Augen des alten Mannes waren jetzt weit geöffnet, und er wirkte hellwach. Ich sah, dass er schluckte; seine Zunge fuhr über die aufgesprungenen Lippen, als wollte er sie befeuchten, aber es schien nicht zu helfen. „Ich habe so darum gekämpft, dich zurückzubekommen. So darum gekämpft …"

„Reden Sie mit mir?"

„Es tut mir leid, dass ich gescheitert bin. Schrecklich leid."

„Mr Gordy? Sir? Ich verstehe leider nicht, wovon Sie reden. Was tut Ihnen leid?"

Jetzt zog er die Augen zusammen, als versuchte er, schärfer zu sehen. „Nein, du bist es nicht." Gordy stieß die Luft aus, drehte den Kopf zur Seite und murmelte: „Ich habe dich verwechselt. Ich habe den anderen gemeint."

„Welchen anderen denn?"

„Du siehst ihm ähnlich."

„Wem?"

„Meinem Sohn."

Seinem Sohn. Er war eindeutig verwirrt. Falls er einen Sohn hatte, musste der inzwischen mindestens fünfzig sein. Dieses Alter würde ich erst in vielen, vielen Jahren erreichen. „Soll ich Ihren Sohn vielleicht anrufen?", fragte ich. „Und ihm Bescheid geben, dass Sie im Krankenhaus sind?"

Gordy furchte die Stirn, als dächte er nach. „Nein, ich meine nicht meinen Sohn. Meinen Enkel. Ich bin so durcheinander …" Seine Augen rollten, als hätte er sie nicht in der Gewalt. „Aber den kannst du nicht anrufen. Er ist eingesperrt – ein Gefangener. Sie haben ihn." Er versetzte seinem Bein seitlich einen leichten Schlag. „Hol es dir aus meiner Hosentasche. Du wirst es brauchen."

Ich konnte ihm absolut nicht folgen. „Wenn Sie mir sagen, in welchem Gefängnis er sitzt, könnte ich ihn vielleicht für Sie kontaktieren?"

„Wir haben keine Zeit mehr." Mit zitternder Hand wies er auf seine Hosentasche. „Hol es da heraus."

Ich blickte zum Krankenhaus und fragte mich, wieso sie nur so lange brauchten. Warum mussten sie mich hier mit einem verwirrten alten Mann allein lassen? „Vielleicht sollten Sie es vorläufig einfach behalten", sagte ich. „Wenn es Ihnen wieder besser geht, werden Sie es brauchen." Ich tätschelte seinen Arm möglichst beruhigend, aber er schüttelte meine Hand ab.

„Nimm es dir", sagte er, diesmal mit lauterer Stimme. „Es wird dir helfen." Sein Atem ging jetzt mühsam. „Er ist noch irgendwo da draußen."

Oh je. Wie konnte ich ihm seine Bitte abschlagen, auch wenn sie Quatsch war? Es war ihm offensichtlich wichtig. Nur musste ich dazu leider meine Hand in seine Hosentasche stecken. Es gibt so eine Art ungeschriebenes Gesetz, dass ein Kerl nie die Hand in die Hosentasche eines anderen Mannes steckt. Es ist schon schlimm genug, wenn ich bei einem Typen verdächtige Bewegungen in seiner *eigenen* Hosentasche bemerke, da will ich doch nicht auch selbst noch darin rumhantieren. Ich schaute mich hastig durch die Fenster um, um sicherzugehen, dass niemand mich sehen und denken würde, dass ich entweder Gordy beraubte oder etwas Perverses tat. Dann steckte ich die Hand in seine Hosentasche, ertastete dort aber nichts. „Tut mir leid, Sir. Da ist nichts in Ihrer Hosentasche."

„Nicht die da." Er packte stöhnend meine Hand und führte sie zur Hosennaht seitlich an seinem Oberschenkel. „Es ist versteckt, damit sie es nicht finden."

Ich klopfte die Stelle ab, die er mir gezeigt hatte, und spürte etwas unter dem Stoff. Ich konnte die Fäden der Naht sehen. Eine Tasche konnte ich nicht erkennen, aber doch ... Ich beugte mich darüber, um mir die Sache näher anzuschauen, und zerrte dann an der Naht. Sir riss mit dem lauten Knistern eines Klettverschlusses auf. Der alte Mann hatte recht; er besaß tatsächlich eine versteckte Hosentasche.

Ich holte ein zusammengefaltetes Stück Papier heraus und hielt es ihm vor die Augen. „Soll ich das da bekommen?" Es war ein dicker Papierknubbel, als wäre etwas darin eingewickelt. Das kleine Päckchen wurde von einem Gummiband zusammengehalten.

Gordy nickte und schloss die Augen. Über seine Unterlippe zog sich ein dünner Speichelfaden, was mir ein bisschen eklig war. Ich war nicht dafür geschaffen, mich um Kranke zu kümmern. Er stieß ein paar krächzende Worte aus: „Trag das immer bei dir."

„Das tue ich", sagte ich und tätschelte seinen Arm. „Machen Sie sich keine Sorgen."

„Erzähle niemandem davon", bat er. „Du musst es geheim halten." Das letzte sagte er röchelnd. Er hatte Mühe, die Worte herauszubekommen. „Du musst ihn finden."

„Das verspreche ich."

Ich hatte gerade damit begonnen, das Papier aufzuwickeln, als ich draußen eine Bewegung wahrnahm – Mallory und Jameson stürmten (endlich!) aus der geöffneten Glastür. Hinter ihnen kamen zwei Männer in Krankenhauskleidung, die eine Rollbahre groß wie ein Doppelbett vor sich herschoben. „Jetzt geht's los", sagte ich zu niemandem im Besonderen. Vorsichtig jedes schmerzhafte Rucken vermeidend, schlüpfte ich unter Gordys Kopf weg und verließ das Auto. Draußen steckte ich das zusammengefaltete

Papierpäckchen in meine Hosentasche. Die Pfleger machten sich rasch an die Arbeit und schoben den alten Mann durch die Glastür, von uns dreien gefolgt.

Die Empfangsangestellte hielt Mallory auf. Sie reichte ihr ein Klemmbrett und sagte, sie bräuchten noch Informationen über den Patienten. Jameson wich ihr nicht von der Seite, aber ich ging weiter hinter Gordy und den beiden Pflegern her. Jemand öffnete per Tastendruck eine Reihe von Automatiktüren für uns, und wir liefen immer schneller, bis wir beinahe rannten. Andere Mitarbeiter schlossen sich uns auf dem Weg durch einen Korridor an, ein Mann und eine Frau in weißen Kitteln und jeder mit einem Stethoskop um den Hals. Ärzte, nahm ich an.

Nachdem sie die Bahre in einen Raum geschoben hatten, der wie eine große, mit Vorhängen abgeteilte Kabine aussah, gingen die Pfleger weg. Die Frau, die wohl eine Ärztin war, beugte sich über Gordy und ergriff ihn am Arm. „Sir, Sie befinden sich im Mercy Hospital. Können Sie mir sagen, ob Sie Schmerzen haben?" Gordy stöhnte, antwortete aber nicht. Sie schaute mich an. „Wie heißt er?"

„Gordy."

„Gordy", sagte sie, diesmal lauter. „Wir wollen Ihnen helfen, aber erst brauchen wir noch ein paar Informationen." Weitere Helfer hatten sich hinter uns versammelt, und sie erteilte schnell nacheinander Anweisungen für ein EKG und die Entnahme von Blutproben. „Haben Sie heute irgendwelche Medikamente genommen, Sir?"

„Nein." Es kostete ihn offensichtlich große Mühe, dieses Wort herauszubringen.

Sie steckte sich die Oliven ihres Stethoskops in die Ohren und beugte sich über ihn, um sein Herz abzuhören. „Unregelmäßiger Herzschlag. Jetzt mal schnell mit dem EKG!"

Wie eine gut geölte Maschine trat ihr Team in Aktion. Eine Frau legte Gordy die Manschette eines Blutdruckmessgeräts an, eine andere klippte etwas, was wie eine Wäscheklammer aussah, an seinem Finger fest. Eine dritte knöpfte Gordys Hemd auf, zog selbstklebende Schutzfolie von einer Reihe von Elektroden und befestigte diese an seiner Brust. Ich verkrümelte mich ans Fußende des Bettes, um nicht im Weg zu sein.

„Ist er gestürzt?"

Ich betrachtete Gordys Schuhsohlen und merkte erst, dass die Ärztin mit mir sprach, als sie mit den Fingern vor meinem Gesicht schnippte. „Hat er sich verletzt? Ist er gestürzt? Hat er über Schmerzen geklagt?"

„Er hat Schocks bekommen." Ich zeigte auf seine Schuhe. In jeder Sohle befand sich ein an den Rändern verkohltes Loch, so groß wie eine Centmünze. Stromschläge waren durch seinen Körper geschossen und hatten beim Abfließen durch die Füße ein Loch in seine Sohlen gebrannt. „Mit Strom. Elektroschocks."

Sie kam zu mir und schaute auf die Stelle, die ich ihr zeigte. „Sind Sie sich sicher?"

Ich schluckte und nickte.

„Wie ist es geschehen?"

„Ich weiß es nicht", antwortete ich, und das stimmte. Ich wusste nicht, *wie* es geschehen war, aber ich wusste in meinem Inneren, dass er tatsächlich Stromschläge erhalten hatte, und ich spürte, dass das mit Absicht geschehen war. Sogar im Auto hatte ich das schon irgendwie gewusst, aber ich musste die in seine Sohlen gesengten Löcher sehen, damit der Groschen fiel. Jemand hatte ihm das angetan.

Aber warum?

Neunzehntes Kapitel

Sie beförderten mich so schnell aus dem Raum, dass ich nicht einmal mehr Zeit hatte, mich umzuschauen. Eine korpulente junge Frau führte mich in einen Wartebereich, der nur aus ein paar gepolsterten Stühlen in einer Ecke bestand. „Es kommt dann jemand und gibt Ihnen Bescheid, wie es Ihrem Großvater geht", sagte sie. Ich korrigierte sie nicht; es war einfacher, wenn man mich für den Enkel hielt. Ich setzte mich und wusste nicht recht, was ich nun so von den anderen getrennt tun sollte. Nachdem ich die verkohlten Löcher in Gordys Schuhsohlen gesehen hatte, würde ich mir das, was er mir gegeben hatte, nicht in aller Öffentlichkeit anschauen. Ich beschloss, ein paar Minuten zu warten und dann Mallory eine SMS mit der Frage zu schicken, was wir ihrer Meinung nach als nächstes tun sollten.

In der Ecke hing ein Fernseher, der aber auf stumm geschaltet war, und das war mir ganz recht. In Wartezimmern lief sowieso nie der richtige Sender. Aus dem Korridor drangen die Geräusche eines kontrollierten Chaos zu mir herüber: Die quietschenden Räder schnell geschobener Wägelchen, Rufe, die hin und her hallten, das elektronische Piepen von Maschinen und Geräten, die die Lebensfunktionen überwachten oder Menschen am Leben hielten. In der Notaufnahme roch es ein wenig nach Desinfektionsmittel, aber vor allem hatte ich noch immer den Geruch in der Nase, der von Gordy ausgegangen war. Ich konnte ihn einfach nicht loswerden.

Wie unglaublich schmerzhaft musste es sein, wenn einen Stromstöße durchfuhren, die so stark waren, dass sie einem Löcher in die Schuhsohlen brannten? Es war gewiss grauenhaft. Er war ein zäher alter Bursche, sonst wäre er nicht immer noch bei Bewusstsein und könnte reden, selbst wenn er verwirrt war. Bald würden wir ihn fragen können, was vorgefallen war. Ein weiteres Puzzleteilchen in dem großen Rätsel, das wir lösen mussten.

Ich hatte nie darum gebeten, dabei mitmachen zu dürfen, aber inzwischen steckte ich zu tief in allem drin, um einen Rückzieher zu machen.

Ich lehnte den Hinterkopf gegen die Wand. Was für eine Nacht. Was für eine Woche. Bis vor kurzem war meine einzige Sorge gewesen, nachts genug Schlaf zu bekommen und die zehnte Klasse erfolgreich hinter mich zu bringen.

Nächsten Sommer würde ich sechzehn werden, und dann dürfte ich Auto fahren und könnte mir nebenher einen Job suchen und Geld verdienen. Doch nun belasteten mich ganz andere Dinge. Warum hatte jemand auf mich geschossen? Wer folterte einen alten Mann mit Stromstößen? Und weniger wichtig, aber trotzdem verwirrend – warum hatte Mallory Jameson zu unserem Date mitgebracht? Ich beugte mich vor und legte den Kopf in die Hände, plötzlich erschöpft.

Ich schloss die Augen, schlief aber nicht. Ich döste noch nicht einmal. Ich hörte noch immer alle Geräusche des Krankenhauses. Etwas von dem Licht der Leuchtstoffröhren drang durch meine Augenlider hindurch. Plötzlich stellte ich fest, dass ich die Elektrizität um mich her spüren konnte, wenn ich mich konzentrierte. Es war, als ob man in einem Whirlpool läge und merkte, wo die Warmwasserdüsen säßen. Ich nahm die elektrische Spannung in jeder einzelnen der Millionen von Zellen meines Körpers wahr und spürte auch außerhalb meiner selbst, wie der Strom durch das Gebäude floss. Es war wirklich unglaublich und haute mich total um. Es war, als hätte ich irgendwie einen zusätzlichen Sinn hinzubekommen. Selbst mit geschlossenen Augen sah ich vor mir, wie der Strom durch die Wände floss, wie er durch Leitungen in Steckdosen strömte und von dort durch Elektrokabel Geräte und Lampen versorgte. So verrückt es auch klingt, irgendwie verstand ich, dass der elektrische Strom und ich ein und dasselbe waren. Ich meinte fast schon, zu begreifen, wie das möglich war, als ich jemanden meinen Namen rufen hörte: „Russ!" Ich blickte auf und sah Mallory und Jameson durch den Korridor auf mich zu traben.

Ich stand auf und ging ihnen entgegen. „Spürt ihr es?", fragte ich, als sie bei mir waren. Ich streckte die Hände aus und flüsterte: „Es ist ganz plötzlich passiert. Ich kann spüren, wo die Elektrizität herkommt. Ich weiß nicht wie, aber ich spüre sie überall um mich herum."

„Warum bist du nicht an dein Handy gegangen?", fragte Jameson. Er klang verärgert.

„Es hat nicht geklingelt."

„Wir müssen sofort hier weg", sagte Mallory.

Ich schaute durch den Korridor zu dem Vorhang, hinter dem Gordy noch immer lag. „Können wir nicht hier warten, bis wir sehen, wie es ihm geht?"

„Wir sollten schon weg sein", zischte sie, packte mich beim Arm und zerrte mich durch den Korridor davon. Jameson kam hinter uns her, als bildete er die Nachhut.

Wir gingen an dem mit Vorhängen abgeteilten Raum vorbei, in dem die Mediziner immer noch mit Gordy beschäftigt waren. Ich blieb stehen. „Sollten wir nicht …"

Beide sagten mit unterdrückter Stimme „Nein!", und ich gab es auf.

Mallory lenkte mich in einen Korridor, den ich bisher noch nicht gesehen hatte. Ich war mir sicher, dass sie in die falsche Richtung ging, und so sagte ich nach hinten zeigend: „Ich glaube, nach draußen geht es dort entlang."

Sie blieb nicht einmal stehen, sondern sagte nur: „ Wir nehmen einen anderen Weg."

Als wir zum Ende des Korridors kamen, drückte Jameson einen Schalter, um die Tür zu öffnen. Auf einem Schild stand: „Vorsicht, Tür öffnet sich nach innen", und so traten wir zurück. Als die Tür sich dann bewegte, verschwendete Mallory keinen einzigen Augenblick, sondern schlüpfte, mich noch immer hinter sich herziehend, durch den Spalt. Jameson folgte, und zwar so dicht hinter uns, dass er mir tatsächlich auf die Hacken trat, als wir durch einen Nebeneingang an der Seite des Gebäudes das Krankenhaus verließen.

„Was ist denn los?", fragte ich, während wir uns zwischen zahllosen Reihen von parkenden Fahrzeugen hindurchschlängelten. „Wo ist dein Auto?"

„Ich habe es hierher gestellt", antwortete sie, ohne ihren Schritt im Geringsten zu verlangsamen. Als wir zu ihrem Wagen kamen, öffnete sie die Türen mit einem Piepen der Fernbedienung und glitt hinters Steuer. Jameson und ich setzten uns rasch auf unsere vorherigen Plätze, und wir schossen aus der Parklücke, bevor ich auch nur Gelegenheit hatte, mich anzuschnallen.

„Meine Güte, das war knapp", sagte sie, als sie auf die Straße einbog und aufs Gas trat. Ich schaute mich um und sah das Krankenhaus im Rückfenster kleiner werden. „Mir ist fast das Herz stehen geblieben, als ich diese Männer hab reinkommen sehen. Ich hatte Angst, dass sie uns entdecken."

Zwanzigstes Kapitel

„Welche Männer?", fragte ich, aber meine Worte wurden von Jameson übertönt, der die Hände hochgeworfen hatte, als führe er auf einer Achterbahn. „Das war der Hammer!", schrie er, und dabei zog er die erste Silbe von *Hammer* so in die Länge, dass sie gar nicht mehr aufzuhören schien. „Unglaublich, was wir da gemacht haben! Unfassbar, wie du dieser Krankenschwester deinen Willen aufgezwungen hast. Und hast du gesehen, wie ich dieses Wägelchen umgekippt habe? Wir sind die Kings!" Er hielt inne und boxte Mallory gegen die Schulter. „Voll krass! So hab ich mich noch nie gefühlt. Das war oberaffengeil."

Mallory warf ihm einen Seitenblick zu. „Geil, aber sehr beängstigend."

„Was ist passiert?", fragte ich.

Jameson drehte sich nach hinten, um mir die Geschichte zu erzählen, und unterstrich dabei seine Worte aufgeregt mit den Händen. Ich hatte den Kerl noch nie so aufgedreht erlebt. Es war, als hätte jemand eine Leiche wiederbelebt. Er hatte so eine Art, die Geschichte zu erzählen, bei der er jedes Detail haarklein schilderte, und zwischendurch lobte er sich immer wieder selbst für seine rasche Reaktion und die Ablenkung der Männer durch Telekinese.

Ich hätte die Geschichte in ungefähr drei Sätzen berichten können, aber er laberte eine ganze Viertelstunde. Die Sache war anscheinend folgendermaßen verlaufen: Nachdem ich die beiden beim Empfang zurückgelassen hatte, tat Mallory der Krankenschwester zuliebe so, als füllte sie das Formular aus. Sie gab unsere Namen nicht preis, und sie wusste nichts über Gordy, also trug sie irgendeinen Unsinn ein und brachte die Schwester durch Bewusstseinskontrolle zu der Überzeugung, das Formular sei komplett ausgefüllt und Gordy vollständig versichert.

„Das hättest du sehen sollen!", krähte Jameson. „Mallory sagte: ‚Ich habe alle Informationen eingetragen, die Sie brauchen', und die Schwester darauf: ‚Oh, gut, er ist zu hundert Prozent versichert.'"

„Dann bin ich rausgegangen und hab das Auto umgesetzt, damit es den Eingang nicht versperrt", fügte Mallory hinzu.

Und danach, so Jameson, seien zwei Männer hereingekommen – dieselben Männer, die er schon einmal in der Bibliothek gesehen habe. „Zu dem Zeitpunkt saßen wir wieder im Wartebereich", berichtete Mallory. „Da haben wir dir gerade eine Nachricht geschickt. Oder versucht, dir eine Nachricht zu schicken."

Ich zog mein Handy aus der Hosentasche. Ja, klar, da war sie, aber ich hatte mein Handy stumm geschaltet.

Jameson sagte: „Die beiden Männer waren genauso gekleidet wie neulich in der Bibliothek. Dunkle Anzüge, schwarze Schuhe, Krawatten, genau wie Geschäftsleute. Sie gingen direkt zum Empfang und erkundigten sich nach einem Patienten, der gerade in die Notaufnahme gebracht worden sei, Gordon Hofstetter. Der eine hat behauptet, Mr Hofstetter sei sein Vater." Er schnaubte geringschätzig. „Als ob irgendjemand das glauben würde."

„Du hättest Jamesons Miene sehen sollen, als er die Männer entdeckt hat", bemerkte Mallory. „Ich dachte schon, er rollt sich in Embryonalhaltung zusammen und fängt an zu wimmern."

„Das stimmt nicht", widersprach er und warf ihr einen harten Blick zu. „Warum sagst du denn so was?" Er wandte sich wieder mir zu. „Die Frau am Empfang bat die beiden, kurz zu warten, damit sie sich drinnen nach dem Patienten erkundigen könne. Um die Männer abzulenken, habe ich dann ein Wägelchen mit Krankenhausmaterial zum Umkippen gebracht." Er schlug sich gegen die Stirn. „Mit reiner Geisteskraft, Russ."

„Also habe ich den Aufruhr genutzt, um der Schwester in den Untersuchungsbereich zu folgen", warf Mallory dazwischen. „Als ich sie eingeholt hatte, griff ich zu meiner Bewusstseinsmagie und redete ihr ein, eine Frau mittleren Alters namens Marge Schaeffer habe Gordy ins Krankenhaus gebracht. Ich habe sie ihr sogar beschrieben."

„Und das hat funktioniert?", fragte ich ungläubig.

Mallory nickte. „Sie hätte es vor Gericht beschworen. Morgen wird sie Kopfschmerzen haben."

Als die Schwester zurückkam, berichtete sie den Anzugträgern, eine gewisse Marge Schaeffer habe Mr Hofstetter gebracht, und beschrieb die Dame genau so, wie Mallory sie ihr zuvor geschildert hatte. Als dann eine Horde Männer mit ihrem Kumpel hereinkam, der bei einer Kneipenschlägerei ziemlich hatte einstecken müssen, waren alle so weit abgelenkt, dass Jameson und Mallory einem Pfleger durch die Tür zur Notaufnahme folgen und mich abholen konnten.

„Deswegen sind wir also durch den Nebeneingang rausgegangen?", fragte ich. „Um den beiden Anzugträgern nicht mehr zu begegnen?"

„Natürlich", antwortete Jameson so arrogant wie immer.

„Und warum machen wir auch jetzt wieder einen solchen Eiertanz?" Ich beugte mich vor und richtete die Frage an Mallory. Ich hatte die Nase voll von Jameson. „Warum fragen wir die Männer nicht einfach, was das für eine Geschichte ist? Soweit wir wissen, sind sie die Guten."

Der Wagen bremste so heftig, dass er schlitternd am Straßenrand zum Stehen kam und mein Kopf nach vorn geschleudert wurde. Mallory ging in die Parkstellung, schaltete die Warnblinkanlage ein, drehte sich um und fixierte mich. „Russel Becker, ich hoffe, das war ein Scherz." Ihre Stimme war laut, und ihr Gesicht vor Zorn verzerrt.

„Ich hatte ja von Anfang an Zweifel an diesem Kerl", bemerkte Jameson. „Das hatte ich dir damals auch gesagt. Schmeiß ihn raus."

Ich hielt die Hand so, dass sie Jamesons Gesicht verdeckte, und ließ sie dort. „Schwer zu glauben, dass ihr beide Hochbegabte seid, ihr benehmt euch nämlich wie Schwachköpfe. Ich sage ja gar nicht, dass wir jemandem von den Lichtpartikeln, der Wiese oder euren besonderen Kräften erzählen sollten. Aber wieso sollten wir verheimlichen, dass wir einen alten Mann gefunden haben, der ärztliche Hilfe brauchte? Wie sollen wir denn mehr Informationen bekommen, wenn wir immer im Verborgenen bleiben und den Leuten aus dem Weg gehen?"

Mallory schüttelte den Kopf. „Bist du nicht der Junge, der gestern total am Rad gedreht hat, weil man ihn in der Nacht zuvor gejagt und angeschossen hatte? Muss ich dir wirklich erklären, wie gefährlich es wäre, freiwillig aus der Deckung zu kommen?"

„Aber ist es nicht noch gefährlicher, das alles einfach für uns zu behalten?"

Jameson schlug nach meiner Hand. Ich nahm sie herunter und schenkte ihm ein Lächeln, bevor ich fortfuhr: „Betrachte es doch einmal so: Falls uns irgendwas zustößt, sollten unsere Familien dann nicht wenigstens informiert sein, was überhaupt los war?

Wenn die anderen Jugendlichen, diese getöteten oder verschwundenen Kinder, sich an die Medien gewandt hätten, vielleicht hätte die Polizei sie ja beschützt. Vielleicht wäre ihnen dann nichts passiert."

Jameson legte in einer dramatischen Geste das Gesicht in die Hände und heulte auf. „Mallory, unglaublich, dass du dich für diesen Kerl verbürgt hast. Ein Schimpanse hat mehr Verstand."

„Mallory?" Ich wollte ihre Reaktion hören, nicht seine; im Moment sah sie so aus, als wäre sie hin- und hergerissen.

„Und was genau schlägst du vor?", fragte sie. „Wem sollen wir davon erzählen – unseren Eltern, der Polizei, dem FBI? Und was genau sollen wir verraten? Die ganze Wahrheit oder nur einen Teil davon? Bist du auf die Folgen vorbereitet? Hast du auch nur über die möglichen Folgen *nachgedacht?* Wir nämlich schon. Wir haben jedes denkbare Szenario durchgespielt, und glaub mir, keines von ihnen ist gut." Als ich nichts erwiderte, sagte sie: „Weißt du was, Russ? Tu dir keinen Zwang an und erzähle das alles, wem du willst. Keiner wird dich daran hindern."

Jameson warf ein: „*Ich* würde ihn daran hindern, und ..."

„Aber eines musst du wissen", fuhr sie Jamesons Reaktion beiseite wischend fort. „Keiner von uns wird deine Worte bestätigen. Wenn du behauptest, dass wir irgendwas mit der Sache zu tun haben, werden wir sagen, dass du verrückt bist und wir nicht wissen, wovon du überhaupt redest."

„Dann bist du auf dich gestellt, Kumpel", schloss Jameson sich an. „Wir bestätigen nichts. Wir sagen, dass du verrückt bist."

„Ja, das habe ich verstanden. Mallory hat gerade eben dasselbe gesagt."

Mallory begann: „Schau mal, wir haben alle in letzter Zeit ziemlich viel durchgemacht, Russ. Wäre es vielleicht möglich, dass du noch ein paar Tage darüber nachdenkst, bevor du irgendwas unternimmst?"

Ein paar Tage? Was konnte schon in einigen wenigen Tagen passieren. Na gut, so lange konnte ich warten. „Ja, ich denke schon."

„Du solltest die Sache für dich behalten", fügte Jameson hinzu. „Ist dir klar, was für einen Ärger Nadia bekäme, wenn ihre Mutter herausfände, dass sie nachts draußen unterwegs gewesen ist?"

Das würde dann die geringste unserer Sorgen sein. „Ich habe schon eingewilligt, nichts zu sagen. Zumindest vorläufig nicht."

„Na ja, dann bin ich froh, dass das geklärt ist." Mallory ließ den Motor an, fingerte am Radio herum und entschied sich schließlich für einen alten Nirvana-Song. Irgendwas über einen mulatto, einen albino und einen mosquito. Der Text ergab nicht den geringsten Sinn, aber die vertrauten Klänge zogen mich in meinen Alltag zurück, und ich fühlte mich besser. Mallory blinkte links, schaute sich flüchtig in beiden Richtungen nach dem Verkehr um und fuhr wieder los. Wir waren noch nicht weit gekommen, da sagte sie: „Hoffentlich macht es euch nichts aus, wenn ich den Abend vorzeitig abbreche. Ich habe schlimme Kopfschmerzen und möchte heim."

„Keine Chicken Wings?" Jameson klang enttäuscht. „Aber ich krieg allmählich richtig Hunger."

„Vielleicht ein andermal." Sie suchte meinen Blick im Rückspiegel. „Ist das für dich okay, Russ?"

„Natürlich." Der Gedanke, in Jamesons Gesellschaft essen zu gehen, verdarb mir ohnehin die Freude an dem Date. „Wie es dir am liebsten ist, Mallory."

Jameson setzten wir als Ersten ab. Wie sich herausstellte, lebte er in einem großen Haus in der Reiche-Leute-Gegend der Stadt. Rich Edgewood. Das überraschte mich nicht. Ich hatte mir schon gedacht, dass er ziemlich privilegiert war. Die Zufahrt mündete in einen Kreisel, und wir hielten unter einem weit vorkragenden Dach, wie man es oft an Hotelfronten sieht. Auf beiden Seiten wurde es von weißen Säulen gestützt, und links des riesigen Portals stand ein steinerner Löwe. „So, wieder gut gelandet", sagte Mallory mit gespielt fröhlicher Stimme. „Das Ende eines wunderschönen Samstagabends."

Er hatte die Hand auf die Tür gelegt, schien aber nicht aussteigen zu wollen. „Danke fürs Fahren, Mallory. Wenn ich mal den Führerschein habe, können wir die Corvette von meinem Dad nehmen." Er beugte sich vor, als wollte er sie küssen oder so, aber sie schaute einfach starr geradeaus.

„Das wäre Spitze", antwortete sie, und dann, an mich gewandt: „Russ, am besten steigst du jetzt vorne ein."

Ich krabbelte aus dem Wagen, und Jameson war gezwungen, sich ebenfalls hinauszubequemen. Er stand auf der Veranda und winkte uns nach, als wir wegfuhren. Ich schaute mich nach ihm um und sagte: „Ich dachte schon, er geht nie."

Mallory lachte, und plötzlich war die Welt in Ordnung. „So verkehrt ist er gar nicht. Ein bisschen unsicher, und deshalb tut er manchmal ziemlich eingebildet, aber alles in allem ist er okay."

„Einer, der ein bisschen unsicher ist und darum auf eingebildet macht, klingt für mich aber nicht okay."

„Er ist von uns der einzige, der wirklich höchstbegabt ist", erwiderte sie. „Nadia und ich werden auf College-Niveau unterrichtet und schlagen uns außergewöhnlich gut, aber Jameson ist uns beiden weit voraus. Er hat tatsächlich einen IQ von 186 oder so. Natürlich ist der IQ-Test als Maßstab für Intelligenz nicht unumstritten."

„Natürlich."

„Aber trotzdem ist er zweifellos ein sehr befähigter Kopf."

„Ja, klar, das sehe ich." Ich trommelte mit den Fingern auf dem Armaturenbrett herum. „Aber manchmal ist er eine ziemliche Nervensäge." Sie lächelte, widersprach mir aber nicht. Keiner von uns sagte etwas, Mallory, weil sie fuhr, und ich, weil ich wieder anfing, die Elektrizität wahrzunehmen. Ich spürte, wie sie aus dem Motorraum kam und durchs Radio strömte. An ihrem Ursprungsort, der Batterie, fühlte sich die Elektrizität des Autos anders an als das, was ich im Krankenhaus erlebt hatte, und auch anders als die Stromleitungen, die ich im Vorbeifahren spürte. Wirklich sonderbar, diese Fähigkeit, das Strömen der Ladungen zu fühlen; es war, als könnte ich im Dunkeln sehen. Ich staunte über die Tatsache, dass wir überall von Elektrizität umgeben sind und sie den Leuten in ihrem Alltag trotzdem gar nicht bewusst ist.

Mallory stellte das Radio ab, und ich schlug die Augen auf. „Was geht dir durch den Kopf, Russ?", fragte sie. „Dein Gesichtsausdruck macht mir ein bisschen Angst."

„Ich konzentriere mich", erklärte ich. „Auf die Elektrizität. Ich kann sie inzwischen fühlen. Es hat im Krankenhaus angefangen. Mir wurde plötzlich bewusst, wie sie überall um mich her vibriert und fließt. Ich spüre sie sogar, wenn ich die Augen schließe, und wenn ich innerlich wirklich still werde, ist es so, als würde sie zu mir sprechen. Ich nehme wahr, wo der Strom herkommt und wie stark er ist. Du weißt bestimmt, wovon ich spreche. Euch geht es doch sicher genauso, oder?"

Sie schüttelte den Kopf. „Nein."

„Aber du kannst die Elektrizität doch fühlen?" Ich zeigte auf die Strommasten entlang der Straße. „Draußen summt sie wie Musik in den Leitungen." Ich klopfte aufs Armaturenbrett. „Und ich spüre, wie sie das Radio antreibt. Es ist wirklich erstaunlich."

„Diese Empfindung hast du also gerade jetzt?"

„Ja, stimmt. Es ist nicht so, dass es mal passiert und mal nicht. Es ist immer da. Es *ist* einfach."

„Hmmm …" Sie bog in meinen Stadtteil ein. „Die Lichtpartikel scheinen auf jeden eine andere Wirkung auszuüben, so war es zumindest bei uns dreien. Und das, was du damals in dieser Nacht erlebt hast, war höchstwahrscheinlich anders als unsere Erfahrung ein Jahr zuvor. Es ist also anzunehmen, dass sich die Folgen dann ebenfalls unterscheiden."

„Als ich draußen auf der Wiese stand und die Partikel um mich herum zu Boden gefallen sind, habe ich gespürt …"

„Moment mal!" Zum zweiten Mal in dieser Nacht hielt Mallory unvermittelt am Straßenrand. Diesmal bremste sie etwas weniger scharf. „Die Partikel sind um dich herum zu Boden gefallen? Du hast in der Spirale gestanden, während die Lichtfragmente um dich her niedergegangen sind?"

„Als ich dort ankam, war der größte Teil schon unten", antwortete ich. „Aber als ich mitten in der Spirale stand, sind noch welche runtergekommen, ja."

„Und sie haben dich nicht verbrannt?"

„Nein, die Brocken haben geglüht, aber sie waren nur warm und nicht heiß."

„Hm." Mit einer Hand lenkte sie das Auto auf die Fahrbahn zurück und setzte den Weg zu mir nach Hause fort. „Was das wohl zu bedeuten hat …"

„Keine Ahnung."

Wir fuhren weiter. Ich merkte, dass die Sonne in der Zeit, in der wir im Krankenhaus waren, ein ordentliches Stück gesunken war. Jetzt erhellten unsere Schweinwerfer die Straße vor uns, und ich spürte, wie der Strom von der Batterie in die Lampen floss und sie zum Leuchten brachte. Wie hatte ich so lange durchs Leben gehen können, ohne so etwas je zu bemerken?

Schließlich bog Mallory in meine Zufahrt ein. Es kam mir so vor, als wäre ein ganzer Tag vergangen, seit sie mich hier abgeholt hatte, aber in Wirklichkeit waren es nur ein paar Stunden gewesen. „Also, das war's wohl", sagte sie.

Ich schnallte mich ab und streckte ihr die Hand hin. „Danke für den netten Abend und fürs Fahren."

„Keine Ursache."

Ich schob den Arm noch ein Stück weiter vor. „Nimm meine Hand, Mallory."

„Was?"

Ich überging ihre erstaunte Miene. „Das ist eine gesellschaftliche Sitte. Vielleicht hast du schon davon gehört? Dass man sich die Hände schüttelt? Leg deine in meine."

Noch immer verwundert, reichte Mallory mir die Hand. Ich umfasste sie mit meiner und konzentrierte alle meine Gedanken und meine ganze Energie auf die Berührung. Wir waren zwei getrennte Menschen, die jetzt über Haut und Knochen, Blut und Energie miteinander verbunden waren. Insbesondere durch Energie. Die meine summte und vibrierte genau dort, wo unsere Hände sich berührten. Mallorys Gesichtsausdruck entnahm ich, dass sie es ebenfalls spürte. Sie schaute zu mir hoch, und ihre Augen leuchteten erstaunt. „Wahnsinn", flüsterte sie.

Und dann fühlte ich, dass es fertig war. Ich ließ unvermittelt los, und ihre Hand sank nach unten. „Nochmal danke, Mallory. Bis dann in der Schule."

Ich war schon auf halbem Wege zur Haustür, als sie ihr Seitenfenster herunterließ. „Russ?"

„Ja?"

Sie streckte die Hand aus dem Fenster und wedelte damit herum. „Der Schnitt im Finger ist weg."

Ich nickte. Das hatte ich gewusst.

Einundzwanzigstes Kapitel

Als ich nachts im Bett lag und fast schon eingeschlafen war, kam mir plötzlich der Gedanke, dass ich ja vielleicht meine Fähigkeit nutzen könnte, um Gordy zu heilen. Ich setzte mich auf, schaltete die Nachttischlampe ein und rieb mir die Augen. Hätten Jameson und Mallory es nicht so eilig gehabt, das Krankenhaus zu verlassen, wäre es mir vielleicht noch dort eingefallen. Jetzt aber war es nach Mitternacht, und es gab für mich keine Möglichkeit, zum Krankenhaus zu kommen. Um meines eigenen Seelenfriedens willen suchte ich die Telefonnummer des Mercy Hospital im Internet und rief bei der Rezeption an, um mich nach Gordon Hofstetter zu erkundigen.

Die Frau am Telefon bat mich, seinen Nachnamen zu buchstabieren.

Ich riet, so gut ich konnte. „Ich glaube, er schreibt sich H-O-F-S-T-E-T-T-E-R. Der Vorname ist Gordon. Er ist heute am frühen Abend in der Notaufnahme eingeliefert worden." Ich bemühte mich, leise zu sprechen, weil Frank im Nachbarzimmer schlief. Es gibt nichts Schlimmeres als einen überdrehten Zehnjährigen, der nach Mitternacht hellwach ist.

Ich hörte Tippgeräusche auf ihrer Tastatur, und dann kam sie wieder an den Apparat und sagte: „Tut mir leid, wir haben keinen Patienten dieses Namens."

„Heißt das, dass er entlassen worden ist?"

„Tut mir leid, Sir. Diese Information darf ich Ihnen nicht geben. So sind unsere Vorschriften." Sie klang tatsächlich so, als täte es ihr ein bisschen leid.

Als ich auflegte, fühlte ich mich besser. Das bestmögliche Szenario war, dass Gordys Gesundheitszustand sich stabilisiert hatte und er entlassen worden war. Heutzutage ließen sie keinen mehr länger als unbedingt nötig im Krankenhaus liegen. Als ich ihn zuletzt gesehen hatte, ging es dem alten Burschen eigentlich gar nicht so schlecht. Wenn man bedachte, dass er mit Elektroschocks gequält worden war.

Das Nachdenken über Gordy hatte irgendetwas in meinem Gehirn angestoßen. Als mir einfiel, was ich vergessen hatte, hätte ich mir fast mit der Hand gegen die Stirn geschlagen, wie die Leute im Film es tun. Ich hatte ja noch immer sein Papierpäckchen in der Hosentasche. Oder zumindest glaubte ich das. Verdammt, hoffentlich war es mir nicht irgendwann herausgefallen.

Ich stand auf und ging zu meinem Kleiderhaufen auf dem Boden. In meiner Hosentasche nachzusehen, dauerte nur ein paar Sekunden. Zu meiner Erleichterung stellte ich fest, dass das Päckchen noch darin war.

Ich setzte mich im Schneidersitz aufs Bett, wickelte das Gummiband ab, entfaltete das Papier und stellte fest, dass es um ein silbernes Medaillon geschlagen war. Es hatte die Größe einer Gürtelschnalle, war achteckig, und in der Mitte saß etwas, das wie ein Bergkristall aussah. Ich hielt ihn unters Licht und fand dann, dass es eher wie Glas wirkte als wie ein Edelstein – altes Glas, so wie man es früher gemacht hat, mit Schlieren darin. Um das Glas herum war eine Spirale in das Medaillon eingraviert. Dieselbe Art Spirale, wie ich sie auf der Wiese gesehen hatte.

Ich legte das Medaillon weg und wandte meine Aufmerksamkeit dem Papier zu, aber abgesehen von ein wenig Gekritzel war es leer. War es nur verwendet worden, um das Medaillon darin einzuwickeln? Nein, es standen einige Zahlen darauf, und es waren auch einige geometrische Figuren darauf gekritzelt, aber so leicht, dass ich sie kaum erkennen konnte. Vorläufig ließ ich es dabei bewenden.

Ich wickelte das Medaillon wieder in das Papier und legte es unter meine Computertastatur. Dort war es erst einmal sicher. Morgen würde ich mir mehr dazu überlegen.

Ich schaltete das Licht aus und machte es mir unter der Bettdecke bequem, froh, dass Samstagabend war. So hatte ich noch einen Tag, bevor die Schule wieder losging. Ich hatte eine unglaubliche Woche hinter mir, aber jetzt wollte ich erst einmal nicht mehr darüber nachdenken. Vielleicht würde sich alles beruhigen, und mein Leben würde in seine übliche Bahn zurückfinden.

Sonntag war normalerweise der Tag, an dem ich Hausaufgaben machte und mich entspannte, außer an den Wochenenden, an denen Frank zu Besuch war. Dann allerdings bekam der Tag eine ganz neue Bedeutung, und das wurde mir gleich am nächsten

Morgen wieder in Erinnerung gerufen. „Wir gehen zum Comic-Buchladen!", rief Frank und hüpfte in der Küche herum. Es war schon beinahe Mittag, und er war seit einer Ewigkeit auf, während ich versucht hatte, mal richtig auszuschlafen. Seit mindestens zwei Stunden hatte ich gehört, wie Frank meine Mom anflehte, mich wecken zu dürfen. Sie aber war fest geblieben und hatte ihm gesagt, er solle mich schlafen lassen. Dafür war ich ihr dankbar. Ich würde mich auch revanchieren, wenn der nächste Muttertag kam. „Comic-Buchladen, Comic-Buchladen!" Der Junge war aufgedreht wie ein Kreisel.

Ich löffelte mir Lucky Charms in den Mund und betrachtete ihn belustigt. In der Schule hatte man ihn auf ADHS getestet, mit negativem Ergebnis, aber ich war nicht vollständig überzeugt. „Es dauert noch eine Weile", sagte ich. „Du kannst dir ruhig noch was suchen, was dich die nächste Stunde beschäftigt hält."

„Keine ganze Stunde bitte", jammerte er. „Warum können wir denn nicht gleich losfahren, wenn du mit dem Frühstück fertig bist?"

„Tut mir leid, Frank. Ich rühre mich nicht aus dem Haus, bis ich geduscht habe."

Eine Stunde später gab Dad jedem von uns zwanzig Dollar und setzte uns am Eingang des Einkaufszentrums ab. „Eine Kleinigkeit für meine beiden Lieblingsjungs", sagte er, zog seine Brieftasche heraus und überreichte uns feierlich je einen zerknautschten Schein. Ich hätte das Geld beinahe abgelehnt. Ich bin schließlich kein Kind mehr, aber dann dachte ich: *Hey, zwanzig Dollar! Einfach so.* Und es schien Dad froh zu machen, uns das Geld zu geben, da wollte ich ihn nicht verletzen.

„Danke, Dad", sagte ich und steckte den Schein ein.

„Gern geschehen, Russ."

Der Parkplatz des Einkaufszentrums war dafür berüchtigt, dass es dort meist rappelvoll war; die Autos mussten oft an den Rand fahren oder zurücksetzen, um andere Wagen durchzulassen. Mein Dad meinte, er sei eine Fehlplanung, die Fahrspuren seien viel zu schmal. Das war seine Entschuldigung dafür, dass er uns ganz vorne raus ließ und uns nicht bis zur Tür fuhr. So war es mir, ehrlich gesagt, auch lieber. Falls irgendjemand aus meiner Highschool da wäre, sollte der lieber nicht sehen, dass mein Dad mich noch wie einen Sechstklässler herumkutschierte. Zu Fuß kam man auch nicht besonders cool rüber, aber es war jedenfalls besser.

Vor uns rannten drei Jungs in Franks Alter auf dem Gehweg im Kreis herum und versuchten, sich gegenseitig vor heranrollende Autos auf die Fahrspur des Parkplatzes zu schubsen. Im Vergleich zu denen wirkte Frank wie ein Nobelpreisträger für Physik. Ich wollte gerade etwas dazu anmerken, als Frank sagte: „Russ, kann ich dich was fragen?"

„Das hast du ja wohl gerade getan."

Ohne auf meinen Scherz einzugehen, fuhr er fort: „Warum hat mein Dad mich nicht lieb?"

„Was?" Ich blieb mitten im Schritt stehen, und er hielt neben mir an. „Wer hat dir denn das gesagt?"

Frank ließ den Kopf hängen, und seine Unterlippe zitterte. Himmel, der Junge weinte ja fast. Kaum zu glauben, dass er noch vor zehn Minuten wegen des Ausflugs zum Comic-Buchladen vor Aufregung ganz aus dem Häuschen gewesen war. Das zum Thema Stimmungsumschwünge.

„War es deine Mom? Hat die das gesagt?", fragte ich und spürte, wie Zorn in mir aufstieg.

„Nein." Er schüttelte den Kopf und fuhr mit der Fußspitze über einen Riss im Asphalt des Gehwegs.

„Wer denn dann?"

„Nie spricht einer von ihm", sagte Frank. „Wie heißt er? Wie ist er?" Er blickte zu mir auf, und ich sah, dass seine Augen sich mit Tränen gefüllt hatten.

„Das weiß ich nicht. Ich habe ihn nie kennengelernt. Und Grandma oder Grandpa auch nicht."

Eine Frau mit einem Kinderwagen näherte sich, lenkte das Gefährt gekonnt vom Gehweg herunter und umfuhr uns. Als ich meine Aufmerksamkeit wieder Frank zuwandte, sah ich, dass er mehr von mir erwartete. Ich beugte mich zu ihm hinunter und blickte ihm direkt in die Augen: „Frank, ich weiß nicht das Geringste über deinen Vater. Deine Mom ist die einzige, die dir etwas über ihn erzählen könnte. Ich weiß ganz ehrlich nicht, ob er dich lieb hat oder nicht. Aber ich sag dir eins, falls nicht, entgeht ihm was." Ich legte Frank die Hand auf die Schulter. „Weil du einfach so ziemlich der großartigste Junge bist, den ich kenne."

„Wirklich?" Er schaute mich mit großen, bedürftigen Welpenaugen an, und ich spürte, wie mich der Zorn auf seinen Vater überkam, weil er ihm das antat.

„Ja, ehrlich. Wenn du wissen willst, was ich wirklich denke, kann ich dir nur sagen, dass der Mann mir leid tut. Er hat diesen total coolen Sohn und verpasst das alles. Ich dagegen habe Glück, weil ich mich an den Wochenenden mit dir rumtreiben kann."

„Mom meint, du findest mich nervig. Sie hat mir gesagt, ich soll dir nicht immer so auf die Pelle rücken."

Ach Carly, dachte ich, *warum sagst du ihm denn so was?* Ich boxte ihn gegen den Arm. „Okay, du kannst manchmal ein bisschen nervig sein, aber damit komm ich schon klar. Wir sind doch Kriegerkumpel, oder?"

Er wischte sich die Augen mit den Fäusten trocken. „Sag niemandem, dass ich mit dir darüber geredet habe, okay, Russ?"

„Worüber denn?", fragte ich und winkte ihn weiter. „Los, komm. Es ist Sonntagnachmittag. Genießen wir die Zeit im Comic-Buchladen."

Power House Comics bestand schon seit der Zeit vor meiner Geburt. Comic-Hefte und -Bücher machten den größten Teil des Sortiments aus, aber man konnte hier auch Sammelkarten, Poster und Action-Figuren kaufen. So großzügig mein Dad auch gewesen war, kam man hier mit zwanzig Dollar nicht weit, aber falls Frank nicht richtig zum Zug kam, war ich bereit, etwas von meinem eigenen Geld zuzuschießen.

Eine Ladenglocke kündigte unsere Ankunft an. Für einen Sonntag war ziemlich viel los, aber keiner blickte auf. Ein Dutzend Kunden, überwiegend Teenager, gingen auf der Suche nach einem raren Fund Zeitschriftengestelle mit antiquarischen Comic-Heften durch. Diese Comics steckten in Plastikhüllen, damit ihr Wert erhalten blieb. Die neuen Hefte wurden dagegen in Drehgestellen feilgeboten. Dorthin ging Frank. Comics waren für ihn keine wertvollen Sammelobjekte; er las sie einfach nur gerne. Wenn er neue kaufte, bekam er mehr für seine zwanzig Dollar.

Irgendwelche verrückten Techno-Klänge schepperten durch den Raum, und zwei Mädels bewegten sich vor einer Vitrine mit Superhelden-Figuren zur Musik. Es kamen oft Mädchen in den Laden, weil sie hofften, dort einem Jungen aufzufallen, aber es funktionierte nur selten. Im Allgemeinen sind Comic-Fans sehr konzentrierte Kunden und tendenziell ein wenig schüchtern. Keine gute Kombination, um Mädels aufzureißen.

Ich schlenderte ein bisschen herum und schlug die Zeit tot, während Frank darüber nachdachte, wofür er sein Geld ausgeben sollte. Wir würden mindestens ein oder zwei Stunden hier bleiben, und anschließend würde er von mir erwarten, dass ich mit ihm zur Eisdiele ging, um ihm eine Waffel zu kaufen und mir einen Root-Beer-Flip. Ich überlegte mir, dass mein Dad und ich für Frank die einzigen männlichen Bezugspersonen waren, wenn man Carlys stets wechselnde Freunde nicht mitzählte, und das tat ich nicht. Ich beschloss, von jetzt an netter zu dem Jungen zu sein.

Ich lehnte mich gegen eine Glastheke und tat so, als studierte ich deren Inhalt, uralte Comic-Hefte aus den 1960ern. Ich legte die Hände flach aufs Glas, schloss die Augen und lenkte meine Aufmerksamkeit auf die Elektrizität im Laden. Ich spürte, wie sie in die Leuchtstoffröhren an der Decke und in die Registrierkasse an der Haupttheke hinter mir floss. Der Strom kam nicht immer gleichmäßig. Wie bei Wasser, das aus dem Hahn sprudelt, gab es Veränderungen. Ich holte tief Luft und versuchte herauszufinden, was ich mit dieser neuen Art von Wahrnehmung anstellen sollte. Ich wusste nicht, ob sie in Verbindung mit der Fähigkeit stand, mit der ich Mallorys Finger geheilt hatte. Wahrscheinlich nicht. Es fühlte sich wie zweierlei an.

„Kann ich Ihnen helfen?"

Aus meinen Gedanken gerissen, blickte ich auf und sah ein bekanntes Gesicht. „Mr Specter?"

Er lächelte. „Mr Becker. Da treffe ich doch glatt einen meiner Lieblingsschüler hier im Power House Comics." Mr Specter sah genauso aus wie im Naturwissenschaftskurs vor ein paar Tagen: Dieselbe Brille, ein weißes Hemd und eine Strickweste. Er war es tatsächlich, kein Zweifel, aber trotzdem konnte ich kaum glauben, was ich da sah. Um seinen Hals hing ein laminiertes Schildchen mit seinem Namen, Samuel Specter, und darüber das Logo des Ladens.

„Sie arbeiten hier?"

„Ja. Manchmal." Er nahm die Brille ab und wischte sie mit einem Taschentuch sauber, das er aus der Westentasche gezogen hatte. „Der Besitzer ist ein guter Freund von mir. Ich springe ein, wenn einmal einer seiner Leute ausfällt."

Ich hatte Mühe, das in den Kopf zu bekommen. Ich meine, ich wusste, dass Lehrer nicht gerade viel verdienten, aber ich hatte noch nie gesehen, dass einer als Verkäufer arbeitete. „Mögen Sie Comics?"

„Ich habe eine gewisse Schwäche für das Genre", antwortete er, setzte die Brille wieder auf, faltete sein Taschentuch sorgfältig zu einem Dreieck und steckte es in die Tasche zurück. „Meiner Meinung nach sind Comic-Hefte und -Bücher eine unvergleichliche Kunstform. Und wie viele Leser habe ich natürlich ein besonderes Faible für die Idee des Superhelden."

„Ah ja?"

Er zeigte auf die Comics unter dem Glas. „Ich lese gerne Geschichten von ganz normalen Menschen, die auf ungewöhnlichem Wege Superfähigkeiten erlangen und dann mit allem fertigwerden müssen, was das mit sich bringt – sie müssen Schurken bekämpfen, geraten moralisch in die Zwickmühle, erfahren Geheimnisse von Verwandten und Freunden und bekommen Alter Egos. Die Möglichkeiten sind unbegrenzt, finden Sie nicht?"

„Wohl schon." Bildete ich mir da nur was ein, oder starrte er mich nieder? Was wusste er, falls er überhaupt irgendetwas wusste? Ich blickte mich um und sah, dass Frank sich mit den drei Jungs unterhielt, die wir draußen auf dem Gehweg gesehen hatten. Die Intelligenzbestien, die versucht hatten, sich gegenseitig vor heranrollende Autos zu schubsen. Frank hielt ein Comic-Buch an die Brust gedrückt, und einer der anderen, ein gemein aussehender Junge mit verkehrt herum aufgesetzter Baseballkappe, versuchte, es ihm wegzunehmen. „Entschuldigen Sie bitte", sagte ich zu Mr Specter. „Ich muss mal nach meinem Neffen schauen."

Ich eilte zu Frank und hörte noch, wie die anderen Jungs irgendwas spöttisch zischelten, konnte aber keine Worte verstehen. „Was ist hier los?", fragte ich. Die drei wirkten ein bisschen älter als Frank, und alle waren völlig zu Unrecht unglaublich aufgeblasen. Dem Anführer, dem Burschen mit der verkehrt herum aufgesetzten Baseball-Kappe, sah man aus hundert Metern Entfernung an, dass er ein Fiesling war, der gerne Schwächere quälte. Ich kann euch sagen, dass ich unter den gleichen Umständen in ihrem Alter vor einem älteren Jugendlichen zurückgewichen wäre, aber bei diesen dreien war das anders. Sie waren durch nichts zu erschüttern.

„Wir unterhalten uns einfach nur mit Frank", sagte Baseballkappe. „Stimmt's, Frankie?" Die anderen beiden Jungs standen neben ihrem Anführer. Der eine hatte ein Gesicht wie ein Wiesel, und der andere sah nicht sonderlich helle aus. Beide grinsten, als fänden sie die ganze Sache total komisch.

Frank erwiderte nichts, sondern hielt den Comic an die Brust gedrückt und hatte den Kopf gesenkt. „Was immer ihr macht, es ist jetzt zu Ende", erklärte ich, ergriff Frank beim Arm und zog ihn auf die andere Seite des Ladens. Leise fragte ich ihn: „Was wollten diese Mistkerle von dir? Du kannst es mir sagen."

Er warf einen Blick zu ihnen hinüber, und ich meinte, in seinen Augen Angst zu erkennen. „Ist schon gut, Russ. Sie haben nur ein bisschen Quatsch gemacht."

„Für mich sah das aber nicht wie nur ein bisschen Quatsch aus."

„Die stören mich nicht, ehrlich."

Ich dachte einen Augenblick nach und ließ die Sache dann fallen. „Na ja, gut, wenn du meinst, aber ich bleibe jetzt bei dir." Die nächste Stunde stöberten wir in den Gestellen mit Comic-Heften und -Büchern herum. Ich sagte Frank, ich würde noch etwas zuschießen, wenn er sein Limit von zwanzig Dollar überschritte, und er reagierte, als hätte ich ihn mit Geschenken überschüttet. Ich beobachtete Mr Specter, der hinter der Kasse stand, Small Talk machte, die Waren eintippte und Wechselgeld herausgab. Er benahm sich wie ein ganz normaler Verkaufsmitarbeiter und schaute niemals in meine Richtung. Warum hatte ich dann also das Gefühl, dass er mich belauerte? Gleichzeitig hielt ich auch ein Auge auf die drei Fieslinge. Diese aufgeblasenen, kleinen Drecksäcke. Ich war erleichtert, als sie den Laden verließen. Natürlich kauften sie nichts.

Als es Zeit zum Gehen war, bat mich Frank, der plötzlich schüchtern wurde, doch den Bezahlvorgang für ihn zu regeln, doch ich sagte ihm, das müsse er schon selbst erledigen. Mr Specter begrüßte uns, als wir zur Theke kamen. „Du bist also Russ' Neffe?", fragte er.

„M-mh." Frank legte seine Comics hin.

„Mr Specter ist mein Lehrer in Naturwissenschaft", sagte ich, auch wenn ich nicht wusste, warum ich das überhaupt erklärte. Frank schien es egal zu sein.

„Früher habe ich auch einmal Carly Becker unterrichtet", erzählte Mr Specter. „Ist sie mit dir verwandt?"

„Sie ist meine Mom!", antwortete Frank, nun plötzlich interessiert.

„Ich wusste gar nicht, dass meine Schwester einmal in einem Ihrer Kurse war", bemerkte ich. Die meisten von meinen Lehrern hatten Carlys Alter. Mir war nie der Gedanke gekommen, dass sie und ich denselben Lehrer gehabt haben könnten. Ich hatte genug über ihre Highschool-Karriere gehört, um mir Mr Specters Meinung von ihr vorstellen zu können.

„Oh ja, sie war in der Tat eine bemerkenswerte Schülerin." Er griff nach einem Comic-Buch, scannte es ein und arbeitete sich durch Franks Stapel hindurch. „Eine Freidenkerin."

So konnte man es auch ausdrücken, dachte ich.

„Hat meine Mom in Ihrem Kurs gute Noten bekommen?", fragte Frank. Ich zuckte innerlich zusammen, da mir die Antwort klar war.

„Es ist lange her, und ich erinnere mich nicht an ihre Noten", antwortete Specter. „Aber ich erinnere mich an einige sehr lebhafte Diskussionen in dem Kurs. Sie und der Hofstetter-Junge, das war ein tolles Paar. Die beiden hatten immer was zu sagen."

Der Name Hofstetter traf mich wie ein Peitschenhieb. Wie viele konnte es in Edgewood geben? Da musste eine Verbindung bestehen. „Der Hofstetter-Junge – ist der mit Gordon Hofstetter verwandt?"

Mr Specter nickte. „Er *war* mit ihm verwandt. Sein Enkel. Eine furchtbar traurige Geschichte. Der Junge ist in der elften Klasse durch einen Autounfall ums Leben gekommen. Das hat Gordon niemals überwunden." Er sah Frank an. „Das sind dann zweiundzwanzig Dollar und sechsundachtzig Cent, junger Mann."

Ich musste mehr erfahren. „Kennen Sie Gordon Hofstetter?"

Frank kramte in seiner Hosentasche nach dem Geld, fand es nicht und begann, die Tasche Stück um Stück zu leeren. Flaschendeckel, Kaugummipapierchen und loses Kleingeld kamen zum Vorschein. Der Junge schleppte mehr Müll mit sich herum, als ich das jemals bei irgendjemandem gesehen hatte. Mr Specter wurde aber nicht ungeduldig; er lächelte einfach nur und beantwortete meine Frage. „Gordon und ich waren einmal gute Freunde, aber dann haben wir den Kontakt verloren. Er hatte viele Probleme, der arme Mann."

„Alkohol?"

„Das kam später. Gordon hatte ein trauriges Leben. Seine Frau ist bei der Geburt ihres einzigen Kindes gestorben. Es war ein Junge, und er hat ihn allein großgezogen. Es war hart. Und dann ist Jahre später sein einziger Enkel bei einem grauenhaften Unfall ums Leben gekommen. David war ein lieber Junge. Er hatte gerade den Führerschein gemacht und muss wohl zu schnell gefahren sein. Man weiß nicht genau, wie es geschehen ist, aber jedenfalls ist sein Auto auf dem Highway 12 die Böschung hinuntergeschossen und explodiert. Die Feuerwehr traf so spät ein, dass sie nichts mehr ausrichten und nur noch Brandwache halten konnte."

„Wie schrecklich." Ich versuchte, mitfühlend zu schauen, aber das entsprach eigentlich nicht meinen Empfindungen, vielleicht, weil ich die Familie nicht kannte. Stattdessen faszinierte mich der Gedanke, dass dieser David Hofstetter vielleicht jene wahre Liebe meiner Schwester gewesen war, von der sie mir erzählt hatte. Ich hatte ihre Worte noch genau im Ohr: *Als ich in deinem Alter war, habe ich wahre Liebe gefunden, und das ist mir seitdem nicht mehr passiert. Ich suche immer danach, aber nichts kommt dem gleich.* Und dann: *Er ist gestorben.* Meine Eltern mussten darüber Bescheid wissen. Wie kam es, dass sie mir nie davon erzählt hatten?

Mr Specter fingerte geistesabwesend an einem von Franks Flaschendeckeln herum. „Gordon ist niemals darüber hinweggekommen. Und danach sind Davids Eltern nach Kalifornien gezogen, und Gordon hat sich einsam und im Stich gelassen gefühlt. Kein Wunder, dass er nach der Flasche gegriffen hat, um seinen Kummer zu ersäufen."

„Ich hab ihn", rief Frank triumphierend und hielt seinen Zwanziger einen Augenblick in die Luft, bevor er ihn überreichte. Ich nahm meine Brieftasche heraus und reichte Mr Specter einen Fünfdollarschein für den Rest.

Die Registrierkasse öffnete sich mit einem altmodischen Klingeln, und Mr Specter gab das Wechselgeld heraus. Frank wollte es einstecken, aber ich räusperte mich und schob seine Hand zur Seite. Ich beförderte gerade die Eindollarscheine in meine Brieftasche, und Frank sammelte seinen Kram wieder von der Theke herunter, als Mr Specter plötzlich fragte: „Was ist denn das?"

Ich blickte auf und sah, dass er etwas von der Theke nahm. Er betrachtete es aufmerksam über den Rand seiner Brille hinweg.

„Das ist ein Stein aus meiner Sammlung", sagte Frank.

„Er sammelt praktisch alles", erklärte ich. „Der Junge hat eimerweise Zeugs."

„Ich bin selbst auch so eine Art Sammler", bemerkte Mr Specter. „Könntest du dir vorstellen, ihn mir zu verkaufen?"

„Vielleicht", antwortete Frank.

„Ich gebe dir zwanzig Dollar dafür."

Frank machte große Augen. „Zwanzig Dollar? Klar verkaufe ich ihn!"

Mr Specter steckte das Steinchen rasch in seine Hosentasche und machte die Ladenkasse auf. „Weißt du was, junger Mann, ich gebe dir einen nagelneuen Zwanziger." Er reichte Frank einen noch kein bisschen zerknitterten Schein, und der Junge stellte sich auf die Zehenspitzen und reckte sich über die Theke, um ihn entgegenzunehmen.

Der ganze Vorgang verwirrte mich. Nichts von dem Müll in Franks Hosentasche war auch nur einen Dollar wert, geschweige denn zwanzig. Mr Specter musste gesehen haben, wie die anderen Kinder Frank hänselten, und hatte daraufhin bestimmt beschlossen, ihm zum Ausgleich etwas Gutes zu tun. Das war nett von ihm, aber auch ein bisschen eigenartig. „Das brauchen Sie nicht zu tun", sagte ich zu Mr Specter. „Das ist sehr viel Geld für so ein Steinchen."

„Glauben Sie mir, es ist mir ein Vergnügen, mit einem angehenden Geologen Geschäfte zu machen."

Frank bewunderte das Geld mit verzückter Miene. „Mensch! Das ist ja heute ein supercooler Tag. Erst gibt Grandpa mir zwanzig Dollar, und jetzt habe ich das hier bekommen."

„Schön, dass wir beide zufrieden sind", sagte Mr Specter.

„Aber ...", Ich wollte noch einiges einwenden, aber ein anderer Kunde stand schon hinter uns an der Kasse an, und Mr Specter winkte ihn heran.

„Dann also bis morgen in der Schule, Mr Becker." Damit schickte er uns weg.

Zweiundzwanzigstes Kapitel

Während ich mit Frank aus dem Laden ging, plapperte er immer noch, was für ein super Tag heute sei und wie toll er es finde, etwas mit Onkel Russ zu unternehmen. Das war nicht direkt ein Dankeschön, aber ich fasste es trotzdem so auf. Ohne mich würde er jetzt zu Hause hocken und den ganzen Nachmittag fernsehen.

Wir traten auf den Gehweg und steuerten die Eisdiele an. Als wir ankamen, sah ich, dass sie recht gut besucht war und dass die drei Fieslinge von vorhin vorne bei der Eistheke saßen, unter einem Schild mit der Aufschrift: *Angebot des Tages: Mint Chocolate Chip*.

„He, Frank, wie geht's, wie steht's?", fragte Wieselgesicht auf diese typische, so richtig unverschämte Art. Wäre er nicht viel kleiner gewesen als ich, wäre ich in Versuchung gewesen, es auf eine Schlägerei ankommen zu lassen. Ich muss Frank allerdings zugutehalten, dass er ihn ignorierte und den Blick auf die Kühltheke und die Behälter mit den verschiedenen Eissorten heftete.

„Ich weiß gar nicht, warum du schaust, am Ende nimmst du ja doch immer dasselbe", sagte ich.

Tatsächlich saßen wir dann fünf Minuten später an einem Tisch, ich mit meinem Root-Beer-Flip und Frank mit seiner Eiswaffel mit Schokoüberzug. Wir saßen so weit wie möglich von den drei Jungs entfernt, aber ich behielt sie im Auge. Ich weiß, dass die meisten Kinder in diesem Alter unausstehlich sind, aber diese drei Idioten trieben es auf die Spitze. Baseballkappe war unübersehbar der Anführer, und die anderen beiden machten ihm alles nach. Wenn er lachte (ein abstoßendes, wieherndes Gebrüll), schlossen sie sich ihm an. Wenn jemand zum Bestellen zur Theke ging, wiederholte er alles, was derjenige gesagt hatte, in spöttischem Tonfall. Ich hätte dem Kerl am liebsten eine runtergehauen. Als Baseballkappe das Bein vorstreckte, um eine alte Dame mit Stock zu Fall zu bringen (sie bemerkte es rechtzeitig und ging darum herum), war ich kurz davor, aufzustehen und etwas zu sagen, aber Frank sah mir an, was ich vorhatte, und bat: „Lass doch, Russ, kümmere dich einfach nicht um sie."

„Wie heißen diese Assis?", fragte ich.

Er sah mich misstrauisch an. „Warum möchtest du das wissen?"

„Keine Angst, ich mache keine Szene und verpetze sie auch nicht oder so. Ich möchte es einfach nur wissen." Als er nicht antwortete, beugte ich mich vor und sagte leise: „Der Typ, der nicht weiß, wie herum man eine Baseballkappe aufsetzt, wie lautet sein Name?" Er blickte nervös zu ihnen hinüber. „Frank Shrapnel." Ich stach mit gespielter Ungeduld den Zeigefinger auf den Tisch. „Ich habe dir, glaube ich, eine Frage gestellt." Er grinste. Frank liebte es, wenn ich seinen mittleren Namen verwendete.

„Der da ist Kyle", antwortete er. „Wie die anderen heißen, weiß ich nicht. Sie sind alle eine Klasse höher."

Kyle. In alten Büchern oder Filmen hießen die Schulhoftyrannen Sluggo oder Scut Farkus oder so. Kyle klang überhaupt nicht bedrohlich. „Und wie heißt Kyle mit Nachnamen?"

„Du rufst nicht bei ihm zu Hause an oder so?" Er blickte mit besorgter Miene zu den drei Rüpeln hinüber.

„Nein, Ehrenwort, das hier bleibt unter uns. Niemand erfährt davon."

„Er heißt Bischmann. Kyle Bischmann."

„Und er macht dir das Leben schwer, weil du keinen Dad hast?"

Frank nickte und führte seine Waffel zum Mund, um geschmolzenes Eis abzulecken.

Kyle Bischmann. Welcher gefühllose Drecksack quält denn ein Kind wegen seines fehlenden Vaters? Ich beobachtete Kyle quer durch den Raum, wie er wiehernd lachte, und plötzlich war ich wütender als je zuvor in meinem ganzen Leben. Meine geballten Fäuste pulsierten und zuckten vor kaum gebändigter Energie. Ich hatte allen Ernstes den Wunsch, den Jungen zu töten. Bilder stiegen vor meinem inneren Auge auf, ich sah vor mir, wie ich auf Kyle Bischmann und seine bescheuerten Freunde eindrosch. Dann noch ein Bild, und das war sogar noch schlimmer: Ich schoss aus meinen Handflächen Lichtblitze in ihre Brust und sah zu, wie sie mit Brandwunden im Fleisch schmerzgepeinigt zurückprallten. Ich spürte, wie sich meine Muskeln anspannten, als höbe ich im Fitnesscenter Gewichte. „Hör mal", sagte ich zu Frank, die Stimme so tief und grollend, dass ich sie kaum wiedererkannte, „sollte Bischboy dir jemals irgendwas antun, egal was, gib mir Bescheid. Dann kümmere ich mich um ihn."

Franks Augen weiteten sich vor Entzücken, und er lachte. „Bischboy! Das ist total komisch, Russ. Ich werde jedem in der Schule erzählen, dass du das gesagt hast."

Und dann, einfach so, kam ich wieder zur Besinnung, und mein Zorn verrauchte. Kyle verwandelte sich aus einem Monster, das ich vernichten musste, in einen elfjährigen Rotzbengel zurück, der sich selbst für cool hielt. Ich schauderte bei dem Gedanken, wie dicht ich davorgestanden hatte, aufzustehen und ihm die Faust ins Gesicht zu schlagen. Wie hätte das denn ausgesehen? Ich war einen halben Zentner schwerer als Kyle. Wenn ich die Beherrschung verloren und ihn ohne Anlass verprügelt hätte, wer wäre dann der Rowdy gewesen? Wahrscheinlich hätte man mich ins Gefängnis gesteckt.

Ich schüttelte den Kopf. „Er ist einfach nur ein Arschloch", sagte ich zu Frank. „Er kann dir nichts tun."

„Er geht in meinen Mathekurs", erzählte Frank. „Er muss ein paar Fächer wiederholen." Wir saßen ein paar Minuten schweigend da. Als er das Eis fast aufgeleckt hatte, begann er, an den Rändern der Waffel zu knabbern. „Das ist wirklich lecker."

Kyle und seine Kumpane gingen bei ihrem Aufbruch absichtlich dicht an uns vorbei. „Tschüss, Frankie", sagte Kyle.

Frank blickte nicht einmal auf. „Tschüss, Kyle. Bis dann in Mathe."

In diesem Augenblick empfand ich mit einem Mal Bewunderung für Frank. Man glaubt, dass man jemanden kennt, und dann merkt man plötzlich, dass er auch noch eine andere Seite hat und dass mehr an ihm dran ist, als man ursprünglich dachte. „Du bist ein ganz schön cooler Typ", sagte ich, und bei diesem Lob liefen seine Wangen rot an. Er war eigentlich gar nicht so übel. Ich sollte öfter mal auf seine positiven Eigenschaften hinweisen.

Wir waren mit unserem Eis fast fertig, und um ein bisschen mit ihm zu plaudern, fragte ich: „Was fängst du mit den zwanzig Dollar an, die du von Mr Specter bekommen hast?"

Er zuckte mit den Schultern. „Keine Ahnung. Vielleicht gebe ich sie meiner Mom. Sie kommt oft kaum über die Runden."

Ich hatte diesen Ausdruck schon mehr als einmal von Carly gehört. Sie lieh sich andauernd Geld von meinen Eltern, und das war dann immer ihre Ausrede: „Ich komme diesen Monat kaum über die Runden." Meine Mom war nicht so besonders mitfühlend, aber mein Dad fiel immer auf ihre traurigen Geschichten herein. Mich bat sie nie um Geld, zum Glück, denn ich hätte ihr keines gegeben. „Du solltest deiner Mom nicht Geld geben müssen", sagte ich. „Eltern geben ihren Kindern Geld, nicht anders herum. Die Erwachsenen sind doch die, die Verantwortung übernehmen sollen."

„Ja, ich weiß. Aber sie hat halt einfach Probleme." Frank seufzte, und ich sah, wie ihre Probleme manchmal seine Probleme wurden, und dass das schwer auf ihm lastete. Kein Wunder, dass er gerne zu uns nach Hause kam, wo er einfach nur Kind sein konnte. „Außerdem ist es zusätzliches Geld für ein Steinchen, das ich aus dem Dreck an deinen Schuhsohlen gekratzt habe, und Grandma hat mir schon zwei Dollar fürs Saubermachen gegeben."

Moment mal – ich packte ihn beim Arm. „Hab ich dich richtig verstanden? Du hast diesen Stein von meinen Schuhsohlen?" Seine Worte brachten etwas in mir in Gang, und in einem wirbelnden Kaleidoskop von Bildern sah ich vor mir, welche Folge von Ereignissen zu diesem Ergebnis geführt haben musste: Wie ich nachts auf einer nassen Wiese zwischen (offensichtlich) magischen Lichtpartikeln herumgestapft war; wie Frank am nächsten Tag meine Schuhsohlen sauber gemacht hatte; wie er (das wusste ich jetzt) ein Steinchen aus dem Schlamm geklaubt hatte, der an ihnen klebte, und es behalten hatte und wie dann zuletzt Mr Specter Frank den Stein abgekauft hatte. Während ich mir das zurechtlegte, schwieg Frank mit beunruhigter Miene, als hätte er Angst, dass er sich mit der Antwort auf meine Frage Ärger einhandeln würde. Ich versuchte es erneut. „Du sagst also, dass du das Steinchen, das Mr Specter dir abgekauft hat, ursprünglich an meinen Schuhsohlen gefunden hast?"

Er nickte. „Grandma hat mir gesagt, ich soll die Schuhe sauber machen. Sie waren total mit Matsch verklebt, und sie hat gesagt, sie würde mir zwei Dollar geben, wenn ich die Sohle makellos sauber kriege. Ich musste massenhaft Dreck mit einem Buttermesser herausstochern, und dann hab ich sie in der Spüle im Keller abgewaschen. Ich hab ewig dafür gebraucht. Aber ich hab da im Profil einen tollen Stein gefunden, und Grandma hat gesagt, ich dürfte ihn behalten." Er sah mich mit geweiteten Augen an. „Du tust mir am Arm weh, Russ."

„Sorry." Ich ließ los. „Wie hat der Stein ausgesehen?"

„Ich weiß nicht." Er zuckte mit den Schultern und zeigte mir seine leeren Handflächen. „Wie ein Stein halt?"

„Beschreib ihn."

„Russ, Grandma hat gesagt, ich kann ihn behalten." Er rieb sich den Arm.

„Das weiß ich, Frank, ich bin dir nicht böse, weil du ihn dir genommen hast. Ich muss einfach nur wissen, wie er ausgesehen hat. Denk nach."

„Er war so rundlich."

„Wie groß?"

„Du hast ihn auf der Theke liegen sehen."

„Da hab ich nicht aufgepasst. Ich hab mich in dem Moment mit Mr Specter unterhalten. Wie groß war er nun ungefähr, Frank?"

Er runzelte nachdenklich die Stirn. „Vielleicht wie ein Centstück?"

Okay, nun kamen wir allmählich weiter. „Und sonst?", fragte ich.

Er senkte den Kopf und konzentrierte sich. „Es hat darin so gefunkelt."

„Wie Katzengold?", fragte ich.

„Du meinst Pyrit?"

„Ja", antwortete ich. Ich war total verblüfft, dass er das Wort tatsächlich kannte.

„Nein, er schimmerte nicht golden. Das Funkeln war *innen* im Stein."

„Innen im Stein?"

Er nickte. „Er hat irgendwie manchmal geglüht. Als wäre da ein winzig kleines Taschenlämpchen drin."

Es brach unwillkürlich aus mir heraus. Ich schlug mit der Hand auf den Tisch. „Du hattest einen Stein, der ganz von allein glüht, und du denkst gar nicht daran, das mal jemandem zu erzählen?"

„Er hat ja nur *manchmal* geglüht", verteidigte er sich. „Und auch nicht besonders stark. Man konnte es nur sehen, wenn es vollkommen dunkel war." Als ob das einen Unterschied machte.

Ich vergrub den Kopf in den Händen. Wie hatte das nur passieren können? Was für ein Desaster, dass wir Mr Specter den Stein gegeben hatten. Aber woher hatte er eigentlich gewusst, worum es sich handelte? Hatte der Stein auf der Theke geglüht, und es war mir entgangen? Ich wollte mir Jamesons Reaktion auf diese Geschichte lieber gar nicht ausmalen. Er hielt mich ohnehin schon für geistig minderbemittelt. Damit hätte er dann die Bestätigung. Ich stand so plötzlich auf, dass meine Stuhlbeine auf dem Boden quietschten. „Los komm, Frank. Gehen wir."

„Wohin denn?"

„Wir holen uns den Stein zurück."

Ich stürmte den Bürgersteig entlang, wich einem alten Paar aus und schlug hastig einen Bogen um eine Jugendliche, die ein weinendes Kleinkind auf der Hüfte trug. Frank trabte hinter mir her und konnte kaum Schritt halten. „Moment mal, Russ!", rief er. „Wovon redest du eigentlich? Ich kann mir den Stein doch nicht einfach zurücknehmen. Ich hab ihn dem Mann ja verkauft."

„Du bist noch ein Kind, und das hat er ausgenutzt", erwiderte ich ohne langsamer zu werden. „Wir müssen ihn zurückbekommen."

Die Ladenglocke von Power House Comics schrillte laut, als ich hineinging, aber ich blieb nicht einmal stehen, um Frank die Tür aufzuhalten. Der Junge war zehn. Er wusste ja wohl, wie eine Tür funktionierte. Ich ging direkt zur Ladentheke, wo wir vor weniger als einer Stunde unseren Einkauf bezahlt hatten. An der Registrierkasse stand niemand, aber ich würde hier nicht weggehen, bis die Sache geklärt war. Hinter der Theke verhängte ein Vorhang den Durchgang zu einem Nebenraum. „Entschuldigen Sie, kann mir bitte jemand helfen?", fragte ich laut. Genau so machte mein Dad das manchmal. Dann würde ich immer am liebsten vor Scham im Erdboden versinken. Jetzt stand Frank mit seiner Tüte Comics unterm Arm neben mir und sah so aus, als würde nun er selbst gerne im Erdboden versinken.

„Lass uns einfach gehen, Russ", bat er, bemüht, alles wieder in Ordnung zu bringen. „Es ist mir egal, dass er mich ausgenutzt hat."

Ich brachte ihn zum Schweigen. „Lass mich das regeln."

Hinter dem Vorhang tauchte ein dunkelhaariger Mann mit extrem langen Koteletten auf. Er war ungefähr vierzig, und sein Bierbauch war von einem großen T-Shirt mit Flash-Logo bedeckt. Sein Namensschildchen wies ihn als Kevin Adams, Besitzer von Power House Comics aus. Ich hatte ihn schon oft hier gesehen, aber ich kannte ihn eigentlich nicht. „Entschuldigen Sie, dass Sie warten mussten", sagte er und rieb sich die Hände. „Womit kann ich den Herren dienen?"

„Ich würde gerne mit Mr Specter reden", sagte ich, die Hand auf den Arm des herumzappelnden Frank gelegt.

„Der ist leider schon weg", antwortete Mr Adams ein wenig zu fröhlich für meinen Geschmack. „Sein Dienst ist zu Ende, und er ist vor etwa zehn Minuten gegangen."

„Wissen Sie wohin?" Ich warf einen Blick auf meinen Neffen, der erleichtert wirkte, dass es nun doch zu keinem Showdown kommen würde.

Kevin Adams zuckte mit den Schultern. „Mein Tipp wäre, dass er nach Hause gegangen ist. Kann vielleicht ich etwas für Sie tun?"

„Nein, schon okay", antwortete ich.

Als wir den Laden verließen, sagte Frank: „Na ja, dann war's das wohl. Dann behalte ich einfach das Geld."

„Du kannst das Geld ruhig behalten", antwortete ich, „aber diese Sache ist noch nicht erledigt. Morgen treffe ich Mr Specter in der Schule, und dann rede ich mit ihm."

Dreiundzwanzigstes Kapitel

Montage kommen einem ohnehin gerne mal ziemlich lang vor, weil mit ihnen die Schulwoche beginnt, aber der hier war der schlimmste. Naturwissenschaft hatte ich erst in der letzten Stunde, und da ich beschlossen hatte, hinterher mit Mr Specter zu reden, fühlte sich der ganze Tag wie ein Countdown an. Beim Essen entdeckte ich Mallory auf der anderen Seite der Schulkantine, konnte sie aber nicht auf mich aufmerksam machen. Ich hatte ihr noch nichts von der Sache mit dem Stein berichtet, da ich Telefonen und Computern nicht mehr vertraute. Ohne sie war die Kommunikation aber auf Briefe und das direkte Gespräch beschränkt, und das nervte total. Jetzt weiß ich, wie sich die Menschen im Mittelalter fühlten. Ich würde wahrscheinlich erst in Naturwissenschaften oder nach der Schule mit ihr reden können.

Mittags saß ich mit Mick, Justin, dessen Freundin und ein paar von ihren Freundinnen am Tisch. Die Zahl der Schüler an unserem Tisch war im Laufe der Zeit gewachsen (in der neunten Klasse waren es nur wir drei gewesen), aber es kam mir nicht so vor, als würde ich die neuen besonders gut kennen. Meistens hörte ich einfach nur zu, und das passte mir heute sehr gut in den Kram, weil ich genug mit meinen eigenen Gedanken zu tun hatte.

Am Vortag hatten Frank und ich meinen Dad mit der Bitte angerufen, uns vom Einkaufszentrum abzuholen, und dann vor der Eisdiele gewartet. Frank lehnte sich gegen die Wand und schlug sein neues Comic-Buch auf, um gleich die ersten Seiten zu verschlingen. Ich kannte das Gefühl, wenn man ganz frisches Lesefutter hatte und total gespannt war. Außerdem war ich froh, mit niemandem mehr reden zu müssen, ich nahm es also nicht persönlich.

Während ich auf dem Bürgersteig herumstand, warf ich zufällig einen Blick in die Eisdiele und bemerkte an dem Tisch, der dem Fenster am nächsten stand, eine reizbar wirkende Frau mittleren Alters und ihr gegenüber eine andere Person, wohl eine Jugendliche, die die Kapuze ihres Sweatshirts hochgeschlagen hatte. Die Frau sah nicht gerade glücklich aus. Sie hatte das Gesicht wütend verzogen, und an der stechenden Bewegung, mit der sie auf den Teenager deutete, sah man, dass sie wegen irgendetwas verärgert war. Ich beobachtete die Szene aus dem Augenwinkel, voll Mitleid für das Mädchen, dem die Tirade galt. Ich an ihrer Stelle würde mich auch unter meiner Kapuze verstecken.

Als die Frau vom Tisch aufstand, hob auch endlich das Mädchen den Kopf, und als ich einen Blick auf ihr Gesicht erhaschte, entdeckte ich bestürzt, dass es Nadia war. Sie erkannte mich im selben Augenblick, und wir wechselten einen Blick plötzlichen Verstehens. Die verärgerte Frau musste ihre Mutter sein, die sie nie aus den Augen ließ.

Nadia nickte, hob langsam die Hand und drückte sie gegen die Scheibe, erst die Handfläche und dann die ausgestreckten Finger. Von dort, wo ich stand, konnte ich genau sehen, wo ihre Haut das Glas berührte. Wie bei den Abdrücken, die man im Kindergarten macht, zeichnete sich die Silhouette ihrer Hand vollkommen klar ab. Ich sah die Rillen an den Fingergelenken und eine geschwungene Lebenslinie, die über ihre Handfläche lief. Ohne nachzudenken drückte ich meine Hand von der anderen Seite gegen die Scheibe, und wir begegneten uns durch das Glas hindurch. Meine Hand deckte ihre viel kleinere vollkommen zu. Es war ein Ausdruck der Solidarität, ein Zeichen, dass wir ein Geheimnis teilten.

Nadia lächelte, und das sah ich bei ihr zum ersten Mal. Gleichzeitig hob sie das Kinn und schob die Kapuze ganz leicht zurück. Da bemerkte ich das Narbengewebe auf der einen Seite ihres Gesichts; die Haut war dort wellig und runzelig wie gebratener Frühstücksspeck. Die Narben überzogen einen Teil ihrer Stirn und ihre ganze Wange bis zum Kinn. Sie waren dunkler als der Rest ihres Gesichts, so dass sie sogar noch stärker auffielen. Etwas Schreckliches war ihr zugestoßen, und sie wollte, dass ich es sah. Ich nickte ihr zu, dass ich sie verstanden hatte, und so war es auch wirklich. Es war, als hätte sie durchs Glas hindurch gesagt: *Schau, so bin ich. Deswegen halte ich mich verborgen.* Ich glaube nicht, dass sie ihr Gesicht oft jemandem zeigte. Ich wusste, ich sollte mich geehrt fühlen, weil sie mich in ihre Welt hineingelassen hatte, und das tat ich natürlich auch, aber es machte mich auch neugierig. Nadia war in einem Nahverkehrsbus attackiert worden, hatte Mallory mir erzählt. Was immer da passiert war, hatte seine Spuren hinterlassen.

Ich sah, wie eine Träne langsam ihre unversehrte Wange hinunterrollte. Sie blinzelte zwei Mal und wischte sie dann mit der freien Hand weg. Und im nächsten Augenblick nahm Nadia die Hand von der Scheibe und zog die Kapuze wieder vor, so dass alles verhüllt war. Ihre Mutter kam mit zwei Eisbechern zurück, und sie saßen schweigend da und aßen. Nadia schaute kein einziges Mal mehr in meine Richtung. Als Dad hielt und Frank und ich ins Auto stiegen, blickte ich mich noch einmal nach ihr um und sah, dass sie noch immer mit ihrem Eisbecher beschäftigt war, den Kopf gesenkt, während der Plastiklöffel zwischen ihrem Mund und dem Eis hin- und herwanderte. Was normalerweise Spaß machen würde, etwas Leckeres essen gehen, kam mir hier traurig und erstickend vor. Wer will denn in der Highschool noch was mit seiner Mom unternehmen? Und dann auch noch mit einer, die einen in aller Öffentlichkeit zusammenstaucht. Nadias Leben war wirklich schrecklich.

Als wir vom Einkaufszentrum heimkamen, war Carly schon da, um Frank abzuholen. Mein Dad hatte von einem spirituellen Workshop gesprochen, den sie mit ihrem neuen Freund besuchte, aber sie sah überhaupt nicht nach spiritueller Erleuchtung aus. Falls überhaupt, wirkte sie ein bisschen müde, und man sah ihr ihr eigentliches Alter eher an als sonst. „Hallo, Russ, wie geht's?" Sie zerzauste Frank das Haar. „Ich hoffe, der Kleine ist dir nicht auf die Nerven gegangen."

„Überhaupt nicht", antwortete ich. „Es macht immer Spaß, mit Frank zusammen zu sein."

Frank strahlte. Es brauchte so wenig, um ihn glücklich zu machen.

Carly sagte: „Freut mich, dass er sich bei seinen Großeltern gut benimmt. Gegenüber seiner Mutter hat er manchmal eine ziemlich große Klappe."

„Kaum zu glauben", erwiderte ich.

Sie stopften Franks Sachen in seinen Rucksack und waren zur Tür hinaus, bevor ich dem Jungen einschärfen konnte, über sein Geschäft mit Mr Specter im Comic-Buchladen den Mund zu halten. Aber dann dachte ich, genauso, wie er niemandem davon erzählt hatte, dass er einen selbständig leuchtenden Stein besaß, würde er wohl auch diesen Vorfall nicht weiter erwähnenswert finden. Frank neigte dazu, endlos über eigentlich gar nichts zu plappern. Er brachte es fertig, mir eine komplette Episode von *Scooby-Doo* bis ins letzte Detail zu schildern und dabei zu vergessen, uns Carlys Anweisungen zu den

Medikamenten weiterzugeben, die er bei uns zu Hause übers Wochenende einnehmen sollte. Wahrscheinlich konnte ich mit einiger Sicherheit davon ausgehen, dass er das Thema der leuchtenden Steine niemals zur Sprache bringen würde. Das hoffte ich jedenfalls.

Das alles ging mir am nächsten Tag in der Schulkantine durch den Kopf, während ich an meiner Pizza kaute. Plötzlich unterbrach Justin meine Gedanken: „Was denkst du gerade, Russ?"

„Worüber?"

Alle am Tisch lachten. „Ich hab euch ja gesagt, dass er meilenweit weg ist", bemerkte Justin und schlug sich mit der Hand gegen die Stirn. Ich begriff, dass anscheinend alle mich beobachtet hatten, während ich in Gedanken versunken war.

„Ich hab zur Zeit den Kopf ziemlich voll", sagte ich, was vollkommen der Wahrheit entsprach. Sie unterhielten sich weiter, und ich gab mir alle Mühe, aufzupassen und sogar hier und da eine Anmerkung beizusteuern, aber da sowohl meine Gedanken als auch die Ströme von Elektrizität in der Kantine mir dazwischenfunkten, war das nicht leicht. Bisher hatte ich überhaupt nicht gewusst, wie viel Energie in den Raum hinter der Theke floss. Lampen, Kühlschränke, Mikrowellengeräte und Öfen. Die Schulküche schluckte massenhaft Strom. Wenn ich mich anstrengte, konnte ich diese Wahrnehmung auf dieselbe Weise abblocken, auf die man störenden Hintergrundlärm ausblendet, aber das ging nicht ganz ohne Mühe.

Eine der Kantinenangestellten, Mrs Whitehouse, kam an unserem Tisch vorbei und blieb stehen, um Justin zu sagen, dass ihm eine Serviette auf den Boden gefallen war. Mrs Whitehouse ging davon aus, dass sie einen guten Draht zu den Schülern hatte, was aber, das könnt ihr mir glauben, absolut nicht stimmte. Es war ein trauriger Anblick. Wenn man bei der Essensausgabe durchging, rief sie manchmal aufs Geratewohl: „Wer ist im Haus?" Dann legte sie die Hand ans Ohr und wartete darauf, dass jemand „Mrs Whitehouse ist im Haus!", rief. Ein paar Mädchen waren immer nett genug, um ihr den Gefallen zu tun. Ich schloss mich da nie an, und auch keiner meiner Freunde, obgleich bekannt war, dass sie den Leuten, die mitspielten, größere Portionen gab. Wenn alle ihr Essen bekommen hatten, kam sie normalerweise hinter der Theke hervor und besuchte die Tische. Sie witzelte, dass Kinder in der Wachstumsphase ihr Gemüse immer komplett verputzen sollten, und machte informelle Umfragen zum Essen, als bekämen wir dadurch in Zukunft mehr Auswahl, was aber nie geschah.

Heute zeigte Mrs Whitehouse Interesse an meiner Gruppe und erkundigte sich, ob wir Kids immer noch die Biss-Bücher von Stephenie Meyer läsen (sie bezog ausdrücklich Position für das Team von Edward). Ich verfolgte, wie sie mit Mick über die Verfilmung der Bücher plauderte, und wünschte, sie würde weggehen. Keiner der anderen Angestellten hatte das Bedürfnis, sich bei den Schülern anzubiedern. So wie sie sich benahm, hielt sie sich wohl selbst für einen Teenager. Tatsächlich war es schwierig, ihr Alter zu schätzen. Sie hatte kein Grau im Haar und keinerlei Falten, aber irgendetwas an ihr wirkte ältlich. Vielleicht ihre Figur. Sie war nicht wirklich dick, hatte aber mit ihrem vorgewölbten Bauch und den plumpen Beinen eigenartige Proportionen. Carly erinnerte sich noch aus ihrer eigenen Highschool-Zeit an sie, sie hatte also schon vor meiner Geburt hier gearbeitet, was mir einen Anhaltspunkt gab. Mrs Whitehouse trug ihr Haarnetz schon ganz schön lange.

Als es klingelte (auch hier war Elektrizität am Werk), zog Mrs Whitehouse ab, und Lindsey, eine meiner Tischgenossinnen, ließ es sich nicht nehmen, zu mir zu kommen. „Was auch immer du durchmachst, Russ, ich verstehe es", sagte sie. „Wenn du mal mit jemandem reden möchtest, bin ich für dich da." Sie war ein süßes Mädel und wirkte recht nett. Mick, der immer alles aus seiner Sicht des Möchtegern-Frauenhelden betrachtete, nannte sie „machbar". Lindsey tätschelte mir aufmunternd den Arm und beugte sich vor, so dass ich in den U-Ausschnitt ihres Shirts gucken konnte. Normalerweise hätte mich das total angemacht, und *das* hätte mich wiederum furchtbar befangen gemacht, aber ich sah Mallory auf der anderen Seite der Kantine stehen, und Lindsey war (fast) ohne jeden Reiz für mich. „Danke", antwortete ich. „Schön, dass ich das weiß."

Zwei Stunden später setzte ich mich auf meinen Platz im Naturwissenschaftskurs, so fiebernd vor Erregung, dass ich kaum stillsitzen konnte. Irgendwie musste ich Mallory in dieser Stunde von dem Stein erzählen – wie ich ihn verloren hatte, ohne überhaupt bemerkt zu haben, dass ich ihn besaß. Und nach dem Ende des Unterrichts würde ich Mr Specter wegen des Steins zur Rede stellen und ihm sagen müssen, dass ich ihn zurückhaben wollte. Es lag mir nicht, einem Erwachsenen die Stirn zu bieten. Ich hatte gesehen, wie andere Schüler sich mit Lehrern stritten, normalerweise wegen einer Note und normalerweise erfolglos. Mir waren meine Noten nie derart wichtig gewesen, vermutlich, weil ich ein recht guter Schüler war. Vor dem heutigen Tag hätte ich mir nicht vorstellen können, einen Lehrer wegen irgendetwas anzugehen. Jetzt aber blieb mir keine andere Wahl.

Mallory kam beim Läuten mit einem anderen Mädchen herein, so dass ich vor dem Unterricht nicht mehr mit ihr reden konnte. Ich hörte sie lachen, und es ärgerte mich ein bisschen. Wie konnte sie lachen, während ich in Krisenstimmung war?

„Wir müssen miteinander reden", flüsterte ich ihr zu, als sie sich auf ihren Platz vor mir setzte.

Sie schaute bestürzt, nickte aber. „Nach der Schule."

Die nächsten fünfzig Minuten war ich so auf das fixiert, was ich gleich zu tun hatte, dass ich kaum ein Wort von Mr Specters Unterricht mitbekam. Ich war froh, dass er mich nicht aufrief. Vielleicht spürte er, dass über meinem Haupt eine Gewitterwolke schwebte, die sich entladen wollte. Auch Mallory war stiller als üblich.

Ich dachte weiter über die Kräfte nach, die Mallory, Jameson und Nadia besaßen, und über meine eigene Entdeckung, dass ich Mallorys kleine Schnittwunde hatte heilen können. Wenn das möglich war und ich auch eine Kugel aus meinem Nacken gezogen hatte, wozu war ich dann noch imstande? Ich stellte mir vor, wie ich durch ein Krankenhaus ging und den Patienten die Hand auflegte, um sie zu heilen. Ob das wohl funktionieren würde? Und falls ja und es sich herumsprach, was dann? Würden die Leute bei mir zu Hause Schlange stehen und mich um Hilfe anflehen? Ich stellte mir eine Menschenmenge vor, die von allen Seiten an mir zerrte, jeder einzelne mit einer herzzerreißenden Geschichte, und jeder wollte meine volle Aufmerksamkeit, weil ich die Fähigkeit hatte, ihn zu heilen. Wie könnte ich mich dem verweigern? Aber *falls* ich diese Gabe hätte, würde die Nachricht sich verbreiten, und immer mehr Menschen würden kommen. Bald würden es Tausende sein, und ihre Zahl würde immer noch wachsen. Es war ein beängstigender Gedanke.

Nachdem ich mir dieses Szenario durch den Kopf hatte gehen lassen, war mir klar, dass es anders laufen musste. Nicht, weil ich nicht helfen wollte, sondern weil ich das Gefühl hatte, dass meine Fähigkeit nicht dazu bestimmt war, aufs Geratewohl benutzt zu werden. Keine unserer Fähigkeiten sollte einfach nur zufällig eingesetzt werden. Ich spürte, dass es einen Zweck für sie gab. Ich wusste nur einfach nicht, wie dieser Zweck aussehen könnte.

Als es klingelte und alle ihre Sachen packten, ging ich nach vorn. Mr Specter hatte seine offene Aktentasche auf das Pult gelegt und ging ihren Inhalt durch. Ich stand da und wartete.

„Ja, Mr Becker?" Er hatte überhaupt nicht aufgeblickt, aber trotzdem hatte er irgendwie gewusst, dass ich da war.

„Der Stein, den Sie meinem Neffen gestern im Comic-Buchladen abgekauft haben?"

„Ja?" Jetzt schaute er auf und sah mich über seine Brille hinweg an.

„Er hat eine gewisse Bedeutung für mich. Ich würde ihn gerne wieder zurückkaufen."

„Okay." Er schob einen Stoß Unterlagen zusammen und fügte mit einer Briefklammer ein Deckblatt hinzu.

„Das ist in Ordnung?"

„Ich habe nichts dagegen", antwortete er.

Das war nicht das, was ich erwartet hatte. „Es macht Ihnen nichts aus?"

„Natürlich nicht. Warum sollte mir das etwas ausmachen?" Er klang beinahe gelangweilt. „Es ist einfach ein Stein. Wenn er irgendeine Bedeutung für Sie hat, sollten Sie ihn natürlich zurückbekommen."

Ich atmete erleichtert auf. Draußen im Korridor ließen die Kids ihrer aufgestauten Energie freien Lauf – Schließfächer wurden zugeschlagen, Rufe ertönten und Musik schepperte los. „Ich hab die zwanzig Dollar dabei", sagte ich, beförderte den Schein aus meiner Hosentasche und sah ihn erwartungsvoll an.

„Sie gehen doch bestimmt nicht davon aus, dass ich so einen Stein mit in die Schule nehme?"

Ich starrte ihn verdattert an. Törichterweise hatte ich aus irgendeinem Grund *tatsächlich* geglaubt, dass er ihn dabei hätte. „Ach nein, vermutlich nicht. Na ja, wenn Sie ihn dann morgen mitbringen ..."

„Ich würde lieber keine Geschäfte in der Schule abwickeln, wenn es Ihnen recht ist", erwiderte Mr Specter. „Das könnte doch ein wenig ungehörig wirken. Wenn Sie heute Abend gegen sieben bei mir zu Hause vorbeikommen, könnten wir die Sache erledigen. Sie wissen, wo ich wohne?"

„Ja." Jeder wusste, wo er wohnte. Ihm gehörte ein rotes Backsteinhaus; es grenzte mit dem Garten an das Football-Feld der Highschool. Von der Tribüne aus hatte man volle Sicht auf sein Dach. Ein paar Kids hatten einmal Ärger bekommen, weil sie während eines Football-Spiels Bälle über den Zaun geworfen hatten. Mehrere waren in die Regenrinne gefallen, und deswegen war sie dann beim nächsten Unwetter übergelaufen. Oder so hatte ich es gehört.

Er klappte die Aktentasche zu. „Gibt es sonst noch etwas, Mr Becker?", fragte er ganz freundlich.

„Nein, das war alles."

„Damit Ihre Eltern sich nicht wundern, könnten Sie ihnen ja vielleicht erzählen, Sie müssten eine Stunde zu mir nach Hause kommen, um für eine Sonderaufgabe ein bestimmtes naturwissenschaftliches Experiment anzuschauen. Klingt das annehmbar?"

Als ich stumm nickte, sagte er: „Dann also bis heute Abend gegen sieben."

Er verließ rasch den Raum, während ich noch darüber nachgrübelte, woher er eigentlich wusste, dass ich mich gefragt hatte, welche Ausrede ich meinen Eltern auftischen sollte. Vielleicht hatte er einfach zufällig richtig getippt.

Vierundzwanzigstes Kapitel

„Keine Widerrede, Russ. Ich komme mit, und mehr ist dazu nicht zu sagen", erklärte Mallory, als sie mich von der Schule nach Hause fuhr. Ich hatte ihr Angebot, mich im Auto mitzunehmen, nach dem Ende des Kurses gerne angenommen. Das war natürlich viel besser, als den Bus zu nehmen oder zu laufen. Ich hatte gehofft, dass jemand uns zusammen auf dem Parkplatz bemerken würde, aber da hatte ich kein Glück. Keiner meiner Freunde war da, und alle anderen waren mit ihrem eigenen Kram beschäftigt. Schüler können so verdammt selbstbezogen sein.

Ich hatte ihr gerade das mit dem Stein erklärt und ihr berichtet, dass ich heute Abend zu Mr Specter gehen würde, als Mallory verkündete, dass sie mitkommen würde. Ich erwiderte, das sei nicht nötig, aber insgeheim war ich froh darüber. Zum einen würde ich dann etwas mit Mallory unternehmen (und diesmal ohne Jameson), und zum anderen könnte sie fahren, womit meine Eltern aus dem Spiel wären. Und letztlich fand ich diese ganze Angelegenheit auch ziemlich befremdlich. Es wäre schön, noch jemanden dabei zu haben. Zu zweit war man sicherer.

Ich verwendete die Lüge, die Mr Specter mir vorgeschlagen hatte, und erklärte meinen Eltern, ich wolle mir bei ihm zu Hause ein bestimmtes naturwissenschaftliches Experiment vorführen lassen. „Es dauert ungefähr eine Stunde", sagte ich, und sie hatten keinerlei Einwände, obwohl diese ganze Idee ja in Wirklichkeit absurd war. Welcher Lehrer fordert denn jemals einen Schüler auf, zu ihm nach Hause zu kommen, ausgerechnet auch noch an einem Schultag, um ihm Hilfestellung bei einer Sonderaufgabe zu geben? Warum an einem Montag? Und um was für eine Art Experiment ging es überhaupt? Aber wie es so ihre Art war, hakte keiner der beiden nach. Ich bekam ohnehin schon ein A in Naturwissenschaften. Die Bestnote. Mit ein paar Sonderpunkten für die Zusatzaufgabe könnte ich dann wohl ein akzeptableres A+ herausholen.

Vielleicht waren sie unter anderem deswegen so schnell einverstanden, weil sie wussten, dass sie mich nicht zu fahren brauchten. Als ich ihnen sagte, dass Mallory Nassif mich abholen würde, stellten sie auch dazu keine Fragen. Es ist eben so, ich bin in ihren Augen einfach ein zu lieber Junge, um überhaupt einmal irgendetwas Verdächtiges zu tun. Jetzt fühlte ich mich schrecklich, weil ich sie anlog, aber es ließ sich nun mal nicht vermeiden.

Nun waren Mallory und ich also auf dem Weg zu Specter, und weit und breit kein Jameson. Dieser Kerl fehlte mir überhaupt nicht. Möglicherweise würde ich hinterher vorschlagen, noch im Starbucks hereinzuschauen, dann könnte ich mir vielleicht mit einem Chai Latte oder was auch immer sie gerne trank einen Zugang zu ihrem Herzen erobern. Oder wir könnten ein Eis essen gehen. Was auch immer, das war mir tatsächlich vollkommen egal, ich war einfach nur gerne mit ihr zusammen. Etwas an ihr machte, dass ich ihr so nahe wie nur irgend möglich sein wollte.

Vielleicht hatte Carly ja recht, und ich hatte die Liebeskrankheit. In letzter Zeit dachte ich andauernd über Mallory nach. Wenn ich allein in meinem Zimmer war, ertappte ich mich dabei, wie ich unsere Gespräche immer wieder im Kopf ablaufen ließ. Ich hatte mir jeden ihrer Gesichtsausdrücke eingeprägt und sah vor mir, wie sie leicht die Stirn runzelte, wenn sie in Gedanken versunken war, wie sie laut herauslachte, wenn etwas Witziges sie überraschte oder wie sie besorgt dreinschaute, wenn jemand verletzt war, so wie kürzlich, als wir Gordy gefunden hatten. Am besten war es, wenn ich sie zum Lachen brachte; das war dann, als hätte ich einen Preis gewonnen. Ich merkte, dass ich andauernd kleine, witzige Bemerkungen machte, um sie zum Schmunzeln zu bringen. Ich war wie eine Laborratte, die alle Hebel ausprobiert, um vielleicht ein Futterpellet zu ergattern. Es war total bescheuert, aber anscheinend konnte ich nicht damit aufhören.

Über Jungs in meinem Alter heißt es, sie dächten immer nur an Sex. „Die Hormone spielen verrückt", so sagte Ms Hadley, meine Lehrerin im Fach Gesundheit, es gerne. Zum Teil stimmt das wohl auch, aber das mit den Hormonen läuft ja nicht nur bei uns Jugendlichen ab. Ich glaube nicht, dass ich launischer bin als zum Beispiel meine Mutter, die zugibt, dass sie Stimmungsschwankungen und unangenehme Hitzewallungen hat (sie nennt sie fliegende Hitze, als ob es dadurch irgendwie besser würde). Und wahrscheinlich denke ich nicht mehr an Sex als ein durchschnittlicher Mann in den Dreißigern. Wovon nie jemand spricht, das ist, dass Leute in meinem Alter auch über alles Mögliche andere nachgrübeln: Wie es sich wohl anfühlen würde, sie in den Armen zu halten, wie erregend ich es fände, sie vor einer Gefahr zu beschützen, und wie es wohl wäre, meine Stirn gegen ihre zu drücken und direkt in ihre großen, dunklen Augen zu schauen. Wenn ich Filme mit knutschenden Paaren sehe, setze ich mich in meiner Fantasie zusammen mit Mallory an der Stelle der Protagonisten ein. Manchmal frage ich mich – was würde sie wohl tun, wenn ich sie plötzlich küssen würde? Das sind so die Dinge, die ich niemals meinen Freunden erzählen würde, und auch sonst niemandem, aber sie sind trotzdem wahr.

Ich war mir nicht hundertprozentig sicher, ob ich wirklich in Mallory Nassif verliebt war, aber eines wusste ich: Ich wollte, dass sie mich liebte. Ich sehnte mich danach, sie an meiner Seite zu haben, ihre Stimme zu hören und ihre volle Aufmerksamkeit zu genießen. Ich wollte ihren Körper dicht an meinem fühlen und ihre Lippen an meinen Ohren. Wenn sie mich liebte, würde ich nichts anderes mehr brauchen.

Als Beifahrer konnte ich sie leicht unauffällig beobachten. Ich sah es gerne, wie sie an ihrem Radio herumfummelte, und es überkam mich heiß, wenn sie mir einen fragenden Blick zuwarf, sobald ihr ein Song gefiel. Ich war immer mit ihrer Wahl einverstanden. Was immer Mallory gut fand, war prima für mich.

„Nadia sagt, dass sie dich gestern gesehen hat", durchbrach Mallory das Schweigen. Sie hielt vor einem Stopp-Schild und bog dann nach links ab.

„Ja, in der Eisdiele. Das war nach diesem Vorfall im Comic-Buchladen. Sie war mit ihrer Mutter zusammen. Wir haben nicht miteinander gesprochen." Wir befanden uns nur noch eine Straße von unserem Ziel entfernt und würden in zwei Minuten bei Mr Specter eintreffen. Wenn ich Mallory meine Frage stellen wollte, musste ich mich beeilen. „Wie hat sie diese schrecklichen Narben im Gesicht bekommen?"

„Du hast sie gesehen?", fragte Mallory ungläubig.

„Nur ganz kurz. Sie hat die Kapuze ein Stück zurückgezogen."

„*Absichtlich?*"

„Ich denke schon. Ich hatte den Eindruck, sie wollte sie mir zeigen."

Mallory schüttelte den Kopf. „Unglaublich. Als Jameson sich nach ihrem Gesicht erkundigt hat, hat sie eine Woche lang nicht mehr mit ihm geredet. Warum hat sie sie gerade dir gezeigt, obwohl sie dich kaum kennt?"

„Das weiß ich nicht."

„Hmmm. Wirklich eigenartig." Mallory atmete laut aus. „Nadia ist mir ein ziemliches Rätsel. Sie öffnet sich nicht gerne. Ich kannte sie schon ein Jahr, bevor sie auch nur darüber redete."

Ich versuchte es erneut. „Was ist denn passiert? Hat sie Verbrennungen erlitten?"

„In gewisser Weise." Sie trommelte mit den Fingern auf dem Steuerrad herum, als ginge sie mit sich zu Rate, ob sie ausführlicher werden sollte.

„Wenn du es mir nicht erzählen möchtest ...“

„Doch, ich kann darüber reden", erklärte Mallory schließlich. „Es war so: Sie fuhr mit dem Bus, um eine Freundin zu besuchen, und da stieg ein Verrückter ein, der einen offenen Kanister mit so einer Flüssigkeit bei sich hatte. Er zog über unsere imperialistische Gesellschaft vom Leder, setzte sich nicht und bezahlte kein Fahrgeld. Als der Busfahrer ihn zum Aussteigen aufforderte, schleuderte er die Flüssigkeit in die Luft. Wie sich herausstellte, war es Batteriesäure. Nadia wurde im Gesicht getroffen. Auch der Fahrer hat ziemlich viel abbekommen. Ein paar von den Fahrgästen rangen den Kerl nieder und riefen die Polizei. Es war schrecklich."

„Batteriesäure?" Wie grauenhaft. Das klang wie einem Film entsprungen. „Ich kann mich nicht erinnern, etwas von dem Vorfall gehört zu haben", bemerkte ich. „War es denn nicht in den Nachrichten?" Wir hielten jetzt vor Mr Specters Haus. Am Straßenrand gegenüber parkte ein Auto hinter dem anderen. Da hatte jemand Besuch.

„Es ist in Illinois passiert. Sie sind vor zwei Jahren hierher gezogen."

„Und deswegen lässt ihre Mutter sie nie aus den Augen?"

„Es ist sogar noch schlimmer", berichtete Mallory. „Nadia könnte eine Schönheitsoperation machen lassen, dann sähe ihr Gesicht gleich tausend Mal besser aus, aber ihre Mutter lässt es nicht zu."

„Zu teuer?"

„Nein, es liegt nicht am Geld. Die Versicherung würde die OP sogar bezahlen. Aber die Mutter will Nadia mit ihrer Weigerung bestrafen. Weil Nadia nämlich damals ohne Erlaubnis ihrer Eltern mit dem Bus unterwegs war."

Ich brauchte einen Augenblick, um diese Worte zu verdauen. „Aber das ist doch total grausam", sagte ich schockiert. „Sie muss für immer verunstaltet bleiben, weil sie ein einziges Mal einen Fehler begangen hat?" Ich konnte mir nicht vorstellen, dass meine eigenen Eltern sich jemals derart unvernünftig verhalten würden, egal was ich getan hätte.

Manchmal beschwerte ich mich über sie, aber ich wusste, dass sie mich alles in allem glücklich und erfolgreich sehen wollten. Wir spielten fast immer im selben Team.

„Diese Frau ist eindeutig verrückt und jedenfalls ein grauenhafter Mensch", sagte Mallory. „Nadia fiebert schon dem Zeitpunkt entgegen, wenn sie achtzehn wird, dann kann sie das mit der Operation nämlich selbst regeln. Aber bis dahin …"

„Steckt sie in der Klemme", beendete ich den Satz für sie. „Oh Mann, das sind aber viele Jahre, die sie durchleiden muss." Und dazu noch die wichtigsten. Verunstaltet zu sein war immer schrecklich, aber am Schlimmsten war es mit Sicherheit, wenn man ein Teenager war.

Mallory stellte den Motor aus. „Bringen wir es hinter uns", sagte sie. „Ich bin total gespannt auf diesen leuchtenden Stein."

Wir gingen über den Gartenweg zur Vorderveranda, ich voran, da der gepflasterte Pfad für zwei zu schmal war. Außerdem war dieser Termin, wie Mallory gesagt hatte, in gewisser Weise meine Sache. „Du übernimmst das Reden", sagte sie mit einem Stups von hinten. Ihre Fingerspitzen wanderten mein Rückgrat hinunter, und mich überlief ein wonniger Schauer. „Ich komme einfach nur mit."

Die Haustür ging auf, bevor ich überhaupt angeklopft hatte. Als wir auf den Estrich der kleinen Veranda traten, stieß Mr Specter die Fliegengittertür auf, um uns zu begrüßen. „Guten Abend, Mr Becker", sagte er. „Oh, gut, Sie haben Miss Nassif mitgebracht. Perfekt." Er nickte Mallory zu. „Kommen Sie herein."

Ich war noch nie bei Mr Specter zu Hause gewesen und kannte auch sonst niemanden, der sich schon einmal dort umgesehen hatte. Daher wusste ich nicht, was zu erwarten war. Nach der Diele und dem Wohnzimmer zu schließen, glaubte er an Ordnung. Ich hatte gehört, dass er allein lebte, also hatte er sich selbst so eingerichtet: Die graue Fuß-matte hinter der Tür, auf der wir uns die Schuhe abtraten, die Wandgarderobe und der Schirmständer in der Ecke. Weiter hinten im Wohnzimmer sah ich eine Sitzgruppe mit einem Sofa, zwei Sesseln, einem Couchtisch, zwei Beistelltischchen und einer Lampe. Einen Fernseher oder ähnliches gab es nicht. Im Schaufenster eines Möbelgeschäfts sah es gemütlicher aus. „Ich verbringe nicht viel Zeit hier oben", sagte er, als hätte er meine Gedanken gelesen. „Die Spuren meines Lebens werden Sie in meinem Arbeitszimmer finden. Ich bin fast immer dort." Er winkte uns mit einer Geste seines langen Zeigefingers heran. „Kommen Sie mit."

Wie brave Hunde folgten Mallory und ich ihm am Wohnzimmer vorbei und durch die Küche. Als er eine Tür öffnete, die in den Keller führte, sagte ich: „Der Stein ist da unten?"

„Natürlich", antwortete er und stieg ohne zu zögern die Treppe hinunter, offensichtlich frei von Zweifeln, ob wir ihm folgen würde. Ich fühlte mich bei der Sache nicht recht wohl.

Ich trat zurück, um zu sehen, ob Mallory es genauso empfand, aber in ihrem Gesicht zeichnete sich nicht die geringste Sorge ab. Sie hielt mein Zurückweichen für ein Zeichen von guten Manieren, als hätte ich *„Ladies first!"*, gesagt.

„Danke, Russ."

Ich blieb unentschlossen oben stehen, aber als sie auf halbem Wege unten war, riss ich mich zusammen und ging ihr nach. Das hier war schließlich Mr Specter. Mein Naturwissenschaftslehrer. Es war ja nicht so, dass er in seinem Keller eine Folterkammer haben, uns bewusstlos schlagen und einsperren würde. Ich hatte meinen Eltern erzählt, dass ich hier hingehen würde, und vor der Haustür parkte Mallorys Auto. Wenn ich nicht nach Hause käme, würden meine Eltern genau hier nach mir suchen. Aber trotzdem. Warum war der Stein nicht oben? Er hatte ja seit heute Nachmittag gewusst, dass ich ihn abholen kommen würde.

Ich begann zu schnuppern, als mir ein Hauch von irgendwas in die Nase stieg, und im gleichen Moment sagte Mallory verblüfft: „Ich rieche Popcorn!" Unten angekommen roch ich es ebenfalls. Frisches, in Butter geschwenktes Popcorn. Ich bog um die Ecke und stellte fest, dass Mr Specters Keller zu einem richtigen Wohnraum umgebaut worden war – hier sah man weder Beton noch Stahlträger. Stattdessen gab es Trockenbauwände, die Decke war mit Rigips-Platten verkleidet und auf dem Boden lag ein Teppich. An der Wand gegenüber der Treppe zogen sich zu beiden Seiten einer geschlossenen Tür Bücherregale entlang. Ein großer Teil des Raums war von einer hufeisenförmigen Polsterecke eingenommen, in deren Mitte ein Couchtisch stand.

Und dort auf dem Sofa saßen mein Psychiater Dr. Anton, Mrs Whitehouse aus der Schulkantine, Kevin Adams – der Besitzer von Power House Comics – und Rosie, die Kellnerin aus dem Diner. Alle kauten Popcorn und tranken etwas, das wie Limonade aussah, aus großen Gläsern. Als Mallory und ich in den Raum traten, hielten sie mitten in der Bewegung inne und wandten uns ihre volle Aufmerksamkeit zu.

„Wenn man vom Teufel spricht", sagte Mrs Whitehouse. „Oder sollte ich *von den Teufeln* sagen?" Sie warf sich ein einzelnes Popcorn in den Mund und lachte hinterhältig.

Fünfundzwanzigstes Kapitel

Mallory trat einen Schritt zurück und sagte: „Entschuldigen Sie die Störung."

„Sie stören keineswegs, Miss Nassif", erwiderte Specter. „Bitte setzen Sie sich doch. Wir würden gerne mit Ihnen reden."

„Moment mal", sagte ich und nahm Mallory beim Arm. „Worum geht es hier überhaupt?"

„Ein Buchclub?", fragte Mallory zögernd.

„Das ist kein Buchclub", warf ich ein. „Diese Leute sind unseretwegen hier."

„Das sagen Sie so, als wäre es etwas Schlechtes", bemerkte Dr. Anton mit mitfühlend schief gelegtem Kopf. „Es geht hier um nichts, was Ihnen Sorgen machen müsste. Wir wollen einfach nur mit Ihnen reden. Einfach nur nett plaudern." Irgendwie fühlte es sich überhaupt nicht nach einer freundlichen Plauderrunde an. Alle standen jetzt auf, und ich rechnete unsere Chancen durch – sie waren zu fünft und wir nur zu zweit, aber wir befanden uns näher beim Ausgang und waren jünger. Wenn wir vielleicht rannten ...

Mallory griff haltsuchend nach mir. Zum ersten Mal bemerkte ich, wie ein Ausdruck des Erschreckens in ihr Gesicht trat. Dabei sagte sie ja schon die ganze Zeit, dass jemand uns suchte. Sie hatte sogar das Wort „jagen" verwendet. Aber ich spürte, dass sie die Bedrohung selbst nach dem Schuss, der mich getroffen hatte, und nach dem Auftauchen der Anzugträger im Krankenhaus bis jetzt nicht wirklich als solche empfunden hatte. Ist es noch Paranoia, wenn wirklich jemand hinter einem her ist?

„Ich glaube, wir müssen jetzt gehen", sagte Mallory. „Meine Mom erwartet mich früh zurück."

„Hier ging es gar nicht darum, mir den Stein zurückzugeben, oder?", fragte ich Mr Specter vorwurfsvoll. „Sie hatten das schon die ganze Zeit geplant."

„Also wirklich, Mr Becker", entgegnete er. „Sie haben eine blühende Fantasie. Wir haben doch erst heute nach der Schule darüber geredet. Da hatte ich ja nicht gerade viel Vorlauf, oder?"

Rosies Gesicht furchte sich in mütterlicher Sorge. „Du jagst diesen jungen Leuten Angst ein, Sam. Hör auf." Sie trat zu Mallory. „Wir wollen einfach nur mit Ihnen reden, Liebes. Mehr nicht. Wenn möglich wollen wir Ihnen helfen. Sie können jederzeit gehen." Sie drehte sich um und zeigte auf die Gruppe. „Schauen Sie uns doch an. Sieht einer von diesen Leuten so aus, als wollte er Ihnen etwas antun?" Ich sah mir die Versammelten an und musste ihr recht geben. Keiner von ihnen wirkte wie ein Übeltäter. Aber man weiß nie. Ich hatte genug Filme gesehen, um begriffen zu haben, dass immer diejenigen die Bösewichter waren, von denen man es am wenigsten erwartete.

„Wir unterhalten uns einfach nur?", fragte Mallory.

„Versprochen, es wird nur geredet. Wir wollen Ihnen einige Informationen geben. Nichts, was Ihnen weh tut." Ihre Haltung war beruhigend und ihr Tonfall beschwichtigend. „Wir bitten Sie nur, alles, was wir sagen, für sich zu behalten."

„Es muss unter uns bleiben", sagte Mr Specter.

„Wir hören zu", antwortete ich und verschränkte die Arme vor der Brust.

„Ach, jetzt seien Sie doch nicht so", sagte Mrs Whitehouse. „Wirklich."

„Bitte, setzen Sie sich doch", sagte Rosie, ergriff Mallory am Ellbogen und führte sie zu einer Seite der Polsterecke. Ich zuckte mit den Schultern, setzte mich neben sie und legte beschützend den Arm hinter ihr auf die Sofalehne. „Sie werden sehen", sagte Rosie. „Wir tun Ihnen nicht weh." Sie lächelte freundlich.

„Was ist da also jetzt los?", fragte ich. „Sie kennen einander alle?"

Mr Specter räusperte sich. „Ja, schon seit der Highschool." Mallory beugte sich vor, ihr Interesse war geweckt. „Sie sind zusammen zur Highschool gegangen?"

„Ja, in der Tat. Na ja, alle außer Arthur." Mr Specter deutete auf Dr. Anton. „Der war an einer Privatschule, der St. Mark's Academy. Die gibt es nicht mehr."

„Was wirklich schade ist", bemerkte Dr. Anton. „Es war eine gute Schule. Aber schlecht geführt. Wären da nicht ein paar durchaus vermeidbare finanzielle Schwierigkeiten gewesen, gäbe es sie immer noch."

„Wir alle sind uns begegnet, als wir nachts draußen herumwanderten", erklärte Mrs Whitehouse. „Genau wie Sie und Ihre Freunde." Auch wenn ich Mrs Whitehouse nicht mochte, war ich doch froh, dass endlich mal jemand zur Sache kam.

Mallory sah mich mit weit geöffneten Augen an. Rosie schob die Schale mit Popcorn vor uns, und Mallory nahm ein paar Körner, bevor sie fragte: „Haben Sie die Lichter ebenfalls gesehen?"

„Wir alle haben sie beobachtet", antwortete Specter, und die anderen nickten bestätigend. „Wir sind uns direkt dort auf der Wiese begegnet. Davor hatte keiner von uns gewusst, dass die anderen auch nachts herumstreiften."

„Es war unglaublich", bemerkte Kevin Adams. „Ich habe noch immer vor Augen, wie die glühenden Bruchstücke in einer riesigen Spirale auf der Wiese lagen. Ich wusste sofort, dass wir da etwas erlebten, wovon die meisten Menschen nur träumen." Seine Augen leuchteten, und ich konnte mir vorstellen, wie er als Teenager ausgesehen hatte. Seine jugendliche Version war bestimmt schlanker gewesen, und seine Elvisfrisur mit den langen Koteletten mochte an einem jüngeren, hipperen Typ weniger deplatziert gewirkt haben. Ich versuchte mir vorzustellen, wie die fünf Erwachsenen im Raum – die Kantinenangestellte, der Comic-Buchladenbesitzer, der Lehrer, der Psychiater und die Kellnerin – vor langer Zeit als Teenager auf der Wiese gestanden und über das kosmische Ereignis gestaunt hatten.

„Und dann begannen die Veränderungen", erzählte Rosie. „Wir machten ungewöhnliche Erfahrungen. Sie wissen bestimmt, wovon ich spreche?" Mallory nickte, und Rosie fuhr fort: „Ich selbst habe herausgefunden, dass ich Gedanken lesen konnte. Ich will nicht lügen, anfangs hat es mir ein bisschen Angst gemacht. Aber ich habe mich daran gewöhnt." Sie lachte. „Und ich habe festgestellt, dass die Leute oft etwas ganz anderes sagen, als sie denken." Rosie griff nach dem Krug auf dem Couchtisch, schenkte Limonade in zwei Plastikbecher und reichte sie Mallory und mir. Selbst wenn sie nicht im Diner arbeitete, war es ihr ein Bedürfnis, den Leuten zu essen und zu trinken zu geben.

Mrs Whitehouse hob die Hand und sagte: „Ich bin dran." Ihre Stimme wurde lauter. „Ich habe praktisch unmittelbar danach entdeckt, dass ich Gegenstände einfach nur durch meine Berührung erhitzen konnte. Meine Hand änderte nie die Temperatur, aber wenn ich mich konzentrierte, wurde das, was ich berührte, heißer und immer heißer. Das hat mir sehr geholfen, als ich direkt nach der Highschool diesen Job in der Schulkantine bekommen habe." Sie schob sich eine Haarsträhne hinters Ohr, und plötzlich merkte

153

ich, warum sie mir irgendwie eigentümlich vorkam. Ohne das Haarnetz wirkte ihr Kopf sonderbar nackt.

Es entstand eine Pause, und Mallory fragte: „Und die anderen?"

Kevin Adams sagte: „Meine Fähigkeit hat sich erst nach Wochen gezeigt, und anfangs dachte ich, ich wäre leer ausgegangen. Doch eines Tages konnte ich plötzlich durch Gegenstände hindurchschauen, als hätte ich einen Röntgenblick. Ich bin mit Anfang zwanzig nach Vegas gegangen und habe an den Kartentischen abgeräumt. Irgendwann sagten sich die Kasino-Besitzer, dass da etwas faul sein musste. Sie glaubten, dass ich betrüge, und haben mich rausgeschmissen, aber da hatte ich schon ein kleines Vermögen gemacht. Mit meinen Gewinnen habe ich den Comic-Buchladen gekauft."

„Und was ist mit Ihnen, Dr. Anton?", fragte ich. Einen Augenblick lang überlegte ich, ob er ebenfalls Gedanken lesen konnte, und falls ja, ob er das mit mir als Patient gemacht hatte. Das wäre ein totaler Übergriff gewesen.

„Meine Fähigkeit war leider ein bisschen langweilig", sagte er und strich sich über seinen Spitzbart. „Irgendwann ist mir aufgefallen, dass ich Geräte aufladen konnte. Elektrische Geräte. Oder alte Batterien und so. Es war gelegentlich ganz praktisch, aber wirklich nützlich war es nicht."

„Dr. Anton ist zu bescheiden", sagte Mr Specter. „Er war als Mensch ein elektrischer Leiter, ein Wunder der Wissenschaft. Es war ein wirklich erstaunlicher Anblick."

„Er *war*?", fragte ich, da mir plötzlich auffiel, dass alle in der Vergangenheitsform erzählt hatten. „Jetzt also nicht mehr?"

„Nein", antwortete Mr Specter und schüttelte den Kopf. „Die Fähigkeiten halten nicht unbegrenzt an." Die Hände auf die Beine gestützt, beugte er sich vor und musterte die anderen im Raum. „Wann hat irgendeiner von euch seine Gaben zum letzten Mal verwendet? Oder sie auch nur gespürt?"

In der Gruppe entstand ein allgemeines Gemurmel. Keiner schien genau zu wissen, wann es eigentlich passiert war. „Sie sind einfach langsam dahingeschwunden", sagte Dr. Anton.

„Als ich vierzig wurde, war schon alles vorbei", berichtete Rosie. „Es wurde immer schwächer, und dann war es weg."

Kevin Adams sagte: „Ich habe meinen Röntgenblick ungefähr zur selben Zeit verloren wie meine Fähigkeit, eine Meile ohne Verschnaufpause zu joggen. Inzwischen keuche ich schon nach einem Block wie eine Lokomotive. Werdet nicht älter, wenn ihr nicht müsst, Kinder."

Die anderen Erwachsenen lachten. „Zu viele Donuts, Kev", sagte Mrs Whitehouse und tätschelte ihren eigenen, nicht unbeträchtlichen Bauch. „Hab dir ja gesagt, dass die nichts als Ballast sind."

„Bleiben wir beim Thema", sagte Mr Specter. „Mallory und Russ müssen einige Dinge erfahren, bevor sie diesen Raum verlassen." Er heftete den Blick auf mich. „Folgendes haben wir in den letzten Jahrzehnten herausgefunden, Russ. Anscheinend fallen die Lichtpartikel etwa alle sechzehn Jahre vom Himmel, manchmal auch in zwei aufeinanderfolgenden Jahren, und immer in der Nähe des Areals beim Bahnhof. Zumindest ist es hier vor Ort so. Die Partikel zeigen sich auch in anderen Weltgegenden und folgen dann einem anderen Rhythmus, aber für unsere Zwecke reicht es erst einmal, wenn wir nur über Edgewood reden."

„Gewisse Kategorien von Menschen scheinen den Zwang zu empfinden, mit den Partikeln in Kontakt zu kommen", sagte Dr. Anton. „Vor dem Ereignis haben sie schon monatelang Schlafstörungen. Zu Hause fühlen sie sich eingesperrt. Aus unerklärlichen Gründen empfinden sie nachts den Drang, draußen herumzuwandern."

„Bestimmte Kategorien von Menschen?", fragte ich.

„Zehntklässler", erklärte Mrs Whitehouse klar und deutlich.

„Immer nur Zehntklässler?", fragte ich, einen Blick mit Mallory wechselnd.

„Bisher." Mr Specter stand auf und begann, beim Sprechen auf und ab zu gehen. Das kannte ich bei ihm auch aus dem Unterricht. „Wir glauben, dass es etwas mit dem Zellwachstum in einem bestimmten Alter zu tun hat – es betrifft Sechzehnjährige plus minus ein halbes Jahr oder so."

„Und jeder einzelne von ihnen ist außergewöhnlich intelligent", erklärte Dr. Anton.

„*Außergewöhnlich* intelligent?", fragte ich. „Das glaube ich nicht."

„Ich weiß, dass ich nicht intelligent wirke", sagte Mrs Whitehouse, die rot geworden war. „Aber tatsächlich ..."

„Ich glaube nicht, dass er auf dich anspielen wollte", fiel Dr. Anton ihr ins Wort. „Oder, Mr Becker?"

„Nein, Entschuldigung, überhaupt nicht." Ich hatte nicht auf sie angespielt, aber ich begriff, warum sie sich angesprochen gefühlt hatte. „Ich hatte an mich selbst gedacht. Ich bin nicht außergewöhnlich intelligent."

„Jeder einzelne der betroffenen Jugendlichen hatte außergewöhnliche intellektuelle Fähigkeiten, du selbst eingeschlossen", erwiderte Dr. Anton. „Erinnerst du dich an die Tests, die ich dich habe machen lassen, als deine Eltern dich in meine Sprechstunde gebracht haben?"

Ja, tat ich. Ich hatte seitenweise Multiple-Choice-Tests ausgefüllt und mich dabei immer wieder gefragt, was die mit meinen Einschlafproblemen zu tun hatten. „Und?"

„Du hast ziemlich hoch abgeschnitten", antwortete Dr. Anton. „Du warst beinahe höchstbegabt. Hättest du weniger an Schlafmangel gelitten, wären deine Ergebnisse wahrscheinlich sogar noch besser gewesen."

„Und warum muss ich dann so hart arbeiten, um gute Noten zu bekommen?"

„Weil die Highschool langweilig ist", antwortete Rosie. „Meine Güte, so, wie es in der Schule zugeht, ist es ein Wunder, dass ihr Kinder überhaupt irgendwas lernt. Nichts für ungut", sagte sie dann und lächelte Mr Specter an.

„Hab ich auch nicht so aufgefasst", erwiderte er.

„Wir wissen, dass andere Jugendliche vor uns schon dasselbe Erlebnis gehabt haben", sagte Mallory. „Und dass einige von ihnen verschwunden oder gestorben sind. Warum?"

Mr Specter zog die Brille aus und wischte sie vorne an seinem Hemd ab. Es wurde merklich ruhiger im Raum, und alle schauten zu Boden. Ich fragte mich, ob das vielleicht neu für sie war, ob Mallory über ein Muster gestolpert war, das sie noch gar nicht bemerkt hatten.

„Das war Ihnen nicht bewusst?", fragte ich.

„Doch, wir wissen alle darüber Bescheid", antwortete Rosie mit bebender Stimme. „Wir haben auf diese Weise einige gute Leute verloren." Ihre Worte brachen den Bann. Die anderen hoben die Köpfe und nickten nachdenklich.

„Und warum ist es dann passiert?" Mallory stellte ihr Limonadenglas ab und sah ihnen forschend ins Gesicht. „Wohin sind all diese Kinder verschwunden? Warum sind einige von ihnen gestorben?"

„Diese Antwort gebe ich, Sam, falls es dir recht ist", sagte Dr. Anton. „Es liegt an den Associates. Es gibt eine Organisation, die sich die Associates nennt. Die beherrscht so ziemlich alles."

„Alles wo?", fragte ich.

„Alles überall", antwortete Dr. Anton. „Alles, was auf der Welt auch nur eine gewisse Bedeutung hat, wird von den Associates kontrolliert."

Sechsundzwanzigstes Kapitel

„Alles auf der Welt?", fragte Mallory. „Wie meinen Sie das? Ich habe noch nie von dieser Organisation gehört."

„*Alles* könnte eine leichte Übertreibung darstellen", bemerkte Mrs Whitehouse. „Sie betreiben ihre Geschäfte nicht wirklich in jedem Land."

„Nur in denen, die ihnen wichtig sind", fügte Mr Specter hinzu. Er saß uns gegenüber am anderen Ende der Couch. „Zum Beispiel scheinen sie sich nicht besonders um Kanada zu scheren, was wirklich ein großer Fehler von ihnen ist."

„Unterschätzt die Kanadier nicht, sage ich immer. Sie wirken so nett und höflich und entschuldigen sich ständig, aber wenn es hart auf hart kommt, sind sie Überlebenskünstler." Rosie erhob sich mit dem Krug. „Kann ich jemandem Limonade nachschenken?"

Mallory streckte ihren Becher hin. „Und was hat das alles mit uns zu tun?"

„Die Associates gibt es schon seit Ewigkeiten", berichtete Mr Specter. „Sie haben 1865 das Attentat auf Lincoln geplant. In den Zwanzigern haben sie den Kollaps des Finanzsystems angezettelt und damit die Weltwirtschaftskrise ausgelöst. Sie haben hinter jeder militärischen Aktion gestanden ..."

„Sam, das reicht", erklärte Rosie energisch. „Du jagst ihnen Angst ein." Sie setzte sich und stellte den Krug auf den Tisch. Dann wandte sie sich direkt an uns. „Kurz gesagt – die Associates schaffen gerne Probleme, weil hungrige, verzweifelte und angsterfüllte Menschen leichter zu manipulieren sind. Und den Associates geht es vor allem um Macht und Geld. Habgier. Eine uralte Geschichte."

„Wie sollte das möglich sein?", fragte Mallory. „Müsste es denn nicht bekannt sein?"

„Die meisten Leute habe keine Ahnung", antwortete Kevin Adams. „Und diejenigen, die versuchen, damit an die Öffentlichkeit zu gehen, werden entweder mundtot gemacht oder ermordet. Wer Bescheid weiß – und es gibt Hunderte von uns – muss äußerst vorsichtig vorgehen. Wir haben ein ganzes Netzwerk von Leuten, die im Verborgenen arbeiten und sich nach Kräften bemühen, den üblen Machenschaften der Associates entgegenzuwirken. Eine unserer Methoden, die Botschaft unter die Leute zu bringen, sind verschleierte Massenmedien."

„Verschleierte Massenmedien?" Ich hatte diesen Ausdruck noch nie gehört und nicht die geringste Vorstellung, was er bedeutete. Verschleiert, hieß das nicht verborgen? Wie konnte es dann ein Massenmedium sein?"

„Durch Comics!", sagte Mallory mit blitzenden Augen.

Kevin wies mit dem ausgestreckten Zeigefinger auf sie. „Bingo, junge Dame. Sie ist ein kluger Kopf", fügte er mit einem Blick auf Mr Specter hinzu. „In Comics steckt mehr Wahres, als die Leute meinen. In Filmen ebenfalls. Wir bemühen uns, die Menschen an bestimmte Ideen zu gewöhnen, damit es kein zu großer Schock für die Öffentlichkeit wird, wenn die Taten der Associates eines Tages ruchbar werden. Und wir sehen Fortschritte, seit Comic-Bücher und Graphic Novels im Mainstream angelangt sind."

„Ich glaube, wir müssen zum Hauptgrund für dieses Treffen zurückkehren", sagte Mrs Whitehouse und rieb sich das Popcorn-Salz von den Händen. „Wir müssen diese jungen Menschen vor den Anwerbern warnen."

„Ah ja, die Anwerber", übernahm Specter wieder das Wort. „Wenn die Associates erfahren, dass Sie übernatürliche Fähigkeiten besitzen, werden sie Sie rekrutieren wollen, um für sie zu arbeiten. Das müssen wir um jeden Preis verhindern."

„Dazu wird es nicht kommen", erklärte Mallory fest. „Meine Eltern würden es niemals erlauben. Sie wollen, dass die Schule für mich oberste Priorität hat."

„Ich sage Ihnen das nicht gerne, aber die Associates akzeptieren kein Nein", erwiderte Mr Specter. „Man würde Ihnen keine Wahl lassen."

„Oh."

Ich hatte inzwischen Übung darin, Mallorys Gesichtsausdruck zu deuten. All die Stunden, in denen ich sie heimlich beobachtet hatte, hatten sich ausgezahlt. Ich sah, dass sie verstand, was er gesagt hatte, und dass sie auch begriff, dass er ihr eine indirekte Antwort auf ihre Frage nach den gestorbenen oder verschwundenen Jugendlichen gegeben hatte. Sie waren die Kids, die sich den Anwerbern verweigert hatten.

„Wie würden die Associates herausfinden, dass es uns gibt?", fragte ich. „Und was können wir tun, um ihnen aus dem Weg zu gehen?"

„Verhalten Sie sich unauffällig", sagte Rosie. „Nachts draußen herumzuwandern, ist wahrscheinlich keine gute Idee, wie lecker die Spiegeleier im Diner auch immer sein mögen." Sie lächelte freundlich, und ich lächelte unwillkürlich zurück, obgleich wir über ein so ernstes Thema redeten.

„Zeigen Sie niemandem Ihre Fähigkeiten", fuhr Kevin Adams fort. „Ich weiß, dass es verführerisch ist, aber behalten Sie sie für sich. Die haben überall Augen und Ohren."

„Verhalten Sie sich in der Schule und gegenüber ihren anderen Freunden normal", fiel Mrs Whitehouse ein. „Geben Sie niemandem einen Grund, misstrauisch zu werden."

„Und vergessen Sie nicht", sagte Dr. Anton, „wir sind für Sie da. Sie stecken da nicht allein drin."

„Wir würden auch gerne mit den anderen beiden jungen Leuten reden, wenn Sie das einrichten könnten", erklärte Mr Specter. „Nadia und Jameson?"

„Woher kennen Sie ihre ...?", begann ich, wurde aber von Mallory unterbrochen.

„Das ist ausgeschlossen", antwortete sie. „Beide werden zu Hause unterrichtet, und Nadia darf ohne ein Familienmitglied nirgendwo hingehen. Und Jameson, nun, der kann manchmal ein wenig schwierig sein. Ich weiß nicht, ob ich ihn dazu bewegen kann, hierher zu kommen."

Mr Specter seufzte. „Fragen Sie ihn trotzdem. Wir können es immer noch auf einem anderen Weg versuchen, wenn die beiden nicht freiwillig kommen. Jamesons Vater spielt Golf in dem Country-Club, in dem auch Dr. Anton Mitglied ist. So können wir vielleicht eine andere Art von Begegnung arrangieren."

„Woher wissen Sie eigentlich so viel über uns?", fragte ich.

„Wir hatten eine ungefähre Vorstellung, wann die Lichtpartikel zu erwarten sein würden", antwortete Kevin Adams. „Und wir haben alle Jugendlichen in Edgewood seit Monaten beobachtet. Damit sind wir gegenüber den Associates im Vorteil. Sie schnüffeln hier immer erst im Anschluss an die Lichterscheinung herum. Bis dahin hatten wir gehofft, alle betroffenen Jugendlichen warnen zu können."

„Nachdem wir Sie nun aufgeklärt haben", sagte Mr Specter und beugte sich, die Ellbogen auf die Beine gestützt, vor, „würden wir Ihnen gerne ein Angebot unterbreiten, das Sie bestimmt sehr interessant finden werden."

„Wir hören zu", sagte ich.

„Wir hätten gerne, dass Sie beide sowie Nadia und Jameson sich unserer Gruppe anschließen", erklärte Dr. Anton.

„Wir sollen uns Ihnen fünf anschließen?" Mallorys Zeigefinger fuhr im Bogen vom einen zum anderen, als zählte sie sie ab. „Zu welchem Zweck denn?"

„Da sind nicht nur wir fünf", erwiderte Kevin Adams. „Erinnern Sie sich an meine Bemerkung, dass es Hunderte von uns gibt, die den Associates heimlich die Stirn bieten? Wir sind nur eine kleine Untergruppe einer größeren Schar, die sich Prätorianergarde nennt."

„Prätorianergarde?", fragte ich, jede Silbe einzeln betonend.

„Genau", antwortete Kevin. „So heißt unsere Organisation. Manchmal auch nur kurz P.G."

„Wie sind Sie denn darauf gekommen?", fragte Mallory.

„Der Name ,Gerechtigkeitsliga' war schon vergeben", antwortete Kevin kichernd. Keiner seiner Freunde lachte mit, daher nahm ich an, dass der Witz einen Bart hatte. „Aber jetzt mal ernsthaft. Die Prätorianergarde gibt es schon sehr lange. Bisher ist es uns noch nicht geglückt, die Associates zu besiegen, aber nicht, weil wir es nicht versucht hätten. Unsere Organisation ist geboren, als auf der ganzen Welt einzelne Gruppen bemerkten, dass wir alle einen gemeinsamen Feind bekämpfen. Wir haben uns zusammengeschlossen und unsere Kräfte gegen die Associates vereinigt." Sein Tonfall wurde ernst, und er richtete den Blick auf Mallory und mich. „Wir rufen Sie dazu auf, sich einer Organisation anzuschließen, die die Welt zu einem besseren Ort macht. Mit Ihren Fähigkeiten und unserem Know-how haben wir eine gute Chance, die Associates zu vernichten. Also, was meinen Sie?"

„Ich habe dieses Schulhalbjahr nicht viel Zeit. Was genau würden Sie denn von uns wollen?", stellte Mallory genau die Frage, die mir selber auch durch den Kopf gegangen war.

„Na ja, das hängt von Ihren Fähigkeiten ab", antwortete Dr. Anton. „Wir würden Sie einzeln testen, um festzustellen ..."

Plötzlicher Lärm oben ließ uns alle aufschrecken, und der Doktor brach mitten im Satz ab. Jemand hämmerte an der Tür, klingelte und schrie zur gleichen Zeit etwas Unverständliches. Es klang wie eine Frauenstimme, und zwar eine wütende.

„Was ist denn das?", fragte Rosie.

„Wer auch immer es ist, ich schicke ihn weg", sagte Mr Specter und stand auf. „Wahrscheinlich ein Schülerstreich." Er ging quer durch den Kellerraum, blieb vor der Treppe aber noch einmal stehen. „Keiner von Ihnen rührt sich", sagte er und deutete mit dem ausgestreckten Finger auf uns. „Alle bleiben hier unten."

Seine Schritte auf der Treppe wurden beinahe von dem Lärm an seiner Haustür übertönt. Das Klingeln, Gegen-die-Tür-Hämmern und Rufen war immer lauter geworden. Diese Frau, wer auch immer sie war, würde sich nicht so ohne weiteres abwimmeln lassen.

„Wo war ich?", fragte uns Dr. Anton und streichelte sein Bärtchen.

„Sie haben gesagt, dass Sie uns testen würden", antwortete Mallory, aber wir kamen nicht weiter. Oben geschah einfach zu viel, was uns ablenkte, insbesondere jetzt, da wir hörten, wie Mr Specter mit erhobener Stimme auf das Geschrei der Frau antwortete. Alle im Zimmer blickten erschreckt auf, als wir über uns laut polternde Schritte auf dem Dielenboden hörten. Die Frau rief etwas, und jetzt verstand ich die Worte: „Russ! Wo bist du, Russ?"

Mir blieb vor Schreck der Mund offen stehen. „Es ist meine Schwester", sagte ich zu Mallory.

Siebenundzwanzigstes Kapitel

Carly polterte mit Mr Specter auf den Fersen die Kellertreppe hinunter. Von dort hörte ich sie rufen: „Was nehmen Sie alle sich eigentlich heraus? Wenn Sie glauben, dass ich das noch einmal zulasse ..." Unten angekommen bog sie um die Ecke, und dann war sie bei uns im Zimmer. Ich stand auf, genau wie alle anderen.

„Carly?", sagte ich. „Was machst du hier?"

„Gott sei Dank, Russ." Damit kam sie auf mich zu. „Du hast dich doch auf nichts eingelassen, oder?"

„Wir unterhalten uns nur", sagte Mallory.

„Reden. Damit fängt es an", gab Carly zurück. An ihrem Tonfall erkannte ich, dass sie Anlauf für eine große Szene nahm. So was hatte ich schon öfter erlebt. „Was seid ihr nur für ein jämmerlicher Haufen", sagte sie mit vor Wut bebender Stimme zu der Gruppe. „Sechzehn Jahre sind vergangen, und noch immer treffen Sie sich hier, mampfen Popcorn und trinken Limonade. Noch immer spielen Sie die Weltenretter."

„Beruhigen Sie sich, Carly", sagte Rosie, aber sie hätte ebenso gut eine Staubfluse sein können, so wenig, wie meine Schwester sie beachtete.

Carly marschierte quer durch den Raum und stieß mit dem ausgestreckten Zeigefinger nach Dr. Anton. „Am schlimmsten enttäuscht bin ich von Ihnen. Sie sollen Kindern helfen, und stattdessen nutzen Sie sie aus. Haben Sie noch nie was von ärztlicher Schweigepflicht gehört? Hätte ich damals schon gewusst, dass meine Eltern Russ zu Ihnen geschickt haben, hätte ich dem von Anfang an einen Riegel vorgeschoben."

„Bitte, Carly", sagte Dr. Anton so beruhigend, wie ich es aus meiner Zeit als sein Patient sehr gut in Erinnerung hatte.

„Ich will kein ‚bitte Carly' hören, das kenne ich alles schon. Hüten Sie sich! Meine Familie könnte Sie verklagen, weil Sie Russ' Rechte verletzt haben, und dann würden Sie Ihre Approbation verlieren. Wie würde Ihnen denn das gefallen?"

„Regen Sie sich doch nicht so auf. Ich habe Russ' Rechte überhaupt nicht verletzt."

Carly winkte mit großer Geste ab, als wollte sie ihn beiseite fegen, und wandte sich Kevin Adams zu. „Und Sie? Tagein, tagaus Comics lesen, da haben Sie wohl nur noch Matsch in der Birne. Sie können meinetwegen den ganzen Tag lang den Superhelden spielen, aber wenn Sie da meine Familie mit reinziehen ..."

„Na, na, Moment mal", sagte er beide Hände erhebend.

„Setzen Sie sich doch bitte, Carly", sagte Mr Specter und versuchte, sie am Ellbogen zu lenken, aber sie schüttelte ihn wütend ab.

„Ich bin noch nicht fertig. Sie beide sollten sich schämen", fuhr Carly fort und sah dabei Mr Specter und Mrs Whitehouse direkt an. „Sie arbeiten an einer Highschool und nutzen Ihre Autoritätsstellung aus, um Schüler in Ihr dämliches Spiel hineinzuziehen. Wenn das nicht moralisch verwerflich ist!"

Mr Specter wirkte getroffen, antwortete aber mit ruhiger Stimme: „Ich weiß nicht, was Ihrer Meinung nach hier vor sich geht, aber ich versichere Ihnen ..."

„Heben Sie sich das nette Gerede für jemand anderen auf", fuhr Carly dazwischen. „Ich weiß, worum es Ihnen allen geht, und wie ich es sehe, sind Sie daran schuld, dass Gordon Hofstetter tot ist. Hätten Sie ihn nicht zu Ihrem Spionagespielchen ermutigt, wäre er immer noch am Leben. Ich hab schon alles gesagt. Machen Sie, was Sie wollen, aber halten Sie meine Familie da raus. Das hier hört *jetzt sofort* auf." Sie winkte mir. „Komm, Russ, wir gehen."

Ich mache normalerweise nicht alles, was Carly mir sagt, tatsächlich sogar das Gegenteil, aber als sie Gordon Hofstetters Tod erwähnte, stellte ich keine Fragen mehr. Zwei Abende zuvor waren wir mit ihm ins Krankenhaus gefahren. Ich hatte den alten Mann in den Armen gehalten und ihm gesagt, dass alles gut werden würde. Er war in einer schlechten Verfassung gewesen, aber er hatte gelebt. Und jetzt war er tot? Und diese Gruppe hier hatte irgendwas damit zu tun?

„Du kommst auch mit, Mallory", sagte Carly. „Wir gehen nicht ohne dich weg."
Mallory zögerte nur einen Augenblick, als sie aber sah, dass ich mitging, kam sie auch.
Vermutlich wollte sie nicht ohne mich dort bleiben.

Carly legte mir die Hand auf die Schulter. Was nicht ganz einfach war, da sie kleiner
ist als ich. Normalerweise hätte ich mich entzogen, aber mir schwirrte der Kopf von
allem, was wir heute Abend gehört hatten, und ich war vollkommen durcheinander.
Carly konnte der Versuchung, der Gruppe noch ein paar letzte böse Worte an den Kopf
zu werfen, nicht widerstehen. „Lassen Sie diese Kids in Ruhe, oder ich ziehe Sie zur
Rechenschaft."

Wir stapften schweigend die Treppe hinauf. Keiner der unten Versammelten versuchte,
uns zu folgen, obwohl ich halb damit gerechnet hatte. Carly führte uns zur Haustür und
sagte erst wieder etwas, als wir draußen waren. „Habt ihr alles, womit ihr gekommen
seid?"

Wir bejahten, und dann fragte ich: „Woher wusstest du, dass ich hier war?"

„Frank hat mir erzählt, wie er den Stein an Mr Specter verkauft hat. Ich bin zu euch
nach Hause gefahren, um mit dir zu reden, und Mom sagte, du seist hier. Da braucht man
keine Intelligenzbestie zu sein, um zwei und zwei zusammenzuzählen." Sie zog mich am
Ärmel. „Komm, verschwinden wir von hier."

Während wir eilig über die Zufahrt zu den am Straßenrand parkenden Autos gingen,
fragte Mallory meine Schwester: „Du hast Mr Hofstetter gekannt?"

„Ja", antwortete Carly ohne stehenzubleiben. „Ich habe ihn gekannt. Ich war in seinen
Enkel David verliebt. Der ist ebenfalls tot. Er ist vor sechzehn Jahren ums Leben gekommen, aber ich erinnere mich daran, als wäre es gestern gewesen." Ihre Stimme klang bitter.
„Angeblich soll David bei einem Verkehrsunfall gestorben sein, aber ich wusste, dass es
kein Unfall gewesen war. Gordon wusste es ebenfalls, und er hat nur darauf gewartet, dass
die Lichtpartikel erneut niederfallen. In letzter Zeit hat er herumgeschnüffelt, herumtelefoniert und Fragen gestellt. Er hat mir erzählt, er sei hinter irgendwas her, und ich habe ihn
angefleht, damit aufzuhören. Ich habe ihm gesagt, dass es gefährlich ist. Die haben ihn mit
Sicherheit einfach nur deshalb gegrillt, damit er den Mund hält. Eine Freundin von mir
arbeitet im Krankenhaus, und sie hat gesagt, als Todesursache habe man Herzversagen
eingetragen. Wieder mal ist alles vollständig vertuscht worden. Spielt wohl keine Rolle.
Letztlich haben sie eben auch ihn noch gekriegt."

„Wer?", fragte Mallory. „Wer hat ihn gekriegt?"

„Die Associates natürlich", antwortete Carly. „Haben diese Idioten euch nicht aufgeklärt?"

„Woher weißt du das alles eigentlich?", fragte ich. Es war ein warmer Abend; draußen lag eine gewisse Feuchtigkeit in der Luft, was nach dem Besuch im Keller besonders auffiel.

Carly hielt inne, um die Autoschlüssel aus ihrer Handtasche zu kramen. Als sie endlich etwas sagte, ging sie nicht auf meine Frage ein. „Der Umgang mit diesen Leuten ist gefährlich", erklärte sie und deutete mit einer Kopfbewegung auf das Haus. „Falls jemand euch hier beobachtet hat, könntet ihr ermordet werden. Glaubt mir, ich weiß Bescheid. Geht ihnen um jeden Preis aus dem Weg."

„Aber ich sehe Mr Specter doch zwangsläufig in der Schule", wandte ich ein.

„Und Mrs Whitehouse ebenso", sagte Mallory. "Zum Essen muss man nun mal in die Kantine gehen."

„Das ist etwas anderes", erwiderte Carly. „Ich meinte, sucht sie außerhalb eures Schulalltags nicht auf. Nicht so wie heute Abend." Als wir zum Rinnstein kamen, blickte sie nach links und rechts die Straße entlang und atmete erleichtert auf, als dort niemand zu sehen war. „Mallory, ich fahr dir auf deinem Heimweg nach. Fahr direkt nach Hause und geh sofort hinein. Und noch etwas ist wichtig: Benutzt niemals Handy, Telefon oder Computer, um euch über das hier auszutauschen. Das alles kann zurückverfolgt werden."

„Das haben wir uns auch schon gesagt. Wir waren vorsichtig", gab Mallory zurück und angelte einen Schlüsselbund aus ihrer Handtasche. In diesem Augenblick wurde mir klar, dass mir gerade der Rest meines Abends mit Mallory geraubt wurde. Der Ausflug zu Starbucks, den ich mir schon so schön ausgemalt hatte, würde nicht stattfinden. Anscheinend schaffte ich es einfach nicht, unsere Beziehung zu vertiefen, wie sehr ich mich auch darum bemühte. Aber vermutlich war das derzeit die geringste meiner Sorgen.

„Dann also bis morgen in der Schule", sagte ich, aber meine Worte wurden von Carly übertönt, die ihre Anweisungen wiederholte: „Fahr auf dem kürzesten Wege nach Hause und schließe die Tür hinter dir ab. Sprich mit niemandem über das, was du gehört hast."

„Sie hat dich schon beim ersten Mal verstanden." Ich lehnte mich gegen den Wagen und dachte, dass Carly mir nun wirklich einiges zu erklären hatte. „Wir sind nicht geistig zurückgeblieben."

„Das weiß ich", sagte Carly. „Steig ein."

Carly fuhr einen alten, zerbeulten Honda, den sie ein ,altes Schätzchen' nannte. Der Spritverbrauch war ziemlich günstig, und man kam gut voran, aber die Sitze waren verschlissen und das Armaturenbrett staubbedeckt. Immerhin, wenn jemand eine Musikkassette laufen lassen wollte, wäre das der richtige Wagen. Hinten im Fußraum rollten bei jeder Kurve leere Cola-light-Flaschen hin und her. Es machte mich wahnsinnig, aber Carly schien es gar nicht zu bemerken.

Mallory fuhr los, und Carly und ich folgten ihr in nur einer Wagenlänge Abstand. „Also", sagte Carly, „ich nehme an, du und Mallory, ihr wart beide in Kontakt mit den Lichtpartikeln?"

„Ja."

„Und ihr habt übernatürliche Fähigkeiten entwickelt?"

„Ja."

„Na toll", sagte sie düster. „Was für welche?"

„Mallory kann Bewusstseinskontrolle ausüben", antwortete ich. „Und ich kann anscheinend Menschen heilen."

„Tatsächlich." Carly trommelte auf dem Steuerrad herum und runzelte nachdenklich die Stirn. Sie streckte die Hand aus, um das Radio einzuschalten, überlegte es sich dann aber anders und legte die Hand wieder aufs Lenkrad.

„Außerdem kann ich Elektrizität spüren", berichtete ich. „Ich nehme wahr, wo sie herkommt und wie stark sie ist." Das war allerdings nicht alles. Ich überlegte, wie ich es am besten beschreiben sollte. „Manchmal fühlt es sich so an, als wären die Elektrizität und ich ein und dasselbe."

„Das ist etwas Neues. Gibt es noch mehr."

„Irgendwelche anderen Fähigkeiten? Nicht dass ich wüsste."

„Nein, ich meinte noch mehr Kids."

„Ach so, doch, ja. Da ist einmal Jameson. Er kann durch Geisteskraft Gegenstände bewegen. Und Nadia. Sie kann ins Innere von Menschen schauen und Ereignisse in ihrer Vergangenheit erkennen. Es ist, als könnte sie in den Kopf der Leute ..."

„Du brauchst es nicht zu erklären. Ich weiß, was es bedeutet", sagte Carly.

„Wie kommt es, dass du dich so gut auskennst?", fragte ich. „Hast du in deiner Highschool-Zeit ebenfalls die Lichter gesehen?"

„Nein", antwortete sie. „Ich nicht. Ich war in dieser Nacht zu Hause und habe geschlafen. Aber David Hofstetter, mein damaliger Freund. Der hatte schon seit Monaten kaum schlafen können. In jener Nacht war er draußen unterwegs und hat sie gesehen. Am nächsten Tag hat er mir alles erzählt. Er sagte, es sei, als hätte das Universum ihn dazu auserwählt, eine Art Wunder zu erleben." Carly schnaubte. „Ein schönes Wunder." Sie fuhr mit dumpfer Stimme fort: „In jener Nacht, in der David die Lichter gesehen hat, waren noch vier andere Jugendliche dabei. Ein paar Jahre später waren alle verschwunden. Entweder sie waren tot, oder sie hatten sich den Associates angeschlossen."

„Wissen Mom und Dad darüber Bescheid?"

Carly wandte sich mir zu, die Augenbrauen erschreckt hochgezogen. „Nein! Und du solltest bei ihnen auch den Mund halten. Erzähle. Niemandem. Davon. Reden ist ein Todesurteil. Du musst auch diese anderen Kids warnen. Mein Ratschlag? Verwendet eure Fähigkeiten nicht, schweigt euch darüber aus, macht einfach ganz normal weiter. Lebt wie ganz gewöhnliche Teenager. Dann werden die Associates irgendwann das Interesse verlieren und sich anderswo umschauen."

Ich hatte eine Menge zu verdauen. Wir fuhren schweigend weiter, ich in Gedanken vertieft, während Carly sich darauf konzentrierte, Mallorys Wagen nicht aus den Augen zu verlieren. An Stoppschildern hob Mallory immer die Hand, und ich winkte jedes Mal zurück, obgleich das ganz schön bescheuert wirkte.

„Wie kommt es, dass du über Mr Specter und seine Gruppe informiert bist?", fragte ich.

„Diese Typen." Carly spie die Worte heraus. „Ist es zu fassen, dass alle fünf in Edgewood geblieben sind und sich Jobs gesucht haben, die mit Jugendlichen zu tun haben, nur damit sie beobachten konnten, welche Kids betroffen sein würden? Sie sind nie darüber hinweggekommen, dass sie selbst einmal diejenigen mit den Superkräften waren. Das treibt sie an, und sie klammern sich daran fest."

Sie hatte meine Frage noch immer nicht beantwortet. Daher versuchte ich es mit einer anderen Formulierung. „Woher weißt du das alles?"

„Sie sind damals an David herangetreten und haben ihm denselben Deal angeboten, den sie jetzt auch euch vorschlagen wollten. Und du weißt ja, wie das für ihn ausgegangen ist." Carly seufzte. „Er war so begeistert von der Vorstellung, bald seine Kräfte mit den ihren zu vereinigen. Er wollte etwas bewirken. Die Welt retten."

„Die Rettung der Welt ist ein bewunderungswürdiges Ziel", sagte ich, bemüht, das Ganze in ein positives Licht zu rücken. „Was genau sollte er denn für sie tun?"

„Sie haben ihr Hauptquartier im Keller von Rosies Diner", berichtete Carly. „Und sie haben eine komplette Computeranlage, über die sie weltweit Informationen mit den übrigen Gruppen der Prätorianergarde austauschen. Angeblich sollte David auf eine Geheimmission gehen. Sie wollten alles arrangieren, und es war ein Riesending." Sie winkte verächtlich ab, um zu zeigen, was sie davon hielt. „Dann ist er gestorben, und ich glaube, diese fünf waren schlimmer enttäuscht, weil die Mission gestrichen werden musste, als sonst irgendwas. In Edgewood passiert ja nun nicht gerade viel. Ich denke, sie können es seit sechzehn Jahren kaum erwarten, endlich mal wieder etwas Aufregendes zu erleben."

„Ich wusste gar nicht, dass es in Rosies Diner einen Keller gibt."

„Es ist ein *geheimer* Keller." Das Wort „geheim" troff vor beißendem Sarkasmus. „Er ist mit der neuesten Technik ausgestattet, und keiner weiß von ihm."

„Keiner weiß von ihm? Aber du schon?"

„David hat mir alles erzählt. Damit hatten sie wohl nicht gerechnet."

Das zum Thema, einem Jugendlichen ein Geheimnis anvertrauen, dachte ich. Mr Specters Leuten musste der Gedanke grässlich sein, dass Carly so viel über ihre Organisation wusste.

„Wo genau ist das Mädel eigentlich zu Hause?", fragte Carly, als Mallory die Wohngegend verließ und den Weg zum Industriegebiet einschlug. Ich wusste, was sie vorhatte – sie nahm die Umgehungsstraße, die am Industriegebiet entlangführte, so dass wir am alten Bahnhof und an der Wiese vorbeikommen würden. Aus irgendeinem Grund hatte ich ebenfalls das Bedürfnis, beides zu sehen. Selbst jetzt, da keine Lichtfragmente mehr da waren, zog es uns dorthin zurück.

„In Old Edgewood", antwortete ich. „Sie fährt wohl einen Umweg."

Carly runzelte aufgebracht die Stirn. „Hat deine Freundin einen Gehirnschaden? Ich dachte, ich hätte klipp und klar gesagt, sie soll *auf dem kürzesten Weg* nach Hause fahren."

„Sie hat keinen Gehirnschaden", erwiderte ich wütend. „Falls überhaupt irgendwas, ist sie hochintelligent. Das ist doch einfach nur ein kleiner Umweg. Was soll's? Was kann denn da schon passieren?"

Die Worte waren noch kaum aus meinem Mund, da trat Mallory plötzlich auf die Bremse, um nicht mit einem Wagen zusammenzustoßen, der vor ihr auf die Straße schoss. Wir kamen ebenfalls schleudernd zum Stehen, und zwar gerade in dem Augenblick, als wir mit der Schnauze Mallorys hintere Stoßstange berührten. Carly fluchte laut und mit allen Gottlosigkeiten, die meine Mutter am meisten verabscheute (den Namen des Herrn missbrauchen), und ich stützte mich am Armaturenbrett ab, als ob das irgendwie helfen würde.

Der Wagen, der beinahe den Auffahrunfall verursacht hätte, stand nun einfach da und versperrte uns den Weg. Mallory hupte kurz, aber Carly war bei weitem nicht so höflich. Sie stemmte sich auf die Hupe und kurbelte das Fenster herunter. „Jetzt mal dalli!", schrie sie, den Kopf aus dem Fenster gestreckt.

Als ich zwei mit dunklen Anzügen bekleidete Männer erkannte, die aus ihrem Wagen stiegen und zur Fahrerseite von Mallorys Auto traten, begriff ich, dass sie nicht so bald wieder weggehen würden.

Achtundzwanzigstes Kapitel

Ich schnallte mich in rasender Eile ab und war schon halb aus der Tür, als Carly sagte: „Russ, du *bleibst* in diesem Wagen. Ich sag dir ...“ Aber mehr hörte ich nicht mehr, weil ich schon ausgestiegen war und um das Auto herumrannte, um zu Mallory zu kommen.

Adrenalin strömte durch meine Adern, und ich sprintete so schnell ich konnte. Ich hatte keine klare Vorstellung, was ich als nächstes tun würde. Beide Männer standen nun an der Fahrerseite. Irgendwie hatten sie die Tür aufbekommen; einer von ihnen versuchte, Mallory herauszuzerren. Sie wehrte sich, sagte aber kein Wort. Außer der Musik aus Mallorys Radio war nichts zu hören, und dadurch wirkte die ganze Szene irgendwie surreal, als schaute ich einen Film.

Einer der Männer hatte inzwischen Mallorys Arm fest zu packen bekommen und zog sie mit dem Kopf voran aus dem Wagen. Gleich würde sie vollständig draußen sein.

Ich sah keine Waffen oder irgendetwas dergleichen. Einfach nur zwei Männer im Anzug, von denen einer die Tür aufhielt und der andere an Mallory herumriss. Beide wirkten wie Anfang dreißig. Sie hatten etwas Gleichförmiges, als entsprächen sie einer Norm: Hochgewachsen, normal gebaut und das Haar kurz geschnitten.

„He!“, rief ich, als ich näher heran war. „Aufhören.“ Gleich darauf befand ich mich neben ihnen, aber sie beachteten mich gar nicht. „He!“, rief ich wieder.

Im Hintergrund hörte ich Carly schrill schreien, ich solle zum Auto zurückkommen. Als klar wurde, dass ich darauf nicht reagierte, änderte sie ihre Taktik. „Ich rufe jetzt die Polizei“, brüllte sie und stieg aus dem Wagen, kam aber nicht näher. „Die Cops sind in zwei Minuten da." Das war für die beiden Männer bestimmt, auf die es aber keinerlei Eindruck zu machen schien. „Zwei Minuten! Ich warne Sie."

„Lassen Sie sie los", schrie ich und stürzte mich auf Mallorys Angreifer. Ich packte ihn bei den Armen und zerrte an ihm, aber seine Muskeln waren wie aus Stahl. Verglichen mit ihm war ich ein Schwächling, aber ich konnte nicht aufgeben, denn jetzt fiel mein Blick auf Mallorys Gesicht. Sie wirkte benommen und verängstigt. Als sie mich sah, fand sie ihre Stimme wieder. „Bitte, lassen Sie mich los! Bitte." Sie so flehen zu hören, brach mir das Herz.

Der Mann, der die Tür aufhielt, stieß mich zur Seite, als wäre ich ein kleines Kind, und ich fiel rückwärts auf den Boden und hatte plötzlich den Himmel vor Augen. Der Aufprall verschlug mir den Atem. Mein Kopf krachte so heftig auf die Erde, dass mir die Sicht verschwamm – in Comics wird es so dargestellt, dass jemand Sternchen sieht, und das traf es eigentlich ganz gut. Ich stieß mich vom Asphalt hoch und kam, wie ein Betrunkener taumelnd, auf die Beine. Blinzelnd sah ich, dass der eine Mann Mallory nun ganz aus dem Wagen herausgezerrt hatte und dass sie reagierte, indem sie die Beine an den Leib zog, um sich so schwer wie möglich zu machen. Sie schrie. Keine Worte, nur das schrille Kreischen von jemandem, der vor Entsetzen außer sich ist. Der andere Kerl packte sie bei den Beinen, und sie trugen sie zusammen zu dem Wagen der beiden, dessen Kofferraumklappe offen stand, wie mir jetzt erst auffiel.

Ich stürmte nach vorn und schnitt ihnen mit meinem Körper den Weg ab. Mallory, die wild um sich trat und schlug, begegnete meinem Blick. Ich wusste, dass ich ihre letzte Hoffnung war. „Setzt sie ab", sagte ich.

Sie hielten kurz inne, und dann zog der größere der beiden, der Mann, der Mallorys Beine hielt, etwas aus seiner Anzugtasche und richtete es auf mich. Das Gerät in seiner Hand sah wie eine Spielzeugpistole aus – schwarzer Kunststoff mit gelben Streifen an den Seiten. Ein Taser. Gleich darauf durchfuhr ein heftiger Stromstoß meine Brust.

Der Schlag warf mich auf die Knie, und dann kippte ich vornüber auf den Asphalt. Ich spürte, wie die Entladung von dem Punkt, an dem ich getroffen worden war, ausstrahlte, und einen Augenblick lang meinte ich, mein Herz würde stehenbleiben. Von einem durchdringenden Schmerz krampfte sich jeder Muskel in meinem Körper zusammen. Alle meine Nervenendigungen krümmten sich vor Qual.

Mallory schrie: „Russ!"

Und dann plötzlich geschah etwas. Die elektrische Energie zwang mich gar nicht nieder. Sie dehnte sich vielmehr in meinem Körper aus, und ich drehte sie herum und übernahm die Kontrolle. Der Kerl hatte keine Ahnung, was er ausgelöst hatte. Ich *war* der Meister der Elektrizität, und er hatte mir gerade mehr davon gegeben. Und nicht nur das, er hatte mich auch noch richtig sauer gemacht.

Ich sprang auf wie ein Akrobat. Reinem Instinkt folgend, schickte ich den Stromstoß zurück, aus meinen Handflächen schoss die Elektrizität in die Brust meines Angreifers. Ich sandte ihm etwas, was wie ein Blitzstrahl aussah, und zwar mit aller Macht. Bis zu diesem Augenblick hatte ich nicht gewusst, dass ich zu so etwas imstande war, aber nachdem ich es getan hatte, fühlte es sich so an, als hätte es schon immer zu mir gehört. Der Mann fiel auf die Knie und umklammerte seine Brust. Dabei ließ er den Taser fallen, der ein oder zwei Meter von ihm wegrutschte. Und dann schrie er, ein wahrhaft grauenhafter Schrei, der von den Gebäuden der Industriezone zurückhallte. Außer uns war keiner da, der ihn hätte hören können.

Der zweite Kerl ließ Mallory los, und sie fiel zu Boden. „Tim?", fragte er. Als er sah, dass sein Partner sich vor Schmerzen wand, lenkte er seine Aufmerksamkeit auf mich. Mit wutverzerrter Miene trat er einen Schritt auf mich zu. Er zog etwas aus seiner Anzugtasche; ich wartete gar nicht ab, was es war, sondern schleuderte einen weiteren Blitzstrahl gegen ihn. Diesmal allerdings einen leichteren. Ich merkte, dass ich die Energie, die meine Hände losschickten, dosieren konnte, wie man mit dem Daumen den Wasserstrahl eindämmt, der aus einem Gartenschlauch fließt.

Der Getroffene taumelte, mit den Armen um sich schlagend, zurück und fiel dann auf die Knie. Die Pistole, die er aus seiner Tasche gezogen hatte, fiel klappernd zu Boden. Wie sein Partner brach er, sich krümmend und vor Entsetzen schreiend, auf der Straße zusammen.

Mallory, die sich aufgerappelt hatte, trat einen Schritt zurück, als könnten die beiden sich ganz plötzlich erholen und sie erneut packen. Sie sah mich mit aufgerissenen Augen an. „Wie hast du das gemacht?", fragte sie.

Carly stürzte zu uns und sperrte verblüfft den Mund auf, als sie die beiden Männer sah, die sich auf der Straße vor Schmerzen wanden. „Oh Mann", sagte sie nach einem Augenblick. „Das ist etwas, was ich wirklich sehr lange nicht mehr gesehen habe."

Ich betrachtete meine Handflächen und erwartete, eine Veränderung zu sehen, aber meine Hände waren genau wie immer. Die Haut war unversehrt, nicht gerötet oder versengt oder irgendwie anders als früher.

„Was genau ist passiert?", fragte Mallory.

„Russ hat gerade Lichtblitze aus seinen Händen geschleudert und zwei der Associates mit einem Stromstoß außer Gefecht gesetzt."

Mallory blieb vor Erstaunen der Mund offen stehen. „Wie denn das?" Die Frage war an mich gerichtet, aber meine Schwester beantwortete sie statt meiner.

„Sein Körper erzeugt Elektrizität, und die verschießt er mit seinen Händen. Ich habe das schon einmal gesehen. David konnte es auch. Genau deswegen wollten die Associates ihn unbedingt haben."

Ich betrachtete die Männer, die sich vor Schmerzen auf dem Boden wanden. Sie waren halb betäubt, und ich war auf eine andere Weise ebenfalls benommen. Ich hatte die Blitzstrahle in einem Reflex losgeschleudert, weil ich verhindern wollte, dass Mallory entführt wurde, und es hatte funktioniert. Aber als ich nun sah, welche Schmerzen ich diesen Männern zugefügt hatte, fühlte ich mich im Nachhinein schrecklich. Das hier war kein Comic. Sie waren echte Menschen – erwachsene Männer mit Müttern und Vätern und vielleicht auch Frauen und Kindern.

Mein ganzes Leben lang war ich nie auf Streit aus gewesen. Das war einfach nicht meine Art. Und das hier? Das passte so gar nicht zu dem Menschen, der ich war. Oder der ich jedenfalls gewesen war.

Während ich die stöhnenden Männer benommen anstarrte, diskutierten Mallory und Carly, was als nächstes zu tun war. Die noch immer zitternde Mallory schlug vor, wir sollten mit unseren Autos zurücksetzen und die Männer dort liegen lassen. Wir könnten dann auf einem anderen Weg nach Hause fahren. „Auf der Umgehungsstraße zurück, und danach die Hauptstraßen nehmen", sagte sie. Carly pflichtete ihr bei und fügte hinzu, wir sollten anonym den Notruf alarmieren, damit der einen Krankenwagen schickte. Sie überlegten, ob wir den Taser und die Pistole mitnehmen sollten, und entschieden sich dagegen.

Ich hörte ihnen zu und wusste, dass ihr Plan nicht hinhaute. Man lässt nicht einfach irgendwelche Verletzten liegen, selbst wenn sie Feinde sind. Und in ihrer gegenwärtigen Verfassung konnten diese Leute reden. Danach wären wir nie wieder sicher. Auf irgenddeine Weise würden die Associates zurückkommen und versuchen, uns erneut in die

Finger kriegen. Insbesondere jetzt, da sie wussten, wozu ich imstande war. Nein, wir mussten das hier zu Ende bringen.

Carly hatte ihr Handy herausgeholt und wollte gerade den Notruf wählen, als ich sagte: „Lass das. Wir ändern den Plan. Wir machen das so, wie ich es jetzt vorschlage."

Ich dachte, Carly würde meinen Einwand einfach beiseite wischen, wie sie es beinahe mein ganzes Leben lang getan hatte, aber der Anblick, wie ich aus meinen Händen Elektrizität verschoss, hatte ihr anscheinend plötzlich Respekt vor dem guten, alten Russ eingeflößt. „Was schwebt dir denn vor?", fragte sie.

„Ich möchte etwas ausprobieren", erklärte ich. „Wenn wir sowohl Mallorys als auch meine Fähigkeiten einsetzen, dürfte sich dieses ganze Problem in Wohlgefallen auflösen."

Neunundzwanzigstes Kapitel

Nachdem ich meinen Vorschlag erklärt hatte, blickten Mallory und Carly beeindruckt drein. „Das könnte tatsächlich funktionieren", sagte Carly.

„Aber ich würde sie anfassen müssen", sagte Mallory und schaute ängstlich auf die Männer hinunter. Sie waren jetzt stiller geworden und stöhnten leiser, aber ihr Körper wurde noch immer vom Schmerz geschüttelt. „Ich möchte sie eigentlich lieber nicht berühren."

„Deswegen brauchst du dir keine Sorgen zu machen", sagte ich. „Ich lasse nicht zu, dass sie dir etwas tun. Falls sie noch einmal irgendwas probieren, bin ich bereit." Ich ballte die Hände zu Fäusten, überzeugt, dass ich notfalls wieder eine elektrische Ladung losschleudern könnte. Es war ein beruhigender Gedanke. Jetzt wusste ich, wie Gewichtheber sich fühlten, wenn sie ihre Muskeln spielen ließen: Für Herausforderungen bereit, fähig und stark. Mächtig. Kein Wunder, dass sie so selbstbewusst auftraten.

„Wenn ihr das machen wollt, solltet ihr es schnell erledigen." Carly blickte nervös die Straße hinunter. „Bevor irgendjemand hier vorbeikommt, und wir erklären müssen, was passiert ist."

„Bist du bereit?", fragte ich Mallory. Sie sah immer noch besorgt drein, nickte aber. „Wir können das schaffen", sagte ich. „Gemeinsam."

Wir beugten uns über den ersten Mann, den Kerl, der mir den Stromstoß mit dem Taser verpasst hatte, und wälzten ihn auf den Rücken. Ich kniete mich hin, legte ihm die Hände auf die Brust und versuchte, mich zu erinnern, wie ich es angestellt hatte, den Schnitt in Mallorys Finger zu heilen. Ich wusste, dass ich eine bestimmte innere Haltung eingenommen hatte, dass da ein Gefühl gewesen war, das ich aus meiner Hand in die ihre hatte strömen lassen wollen. Positive, liebevolle Energie. Bei Mallory war das kein Problem gewesen, aber bei diesem Kerl? Schon eher. Vielleicht war es sogar unmöglich, aber ich musste es versuchen.

Ich presste die Hände auf ihn und konzentrierte alle meine Gedanken und meine ganze Energie auf den Kontakt. Wir waren zwei getrennte Menschen, die nun durch Haut und Knochen, Blut und Energie miteinander verbunden waren. Insbesondere durch Energie. So, wie zuvor bei Mallory, summte und vibrierte meine Energie genau an der Stelle, an der ich ihn berührte, und verteilte sich in seinem Körper, bis ich spürte, wie seine Zellen sich allmählich von der Verletzung erholten, die ich ihnen zugefügt hatte. Das Gesicht des Mannes entspannte sich in dem Maße, wie ich ihn von seinen Schmerzen heilte. Ich deutete mit dem Kinn auf Mallory zum Zeichen, dass nun sie an der Reihe war. Carly ließ uns nicht aus den Augen und hielt noch immer ihr Handy in der Hand, um sofort die 991 anzurufen, falls die ganze Sache nach hinten losging.

Mallory legte dem Mann widerstrebend die Hände neben meinen auf die Brust. Seine Augenlider öffneten sich bei der Berührung zitternd, was sie nervös zu machen schien.

„Nur zu", sagte ich. „Hab keine Angst." Sie schluckte und begann genau in dem Augenblick, in dem er zum Bewusstsein erwachte. Irgendwie gelang es Mallory und mir, perfekt aufeinander abgestimmt zu agieren. Es kam mir ein bisschen vor wie eine Herz-Lungen-Wiederbelebung im Team, nur dass wir in diesem Fall heilten und eine falsche Erinnerung einpflanzten und nicht das Leben retteten.

Mallory beugte sich vor und sprach den Erwachenden direkt an: „Hör mir gut zu. Dies hier ist die Wahrheit. Du und dein Partner, ihr habt alle Jugendlichen in Edgewood genau unter die Lupe genommen und festgestellt, dass keiner von ihnen mit den Lichtpartikeln auf der Wiese in Kontakt gekommen ist. Ihr habt nichts Ungewöhnliches wahrgenommen. Ihr seid zu der festen Überzeugung gelangt, dass bei keinem der Jugendlichen in der Stadt eine Wirkung der Lichtpartikel anzutreffen ist."

Der andere Mann, der ein kleines Stück entfernt lag, hob den Kopf und sagte: „Hör nicht auf sie, Tim. Sei stark." Er versuchte, sich aufzusetzen, schaffte es aber nicht.

Carly stieß ihn mit dem Fuß an. „Kümmern Sie sich um Ihren eigenen Kram."

„Vergiss das andere nicht", sagte ich zu Mallory. Ich spürte, wie meine Hände beim Aussenden der heilenden Energie wärmer wurden. Vor meinem inneren Auge sah ich den

Schaden, den ich dem Mann zugefügt hatte, und spürte auch, wie sein Körper sich mit Hilfe meiner Energie selbst regenerierte.

„Ah, natürlich." Mallory rückte näher. „Was auch immer man dir sagt, du bleibst fest bei deiner Überzeugung, dass in Edgewood nichts Wichtiges vorgefallen ist. Die Person, auf die deine Kollegen am Donnerstag Jagd gemacht haben, war einfach nur ein zufälliger nächtlicher Spaziergänger. Er hat nichts beobachtet."

„Gut." Ich warf ihr einen anerkennenden Blick zu.

Dann fügte sie von sich aus hinzu: „Wiederhole, was ich dir gerade gesagt habe."

Der andere Mann stöhnte und rief: „Nein, Tim, nein." Wir beachteten ihn nicht.

Tim sagte: „In Edgewood ist nichts irgendwie Bemerkenswertes vorgefallen. Kein Jugendlicher ist mit den Lichtpartikeln in Berührung gekommen. Wir haben keinerlei Hinweise auf irgendetwas Ungewöhnliches gefunden. Der Mann, der Donnerstagnacht an der Wiese vorbeigekommen ist, war einfach nur ein Spaziergänger und ist belanglos."

„Perfekt", sagte Mallory. „Bist du dir sicher?"

„Ja."

„Wie sicher?", fragte sie.

„Ich würde meinen Kopf darauf verwetten."

Mein Anteil an der Sache war erledigt. Wie an dem Abend, an dem ich den Schnitt in Mallorys Finger geheilt hatte, fühlte der Prozess sich abgeschlossen an. Ich hob die Hände. „Fertig", sagte ich.

Mallory drückte dem Kerl weiter die Hände auf die Brust. „Ich möchte, dass du jetzt aufstehst und dich neben das Auto stellst. Wenn dein Partner zum Wagen kommt, sollt ihr beide einsteigen und wegfahren. Falls du dich erinnerst, dass ihr gehalten habt, fällt dir ein, dass einer von euch mal zum Pinkeln raus musste. Solltet ihr euch morgen krank fühlen, wirst du annehmen, dass ihr einen Grippevirus eingefangen habt. Verlasst Edgewood so schnell wie möglich. Verstehst du mich, Tim?"

„Ja, ich verstehe." Und dann stand er einfach auf, klopfte sich den Staub vom Anzug und ging zu seinem Wagen. Er war ein menschlicher Roboter, und Mallory hatte ihn programmiert.

Wir beobachteten ihn, bis Carly sagte: „Los, los. Beeilt euch!"

Wir hockten uns bei dem anderen Mann nieder und legten auch ihm die Hände auf die Brust. Da ich ihm keinen ganz so heftigen Stromstoß versetzt hatte, war sein Bewusstsein nicht so stark getrübt, und er hatte weniger Schmerzen als der andere Kerl. „Ich höre nicht zu", sagte er mit leiser Stimme, als Mallory mit ihrer Rede begann, aber nach wenigen Minuten stimmte er ebenfalls allem zu, was sie sagte. Ich konzentrierte mich darauf, Heilenergie durch meine Hände zu senden, während sie ihm unsere Version der Realität einschärfte, einschließlich der Pinkelpause und der Grippe, die sie sich vielleicht am nächsten Tag einfangen würden. „Hast du alles verstanden?", fragte sie.

„Ja, ich habe alles verstanden", antwortete er.

„Wiederhole es."

Und das tat er. Ich blickte zu Carly auf, als wollte ich sagen: *Ist das nicht unglaublich?* Aber sie wirkte weniger beeindruckt als ich, wahrscheinlich, weil sie sechzehn Jahre Zeit gehabt hatte, sich an die Vorstellung von Teenagern mit Superkräften zu gewöhnen.

„Noch etwas", sagte Mallory. „Ich muss wissen, wer der oberste Chef in eurer Organisation ist. Ich möchte seinen Namen hören."

Ich warf ihr einen anerkennenden Blick zu. Sie war wirklich ein Genie.

„Das kann ich nicht sagen", antwortete er.

„Du musst aber." Ihre Stimme war fest.

„Nein", erwiderte er. „Ich weiß es nicht."

„Du weißt nicht, wer der Chef ist?", fragte ich. „Oder du willst es uns nicht sagen?" Mallory und ich wechselten einen verblüfften Blick. Warum funktionierte die Bewusstseinskontrolle hier nicht?

Der Mann erwiderte nichts. Anscheinend konnte nur Mallory Fragen stellen, die auch beantwortet wurden. Sie wiederholte, was ich gesagt hatte. „Du weißt nicht, wer der Chef ist?"

„Das weiß keiner, außer denen ganz oben." Er redete wie jemand, der im Halbschlaf spricht. „Wir nennen ihn den Kommandanten."

„Und wem bist du dann unterstellt?", fragte Mallory.

„Meinem Divisionsführer – Miller."

„Wie lautet sein kompletter Name?"

„Einfach nur Miller. Mehr weiß ich nicht."

Einfach nur ein Nachname, und dann auch noch ein ziemlicher Allerweltsname. Mallory begegnete meinem Blick und zuckte mit den Schultern. „Na gut", sagte sie und wiederholte dann den Rest der Geschichte. Da sie noch einmal ausdrücklich betonte, dass er und sein Partner sich am nächsten Tag vielleicht krank fühlen würden, ging sie wohl davon aus, dass die Bewusstseinskontrolle einen ziemlichen Kater hinterlassen würde. „Hast du verstanden?", fragte sie.

„Ja."

„Gut. Dann steh jetzt auf und geh zu deinem Freund." Mallory sprach ganz freundlich, als erteilte sie einem Sechsjährigen einen Auftrag.

„Beeilt euch, beeilt euch", mahnte Carly. „Das dauert einfach zu lange."

Der Mann beeilte sich aber nicht, sondern ging mit gleichmäßigen Schritten davon. Wir setzten uns in unsere beiden Autos und beobachteten, wie die Männer in ihren Wagen einstiegen, sich anschnallten und losfuhren.

„Meinst du, es haut hin?", fragte ich Carly.

„Da bin ich genauso schlau wie du", antwortete sie. „Es schien zu funktionieren."

Wir folgten Mallory den Rest des Weges schweigend nach Hause, nicht einmal das Radio hatten wir eingeschaltet. Nachdem Mallorys Wagen sicher in der Garage stand, fuhr Carly mich heim. „Kommst du mit rein?", fragte ich, als wir in unsere Zufahrt einbogen.

„Nein, ich muss", antwortete sie. „Frank ist bei einer Nachbarin. Ich hatte ihm gesagt, dass ich nur kurz weg bin, und ich lass ihn nicht gerne warten."

„Okay." Vielleicht war sie ja doch eine bessere Mutter, als ich geglaubt hatte. Ich wollte gerade aussteigen, doch dann fiel mir noch etwas ein. „Carly?"

„Ja?"

„Danke, dass du gekommen bist und nach mir geschaut hast."

„Dafür brauchst du dich nicht zu bedanken. Du weißt doch, dass ich dich lieb habe, oder, Russ?"

Der letzte Satz überraschte mich, vor allem, weil wir eine Familie waren, in der man so was eigentlich nicht sagte. Mein Dad erklärte immer, wir Beckers seien von stolzem deutschem Schlag. Wir waren harte Arbeiter, pünktlich und zuverlässig. Wir würden alles füreinander tun, aber wir waren keine Leute, die einander umarmten oder abküssten oder große Worte machten. Obwohl das vielleicht ja besser wäre.

„Ja, das weiß ich", antwortete ich. Ich merkte, dass mir bis zu diesem Augenblick eigentlich gar nicht recht klar gewesen war, wie sie zu mir stand. Carly war in meinem Leben immer nur eine Randfigur gewesen. Immer da, aber nie richtig. Sie kam und ging, sie stand abseits. Wir hatten dieselben Eltern, aber sie kam mir eher wie eine junge Tante oder eine viel ältere Kusine vor, nicht wie eine Schwester. „Aber trotzdem danke, dass du es gesagt hast."

„Gern geschehen." Und dann musste sie, typisch Carly, noch ein paar Brocken Jugendslang einwerfen, nur um mir zu zeigen, dass sie up to date war. „Ich pass auf dich auf, hundert Pro, Alter. So tick ich halt."

Ich brachte es nicht über mich, ihr zu sagen, dass ich niemanden in meinem Alter kannte, der so redete, außer ironisch.

Dreißigstes Kapitel

Ich schlüpfte an meinen Eltern vorbei ins Haus. Sie saßen wie üblich vor dem Fernseher, auch wenn sie nicht hinzuschauen schienen. Mom blätterte in einer Zeitschrift, und Dad hatte den Kopf nach hinten gelegt und die Augen geschlossen. Ich wusste, sollte ich später die Sprache darauf bringen, würde er sagen, er habe geruht. Er gab nie zu, dass er im Fernsehsessel einschlief. Im Vorbeigehen sagte ich: „Ich bin wieder da, gute Nacht", und ging nach oben, bevor meine Mutter irgendwelche Fragen stellen konnte und ich ihr etwas über das vorgeschobene naturwissenschaftliche Experiment bei Mr Specter vorlügen müsste.

Ich hatte mich gerade auf mein Bett fallen lassen und meinen Laptop eingeschaltet, als ich Moms schwere Schritte auf der Treppe hörte. Ich stöhnte innerlich auf. Sie kam nie hoch, es sei denn, sie wollte mir den Kopf waschen oder aber sich unter vier Augen mit mir unterhalten. Meines Wissens hatte ich nichts ausgefressen – meine Schulnoten waren gut, häusliche Pflichten erledigte ich wie ein braver Sohn, und die Schweinerei in meinem Badezimmer hatte ich aufgewischt und die blutigen Kleider weggeworfen. Nein, Vorwürfe würde sie mir nicht machen. Also wollte sie wohl vertraulich mit mir reden. Nicht gerade das, was ich im Augenblick brauchte.

Sie kam so langsam die Treppe hoch, dass es mir beim Zuhören wehtat. Sie stützte sich immer gerne aufs Geländer, und ich hörte, wie sie sich Stufe für Stufe am Handlauf hochzog. Als sie die Tür aufmachte, war ich nicht überrascht, spielte aber mit und tat erstaunt. „Hallo, Mom", sagte ich. „Was ist denn?"

„Du bist so schnell vorbeigerannt, dass ich gar keine Zeit hatte, mit dir zu reden", sagte sie. Oh nein. Ich hatte recht gehabt. Sie wollte ein Gespräch mit mir.

„Worum geht es denn?"

„Darf ich mich setzen?", fragte sie auf meinen Schreibtischstuhl deutend.

Das konnte ich ihr kaum verwehren, schließlich gehörte ihr ja das Haus. „Ja, klar."

Sie setzte sich und sah mich aufmerksam an. „Ich mache mir Sorgen um Carly."

Uff. Es ging gar nicht um mich. Ich überlegte sorgfältig, was ich erwidern sollte. Wenn ich irgendwas über den Umgang mit Eltern gelernt habe, dann, dass man sich eine Menge Ärger einhandeln kann, wenn man zu viel redet, und so habe ich die Regel, so wenig wie möglich zu sagen. „Ich habe Carly gerade gesehen. Sie hat bei Mr Specter vorbeigeschaut, um mir eine Mitfahrgelegenheit nach Hause anzubieten, und da hatte ich den Eindruck, dass mit ihr alles in Ordnung ist." Mom sah nicht überzeugt aus, und so fügte ich hinzu: „Ich glaube nicht, dass du dir um sie Sorgen machen musst."

„Während du weg warst, ist sie hier hereingestürmt und total ausgerast, als ich ihr sagte, dass du bei Mr Specter bist. Sie hat Dad und mir vorgeworfen, dass wir schreckliche Eltern sind und über wichtige Dinge einfach nicht richtig nachdenken." Ihr Blick war traurig, und zwischen ihre Augen trat eine senkrechte Falte.

Es wurde Zeit, den Schaden zu begrenzen. „Ich hab keine Ahnung, wovon sie redet", sagte ich. „Ihr seid überhaupt nicht schrecklich. Ich finde euch super. Ich könnte mir keine besseren Eltern wünschen."

Mom sah erleichtert aus. „Ich bin froh, dass du das sagst. Carly fand es anscheinend verdächtig, dass Mr Specter einen Schüler zu sich nach Hause einlädt. Ehrlich gesagt, habe ich mir überhaupt keine Gedanken darüber gemacht, aber nachdem sie das gesagt hatte, fand ich es auch ungewöhnlich. Mr Specter, er hat dich doch nicht gebeten, irgendwas zu tun, was dir unangenehm war?"

„Was meinst du damit?"

„Na ja, wo man jetzt so viel davon hört, dass Erwachsene Kinder ..."

„Meine Güte, Mom, das ist doch krank. Denkst du wirklich, jemand könnte irgendwas in der Art mit mir anstellen? Ich bin doch nicht mehr sechs."

Sie sah erleichtert aus. Mission erfüllt. „Natürlich nicht. Das hatte ich mir ja auch gedacht. Aber so, wie Carly es dargestellt hat, klang es plötzlich so bedrohlich."

„Mr Specter ist ein netter Kerl. Für einen Lehrer ein bisschen unkonventionell, aber anständig."

„Das höre ich gerne." Sie faltete ihre Hände im Schoß. „Carly wirkte auch noch wegen etwas anderem außer sich. Hat sie vielleicht einen Mr Hofstetter erwähnt, der vor kurzem gestorben ist?"

„Ja, hat sie. Ein sehr alter Mann, oder?"

Mom nickte. „Du hast ihn wahrscheinlich mal in der Stadt gesehen. Ein netter Mensch. Er lebte schon viele Jahre ganz allein."

„Carly hat gesagt, sie hätte seinen Enkelsohn gekannt."

„Sie hat dir von David erzählt?" Mom wirkte überrascht.

„Nur seinen Namen, und dass sie ihn von der Highschool kannte. Sie sagte, er sei bei einem Verkehrsunfall ums Leben gekommen." Ich überlegte, ob ich berichten sollte, dass ich von ihrer damaligen Beziehung mit David wusste, erinnerte mich dann aber an meine Philosophie, immer so wenig wie möglich zu sagen, und ließ es sein.

„Und mehr hat sie nicht erzählt?"

„Nein. Gäbe es denn noch etwas?"

„Überhaupt nicht, das war nur so eine Frage." Sie senkte den Kopf, als würde sie nachdenken, und ihr Schweigen schien sich endlos auszudehnen.

„Ich würde mir wegen Carly keine Sorgen machen", sagte ich schließlich. „Wahrscheinlich hatte sie nur wieder eine ihrer Launen. Du weißt ja, wie sie manchmal ist."

„Ja, sicher." Mom schlug mit den Händen auf die Armlehnen meines Schreibtischstuhls und stand dann auf. „Na gut. Schön, dass wir miteinander geredet haben."

„Finde ich auch, Mom. Schau jederzeit bei mir rein. Es ist mir immer ein Vergnügen."

„Kleiner Klugscheißer", sagte Mom, aber ich sah, dass sie schmunzelte. In der Tür blieb sie noch einmal stehen. „Noch etwas. Dad und ich gehen morgen Abend zur Beerdigung von Mr Hofstetter, und wir hätten gerne, dass du mitkommst."

„Wieso denn?"

„Hast du schon was anderes vor?"

„Na ja, nein ..." Merkte sie denn nicht, wie merkwürdig das war? Warum bat sie mich, zur Beerdigung von jemandem zu gehen, den ich gar nicht kannte?

„Ich wäre dir wirklich dankbar." Sie stand in der Tür, als hätte sie die ganze Nacht Zeit und würde erst gehen, wenn ich eingewilligt hatte. „Bitte, Russ. Der arme Mann hat fast keine Angehörigen."

War das etwa mein Problem? Aber ihr Gesichtsausdruck brachte mich zum Einlenken. „Na gut", sagte ich. „Wenn es euch wichtig ist, komme ich natürlich mit."

„Carly geht auch hin."

„Und Frank?"

„Nein, Frank nicht", antwortete Mom. „Was sollte er denn da?"

Wichtiger noch, was sollte irgendeiner von uns da? Aber ich hakte nicht mehr nach. „Weiß ich auch nicht. Ich hab einfach nur gefragt. Vergiss es."

„Gute Nacht, mein Junge", sagte sie. „Ich hab dich lieb."

Während sie die Treppe hinuntertappte, dachte ich darüber nach, dass mir an diesem Abend nun schon zum zweiten Mal ein Familienmitglied gesagt hatte, dass es mich lieb hatte. Plötzlich empfanden meine Leute das Bedürfnis, mir mitzuteilen, wie sehr sie mich schätzten. Sehr eigenartig.

Das Gespräch über Gordon Hofstetter rief mir das Medaillon in Erinnerung, das er mir gegeben hatte. Ich stand auf, zog es unter meiner Tastatur hervor und wickelte es aus, um es mir genauer anzuschauen. Ich schaltete die Schreibtischlampe ein. Wäre mein Dad da, würde er jetzt irgendwas Abgedroschenes sagen, so was wie: „Es wird Zeit, ein wenig Licht ins Dunkel zu bringen." Und dann gluckste er immer, als wäre das total witzig. Meine Eltern waren ganz schön leicht zum Lachen zu bringen. Aber jetzt, da das Licht an war, konnte ich mehr sehen. Das Medaillon sah alt aus, ungefähr wie eine Münze aus der Zeit des Bürgerkriegs. Die hineingravierte Spirale musste wohl in Beziehung zu dem Muster stehen, das die Lichtfragmente auf der Wiese gebildet hatten. Mr Specters Gruppe hatte uns berichtet, dass die Lichterscheinung sich auch schon in anderen Teilen der Welt ereignet hatte, und zwar im Laufe der Zeit schon oft. Vielleicht hatte dieses Medaillon eine historische Bedeutung und stammte aus einer anderen Ära. Ich war in Versuchung, im Internet nach einem vergleichbaren Medaillon zu fahnden, aber das war, wie ich wusste, eine schlechte Idee.

Das Papier, in das es eingewickelt war, konnte ich weniger gut beurteilen. Das, was darauf gekritzelt stand, war sehr blass und kaum zu erkennen. Jemand hatte den größten Teil des Blattes mit einigen geometrischen Figuren bedeckt, und an einem der Ränder stand eine Folge von Ziffern, in denen ich keine Bedeutung erkannte. Vielleicht eine Art von Code? Aber andererseits mochte das hier auch einfach nur irgendein gebrauchtes Blatt sein, das Gordon Hofstetter benutzt hatte, um das Medaillon einzuwickeln.

Als wir vor dem Krankenhaus im Auto saßen, hatte er gesagt, jemand (sein Sohn?) werde gefangen gehalten, aber der arme Kerl hatte verwirrt gewirkt, wahrscheinlich, weil er gerade mit Stromstößen gefoltert worden war. Es konnte gut sein, dass ihm einfach irgendein Film oder eine Fernseh-Show in den Sinn gekommen war. Außerdem hatte er gesagt, ich solle das Medaillon und das Papier immer bei mir tragen. Er selbst bewahrte das kleine Bündel in einer Geheimtasche auf, hielt es also offensichtlich für wertvoll. Ich holte meine Brieftasche heraus und schob das Päckchen in das Fach mit der Klarsichtabdeckung, in dem die meisten Leute ihren Führerschein aufbewahren. Es war ein ziemlich sicherer Ort; ich hatte meine Brieftasche fast immer bei mir, und außer mir schaute nie jemand dort hinein.

Vor dem Zubettgehen las ich noch ein paar Kapitel in meinem Psychologie-Lehrbuch. Früher hatte ich Psychologie immer für mein interessantestes Fach gehalten, aber jetzt, da ich die Fähigkeit besaß, Menschen mit Stromstößen außer Gefecht zu setzen und Verletzungen zu heilen, kam mir das wissenschaftliche Studium des menschlichen Geistes und Verhaltens ganz schön nüchtern vor. Das Lesen machte mich aber müde, und darum ging es mir. Nachdem ich mich fürs Bett fertiggemacht hatte, schaltete ich das Licht aus und schlüpfte schläfrig unter die Bettdecke. Ich dachte an all die Nächte der Schlaflosigkeit zurück. Sie waren offensichtlich eine Vorbereitung für die Nacht gewesen, in der ich wach sein musste, um die Lichtpartikel vom Himmel fallen zu sehen. Ich war von der Wiese wie magnetisch angezogen worden. Es war mein Schicksal gewesen, in dieser Nacht, die alles veränderte, dort zu sein.

Ich dachte über Dr. Anton und die Tatsache nach, dass er Kinderpsychiater mit dem Spezialgebiet Schlafstörungen war. Er hatte sich absichtlich ein Arbeitsgebiet gesucht, das ihm helfen würde, nächtliche Wanderer wie mich ausfindig zu machen. Und Kevin Adams mit seinem Laden, der speziell eine jugendliche Kundschaft anzog. Wahrscheinlich wartete er darauf, dass Kids ihn um Comic-Bücher mit kosmischen Ereignissen baten. Dann waren da noch Mr Specter und Mrs Whitehouse in der Schule – sie beobachteten die Zehntklässler auf Anzeichen, die auf Kontakt mit den Lichtpartikeln hinwiesen – und Rosie, die die ganze Nacht geöffnet hatte, damit ihr Diner die Schlaflosen anlocken konnte.

Durfte man ihnen trauen? Carly glaubte es nicht, aber ich konnte Menschen recht gut beurteilen und hatte das Gefühl, dass sie in Ordnung waren. Eine Handvoll Erwachsene, die Weltretter spielten? Ja, sicher. Aber es stand eine gute Absicht dahinter, dachte ich.

Ich schlief beinahe schon, als ich es hörte. Eine weibliche Stimme, die wie eine schimmernde Welle durch mein Bewusstsein zog. *Russ?*

Wäre es eine richtige Stimme gewesen, die laut mit mir sprach, hätte ich mich aufgesetzt und meine Nachttischlampe eingeschaltet, aber es war keine echte Stimme. Es war ein Gedanke, eine Erinnerung, ein Fantasiegespinst.

Russ? Kannst du mich hören?

Ich sah zur Decke hinauf, die durch das Licht meines Radioweckers ganz leicht erhellt war, und fragte mich, ob ich gerade den Verstand verlor.

Ich bin es, Nadia.

„Nadia?"

Sie lachte, und das erinnert mich an Tinkerbell in einer Aufführung von *Peter Pan*, in die meine Mutter mich geschleppt hatte, als ich noch klein war. Das entzückte Lachen von jemandem, der stolz auf eine tolle Leistung ist. Wieder hörte ich ihre Stimme: *Ich habe gerade erst herausgefunden, dass ich das kann!*

Ich lächelte. „Wie denn?"

Ich lag im Bett und wünschte mir, ich müsste nicht immer eingesperrt zu Hause hocken, und eh ich mich's versah, stieg ich plötzlich aus meinem Bett auf, schwebte über das Haus davon und kam hierher. Es war, als könnte ich fliegen, Russ! Ich finde es unfassbar, dass ich zu dem hier imstande bin. Ich bin frei!

„Liegt dein Körper dann immer noch bei dir zu Hause und schläft?"

Keine Ahnung. Ich nehme es an.

Ihre körperliche Hülle zu Hause schien ihr keine Sorgen zu bereiten. Was, wenn dort irgendetwas passierte und sie nicht zurückkehren könnte? „Macht es dir denn keine Angst, dass du nicht mehr in deinem Körper steckst? Was, wenn das gefährlich ist?"

Ich fühle mich noch immer mit meinem Körper verbunden, als wäre da eine Art Sicherheitsleine. Ich weiß, dass ich jederzeit zurückkehren kann.

„Du bist also überhaupt nicht beunruhigt?"

Ich spürte bei ihr das Äquivalent eines Schulterzuckens, und dann sagte sie: *Nein, bin ich nicht. Ich bin außer mir vor Glück, als hätte jemand die Tür meines Käfigs geöffnet.*

Ich versuchte es erneut: „Aber hast du nicht das Gefühl, dass es verwirrend, überwältigend und beängstigend ist, all diese Fähigkeiten zu bekommen?"

Nein, ich bin begeistert. Absolut begeistert. Jetzt kann ich die Hölle ertragen, die mein Leben ist.

„Na ja, aber sei vorsichtig."

Du musst nicht laut reden. Ich kann deine Gedanken lesen.

Okay. Sei vorsichtig.

Was könnte denn schiefgehen? Als nächstes besuche ich Mallory. In ihrer Stimme schwang etwas mit, was ihr in der echten Welt fehlte. Freude. Sie klang glücklich.

Okay.

Soll ich sie von dir grüßen?

Nein, das ist nicht nötig.

Weil du sie magst, stimmt's?

Natürlich mag ich Mallory. Ich mag euch alle. Was nicht ganz zutraf, weil ich nicht so scharf auf Jameson war. Ich hasste ihn nicht gerade oder so, aber er würde mir nicht fehlen, wenn er weg wäre. Ich fragte mich, wie viel von meinen Gedanken Nadia lesen konnte. Wie gerade jetzt. Bekam sie mit, dass ich mich fragte, wie viel sie aufschnappen konnte, oder konnte sie nur die Botschaften verstehen, die ich ihr bewusst zukommen lassen wollte?

Alle Jungs mögen Mallory, sagte sie. *Die Wahl fällt automatisch auf sie.*

Sie ist sehr liebenswert.

Sie hat mir erzählt, dass du Lichtblitze aus deinen Handflächen schleudern kannst. Und dass du ein guter Heiler geworden bist.

Ich arbeite daran, ja.

Du musst vorsichtig damit umgehen. Es hebt dich aus der Menge heraus.

Ich bin immer vorsichtig, Nadia. Und du bitte auch.

Dann also gute Nacht.

Gute Nacht.

Nach ihrem Verschwinden fühlte die Luft im Zimmer sich anders an. Ein Glanz hatte darin gelegen, und der war jetzt weg. Beim Einschlafen dachte ich über alles nach, was sich in der abgelaufenen Woche ereignet hatte. Nadia fand nichts davon verwirrend oder überwältigend oder beängstigend, aber ich sehr wohl. Was mochte als Nächstes passieren?

Einunddreißigstes Kapitel

Am nächsten Tag hatte ich in der Schule ziemlich viel damit zu tun, über alles nachzudenken, was in der letzten Woche vorgefallen war. Manchmal fragte ich mich, ob ich mir Nadias nächtlichen Besuch nur eingebildet hatte, aber nein – der wirkte durchaus real. Am nächsten Morgen fiel mir die korrekte Bezeichnung für diese Art von außerkörperlicher Erfahrung ein: Astralprojektion. Es hatte mich ganz rappelig gemacht, dass ich nicht auf diesen Namen kam, aber ich wagte nicht, im Internet danach zu suchen. Dass ich es mir andauernd verkneifen musste, irgendetwas zu googeln, behinderte mich wirklich sehr.

Inzwischen hatte ich mich so daran gewöhnt, die Elektrizität um mich herum wahrzunehmen, wie ich ans Atmen gewöhnt bin. Normalerweise bemerke ich die Luft gar nicht, es sei denn, sie macht irgendeine massive Veränderung durch, und das ist genau der passende Vergleich. Dass ich fähig war, die Elektrizität zu lenken, war wieder etwas anderes, und ich konnte der Versuchung nicht widerstehen, es einfach zum Spaß hin und wieder mal auszuprobieren. In Englisch saß ich ganz hinten in der Reihe beim Fenster. Während meine Lehrerin Ms Lawson sich ausführlich über irgendetwas verbreitete, bekämpfte ich die Langeweile, indem ich die Elektrizität zwischen meinen Händen hin- und herschickte. Ich verwendete nur ganz wenig Energie, so dass es außer für mich praktisch nicht wahrnehmbar war. Weil ich vollkommen darin vertieft war, bekam ich gar nicht mit, dass wir gleich ein Video anschauen würden, und als Ms Lawson das Licht ausschaltete, überrumpelte mich das so, dass die Elektrizität zwischen meinen Händen aufsprühte und über meinem Tisch ein helles Leuchten entstand. Ich hörte natürlich sofort damit auf, aber der Schaden war schon geschehen.

„Russ Becker!" Ms Lawson schaltete das Licht wieder ein. „Was haben Sie da?" Ich erschrak, als sie auf mich zu marschierte; alle Schüler im Raum verdrehten die Köpfe nach mir.

„N-n-nichts", stammelte ich, und das wirkte nun erst recht verdächtig.

„Im Unterricht ist das Handy verboten", sagte sie und wiederholte damit etwas, was wir alle schon hunderttausend Mal gehört hatten. Jetzt stand sie direkt neben mir, und von unten hatte ich einen wenig schmeichelhaften Blick in ihre Nasenlöcher.

„Das weiß ich, Ma'am", antwortete ich. „Ich habe meines auch nicht dabei."

„Und was habe ich dann da eben für ein Licht gesehen?"

„Das war statische Elektrizität", antwortete ich. „Das liegt an meinen Schuhsohlen, die sind da ein Problem."

Es war eine ziemlich lahme Ausrede, aber da auf meinem Tisch außer einem Heft und einem Stift nichts lag und ich auch keine Zeit gehabt hatte, irgendwas zu verstecken, ließ sie es auf sich beruhen. Ich versprach mir selbst, in Zukunft vorsichtiger zu sein. Es brauchte nicht viel, um Misstrauen zu erregen.

Am Ende des Schultages setzte ich mich in Mr Specters Kurs auf meinen Platz, um gleich mit Mallory zu reden, aber sie plauderte eifrig mit einem Mädchen, das vor ihr saß. Ich zupfte sie sanft am Pferdeschwanz, und als sie sich endlich umdrehte, sagte ich: „Ich habe gestern Nacht Besuch von Nadia bekommen."

„Ich auch", antwortete Mallory. „War das nicht seltsam? Ich fand es unfassbar. Irgendwie unheimlich, aber sie schien sich ziemlich zu freuen."

„Sie sagte, dass sie sich frei fühlt."

„Ich denke, ich bin froh, dass ausgerechnet sie diejenige von uns ist, die gerade dieses Talent entwickelt hat."

Dann begann der Unterricht, und die Unterhaltung war vorbei. Nicht, dass viel zu besprechen gewesen wäre, außer eben, wie erstaunlich es war, eine Freundin zu haben, die zur Astralprojektion fähig war. Ich gelangte allmählich dahin, dass mich eigentlich gar nichts mehr überraschte.

Als der Unterricht vorbei war, rief Mr Specter: „Mr Becker, könnte ich bitte kurz mit Ihnen sprechen?"

Was hätte ich tun sollen? Ich nickte und sah zu, wie Mallory ihre Bücher einpackte und sich zum Gehen bereitmachte. Ich hatte gehofft, noch mit ihr reden zu können, aber dies war der letzte Kurs des Tages, und sie war dabei aufzubrechen. Unser Gespräch würde warten müssen.

Ich packte meine Sachen zusammen und ging nach vorn, wo Mr Specter mich neben seinem Pult erwartete. Ich hatte ihn als Lehrer immer gemocht. Er brannte für sein Fach und machte es für uns interessant. Außerdem bekam ich in seinem Kurs mühelos ein A. Der gestrige Abend hatte die Dinge allerdings verändert. Als Lehrer schätzte ich ihn immer noch, aber ich vertraute ihm nicht mehr so recht. „Ja?"

Hinten im Raum waren noch Schüler. Sie beachteten uns nicht, aber er senkte dennoch die Stimme. „Ich wollte noch einmal kurz über das gestrige Thema mit Ihnen sprechen."

Er machte eine so lange Pause, dass ich schließlich sagte: „Ich höre zu."

„Ich weiß, dass Ihre Schwester ein Vorurteil gegen mich und meine Mitstreiter hegt", sagte er. „Aber Sie sollten wissen, dass unser Angebot, Ihnen zu helfen, noch immer besteht. Wir würden Ihnen und Ihren Freunden sehr gerne als Mentoren zur Seite stehen. Wir können für mehr Sicherheit sorgen."

„Das behalte ich im Hinterkopf."

Mr Specter blickte mich über seine Brille hinweg an. „Das klingt wie eine Ablehnung."

„Nein, ich wäge einfach nur meine Optionen", gab ich, seinen Blick erwidernd, zurück. Mallory hatte den Raum bereits verlassen. „Es gibt viel zu bedenken. Das verstehen Sie doch gewiss."

Er seufzte. „Ja, ich verstehe das besser, als Sie meinen. Na ja, falls Sie Ihre Meinung noch einmal ändern, stehe ich Ihnen zu jeder Tages- und Nachtzeit zur Verfügung. Zögern Sie nicht, mich anzurufen oder vorbeizukommen." Er trat hinter seinen Schreibtisch, zog eine Schublade auf und brachte eine Visitenkarte zum Vorschein. „Tragen Sie die immer bei sich. Sie können nie wissen, wann Sie sie einmal brauchen."

Dies war das zweite Mal, dass jemand mich bat, etwas stets mit mir zu führen – erst Gordy mit seinem Medaillon und nun Specter mit seiner Karte. Ich nahm sie aus seiner Hand entgegen und steckte sie in meine Hosentasche. „Danke, das mache ich."

Beinahe fünf Stunden später trat ich mit meinem besten und einzigen Anzug bekleidet - er hatte seit dem Schulball im letzten Jahr in einer Plastikhülle verpackt im Schrank gehangen - in die Aufbahrungshalle. Wir kamen zu früh, eine schlechte Angewohnheit meiner Familie. Meine Eltern hatten mich zwischen sich genommen wie Wächter, die einen Gefangenen eskortieren. So fühlte ich mich auch.

„Wie lange müssen wir bleiben?", fragte ich meine Mutter flüsternd. Sie warf mir einen scharfen Blick zu, der mir zu verstehen gab, dass wir so lange bleiben würden, wie es nötig war, und dass sie entschied, was das bedeutete. Nachdem wir durch das Portal eingetreten waren, wurden wir von einem Mann begrüßt, der wohl ein Angestellter des Beerdigungsunternehmens war. Er führte uns durch eine Tür zu unserer Linken. Während meine Eltern sich ins Gästebuch eintrugen, musterte ich den nahezu menschenleeren Raum. Es war ein üppig ausstaffierter Saal mit schweren Samtvorhängen und überladen wirkenden Möbeln. Die Wände hatten Blumenmustertapeten, und darauf hingen gerahmte Landschaftsgemälde mit jeweils einem eigenen Spotlicht. Am hinteren Ende des Raums stand ein offener, von einem Ring aus Blumen umlagerter Sarg vor mehreren Reihen von Klappstühlen. Die Luft roch wie Weichspüler mit Blumenduft. Vorne unterhielt meine Schwester Carly sich mit den einzigen anderen Menschen im Saal, einem älteren Ehepaar.

Als Carly uns hereinkommen sah, verzog sie missbilligend das Gesicht und kniff gereizt den Mund zusammen. Diesen Ausdruck kannte ich schon an ihr – der Sturm vor dem großen Unwetter. Sie stürmte herbei und stellte meine Mutter zur Rede. „Was hat Russ hier zu suchen?"

„Du siehst sehr hübsch aus, Carly", erwiderte meine Mutter gelassen. Und Carly sah auch wirklich hübsch aus. Für ihre Verhältnisse war sie konservativ gekleidet – ein knielanger, schwarzer Rock und eine graue Rüschenbluse mit irgend so einer schweren, silbernen Halskette. Ihre Absätze waren so hoch, dass sie fast gleich groß war wie ich.

„Bringt ihn heim", zischte sie. „Er sollte nicht hier sein."

Ich wollte gerade sagen, dass ich noch nicht einmal hier sein *wollte*, als ich hinter Carly das Ehepaar herankommen sah, mit dem sie beim Sarg gestanden und sich unterhalten hatte. Die Frau ging voran. „Guten Abend", sagte sie leise und reichte meinen Eltern die Hand. „Ich bin Marian Hofstetter."

Carly schaltete von wutschnaubend auf charmant um und stellte unsere Eltern den Hofstetters vor. (Wie sich herausstellte, war Marians Mann John Hofstetter Gordys Sohn.) Beide Elternpaare erinnerten sich aus der Zeit vor vielen Jahren aneinander, als Carly mit dem Sohn der Hofstetters gegangen war, aber keiner sprach Davids Namen aus. Die vier Erwachsenen wechselten die üblichen Floskeln. Meine Eltern sagten: *Aufrichtiges Beileid.* Und die Hofstetters antworteten: *Danke, dass Sie gekommen sind.* Ich bemerkte einen schmerzlichen Ausdruck in Carlys Gesicht. Vielleicht dachte sie gerade, dass sie, wäre David nicht gestorben, inzwischen mit ihm verheiratet wäre und ein paar Kinder mit ihm hätte. Dann wären diese beiden Leute ihre Schwiegereltern. Vielleicht überlegte sie, dass das eine bessere Version ihres Lebens wäre, dass sie dann glücklicher wäre. Wenn doch nur. Natürlich wäre dann Frank Shrapnel nicht da, was schwer vorstellbar war. Wie wären Feiertage ohne dieses Kind?

„Und wer ist das?", fragte Mrs Hofstetter, und ich merkte, dass sie diese Frage schon zum zweiten Mal stellte. Ich hatte sie beim ersten Mal überhört, weil ich in Gedanken war.

„Das ist unser Sohn Russ", sagte mein Dad, ergriff mich bei den Schultern und zog mich heran, was ausgesprochen merkwürdig war, um nicht zu sagen grob.

„Hi", sagte ich und streckte ihr die Hand hin.

Aber sie ergriff sie nicht, sondern musterte mich mit einem derart unangenehmen, durchdringenden Blick, dass ich in Versuchung war wegzuschauen. Dann machte sie etwas wirklich Eigenartiges. Sie nahm mein Gesicht zwischen die Hände und sagte: „Russ? So heißt du?" Mrs Hofstetter nahm mich so gründlich in Augenschein, als läge ich unter einem Mikroskop. Nachdem sich schon meine Eltern so eigenartig verhalten hatten, wusste ich hier erst recht nicht, was ich davon halten sollte.

Als ich nickte, nahm sie die Hände weg. Ich sagte: „Ich heiße eigentlich Russel, aber alle nennen mich nur Russ."

„Das ist ein sehr schöner Name", sagte sie und sah ihren Mann an, der gar nichts tat und einfach nur dastand. „Ich bin eben nur überrascht, weil ich nicht wusste, dass Carly einen Bruder hatte." In ihrer Stimme lag ein Vorwurf, den ich nicht richtig begriff.

„Es war kein Geheimnis", machte Carly klar.

Aber Mrs Hofstetter hatte ihre Aufmerksamkeit ganz allein auf mich gerichtet. „Wie alt bist du, Russ?"

„Fünfzehn." Es klang selbst in meinen eigenen Ohren jung. „Diesen Sommer werde ich sechzehn."

„Ich verstehe", sagte sie, und dann hörte ich die gedämpften Stimmen weiterer Leute, die den Saal betraten. Das schien den Bann zu brechen.

„Mein aufrichtiges Beileid", sagte ich zu den beiden.

„Danke", antwortete Mr Hofstetter.

Ich spürte jemanden hinter mir, und gleich darauf klopfte diese Person mir auf die Schulter. Zu meiner Überraschung war es Mallory. Ich lächelte sie strahlend an, doch dann entdeckte ich Jameson, der wie eine Schlange direkt hinter ihr auftauchte. „Das ist meine gute Freundin Mallory Nassif", sagte ich. „Mallory, das hier sind Mr und Mrs Hofstetter. Gordon Hofstetter war Mr Hofstetters Vater." Jameson überging ich absichtlich. Der konnte sich schließlich selbst vorstellen.

Mallory hatte gute Umgangsformen. „Ich bedaure den Tod Ihres Vaters sehr", sagte sie mit mitfühlend schief gelegtem Kopf. „Ich bin ihm oft hier in der Stadt im Diner begegnet und habe mich gerne mit ihm unterhalten. Er war ein sehr netter Mensch."

Während dieser ganzen Unterredung blickte Carly unangenehm berührt drein, als wünschte sie, wir würden einfach verschwinden. Wahrscheinlich, weil sie die Hofstetters kannte und wir uns hinzugedrängt hatten. Na ja, wirklich schade. Ich kannte Gordon Hofstetter vielleicht nicht so lange wie sie, aber ich war in der Nacht seines Todes bei ihm gewesen. Und auch wenn ich vielleicht lieber gar nicht bei seiner Bestattung dabei gewesen wäre, hatte ich doch das Recht, daran teilzunehmen.

Hinter uns kamen weitere Trauergäste in den Saal, und Mr Hofstetter bedankte sich für unser Kommen und sagte: „Wenn Sie uns bitte entschuldigen würden? Da sind wohl noch ein paar andere Leute, mit denen wir reden müssen." Seine Frau folgte ihm widerstrebend in den vorderen Bereich des Saals.

Nachdem ich meinen Eltern Mallory und Jameson vorgestellt hatte und wir zum Sarg getreten waren, um uns von Gordy zu verabschieden (mit dem zurückgekämmten Haar und dem dunkelbraunen Anzug samt Krawatte sah er überhaupt nicht wie er selbst aus), sagten meine Leute, es sei nun Zeit, für den Gottesdienst Platz zu nehmen.

Ich hätte mich gern neben Mallory gesetzt, aber meine Mom machte klar, dass wir als Familie hier waren. „Du kannst dich sonst andauernd mit deinen Freunden treffen", sagte sie und dirigierte mich mit einem festen Griff um den Arm in die gewünschte Richtung.

Wir setzten uns vorne hin, Dad auf meiner einen Seite und Carly auf der anderen. Mein Dad, der sich normalerweise überhaupt nicht für meine Freunde interessierte, fühlte sich genötigt (laut) zu flüstern: „Diese Mallory ist aber verdammt süß." Er stieß mich mehrmals mit dem Ellbogen an, bis ich ihm mit einem Kopfnicken versicherte, dass ich ganz seiner Meinung war. Eltern.

Neben mir drehte Carly sich auf ihrem Platz herum; sie schien zu schauen, wer alles gekommen war. „Na super", sagte sie mit zusammengebissenen Zähnen. „Schau nur, wen wir da haben."

Ich folgte ihrem Blick und sah, dass der Saal beinahe voll war. Ich ließ die Augen über die Gesichter wandern und blieb bei denen haften, die Carly eben bemerkt hatte: Mr Specter, Kevin Adams, Mrs Whitehouse und Rosie. Der einzige, der von den Fünfen fehlte, war Dr. Anton. „Was machen die denn hier?", fragte ich meine Schwester flüsternd.

Sie zuckte mit den Schultern. „Sie nehmen Abschied, denke ich."

„Aber Dr. Anton nicht?"

„Vielleicht hatte der was Besseres zu tun."

Als der Gottesdienst begann, trat ein Geistlicher auf das Podium und bat uns, uns ihm im Gebet für Mr Hofstetter anzuschließen. Ich schaute auf meinem Handy nach der Uhrzeit und blickte mich nach Mallory um, doch im Gegensatz zu mir betete sie. Jamesons Blick fing ich allerdings auf. Der Depp hatte den Arm über die Rücklehne von Mallorys Stuhl gelegt und schaute selbstzufrieden drein. Na, sollte er doch seinen Spaß haben. So ein verstohlener Arm auf der Rücklehne zählte ja wohl kaum.

Als der Geistliche zur Seite trat, nahm John Hofstetter seinen Platz auf dem Podium ein und bedankte sich dafür, dass wir hier waren, um seinem Vater die letzte Ehre zu erweisen. Er erzählte von Gordon Hofstetters vierzig Arbeitsjahren bei der Elektrizitätsgesellschaft und seiner Hingabe als Vater, Ehemann und Großvater. Ich schämte mich plötzlich, dass ich Gordy einfach nur als so einen alten Kerl betrachtet hatte. Ich war voreingenommen gewesen, etwas, was ich bei anderen Leuten hasste. Ob es wohl heuchlerisch war, andere Leute wegen ihrer Vorurteile zu verurteilen? Wahrscheinlich schon.

Mit einem Ruck war ich wieder im Hier und Jetzt zurück, als ich bemerkte, dass Carly sich fühlbar anspannte. Sie umklammerte ihre Handtasche mit den Händen, und ich sah, dass sie die Lippen zu einem Strich zusammenpresste.

Mr Hofstetter sagte gerade: „Viele von Ihnen erinnern sich an meinen Sohn David. Er wäre jetzt zweiunddreißig Jahre alt, aber leider ist er mit sechzehn bei einem Verkehrsunfall ums Leben gekommen. Mein Vater hat Davids Tod niemals überwunden. David war unser einziges Kind und sein einziger Enkel. Meiner Frau und mir fiel es schwer, weiter hier zu leben, wo alles uns an unseren Sohn erinnerte, und so zogen wir in einen anderen Bundesstaat um. Wir hätten auch Dad gerne mitgenommen, aber er wollte unbedingt in

Edgewood bleiben. Er konnte nicht akzeptieren, dass Davids Tod ein Unfall gewesen war, und machte jahrelang Druck auf die Polizei, den Fall näher zu untersuchen. Ich möchte mich bei jedem bedanken, der in den letzten Lebensjahren meines Vaters gut zu ihm war, insbesondere bei Carly Becker, die ihn immer wieder besucht und auch sonst viel für ihn getan hat."

Meine Eltern und ich blickten Carly verblüfft an. Es war, als hätte sie ein Doppelleben geführt: Nach außen eine selbstbezogene, hochmütige junge Mom, insgeheim aber eine Mutter Teresa, die die Alten tröstete. Ihr Gesicht verriet nichts; sie hörte einfach nur zu. Mr Hofstetter redete weiter über Edgewood als eine Gemeinschaft von Nachbarn, die für ihre Nächsten Sorge trugen, und die Menge nickte zustimmend. Ich persönlich hatte allerdings Gordon Hofstetter kaum je beachtet, bis er sterbend in meinen Armen lag. Ein schöner Nachbar war ich, dachte ich beschämt.

Als Mr Hofstetter fertig war, kam der Geistliche zurück und wandte sich noch einmal an die Menge: „Wissen Sie", sagte er, „ich habe gerade darüber nachgedacht, wie passend es ist, dass wir Gordon Hofstetters Abschied vom Leben genau in der Woche vor Ostersonntag feiern, dem Tag, an dem die Christen die Auferstehung des Herrn begehen. Das erinnert uns auf wundervolle Weise daran, dass der Tod nicht endgültig ist und die Seele weiterlebt. Möge Gordons ewige Seele in Frieden ruhen. Amen." Mehrere Trauergäste gaben ein gemurmeltes „Amen", zurück.

Der einzige Grund, warum mir die bevorstehenden Feiertage bewusst waren, war der schulfreie Tag am Freitag und die Ferienwoche im Anschluss. Dass keine Schule sein würde, war für mich viel wichtiger als die Kirche oder das Ostereierfärben oder die Schokoladenhasen. Frank kam immer zum Eierfärben zu uns, und obgleich man mich praktisch zum Tisch schleppen musste, damit ich mitmachte, fand ich, wie ich zugeben musste, beim Eintauchen der Eier in die Essiglösung dann doch, dass die Familientradition irgendwie Spaß machte. Die rote Linie zog ich allerdings beim Eiersuchen im Garten, das überließ ich ganz allein Frank.

Meine Gedanken wanderten zu den Worten des Geistlichen zurück, dass die „Seele weiterlebt". Das erinnerte mich an Nadias nächtlichen Besuch in meinem Zimmer. War die Andeutung eines Schimmers, der in der Luft geschwebt hatte, ihre Seele gewesen, oder einfach nur ein Teil ihres Bewusstseins, der herumstreifte? Und spielte das überhaupt irgendeine Rolle?

Als wir uns zum Aufbruch bereit machten, schob Mrs Hofstetter sich durch die Menge zu Carly durch. „Ich möchte Ihnen noch einmal danken", sagte sie, meine Schwester ungeschickt umarmend. „Für alles, was Sie für meinen Schwiegervater getan haben."

Carly blickte verlegen. „So viel war es wirklich nicht."

„Oh doch. Wir waren auf Ihre Berichte angewiesen, und dann haben Sie ihn ja auch so oft zum Arzt gefahren! Ich weiß gar nicht, was wir ohne Sie hätten anfangen sollen. Also, wir sind Ihnen wirklich sehr dankbar, das ist alles." Sie wandte sich meinen Eltern zu. „Sie haben eine großartige Tochter. Sie müssen sehr stolz auf sie sein."

„Natürlich", antwortete Dad. Er sagte es für beide, da es meiner Mutter vor Verblüffung die Sprache verschlagen hatte.

„Wir räumen in dieser Woche Gordons Wohnung aus", sagte Mrs Hofstetter zu Carly. „Ich weiß, dass er auch ein paar von Davids Sachen hatte. Falls Sie gerne irgendwas davon mitnehmen würden, sind Sie herzlich willkommen. Schauen Sie einfach herein."

„Das mache ich vielleicht", antwortete Carly. „Ja, wirklich."

Zweiunddreißigstes Kapitel

Am nächsten Tag sagte ich mir, dass unsere List funktioniert haben musste – Mallory hatte mit ihrer Bewusstseinskontrolle Erfolg gehabt, die beiden Männer hatten ihren Vorgesetzten berichtet, dass in Edgewood nichts Interessantes vorgefallen war, und die Welt war wieder in Ordnung. Es würden hier keine Associates herumschnüffeln, um Teenager mit Superfähigkeiten aufzuspüren, die sie anwerben könnten. Wir waren frei. Wir waren einfach nur vier Kids, die zu unglaublichen Dingen fähig waren. So lange wir nicht tollkühn wurden und unser Geheimnis durchsickern ließen, konnten wir einfach unser normales Leben weiterführen.

Zumindest war das die Schlussfolgerung, zu der Nadia und ich am Mittwoch bei einer unserer nächtlichen Unterhaltungen in meinem Schlafzimmer gekommen waren. Inzwischen wartete ich jeden Abend um dieselbe Zeit darauf, von ihr zu hören. Sie kam wie ein Hitzeflimmern in mein Zimmer. Ich lag dann immer im Dunkeln auf meinem Bett, und wir redeten miteinander, bis einer von uns schläfrig wurde. Dann beschlossen wir widerstrebend, dass es für heute genug sei, und glitten in den Schlaf.

Erzähl es mir noch einmal, sagte sie.

Nadia konnte sich die Geschichte von Mallorys vereitelter Entführung immer wieder anhören. Wie ich die gemeinen Angreifer mit elektrischen Blitzen aufgehalten hatte, die ich aus meinen Händen verschoss, und wie Mallory ihre Gedanken umprogrammiert hatte. Ich gebe zu, dass ich die Geschichte ein bisschen ausschmückte, damit ich noch ein wenig heroischer dastand, aber dazu sind Geschichten schließlich da, oder? Ich antwortete: *Wird es dir nicht allmählich langweilig?*

197

Nein, ich stelle es mir unheimlich gerne vor. Ich wünschte, ich hätte dabei sein können. " Ich hörte, wie sehnsüchtig ihre Worte klangen.

Vielleicht entspannt sich deine Mom demnächst mal ein bisschen, und wir können was zusammen unternehmen.

Sehr unwahrscheinlich.

Ich wechselte das Thema. *Hat Mallory die Geschichte über die beiden Männer genauso erzählt wie ich?*

Das weiß ich nicht. Ich habe sie nie danach gefragt.

Wie kommt denn das?

Eine lange Pause. *Ich rede nicht mehr auf diese Weise mit ihr. Sie sagt, es ist ihr unheimlich, wenn ich ihr durch Astralprojektion erscheine. Ist es dir unheimlich, Russ?*

Nein, ich mag es.

Ja, ich mag es auch. Es ist irgendwie der Höhepunkt meines Tages.

Was ist mit Jameson?, fragte ich. *Besuchst du ihn auch schon mal?*

Diesen aufgeblasenen Idioten? Soll das ein Scherz sein. Allerdings ... "

Was denn?

Im Geist hörte ich sie kichern. *Einmal bin ich in der Astralprojektion zu ihm nach Hause gegangen. Er wusste nicht, dass ich da war, und stand vor seinem Spiegel ...*

Und?

Er hat seinen Bizeps spielen lassen und sich total bewundert.

Das klang eigentlich nicht gerade fürchterlich. *Ich hatte etwas viel Schlimmeres erwartet*, sagte ich.

Wie zum Beispiel?

Oh nein, damit fang ich nicht an. Über bestimmte Dinge spricht ein Junge nicht mit einem Mädchen.

Ui, du bist ja ein wahrer Gentleman, Russ Becker.

Ich gebe mir Mühe.

Weißt du, was irgendwie komisch ist?, fragte Nadia.

Was denn?

Bei der Astralprojektion kann mich nicht jeder wahrnehmen. Es ist, als könnte ich mich manchen Leuten zu erkennen geben, aber wenn ich nicht bemerkt werden will, ist es, als wäre ich unsichtbar.

Wie funktioniert das denn?

Das kann ich dir nicht sagen. Es ist einfach so.

Wir unterhielten uns noch eine Weile, und dann spürte ich, dass ich kurz vor dem Einnicken war. Ich gähnte. *Ich schmeiß dich nicht gerne raus, Nadia, aber ich muss morgen ziemlich früh aufstehen.*

Ja, ich auch. Gute Nacht, Russ.

Gute Nacht.

Aber Nadia ging nicht. Ich spürte, wie ihre Energie über mir schwebte, während ich in Schlaf versank. Eine ungeheure Woge des Friedens durchströmte mich, und ich schlief so tief wie schon lange nicht mehr.

Am nächsten Tag in der Schule war ich noch immer total erleichtert, zu Hause und frei zu sein. Nach fast zwei Wochen voll purem Stress war das Leben nun wieder normal. Mallory und ich gingen freundlich miteinander um, aber unsere Beziehung hatte sich nicht so intensiv entwickelt, wie ich es mir erhofft hatte. Bevor die Schule aus war, wollte ich sie fragen, ob sie Pläne fürs Wochenende hatte. Vielleicht konnten wir ja schließlich doch noch Chicken Wings essen gehen. Und diesmal ohne Jameson. Meinetwegen mochte er noch so höchstbegabt sein, und noch so fähig, Gegenstände durch reine Geisteskraft zu bewegen, Nadia hatte trotzdem recht – er war ein aufgeblasener Idiot.

Das Thema in Mr Specters Kurs war an diesem Tag ein physikalisches, und er ließ uns ein Experiment mit Slinkys durchführen. Die Spielsachen ließen sämtliche Jungs auf das Niveau von Sechsjährigen zurücksinken, und das metallische Rasseln der Spiralen erfüllte den Raum.

Mr Specter teilte uns in Vierergruppen ein, und jede Gruppe bekam ein Blatt mit Anweisungen. Ich hatte während seiner Erläuterungen nicht aufgepasst, aber da unsere Gruppe vier Mitglieder hatte, eines davon Mallory, würde ich schon klarkommen.

Mallory sagte: „Okay, Russ, lies du mal die Anweisungen vor. Brad kann den Slinky überkippen lassen, und Crystal und ich kümmern uns um das Messen und Aufschreiben."

Na gut, Mallory gab sich manchmal ein bisschen herrisch, aber sonst übernahm keiner die Verantwortung, und sie hatte mir die einfachste Aufgabe zugeteilt, ich hatte also nichts zu meckern. Ich las das Instruktionsblatt gerade laut vor, als die Gegensprechanlage im Raum jenes Schrillen von sich gab, das immer einer Durchsage aus dem Sekretariat voranging. Die körperlose Stimme der Schulsekretärin dröhnte aus dem Gerät: „Mr Specter?"

„Ja?", antwortete er.

Wir alle schauten zum Lautsprecher hoch, als wäre da irgendwas zu sehen. „Könnten Sie bitte Russ Becker ins Sekretariat schicken? Sagen Sie ihm bitte, dass er seine Sachen mitnehmen soll. Er kommt heute nicht mehr zurück."

Mr Specter warf mir einen Blick mit hochgezogenen Augenbrauen zu. „Hat er etwas ausgefressen?"

„Nein."

Er versuchte es erneut. „Ich hätte nicht gerne, dass er mitten im Unterricht weg muss. Kann die Sache nicht warten?"

Der Lautsprecher erwachte mit einem Knacken wieder zum Leben. „Seine Schwester ist da. Es handelt sich um einen familiären Notfall, und er muss nach Hause kommen."

„Ach so", antwortete Mr Specter. „Er ist gleich unten."

Ich steckte mein Heft in meinen Rucksack und warf ihn mir über die Schulter. Ein Notfall in meiner Familie? Ob meinem Vater oder meiner Mutter irgendwas zugestoßen war? Ein Verkehrsunfall? Ein Herzinfarkt? Ich hatte nicht die geringste Vorstellung. Beim Frühstück hatte ich beide noch gesehen, und alles war in bester Ordnung gewesen.

„Hoffentlich ist es nichts Schlimmes", sagte Mallory.

„Das hoffe ich auch."

„Alle machen mit dem Experiment weiter. Ich bin gleich wieder da", sagte Mr Specter. Dann folgte er mir in den Korridor, wo er mir die Hand auf die Schulter legte. „Russ, wissen Sie, worum es hier geht? Warum Ihre Schwester da ist?"

„Nein", antwortete ich. „Als ich heute Morgen aufgebrochen bin, war alles in Ordnung."

Er beugte sich so dicht zu mir vor, dass ich den Kaffee in seinem Atem roch. „Vielleicht mache ich mir unnötig Sorgen, aber falls es irgendetwas mit dem zu tun hat, was wir kürzlich besprochen haben, müssen Sie mir sofort Bescheid geben."

Ich reagierte angesäuert. Natürlich war er mein Naturwissenschaftslehrer, aber ich hatte ihm nicht Bericht über mein Privatleben zu erstatten. „Ich weiß, was ich zu tun habe", sagte ich. Ich meinte es auf die eine Weise, aber er verstand es auf die andere.

„Ich wusste, dass ich auf Sie zählen kann." Mr Specter nahm die Hand von meiner Schulter, und ich ging durch den Flur zum Sekretariat davon, wo Carly mich erwartete.

Dreiunddreißigstes Kapitel

Ich entdeckte Carly schon aus der Eingangshalle heraus durch die gläserne Flügeltür. Sie trug Designerjeans, deren Taschen hinten mit Strass besetzt waren, und sah damit fast wie eine Schülerin aus, eines dieser Mädels, die massenhaft Geld für Klamotten ausgeben, um Aufmerksamkeit zu erregen. Sie marschierte vor der Empfangstheke auf und ab, eine Hand auf die Stirn gelegt, als hätte sie Kopfschmerzen. Als ich hereinkam, senkte sie die Hand, und ich bemerkte ihren angespannten Gesichtsausdruck. Als schaffte sie es nur mit Mühe, die Fassung zu wahren. Ich eilte zu ihr. „Carly, was ist passiert?"

„Ich hab dich abgemeldet, los gehen wir", sagte sie. Die Autoschlüssel baumelten schon von ihrem gekrümmten Zeigefinger herab.

Hinter ihrem Computer hervor rief Mrs Bomberg, die Dame, die sich um die Abmeldungen kümmerte: „Das mit deiner Tante tut mir sehr leid, Russ. Ich werde für sie beten."

„Vielen Dank", gab Carly zurück und dirigierte mich zur Tür hinaus.

„Wovon redet sie?" Wir befanden uns inzwischen in der Eingangshalle und gingen zu dem Ausgang, der zum Parkplatz führte. Ich hatte gemeint, leise zu sprechen, aber meine Stimme hallte in dem hohen Raum wider. „Was für eine Tante denn?"

„Geh weiter, geh einfach weiter", sagte sie und beförderte mich zur Tür hinaus. Als wir draußen auf dem Bürgersteig angelangt waren, blieb sie stehen und brach in Tränen aus. Sie vergrub das Gesicht in den Händen und schluchzte so heftig, dass ich einen Riesenschreck bekam. Ich hatte schon so einige Szenen mitbekommen, die meine Schwester machte, aber so hatte ich sie noch nie erlebt.

„Carly, was ist denn los?", fragte ich außer mir. Ich wollte es wissen, hatte aber gleichzeitig Angst vor der Antwort. Ich konnte mir nur vorstellen, dass jemand gestorben war.

Sie schluckte, und als sie antwortete, kamen ihre Worte nur mühsam heraus. „Es geht um Frank", sagte sie. „Sie haben sich Frank geschnappt." Sie umarmte mich und vergrub ihr Gesicht an meiner Schulter. „Ach Russ."

„Wer hat sich Frank geschnappt?"

„Die Associates. Sie haben ihn entführt und geben ihn nur zurück, wenn du hingehst und dich mit ihnen triffst."

„Es gibt also gar keine kranke Tante?"

„Nein, nein, überhaupt nicht. Die habe ich nur erfunden, damit du gehen kannst." Carly löste sich aus meiner Umarmung und wühlte in ihrer Handtasche nach einem Papiertaschentuch. „Russ, was sollen wir nur tun?" Sie wischte sich die Augen trocken und schnäuzte sich.

„Das weiß ich nicht." Ich legte ihr den Arm um die Schultern und schaute mich zu den Fenstern in der Fassade des Schulgebäudes um. Wir waren aus allen Klassenzimmern gut zu beobachten. „Sprechen wir im Auto weiter."

Sie führte mich über den Parkplatz und redete dabei auf mich ein. „Ich bin vollkommen durchgedreht. Sie haben mir so eine grauenhafte Nachricht auf die Mailbox gesprochen, und ich wusste sofort, dass es die Associates waren. Du kannst sie dir gleich anhören."

„Okay."

„Wenn wir zur Polizei gehen, wird er getötet, haben sie gesagt." Sie stockte vor dem Wort „getötet", als wäre es so schrecklich, dass sie es nicht einmal aussprechen könnte.

„Dazu kommt es nicht. Wir regeln die Sache. Ich treffe mich mit ihnen, und dann bekommen wir ihn zurück. Alles wird gut." Ich hatte keine Ahnung, wo plötzlich diese Zuversicht herkam. Ich sagte diese Worte nicht einfach nur so dahin, sie waren mir ernst. Anscheinend hatte ich mit der Fähigkeit, die Elektrizität zu beherrschen, auch eine ordentliche Portion Selbstvertrauen dazubekommen.

Meine Beschwichtigungen beruhigten sie. Als wir beim Auto ankamen, schluchzte sie schon etwas weniger. Ich war ein wahrer Schwesternflüsterer.

Nachdem wir eingestiegen waren, schnallte Carly sich an und verriegelte sofort die Türen, als wären wir dadurch sicherer. Dann steckte sie den Schlüssel ins Zündschloss und holte ihr Handy aus der Handtasche. „Ich hab mir die Nachricht schon sechs Mal angehört", sagte sie. „Mir wird ganz schlecht davon. Ist dir klar, was für eine Riesenangst Frank jetzt bestimmt aussteht? Er kann ja nicht einmal schlafen, wenn ich nicht das Licht im Flur anlasse."

Das wusste ich auch selbst von den Gelegenheiten, wenn er bei uns übernachtete. Er sagte, er wolle ein wenig Licht haben, falls er mitten in der Nacht aufstehen müsse, um zur Toilette zu gehen, aber wir wussten alle, dass er die Dunkelheit nicht mochte. Allerdings musste man ihm zugutehalten, dass es in unserem Haus wirklich manchmal komische Geräusche gab, insbesondere wenn es draußen stürmte. Als ich in seinem Alter war, war mir das auch unheimlich.

Carly wischte sich die Augen trocken und drückte ein paar Tasten, um die Nachricht aufzurufen. Dann hielt sie das Handy so, dass wir beide sie hören konnten. Der Mann, der die Nachricht aufgesprochen hatte, hatte einen Stimmenverzerrer verwendet: Die Worte erklangen in einem dumpfen Bass. „Wir haben Ihren Sohn Frank Shrapnel Becker. Falls Sie ihn zurückbekommen wollen, schicken Sie Russ Becker heute um siebzehn Uhr dreißig zum Greyhound-Busbahnhof in Milwaukee. Dort am Schalter liegen Anweisungen für ihn bereit. Lassen Sie die Polizei aus dem Spiel und erzählen Sie niemandem etwas. Das Leben Ihres Sohnes hängt davon ab." Dann hörte man Franks Stimme, die erstaunlich gelassen klang. „Hi, Mom. Kannst du Russ schicken, damit er mich abholt und nach Hause bringt?" Es klickte, und dann war die Nachricht vorbei.

Sie hatten nicht ausdrücklich gesagt, dass sie sich mit mir treffen wollten oder andernfalls Frank umbringen würden, aber beides steckte wohl unausgesprochen mit drin. „Bist du dir sicher, dass das kein böser Streich ist?", fragte ich. „Frank ist nicht vielleicht in der Schule oder bei einem Freund zu Hause?"

Sie schniefte. „Denkst du, ich bin blöd? Frank ist heute nicht zur Schule gegangen. Ich hab mich krank gemeldet, um mit ihm zu Hause zu bleiben, und bin schnell zu Walgreens gelaufen, um Hustensirup zu kaufen – ehrlich, ich war in einer Viertelstunde hin und zurück, okay, allerhöchstens eine halbe Stunde – und als ich heim kam, war er weg. Ich konnte es gar nicht glauben. Auf dem Küchentresen lag ein Zettel, ich solle meine Mailbox abhören. Und da war dann das hier drauf." Sie hielt noch immer das Handy in der Hand. „Ich wusste, dass es die Associates waren, die ihn entführt hatten. Ich konnte nicht die Polizei anrufen, und so bin ich direkt hierhergekommen, um dich abzuholen. Ach, Russ, was sollen wir jetzt bloß tun?"

„Wir fahren zum Greyhound-Bahnhof in Milwaukee", antwortete ich mit einem Blick auf die Uhrzeit ihres Handys. Ich rechnete rasch. „Wir sollten uns besser beeilen. Wir werden es nur knapp schaffen."

Sie ließ den Motor an und zeigte aufs Handschuhfach. „Hol das Navi-Gerät raus. Ich kenne den Weg nach Milwaukee, aber ich weiß nicht genau, welche Ausfahrt wir nehmen müssen."

Ich suchte die Adresse mit Hilfe meines Smartphones und gab sie in ihr Navi-Gerät ein. Dabei fragte ich mich die ganze Zeit, ob die Associates wohl mein Handy gehackt hatten und jetzt genau verfolgen konnten, wie wir uns bewegten. Ich stellte mir vor, dass irgend so ein Typ in einem Büro vielleicht die Aufgabe hatte zu verfolgen, wie mein Leben sich auf einem Computerbildschirm darstellte: All die albernen Textnachrichten zu überwachen, die ich von meinen Freunden bekam, zu observieren, was ich auf Wikipedia nachschaute, und meine Noten zu begutachten, wenn ich mich auf der Homepage der Schule in meine persönliche Seite einloggte. Ich wusste, dass sie zu so etwas und noch viel mehr in der Lage waren. Wenn sie es geschafft hatten, in Carlys Wohnung einzudringen und Frank zu entführen, ohne dass die Nachbarn etwas davon mitbekamen und die Polizei riefen, wozu waren sie dann sonst noch imstande? Vielleicht waren mein Zimmer und mein ganzes Elternhaus verwanzt, und sie wussten alles, was ich je in meinen eigenen vier Wänden gesagt und getan hatte. Aber, dachte ich mit einer gewissen Genugtuung, sie konnten nicht wissen, worüber Nadia und ich uns während ihrer nächtlichen Besuche unterhielten. Keiner konnte in unsere Köpfe eindringen.

Nachdem wir schon eine halbe Stunde oder so auf der Interstate unterwegs waren, sagte Carly: „Mir ist gerade etwas eingefallen. Mom und Dad erwarten dich jetzt bald zu Hause. Was sollen wir ihnen sagen?"

„Wir erzählen ihnen, dass ich bei euch übernachte, um Frank bei den Hausaufgaben zu helfen."

„Aber morgen ist doch keine Schule. Dann ist Karfreitag, der Beginn der Osterferien. Das nehmen sie dir doch nie und nimmer ab."

Ich dachte ein Weilchen nach. „Ich glaub, ich hab eine Idee", sagte ich dann, holte mein Handy hervor und rief zu Hause an. Nach dem Piepton des Anrufbeantworters sagte ich: „Hi, Mom, ich bin's, Russ. Ich sitze gerade bei Carly im Auto. Frank musste heute für Naturwissenschaften ein Projekt fertigstellen und das Ergebnis abliefern und hat das nicht geschafft. Seine Lehrerin hat gesagt, wenn er die Arbeit bis morgen zu ihr nach

Hause bringt, bekommt er noch die volle Punktzahl dafür. Der Junge hatte praktisch einen Nervenzusammenbruch, und da habe ich gesagt, ich würde ihm helfen. Wir werden bis spät abends daran arbeiten, darum übernachte ich einfach bei Carly zu Hause. Carly fährt mich dann morgen heim."

Ich hielt Carly das Handy unters Kinn. Sie improvisierte so schnell wie immer: „Frank ist regelrecht zusammengebrochen. Danke, dass Russ ihm helfen darf. Er rettet uns hier praktisch das Leben. Wenn wir Franks Hausarbeit morgen früh abgegeben haben, bring ich Russ sofort nach Hause. Danke, ihr Lieben." Als ich aufgelegt hatte, schaute sie kurz zu mir herüber. „Wenn du kein verschlagener kleiner Lügner bist. Ich wusste gar nicht, dass du das Zeug zu so was hast." Mir war nicht ganz klar, ob das nun Missbilligung oder Bewunderung war. Vermutlich ein bisschen von beidem.

„Ich lüge sie normalerweise nicht an", verteidigte ich mich. „Aber in so einem Notfall ..."

„Ja, weiß ich", antwortete Carly. „Russ, bist du so lieb und gibst mir einen Kaugummi? Sie sind im Handschuhfach."

Seit sie vor ein paar Jahren mit Rauchen aufgehört hatte, war Carly in Stresssituationen praktisch kaugummisüchtig. Anfangs nahm sie die mit Nikotin; irgendwann war sie dann so weit, dass die normalen, zuckerfreien es auch taten. Ich wühlte zwischen Servietten von Fast-Food-Restaurants und zerbrochenen Sonnenbrillen herum, bis ich ein Päckchen fand, und reichte es ihr.

Carly steckte sich einen Kaugummi in den Mund und hielt mir dann das Päckchen hin „Du auch einen?"

„Nein, danke. Ich versuche zu reduzieren."

Sie zuckte mit den Schultern. „Wie du willst."

Vierunddreißigstes Kapitel

Der Greyhound-Bahnhof war überhaupt nicht so, wie ich es erwartet hatte. In allen Büchern sind Busbahnhöfe niedrige, langweilige Schuhschachteln, zu deren schäbigem Innenleben harte Kunststoffsessel, schmutzige Toiletten und ausgetretener Linoleumboden gehören. Die Milwaukee Intermodal Station war dagegen ein schimmernder Glasbau – die Fassade bestand fast zur Gänze aus von schmalen Metallbändern zusammengehaltenen Glasscheiben. Auf ihre Weise war sie richtig schön. „So etwas hatte ich überhaupt nicht erwartet", sagte ich.

„Das Gebäude ist ziemlich neu", erklärte Carly. „Bus- und Zugbahnhof zugleich."

Gegenüber dem Bahnhof lag ein Parkplatzgelände, das mit dem Schild: „Ganzer Tag, 6 Dollar" für sich warb. Nachdem Carly das Auto abgestellt und den Parkplatzwächter bezahlt hatte, marschierten wir über die Kreuzung zu dem Glasbau. Carly ging entschlossen und eilig, als käme Frank dadurch schneller zu uns zurück. Als würde er vielleicht im Bahnhof am Fahrkartenschalter auf uns warten, und wir würden heimfahren und alles wäre wieder gut.

Wir kamen in eine hohe, weite Halle. Ausgewachsene Bäume in Pflanzkübeln dienten als Raumteiler zwischen Reihen von Sitzen. Wir hatten das Gebäude auf der Seite betreten, auf der der Schienenverkehr abgewickelt wurde. In der Halle wimmelte es von Reisenden, die kamen und gingen oder warteten. Mütter mit kleinen Kindern, Geschäftsleute und Leute mit Koffern, die so aussahen, als machten sie eine weite Reise. Ein Mann schob einen Reinigungswagen vorbei, und Carly packte ihn am Ärmel. „Wir müssen zum Greyhound-Schalter." Ihre Stimme klang so gehetzt, als wären wir zu spät, aber tatsächlich hatten wir noch eine Menge Zeit bis zur Deadline um siebzehn Uhr dreißig.

Der Mann blickte aufgeschreckt drein, aber er hatte ein freundliches Gesicht. „Entschuldigung?", fragte er.

Sie formulierte ihre Frage höflicher. „Wir suchen den Greyhound-Ticketschalter. Können Sie uns bitte sagen, wo er liegt, Sir?"

Er schob seine Baseball-Kappe zurück und deutete zur anderen Seite des Bahnhofs. „Den Greyhound-Schalter finden Sie auf der Westseite des Gebäudes. Gehen Sie einfach weiter. Sie können ihn nicht verfehlen."

Carly rannte los, und ich eilte hinter ihr her und drehte mich nur noch einmal kurz um, um dem Reinigungsmann ein „Danke" zuzurufen. „Carly, jetzt warte doch!", rief ich. Ich hatte die längeren Beine, aber sie war trotzdem unheimlich schnell. Sie stürmte am All Aboard Café vorbei, schlängelte sich um einzelne Leute herum, drängte sich zwischen Gruppen von Menschen hindurch und rannte an den in den Wartebereichen sitzenden Reisenden vorüber, die zu uns aufblickten, wenn wir an ihnen vorbeiflitzten.

Als wir beim Schalter ankamen, stand eine kleine Schlange davor. Carly bremste mitten im Lauf und beugte sich vor, um Atem zu schöpfen. Die Hände auf die Knie gestützt, ließ sie den Oberkörper hängen.

Ihr Bürojob hatte sie offensichtlich nicht auf das hier vorbereitet.

„Alles in Ordnung?", fragte ich. Auf einer Uhr an der Wand gegenüber sah ich, dass wir noch massenhaft Zeit hatten.

Sie richtete sich auf. „Nein, nichts ist in Ordnung, Russ. Ich verliere hier noch den Verstand. Sie haben Frank. Sie haben meinen Liebling, und ich ..."

Ich bat sie, still zu sein, denn die Leute schauten schon zu uns her. Dann sagte ich leise: „Es ist alles in Ordnung, Carly. Ich hab dir doch gesagt, dass wir ihn wiederkriegen."

Sie holte tief Luft und senkte die Stimme: „Ich denke immer nur, was für eine furchtbare Angst er haben muss."

„Das weiß ich, aber wir dürfen jetzt nicht den Kopf verlieren. Wenn wir seelisch zusammenbrechen, hilft das Frank überhaupt nicht." Die Worte, die aus meinem Mund kamen, klangen wie etwas, was eine Filmgestalt sagen könnte, aber sie wirkten beruhigend auf Carly.

„Okay, okay. Wir stehen das durch." Sie sagte es so, als versuchte sie, sich selbst davon zu überzeugen.

„Genau, und den ersten Schritt haben wir schon getan", erwiderte ich.

Als ich eine Weile in der Schlange gewartet hatte und schließlich ganz vorne stand, sagte ich zu dem älteren Herrn am Schalter: „Ich bin Russ Becker."

Ich wollte ihm gerade erklären, worum es ging, da erwiderte er schon: „Ah ja, Mr Becker, wir haben Sie erwartet."

Er senkte den Kopf, um eine Schublade aufzuziehen, und ich bekam einen guten Blick auf sein schütteres Haar, das er sich in Sardellen kunstvoll über den Kopf gelegt hatte. Während er in der Schublade herumkramte, nahm Carly ihren zuckerfreien Kaugummi aus dem Mund und klebte ihn mit voller Absicht unter die Platte des Tresens. Eine kleine Geste, mit der sie ihre Verachtung für diese ganze Situation ausdrückte. Der rosa Klumpen verunstaltete den Tresen nun von unten, aber zum Glück bemerkte es niemand. Den Bruchteil einer Sekunde später brachte der Angestellte einen verschlossenen Umschlag zum Vorschein, den er mir über den Tresen hinweg reichte. „Wie ich sehe, sind Sie einer unserer VIP-Fahrgäste", sagte er. „Geben Sie bitte dem Buspersonal Bescheid, falls Sie während der Fahrt irgendetwas brauchen. Ihre Zufriedenheit hat für uns die oberste Priorität."

„Danke", antwortete ich im Zurücktreten.

„Was zum Teufel sollte denn das?", zischte Carly, als wir außer Hörweite waren. „Sie sind ein VIP-Fahrgast? Ihre Zufriedenheit hat für uns die oberste Priorität? Mensch, das hier ist ein Greyhound-Bus. Die machen sich doch über uns lustig, Russ."

„Kann schon sein", antwortete ich und riss den Umschlag auf. „Aber davon dürfen wir uns nicht ablenken lassen." Ich zog einen Fahrschein heraus; mit seinem Barcode sah er ein bisschen so aus wie eine Konzertkarte. Ich las den Bestimmungsort laut vor. „Anscheinend reise ich nach Chicago. Der Bus fährt um achtzehn Uhr fünfzehn ab." Ich spähte in den geöffneten Umschlag. Er war leer. „Keine Nachricht, kein Zettel oder so."

„Warum fragst du den Kahlkopf nicht, was los ist?", meinte Carly mit einem Blick zurück zum Fahrkartenschalter. „Vielleicht weiß er ja, wo Frank ist." Ihrem Gesichtsausdruck entnahm ich, dass sie sich für einen Streit in Fahrt brachte.

Ich packte sie am Arm. Zum ersten Mal wünschte ich mir, Mallorys Fähigkeit der Bewusstseinskontrolle zu besitzen. Ich hätte Carly liebend gerne gezwungen, ihre Wut fahren zu lassen. „Mach. Keine. Szene." Ich sagte es leise, aber klipp und klar. Erstaunlicherweise beruhigte sie sich, was ein Glück war. Ich hatte das Gefühl, dass wir das Spiel nach den Regeln der Associates spielen mussten. Sie hatten uns verboten, die Polizei einzuschalten. Einen Schalterangestellten von Greyhound anzuschreien, war nicht ganz dasselbe, wie auf der Wache anzurufen, aber gut war es auch nicht. „Ich steige in den Bus und fahre dahin, wo sie mich haben wollen. Und ich hole Frank und bringe ihn nach Hause zurück. Beruhige dich."

Sie begann wieder zu weinen, aber diesmal tat sie es wenigstens leise. Sie schniefte und sagte: „Ich hab da ein ganz schlechtes Gefühl. Jetzt steigst du in diesen Bus, und dann sehe ich weder Frank noch dich jemals wieder."

„So wird es nicht kommen." Tatsächlich wusste ich, dass es durchaus so ablaufen könnte, aber einer von uns musste schließlich vernünftig und ruhig bleiben, und wie sich herausstellte, war ich das. „Du hast gesehen, wozu ich fähig bin. Ich kann auf mich aufpassen."

„Ach, Russ, du hast ja keine Ahnung." Sie wischte sich die Augen trocken. „Sie können Dinge tun, die du dir nicht einmal vorstellen kannst."

„He, einmal bin ich praktisch erschossen worden und hab mir die Kugel anschließend aus dem Nacken gezogen. Schon eine halbe Stunde später war alles wieder vollständig verheilt. Ich bin ziemlich unverwüstlich."

„Das hat David damals auch gedacht. Aber er ist weg. Und jetzt haben sie Frank."

Ein Stück weiter stand ein Geschäftsmann mit einer Aktentasche und schaute in unsere Richtung. Als ich seinem Blick begegnete, wandte er sich seinem Handy zu. Hinter ihm lehnte eine kleine, stämmige Frau, die einen Pullover mit einem Aufdruck des Football-Teams Green Bay Packers trug, an einer Wand und aß einen Müsli-Riegel. Auch sie schien uns zu beobachten. Überall wimmelte es von Leuten, sie gingen herum, sprachen in ihre Handys und warfen Blicke in unsere Richtung. Jeder von ihnen konnte für die Associates arbeiten. Deren Leute würden schließlich nicht alle dunkle Anzüge tragen. Das wäre viel zu auffällig. „Versuche, die Nerven zu bewahren", sagte ich. „Ich weiß, dass das nicht leicht ist, aber wir dürfen nicht den Kopf verlieren. Falls sie uns beobachten, sollen sie glauben, dass wir vollkommen cool sind. Wir dürfen uns nicht in die Karten schauen lassen."

Sie schniefte. „Seit wann bist du denn so alt und weise?"

„Seit ungefähr zwei Wochen", antwortete ich. „Ich bin nachts draußen herumgewandert, und da habe ich diese Lichter am Himmel gesehen ..."

„Stopp, das reicht." Carly lächelte mich ein wenig an, obgleich in ihren Augen noch Tränen glänzten. „Diese Geschichte habe ich irgendwie schon einmal gehört."

„Also, wir machen jetzt Folgendes", sagte ich. „Ich folge den Anweisungen und steige in den Bus, und du fährst heim und wartest auf meinen Anruf."

„Heimfahren? Das glaube ich kaum."

„Carly, jemand muss bei dir zu Hause die Stellung halten. Was, wenn Mom und Dad vorbeikommen und keiner da ist?"

„Und was, wenn sie tatsächlich kommen, und Frank und du, ihr seid weg? Was soll ich dann sagen?"

„Tisch ihnen irgendwas auf. Du könntest ihnen erzählen, wir seien gerade unterwegs, um noch ein paar Sachen für das naturwissenschaftliche Projekt zu kaufen. Dir wird schon was einfallen. Darin bist du doch gut."

Carly zögerte; ich merkte, dass sie darüber nachdachte. Dann schüttelte sie den Kopf. „Ich glaube nicht, dass ich einfach auf dem Sofa hocken kann, wenn ich nicht weiß ..."

„Und was, wenn diese Leute verärgert reagieren, weil du mitkommst? Sie wollen nur mich da haben." Ich hielt den Umschlag hoch. „Es gibt nur einen Fahrschein. Meinen. Ich *verspreche dir,* dass ich dich regelmäßig anrufe und dich auf dem Laufenden halte." Ich hatte da ein paar gute Argumente, aber ich musste noch einige Minuten auf sie einreden, bis sie die Vorstellung allmählich akzeptierte. Und auch da stimmte sie meinem Vorschlag erst zu, als ich darauf hinwies, dass Frank ja vielleicht schon wieder zu Hause sein könnte. „Wer weiß", sagte ich. „Das Ganze war möglicherweise eine Finte. Vielleicht ist er schon wieder in eurer Wohnung."

„Dann würde er mich auf dem Handy anrufen", sagte Carly. „Er weiß, dass er mich auf jeden Fall anrufen muss. Er würde sich melden. Da bin ich mir sicher", fügte sie energisch hinzu.

„Es sei denn, er wäre krank, erschöpft oder verängstigt oder sie hätten es ihm verboten. Ich weiß, dass die Hoffnung gering ist, aber ich glaube wirklich, dass einer von uns für den Fall, dass er dort auftaucht, in eurer Wohnung sein sollte. Und derjenige kann nicht ich sein." Es war eine verwickelte Logik, aber sie funktionierte. Carly gab nach.

„Du rufst mich regelmäßig an und informierst mich?"

„Das habe ich doch versprochen, oder? Frag einfach mal Mom und Dad. Die werden dir sagen, dass ich zuverlässig bin." Ich bemerkte die Uhrzeit, die mein Handy anzeigte. „Ich sage das nicht gerne, aber ich muss den Bus kriegen. Fahr heim und versuche, dir keine Sorgen zu machen."

„Als wenn das möglich wäre." Sie warf die Arme um mich und drückte mich so fest an sich, dass ich hätte herumgehen können, während sie an meiner Brust baumelte.

Ich wusste, was sie dachte. „Mensch nochmal, Carly, es ist ja nicht so, als ob du mich niemals wiedersehen würdest."

„Genau das gleiche hat David damals auch gesagt. Und ich habe ihn niemals wiedergesehen."

„Es wird bestens laufen." Ich tätschelte ihr den Kopf.

Sie ließ mich los und sah mir direkt in die Augen. „Sie möchten, dass du dich ihnen anschließt. Darum geht es ihnen. Sie werden dich anwerben, und wenn du dich weigerst ..."

Sie beendete den Satz nicht. „Darüber wollen wir uns vorläufig noch keine Sorgen machen", sagte ich. „Jetzt holen wir erst einmal Frank zurück."

Nachdem wir uns verabschiedet hatten, sah ich ihr nach, wie sie durch den Bahnhof davonging. Sie hielt den Kopf gesenkt und ließ die Schultern hängen wie jemand, der eine verheerende Niederlage erlitten hat. So sah sie überhaupt nicht mehr wie Carly aus.

Meine Schwester war mir immer überlebensgroß erschienen, nicht nur, weil sie seit jeher meine große Schwester war, sondern auch, weil sie das war, was mein Vater „unübersehbar" nannte. Sie lachte immer ein bisschen zu laut und hatte zu allem und jedem eine Meinung. Im Gegensatz zu mir, der ich Konflikte hasste, hatte Carly überhaupt kein Problem damit, jedem zu sagen, was sie so dachte, und zwar insbesondere, wenn sie dachte, dass jemand falsch lag. Einmal, als sie Frank nach einem Wochenende bei uns abholte, hatte sie ein blaues Auge – irgendein Mädel in einer Bar hatte geglaubt, Carly hätte mit ihrem Freund geflirtet. Auf ihre typische Art war Carly keinen Zentimeter zurückgewichen, und zum Beweis hatte sie dann die Prellung im Gesicht vorzuzeigen.

Ich hatte sie allerdings unterschätzt. Sie liebte Frank mehr, als mir klar gewesen war, und sie hatte Gordon Hofstetter geholfen. Ich versuchte, mir vorzustellen, wie sie ihn in ihrem schmuddeligen Wagen zur Sprechstunde von Ärzten gefahren hatte, und wie die leeren Cola-Flaschen bei ihrer ruckartigen Art zu lenken hinten im Fußraum herumgekullert waren. Sie war gutherziger, als ich gedacht hatte, aber chaotisch war sie trotzdem, und ihre Fahrkünste waren auch nicht wirklich berauschend.

Fünfunddreißigstes Kapitel

Ein Nachteil, wenn man als einer der ersten in einen Bus steigt und sich auf einen Fensterplatz setzt, ist der, dass man sich seinen Sitznachbarn nicht aussuchen kann. Das fand ich auf die harte Tour heraus, als eine Frau im Alter meiner Mutter ihren mächtigen Hintern neben mir auf den Sitz quetschte. Die Plätze waren deutlich voneinander getrennt, aber das machte keinen Unterschied. Ihre Leibesfülle drängte auch auf meine Seite herüber. Ich zog meinen Arm an mich, aber das half nicht.

Die Frau machte es sich bequem, als wollte sie so schnell nicht wieder aufstehen. Sie holte einen KitKat-Riegel aus ihrer Handtasche, brach ein Stück ab und bot es mir an. Als ich dankend ablehnte, antwortete sie geradezu gekränkt: „Ich habe saubere Hände, falls das das Problem sein sollte."

Ich hätte ihr gerne erzählt, dass für mich derzeit nur die Frage zählte, wie ich zu meinem entführten Neffen gelangen und ob ich den nächsten Tag noch erleben würde. Die Mikroben an ihren Händen machten mir bestimmt keine Angst. Aber mir fiel nur eine Höflichkeitslüge ein: „Tut mir leid, Schokoladenallergie."

„Ach, du Armer. Ich weiß gar nicht, was ich ohne Schokolade tun würde." Sie schwafelte weiter über Bonbons, Süßigkeiten und ihre Ernährungsweise. Erst als der Busfahrer uns über den Lautsprecher begrüßte und die Liste der Haltestellen zwischen Milwaukee und Chicago herunterbetete, machte sie eine Pause. Sobald er fertig war, legte sie aber sofort wieder mit ihrem nervigen Geplapper los. Ich schaute aus dem Fenster und hoffte, sie würde den Wink mit dem Zaunpfahl verstehen.

Der Fahrer hupte vor dem Rückwärtssetzen und rollte dann langsam vom Buspark-platz herunter. Als er auf die St. Paul Avenue einbog, bemerkte ich eine Gestalt, die keuchend neben dem Bus herrannte. Carly. Sie hielt mit der einen Hand einen Fahrschein hoch und hämmerte mit der anderen im Laufen von der Seite gegen den Bus. Sie war so dicht dran, dass ich Angst hatte, sie könnte überfahren werden. „Halt!", rief ich und stand auf. Ich quetschte mich in den Mittelgang durch. „Anhalten!"

Nun bemerkten auch andere Passagiere Carly und riefen das dem Busfahrer zu.

„He! Da will noch jemand mitfahren!"

„Halten Sie an!"

„Lassen Sie sie einsteigen!"

Der Bus kam mit einem Ruck zum Stehen, und die Tür schwang mit einem hydrauli-schen Zischen auf. Als Carly drinnen war und dem Fahrer ihren Fahrschein reichte, sagte er: „Das war knapp. Fast hätten Sie es nicht mehr geschafft."

„Ich weiß. Danke fürs Anhalten." Ein paar Fahrgäste applaudierten, aber sie lächelte nicht.

Als sie auf mich zukam, sagte ich: „Ach, Carly, was hast du nur getan?"

„Ich hab mich ins Auto gesetzt, um heimzufahren, aber es ging einfach nicht, Russ. Tut mir leid."

Der Bus fuhr schon wieder. Jetzt ließ es sich nicht mehr ändern. Ich deutete mit dem Daumen auf die hinteren Plätze. „Setzen wir uns."

Nahe dem Heck fanden wir zwei freie Sitze, einer hinter dem anderen. Bevor ich noch irgendetwas äußern konnte, reichte Carly mir ein Blatt Papier nach hinten. Ich faltete es auf und erkannte ihre krakelige Handschrift: *Sag nichts. Vielleicht fahren ein paar von ihnen im Bus mit.* Sie musste das im Voraus geschrieben haben. Vielleicht, als sie am Fahrkartenschalter anstand? Wie tickte sie eigentlich? Es war mir ein Rätsel.

Da wir nicht wussten, wer uns vielleicht belauschen würde, fuhren wir nun also schweigend. Das Motorbrummen des Busses lieferte ein beruhigendes Hinter-grundgeräusch für die Passagiere, die sich in ihrer eigenen Welt vergruben – sie lasen, hörten Musik auf ihren I-Pods oder schauten aus dem Fenster. Zum Glück unterhiel-ten sich nur wenige von ihnen, und uns sprach keiner an. Ich schaute mich um, aber falls irgendwelche Associates im Bus waren, konnte ich sie nicht erkennen. Dass Carly mitgekommen war, war ein Riesenfehler. Das wusste ich, und doch verstand ich sie. Ich hätte an ihrer Stelle auch nicht heimfahren können. Nicht Bescheid zu wissen, hätte mich umgebracht, und für sie wäre es sogar noch schlimmer gewesen. Frank war mein oft ein bisschen nerviger und manchmal recht liebenswerter Neffe. Für Carly aber war er ihr einziges Kind.

Wir fuhren seit etwa einer Stunde Richtung Süden, als eine dunkle Rauchfahne vor uns auf der Straße die allgemeine Aufmerksamkeit erregte. Der Bus bremste bis auf Schritttempo ab und kam dann zum Stehen. Rundum staute sich der Verkehr auf allen Spuren der Schnellstraße, so dass die Interstate plötzlich wie ein langer, schmaler Parkplatz wirkte. Die Passagiere schnallten sich ab, um einen besseren Blick zu bekommen. Wer vorne saß, rief den Leuten hinten seine Beobachtungen zu. „Da liegt ein umgekippter Lastwagen", rief ein Mann. „Und er qualmt wie wild."

Überall wurde im besorgten Tonfall spekuliert. Warum qualmte er nur? „Hoffentlich explodiert er nicht", sagte die Dame mit dem KitKat-Riegel. „Sonst sind wir alle erledigt."

Der Busfahrer ermahnte die Passagiere in einer Durchsage, die Ruhe zu bewahren. Er würde sich jetzt mit seinen Vorgesetzten bei Greyhound kurzschließen, und dann würde es im Handumdrehen weiter gehen.

Als Carly und ich gerade einen beunruhigten Blick wechselten, klingelte mein Handy. Auf meinem Display erschien die Anzeige: „Rufnummer unterdrückt." Ich zeigte sie Carly, und die sagte: „Nimm ab."

„Hallo?"

Die Stimme war tief, dumpf und verzerrt, genau wie vorhin bei der Nachricht auf Carlys Handy. „Steigen Sie aus. Gehen Sie bis zum Ende der Ausfahrt und warten Sie." Es war beinahe ein Knurren. Ich setzte an, um weitere Informationen zu erfragen, aber ein scharfes Knacken machte klar, dass der Anruf beendet war. Ich gab Carly einen Wink. „Das ist unser Halt. Wir steigen hier aus." Ohne noch irgendetwas zu fragen, folgte sie mir durch den Mittelgang.

Als wir vorne waren, sagte ich zum Busfahrer: „Wir müssen hier aussteigen."

Er musterte mich mit gespieltem Erstaunen.

„Ach ja?"

„Ja, wir müssen hier raus."

Er warf die Arme hoch, als wollte er sagen: *Das ist ja nicht zu fassen,* und lachte. „Na großartig. Tut mir leid, mein Junge. Das wird nicht geschehen."

„Ich meine es ernst", sagte ich. „Wir müssen wirklich hier aussteigen. Es ist ein Notfall."

Er wischte sich mit dem Handrücken über die Stirn. „Ich glaube, du hast es nicht kapiert. Ich würde niemals mitten auf der Interstate einen Fahrgast rauslassen. Greyhound hat nun mal Vorschriften. Es gibt da versicherungsrechtliche Gründe."

Carly schob sich vor mich. „Ich muss raus. Mir ist schlecht. Ich muss mich wohl übergeben." Sie beugte sich vor und verzog das Gesicht, als würde sie ihn gleich vollkotzen.

In einem Reflex schob er sie mit dem ausgestreckten Arm von sich. „Hinten gibt es eine Toilette, meine Dame. Übergeben Sie sich dort."

„Nehmen Sie die Finger von mir!", sagte Carly.

„Bitte setzen Sie sich wieder." Er war rot angelaufen. Und dann sagte er für sich: „Das hat mir jetzt wirklich gerade noch gefehlt."

Sie wandte sich an mich und zischte durch zusammengebissene Zähne: „Zeig's ihm, Russ."

Kürzlich hatte sie mich noch davor gewarnt, andere Leute meine Fähigkeiten sehen zu lassen. Und jetzt wollte sie, dass ich in einem Bus voller Leute vor aller Augen einen Blitzstrahl verschoss. Typisch Carly. Impulsiv nannte meine Mom sie immer. Carly dachte die Dinge einfach oft nicht zu Ende.

Ich schüttelte den Kopf. Da hatte ich eine bessere Idee. Ich legte dem Busfahrer meine Hand auf die Schulter, und genau, wie ich früher schon heilende Energie aus mir hatte strömen lassen, versuchte ich es jetzt mit Bewusstseinskontrolle. „Sir, Sie müssen jetzt die Tür aufmachen."

Er erwiderte nichts, aber sein Körper entspannte sich. Ich spürte, wie seine Schultern schlaff wurden, und ich wusste, dass etwas vor sich ging.

„Hören Sie mir gut zu", sagte ich. „Sie werden uns jetzt die Tür öffnen."

Sein Blick wurde leer, während er meine Gedanken als die seinen übernahm. „Ich soll jetzt sofort die Tür aufmachen?", fragte er.

„Ja, genau. Und wenn wir dann draußen sind, schließen Sie sie wieder hinter uns und machen mit dem weiter, was Sie normalerweise unter solchen Umständen tun."

Und da griff er einfach so nach dem Schalter, und die Tür schwang auf. „Wir haben uns gefreut, Sie als Fahrgast von Greyhound begrüßen zu dürfen, und wünschen Ihnen noch einen schönen Tag", sagte er fast wie ein Roboter.

Carly und ich eilten die Stufen hinunter. Hinter uns im Bus hörte ich eine Frau rufen: „He, wieso dürfen die beiden gehen?" Dann schwang die Tür zu, und wir standen mitten auf der Interstate.

„Dieses Theater war wirklich nicht nötig, Carly", sagte ich und zog sie am Ärmel.

„Wohin gehen wir jetzt?"

Ich zeigte auf eine Stelle hinter dem Unfall. „Zum Ende der Ausfahrt, genau wie der Mann es gesagt hat."

Die ganze Straße war ein einziger Stau. Wir schlängelten uns zwischen Autos mit laufendem Motor hindurch und atmeten Auspuffgase ein, während die Insassen der stehenden Wagen uns anstarrten. Als wir zum umgekippten Lastwagen kamen, gingen wir ganz außen am rechten Straßenrand um ihn herum. Ich sah kein Feuer und auch keine Menschen, aber überall war Rauch, und ich spürte die Hitze. „Ob das ein richtiger Unfall war, was meinst du?", fragte Carly. „Oder ist das nur ein Fake extra für uns?"

„Keine Ahnung." Wir marschierten in die Qualmwolke hinein und kamen auf der anderen Seite hustend und würgend wieder heraus. „Es ist jedenfalls echter Rauch", sagte ich.

Carly holte eine Wasserflasche aus ihrer Handtasche und nahm einen Schluck. Als sie mir die Flasche reichte, trank ich ebenfalls und klatschte mir eine Handvoll Wasser ins Gesicht, weil meine Augen so brannten. Wir gingen zur Ausfahrt weiter, die hundert Meter hinter dem Unfallort lag, und stiegen am Rande der Fahrbahn einen Hügel hinauf. Oben lag eine wenig befahrene, zweispurige Landstraße. Und auf der gegenüberliegenden Seite dieser Straße stand ein weißer Kleintransporter.

„Damit geht die Fahrt wohl weiter", sagte ich.

Sechsunddreißigstes Kapitel

Ich erwartete, dass zwei Männer in Anzügen herausspringen und uns gewaltsam hinten in den Lieferwagen werfen würden, aber so kam es nicht.

Als wir uns näherten, schlenderten uns zwei Frauen in Jeans und T-Shirt und mit Sonnenbrillen im Gesicht aus dem Wagen entgegen und begrüßten uns lächelnd. Ich nahm an, dass sie Associates waren. Beide hatten dunkles Haar und waren schlank. Ich würde sogar behaupten, dass sie recht attraktiv wirkten, allerdings waren sie zu alt für mich. Sie hätten Freundinnen von Carly sein können, und im Rückblick glaube ich, dass genau diese Absicht dahinter steckte. Sie versuchten, uns nicht einzuschüchtern. „Russ Becker?", fragte die eine, aber das war wohl nur der Form halber. Ich hatte eindeutig den Eindruck, dass sie mich erkannten.

Wir überquerten die Landstraße. „Ja, das bin ich. Ich bin Russ Becker."

„Sie sollten eigentlich allein kommen", sagte die zweite, nahm die Sonnenbrille ab und musterte Carly aufmerksam. Sie klang missbilligend, aber nicht verärgert.

„Tatsächlich war in der Nachricht nicht ausdrücklich verlangt, dass ich alleine komme", gab ich zurück. „Wir können sie noch einmal abspielen, wenn Sie sie hören wollen."

„Sie haben meinen Sohn", sagte Carly. „Wo ist er?" Ihre Stimme klang rau und hart, und obgleich ich verstand, was sie durchmachte, zuckte ich innerlich zusammen. Ich hatte Angst, dass sie die ganze Sache vermasseln und dass wir niemals zu Frank kommen würden.

„Frank geht es gut. Er ist überhaupt nicht aufgeregt. Er wartet auf Sie." Das sagte die erste. Mit der Sonnenbrille im Gesicht sahen sie einander irritierend ähnlich, aber die hier nannte ich inzwischen bei mir „die Nette". Ob irgendeine der beiden tatsächlich nett war, musste sich noch zeigen. Wahrscheinlich nicht, da sie zu einer Organisation gehörten, die kleine Jungen entführte und Jugendliche ermordete.

„Sie werden uns zu ihm bringen?", fragte ich, und als die erste nickte, fügte ich hinzu: „Na gut, dann also los."

Eine der Frauen setzte sich ans Steuer, während die andere uns einen Wink gab, ihr zum Heck des Fahrzeugs zu folgen. Sie machte die Tür auf, und dahinter lag ein Laderaum, in den zwei einzelne Sitze montiert waren. Von der Fahrerkabine mit dem Beifahrersitz war er durch eine Wand vollständig getrennt. „Es ist nur eine kurze Fahrt", sagte sie. „Sie werden es hoffentlich bequem finden."

Carly warf ihr einen wütenden Blick zu und stieg dann ein; ich folgte ihr. „Wie lange sind wir unterwegs?", fragte ich, aber die Frau schlug die Türen krachend hinter uns zu und antwortete nicht.

Ich registrierte, dass der Laderaum keine Fenster hatte und man die Tür, durch die wir gerade eingestiegen waren, von innen nicht öffnen konnte. In den Boden eingelassene Leuchten verstrahlten genug Licht, dass wir einander erkennen konnten. Ansonsten war die Kabine, soweit ich es beurteilen konnte, vollkommen leer.

„Sie haben uns nicht nach Waffen abgetastet", sagte ich. „Das ist doch gut."

„Die Waffe bist du selbst", entgegnete sie und fuhr sich mit den Fingern durchs Haar. „Das können sie dir nicht wegnehmen."

„Und sie haben eigentlich kein Theater gemacht, weil du mitgekommen bist." Ich versuchte, das Positive zu sehen.

„Nein", erwiderte sie nachdenklich. „Es war, als hätten sie das irgendwie erwartet. Sie taten so, als wären sie verärgert, weil du nicht allein warst, aber als du dann darauf hingewiesen hast, dass das in der Nachricht nicht ausdrücklich so verlangt war, haben sie das Thema einfach fallen gelassen."

„Glaubst du, dass wir in diesem Augenblick beobachtet und abgehört werden?"

„Ja", antwortete Carly. „Ich glaube, dass sie alles wissen. Alles, was wir tun oder sagen. Daran kommen wir nicht vorbei." Sie sprach in den leeren Laderaum hinein: „Frank ist ein lieber Junge. Wenn ihr ihm etwas angetan habt, werdet ihr hoffentlich in der

Hölle schmoren." Sie holte ein Kleenex aus ihrer Handtasche und tupfte sich die Augen trocken.

Als der Kleintransporter losrollte, schnallten wir uns an und fuhren die nächsten Minuten schweigend. Carly wirkte finster und erschöpft. Ob es nun an der Tortur lag, die sie durchmachte, oder an der Beleuchtung, wusste ich nicht, aber sie hatte noch nie so schlecht ausgesehen. „Was, wenn sie uns nicht zu Frank bringen?", fragte sie leise. „Was, wenn er nicht einmal …"

Ihre Stimme brach. Sie konnte den Satz nicht zu Ende bringen, und so tat ich es an ihrer Stelle. „Er ist nicht tot, Carly. Wir holen ihn und bringen ihn heim. Heute Nacht schläft er in seinem eigenen Bett."

„Was, wenn sie wollen, dass du bleibst? Wenn sie dich gegen Frank austauschen wollen?"

„Dann bleibe ich."

„Nein, Russ, das kannst du nicht machen." Ihre Miene war reines Entsetzen. „Du hast keine Ahnung, was du da sagst. Du weißt gar nicht, wozu sie imstande sind."

„Ich kriege durchaus allmählich eine Idee."

Sie vergrub das Gesicht in den Händen. „Ich kann mir absolut nicht vorstellen, dass das irgendwie gut ausgeht."

„Carly, mach uns das Leben nicht unnötig schwer", sagte ich. „Es hat keinen Sinn, sich jetzt schon Sorgen zu machen."

Der Transporter fuhr über einen Höcker, bog ab und beschleunigte. Wenn ich hätte raten müssen, hätte ich gesagt, wir wären jetzt wieder auf der Schnellstraße. Die Stille war nervtötend. Mir war gar nicht klar gewesen, wie wichtig Musik für mich war, um mir beim Fahren die Zeit zu vertreiben.

„Wie hast du es geschafft, den Busfahrer so zu manipulieren?", fragte Carly. „Was hast du gemacht, dass er seine Meinung einfach so geändert hat?"

Ich holte tief Luft. „Ich weiß es selbst nicht recht. Also, ich hatte einfach plötzlich das Gefühl, ich könnte in sein Gehirn eindringen und ihn dazu bringen, zu tun, was ich wollte. Ich war mir da sogar ziemlich sicher. Es hat sich angefühlt, wie wenn … Du weißt doch, wie es ist, wenn man einen Wachstumsschub hat und plötzlich, ohne es auch nur versucht zu haben, begreift, dass man jetzt ans oberste Regalfach in der Speisekammer herankommt, da, wo Dad die Schokoriegel aufbewahrt?"

„Ja, das heißt, nein. So groß bin ich nicht geworden; ich komme immer noch nicht an das Fach heran."

Ich grinste. „Okay, schlechter Vergleich."

„Ich verstehe trotzdem, was du sagen willst. Aber wieso bekommst du plötzlich alle diese zusätzlichen Fähigkeiten? Ich dachte, jeder Jugendliche hat nur eine einzige."

„Das weiß ich nicht. Ich weiß nicht, ob es da tatsächlich Regeln gibt."

Wir schwiegen eine Weile und schauten dorthin, wo normalerweise die Fenster gewesen wären. Ich kam mir vor wie in einer Grünen Minna. Nicht, dass ich je in einem Gefangenentransporter gesessen hätte, ich kannte das nur vom Film.

Carly fragte: „Dad bewahrt also im obersten Regalfach Schokoriegel auf?"

Ich nickte. „Ja. Er hat da einen Vorrat. Auf den bin ich in der siebten Klasse gestoßen."

Sie rang besorgt die Hände. „Was Mom und Dad jetzt wohl machen?"

Ich wusste es nicht sicher, aber ich stellte mir vor, dass sie gerade mit dem Abendessen fertig wurden, das Geschirr kurz abspülten und in die Spülmaschine stellten und ein paar Worte über das Wetter und ihren nervigen Arbeitstag wechselten. Meine Mom würde sagen, wie nett es sei, dass ich bei Carly übernachte, um Frank bei einem Schulprojekt zu helfen. Seit Jahren hoffte sie, dass Carly und ich uns einmal wieder näher kommen würden. Welche Ironie des Schicksals, dass nun das hier dazu nötig war.

Plötzlich klingelte mein Handy und schreckte mich auf. Ich hatte mich wie von der Welt abgeschnitten gefühlt und dabei vollkommen vergessen, dass wir beide ja noch unsere Handys hatten. Als ich abnahm, zog Carly fragend die Augenbrauen hoch.

„Hallo?"

„Russ?" Die Nummer war mir fremd gewesen, aber ich erkannte die Stimme, obgleich sie ein bisschen anders klang als die Version, die ich während unserer nächtlichen Gespräche im Kopf hörte.

„Nadia!" Obgleich wir gerade die deprimierendste Fahrt meines Lebens machten, war ich doch unwillkürlich froh, von ihr zu hören. Es war, als ob man auf einer Reise im Ausland plötzlich ganz unerwartet einer Freundin über den Weg liefe.

Sie kam sofort zur Sache. „Mallory hat mir erzählt, dass du früher von der Schule nach Hause gegangen bist. Ist alles in Ordnung?"

Ich zögerte, da ich an Carlys Bemerkung dachte, dass wir bestimmt abgehört wurden. „Moment mal." Ich tat so, als deckte ich das Mikrophon ab, und sagte zu Carly: „He,

Carly, es ist eine Freundin von mir, Nadia." Ich nahm das Handy wieder hoch. „Ja, alles ist bestens. Ich unternehme nur gerade was mit meiner Schwester."

Nadia war jemand, dem nichts entging. Sie wusste, dass ich normalerweise Abstand zu Carly hielt, und schloss richtig, dass ich ihr nicht sagen konnte, was tatsächlich los war. „Ach so, prima", spielte sie mit. „Ich habe mir ein bisschen Sorgen gemacht, aber das klingt ja, als wäre alles in bester Ordnung."

„Ja, alles in Butter."

„Okay, ich will dich nicht abwürgen, aber ich hab noch massenhaft Hausaufgaben auf. Also, bis irgendwann später."

„Nur keine Hektik", sagte ich und legte auf. Und dann zu Carly: „Sie hatte noch Hausaufgaben auf."

Ich muss Carly zugutehalten, dass sie nicht weiter nachhakte, obwohl sie verwundert wirkte. „Vielleicht sollte ich Mom und Dad anrufen", sagte sie.

„Nein, damit würdest du sie nur misstrauisch machen. Wenn sie uns bisher nicht angerufen haben, ist alles in Ordnung. Lass es sein."

Eine kurze Weile später hatte ich Nadias Stimme im Kopf. Ich hörte sie sagen: *Was zum Teufel ist bei dir los?* Ich spürte ihre Energie überall, aber Carly schien nichts zu bemerken. Ich bekam den Eindruck, dass Nadia auf einer Wellenlänge sendete, die nur ich empfangen konnte.

Wie hast du mich gefunden?, fragte ich ungläubig. Es war umso erstaunlicher, als wir uns in einem äußerlich unauffälligen Kleintransporter befanden und ich selbst nicht wusste, wo wir waren.

Nadia klang fröhlich. *Ich habe mein Russ-Ortungsgerät verwendet!*

Ernsthaft?

Natürlich nicht. Ich habe keine Ahnung, wie ich dich gefunden habe. Ich habe einfach an dich gedacht, und hier bin ich nun. Was ist los?

Ich berichtete ihr alles, was seit meinem Aufbruch aus Mr Specters Kurs bis jetzt passiert war. Es waren nur ein paar Stunden, aber es fühlte sich wie ein ganzes Leben an.

Als ich fertig war, fragte Nadia: *Was sie wohl von dir wollen?*

Ich weiß es nicht. Wir werden es vermutlich herausfinden.

Möchtest du, dass ich in der Nähe bleibe?

Musste sie das überhaupt fragen? Nur allein ihre Anwesenheit machte schon alles besser. Ich hätte mich vollständig in ihre Energie eingewickelt, wenn ich gekonnt hätte. Lächelnd antwortete ich: *Ja, wenn du kannst.*

Du hast Glück. Ich sitze hier fest, bis ich achtzehn bin, also habe ich massenhaft Zeit und kann sonst nirgends hin. Du darfst auf mich zählen. Ich bin dabei.

Siebenunddreißigstes Kapitel

Ich spürte es, als der Kleintransporter von der Schnellstraße abfuhr und auf Nebenstraßen einbog, und dann wurde er langsamer, was bedeutete, dass wir uns unserem Ziel näherten. Ich hatte von Leuten gehört, die, in den Kofferraum eines Wagens eingeschlossen, den Weg errieten, indem sie auf das Geräusch der Reifen auf dem Straßenbelag achteten und die Abbiegungen mitverfolgten, aber ich hatte nicht wirklich aufgepasst. Ehrlich gesagt hatte ich keine Ahnung, wo wir uns befanden oder wie weit wir gefahren waren. Weder Carly noch ich hatten daran gedacht, beim Verlassen des Busses auf die Uhr zu schauen, und so konnte ich mich auch nicht an der verstrichenen Zeit orientieren. Achthundert Stunden Krimiserien im Fernsehen, und hier stand ich mit leeren Händen. Die tollpatschigste Geisel aller Zeiten.

Als der Transporter mit einem Ruck zum Stehen kam, weiteten sich Carlys Augen. „Wir sind da", sagte sie.

Ich wusste, dass das entweder das Ende von allem war, oder aber gerade erst der Anfang.

Bei alldem spürte ich Nadias beruhigende Gegenwart. Falls man uns ermordete, könnte sie wenigstens Zeugnis ablegen.

Von draußen drangen gedämpfte Stimmen herein, und ich begriff, dass unsere Fahrerinnen Gesellschaft bekamen – wie es sich anhörte von Männern. Die Hecktüren des Transporters schwangen auf, und Carly und ich blinzelten in die plötzlich hereindringende Helligkeit. Das Fahrzeug stand in einer Halle, die wie ein riesiges Lagerhaus wirkte. Auch das erinnerte wieder ans Kino. Diese Typen waren vielleicht bedrohlich, aber besonders originell waren sie nicht. Ein halbes Dutzend Leute umstanden das geöffnete Heck: Die beiden Frauen, die uns gefahren hatten, und vier mit Hemden und dunklen Hosen deutlich förmlicher gekleidete Männer. Es hatte zwar keiner eine Krawatte an, aber trotzdem ähnelten sie den Anzugträgern, denen wir begegnet waren, als wir Mallory nach Hause begleitet hatten. Alle sechs schienen etwa in Carlys Alter zu sein. Und alle starrten mich an, als wäre ich ein ganz besonders interessantes Exemplar in einem Zoo.

„Mr Becker?", fragte einer der Männer.

„Ja?", antwortete ich.

„Ich glaube, das hatten wir schon", blaffte Carly ihn an. „Er ist Russ Becker. Ich bin Carly Becker. Sie sind die Associates, und Sie haben meinen Sohn Frank. Wir wollen ihn zurück." Wie üblich gab Carly sich nicht damit ab, den Weg durch Diplomatie zu ebnen. Warum einfach, wenn es auch kompliziert ging?

„Danke, dass Sie gekommen sind", sagte derselbe Mann, ohne in irgendeiner Weise auf den wütenden Ausbruch meiner Schwester zu reagieren. „Das wissen wir wirklich zu schätzen."

Carly wollte wieder etwas sagen, aber ich hob die Hand, damit sie schwieg. „Wir haben Ihrer Bitte entsprochen", begann ich. „Und jetzt werden Sie sich hoffentlich auch an Ihren Teil der Abmachung halten und meinen Neffen freilassen. Er ist ein Kind, und es war moralisch verwerflich, ihn in diese Sache zu verwickeln." Ich hatte keine Ahnung, wo ich den Ausdruck „moralisch verwerflich" herhatte, aber er passte. „Bringen wir es hinter uns", sagte ich, schnallte mich ab und stieg aus dem Laderaum. Keiner von ihnen versuchte, mich aufzuhalten, tatsächlich traten sie sogar zurück, um mir Platz zu machen. Als Carly herauskletterte, bot einer der Männer ihr eine Hand als Stütze, aber sie schüttelte sie wütend ab. Meine Schwester war jedenfalls konsequent.

„Da entlang", sagte einer von ihnen und führte uns zum anderen Ende der Lagerhalle, während der Rest der Gruppe zurückblieb. „Ich bin übrigens Tom", sagte er, als wären wir Touristen und er machte eine Führung.

Carly und ich folgten dem rasch Voranschreitenden und hielten nur mühsam mit ihm Schritt. „Wohin bringen Sie uns?", fragte sie, aber er gab keine Antwort. Stattdessen wandte Tom sich an mich. „Nur so unter uns, wir waren alle total aufgeregt, als wir gehört haben, dass Sie heute kommen würden. Alle wollen Sie kennenlernen oder Sie wenigstens einmal richtig zu sehen bekommen."

„Warum denn?", fragte ich.

„Weil Sie Russ Becker sind", antwortete Tom. „Ein G-Zwei-Mann. Jemanden wie Sie gibt es nur alle hundert Jahre oder so."

„Was meinen Sie damit – ein G-Zwei-Mann?", fragte Carly, aber auch jetzt wieder antwortete er nicht. Es war, als wäre sie einfach nicht da. Ich wusste, dass ihr das gehörig gegen den Strich gehen musste, aber ich musste ihr zugutehalten, dass sie die Ruhe bewahrte.

In der hinteren Wand befanden sich auf der einen Seite mehrere Türen. Tom öffnete eine und führte uns in einen großen Raum, der wie das Wartezimmer eines Arztes aussah, mit allem Drum und Dran wie gepolsterten Stühlen, Zeitschriften und einer Empfangstheke, hinter der eine Sprechstundenhilfe stand, eine dunkelhaarige, ältere Frau. Nach den Fotos auf dem Regal hinter ihrem Drehstuhl zu schließen, hatte sie mehrere Kinder und Enkelkinder, von denen viele Fußball spielten. Rechts vom Empfangstresen befand sich eine weitere geschlossene Tür. „Willkommen", sagte sie mit strahlendem Lächeln. Sie winkte uns mit ihrer manikürten Hand zu.

„Ich hatte hier gar nicht mit dir gerechnet, Shirley", sagte Tom. „Gehst du nicht normalerweise um fünf?"

„Normalerweise schon", antwortete sie. „Aber heute bin ich länger geblieben, um noch Russ Becker zu begegnen." Sie erhob sich von ihrem Stuhl und kam mit ausgestreckter Hand auf mich zu. „Sehr erfreut, Sir."

„Schleimerin", neckte Tom sie.

Ich schüttelte ihr die Hand und warf Carly einen kurzen Blick zu. Was war hier los? „Ich möchte meinen Neffen Frank abholen", sagte ich.

„Natürlich", antwortete sie und kehrte zum Empfang zurück. „Miss Becker, darf ich Ihnen etwas zu trinken anbieten? Sie warten hier."

„Und Sie, Mr Becker, kommen bitte mit mir mit", sagte Tom und deutete mit dem Kinn zur Tür. „Kannst du bitte den Summer drücken, Shirley?"

„Moment mal", sagte Carly. „Wir sind zusammen gekommen, und wir bleiben auch zusammen. Wir lassen uns nicht trennen." Sie trat einen Schritt näher an mich heran, vermutlich, um unsere Einigkeit zu zeigen.

Tom und Shirley wechselten einen Blick, wie Eltern es tun, wenn ihre Kleinkinder sich unvernünftig verhalten. „Leider ist das nicht verhandelbar", sagte er.

„Ich weiß, wozu euresgleichen fähig ist", entgegnete Carly. „Und ich weiß, dass unsere Chance, hier mit heiler Haut herauszukommen, besser ist, wenn wir zusammenbleiben."

„Ach, Herzchen", sagte Shirley, und ihre Stimme hatte denselben Tonfall wie damals meine Mutter, als sie erfahren hatte, dass ich in der Grundschule gehänselt wurde.

Aber Carly ließ sich nicht beschwichtigen. „Woher soll ich überhaupt wissen, dass mein Sohn noch lebt? Außer der Mailbox-Nachricht vor Stunden habe ich nichts von ihm gehört."

„Ihrem Sohn geht es gut", erklärte Shirley, aber das half nichts. Carly legte aufgebracht los, sie sollten Frank *auf der Stelle* herausbringen, oder sie werde sie alle öffentlich als die Mörder anprangern, die sie seien. Shirley versuchte, sie zu beruhigen, während Tom in eine Ecke des Raums ging, um zu telefonieren. Ich stand wie erstarrt da und wusste nicht, was ich tun sollte. Ich sah zu, wie meine Schwester die Nerven verlor und Shirley so freundlich wie eine Jugendgruppenleiterin auf sie einsprach, und gleichzeitig hatte ich das Gefühl, ich müsste irgendetwas unternehmen.

Plötzlich hörte ich, wie Nadias Stimme ganz klar und ruhig zu mir durchdrang. Angesichts der Aufregung hier war mir vollkommen entgangen, dass ihre Energie nicht mehr spürbar gewesen war. *Alles in Ordnung, Russ. Ich habe Frank gesehen. Es geht ihm gut.*

Ich war ganz Ohr. *Bist du dir sicher?*

Er ist hinten im Gebäude und schaut Zeichentrickfilme. Er scheint sich ein bisschen zu langweilen, aber sonst ist mit ihm alles in Ordnung.

Woher weißt du so sicher, dass es Frank ist? Ich wollte ihr glauben, aber mir kam der Gedanke, dass es auch ein anderes Kind sein könnte.

Er hat auf diesen Namen reagiert, als sie ihm ein Root-Beer gebracht haben, und außerdem sieht er dir irgendwie ähnlich. Wer könnte es sonst sein?

Da übernahm ich die Verantwortung für die Situation und unterbrach Carlys Tirade, indem ich die Hand vor ihrem Mund schwenkte. Sie hielt inne und starrte mich wütend an, aber wenigstens schwieg sie. Ich nahm die Hand weg. „Es ist in Ordnung, Carly, wirklich. Warte einfach hier auf mich."

Achtunddreißigstes Kapitel

Tom führte mich in den Nachbarraum, der abgesehen von einem Metallklappstuhl, der unter einer Deckenleuchte stand, verdächtig leer war. Der Boden bestand aus nacktem Beton, und Wände und Decke waren rein weiß gestrichen. Er musterte mein Gesicht, um meine Reaktion zu sehen. „Nun, was meinen Sie?"

„Keine Fenster, zwei Türen", antwortete ich, was eher eine Beobachtung als sonst irgendetwas war. Die zweite Tür lag gegenüber der, durch die wir eingetreten waren. „Bringen Sie Frank jetzt rein?"

„Ich wünschte, es wäre so einfach", antwortete er, und es klang aufrichtig. „Aber das ist nicht meine Entscheidung."

„Wer entscheidet denn dann?"

„Meine Befehle kommen von ganz oben. Der Kommandant hat angewiesen, dass Sie eine Reihe von Tests durchlaufen müssen. Wenn Sie damit fertig sind, wird man Sie zu Ihrem Neffen führen, und nach einem kurzen Gespräch können Sie dann nach Hause gehen."

Das gefiel mir überhaupt nicht. „Von was für Tests reden wir denn?"

„Von verschiedenen. Wir wollen Ihre Fähigkeiten beurteilen, die, wie wir wissen, beträchtlich sind. Und so wird es laufen", erklärte er, mit beiden Händen begeistert gestikulierend. „Diese Kammer hier ist die erste in einer Folge von Räumen. Jeder Raum, den Sie von nun an betreten, wird drei Türen haben. Ihre Aufgabe besteht darin, so schnell wie möglich durch die Räume zu gelangen und die richtige Ausgangstür zu wählen. In der Tat", fügte er hinzu, während er ein kleines Gerät aus der Hosentasche zog, „wird Ihre Zeit gemessen." Er beugte sich verschwörerisch vor. „Sie haben eine Stunde für den Test, aber ich glaube nicht, dass Sie so lang brauchen werden. In der Wettgemeinschaft unseres Büros habe ich auf zweiunddreißig Minuten gesetzt."

„Moment mal – Leute wetten auf mich?", fragte ich völlig verdattert.

„Nur ein paar von uns." Er winkte ab, als wäre das ohne jeden Belang. „Und wir drücken Ihnen alle total die Daumen. Verstehen Sie?"

„Nein, ich verstehe gar nichts." Ich spürte, wie meine Kehle sich vor Panik zusammenschnürte. Dr. Anton hatte gesagt, meine Testergebnisse ließen auf hohe Intelligenz schließen, aber ich kapierte nicht, worum es hier überhaupt ging. „Erklären Sie es mir noch einmal."

„Okay." Er holte tief Atem und erteilte mir Anweisungen wie ein Quarterback, der im Getümmel eines Football-Spiels einen Spielzug ansagt. „Eine Folge von Räumen. Nach diesem hier hat jeder drei Türen. Sie müssen die Hindernisse in jedem Raum überwinden und die richtige Tür wählen, um zum nächsten Raum vorzurücken. Die Türen bleiben verschlossen, bis Sie das Hindernis aus dem Weg geräumt haben. Stellen Sie es sich wie ein Labyrinth vor, in dem unterwegs Probleme zu lösen sind. Wenn Sie jedes Hindernis überwinden und immer die richtige Tür wählen, ist der Test nach dem letzten Raum vorbei, und Sie sehen Frank wieder."

„Und was, wenn ich die falsche Tür wähle oder nicht an den Hindernissen vorbeikomme?"

„Oh, das wäre sehr schlecht", sagte Tom. „*Wirklich* schlecht für Sie und Ihre Lieben." Er schlug mir auf die Schulter. „Aber so was wollen wir uns nicht ausmalen. Positives Denken. Okay?"

„Und was, wenn ich mich weigere, bei diesem kranken Spiel mitzumachen?"

Toms Miene verfinsterte sich. „Das ist keine Option. Wenn Sie wieder heim wollen, müssen Sie den Test durchlaufen."

Wir hatten uns festgefahren, und nur ich konnte Bewegung in die Sache bringen. Ich dachte über meine Möglichkeiten nach und kam zu folgendem Schluss: Entweder ich nahm an diesem Test teil, oder (das lag wohl auf der Hand) Carly, Frank und ich würden sterben.

Schließlich sagte ich: „Okay. Wann fange ich an?"

„Oh, in gewisser Weise hat es schon angefangen. Ich verlasse jetzt den Raum. Sobald Sie die Tür zufallen hören, beginnt es offiziell. Ich wünsche Ihnen von ganzem Herzen

Glück." Er streckte mir die Hand hin. Als ich sie ergreifen wollte, hörte ich Nadias Stimme: *Nein! Fass seine Hand nicht an, er will dich mit einem Stromschlag töten. Das ist der erste Test.*

Ich zuckte zurück. „Nein danke." So tief war der Zwang zur Höflichkeit also in mir verankert, dass ich mich bei jemandem bedankte, der mich mit einem Stromstoß aus dem Weg hatte räumen wollen? „Ich habe schon genug Elektrizität in mir. Da verzichte ich gerne."

„Sehr gut!", sagte Tom anerkennend. Er zeigte auf die Tür, durch die wir eingetreten waren. „Sie können vorwärtsgehen."

„Wohl kaum", schoss ich zurück. „Ich gehe durch die andere Tür."

Er lachte. „Ich habe auch nicht geglaubt, dass Sie darauf hereinfallen würden, aber versuchen musste ich es."

Nachdem Tom sich in den Empfangsbereich zurückgezogen hatte, konnte ich mich mit meinem neuen Schutzengel kurzschließen, mit Nadia. *Danke.*

Gern geschehen. Ich pass auf dich auf, Russ.

Wenn Carly diesen Ausdruck verwendete, krümmte ich mich innerlich, aber bei Nadia war es beruhigend. Es bedeutete, dass ich nicht allein war. *Das weiß ich*, sagte ich. *Ich weiß es zu schätzen.*

Sie beobachten dich. Sie haben in die Lampen und in die Türrahmen Überwachungskameras eingebaut.

Wissen sie, dass du bei mir bist?

Genau genommen bin ich gar nicht da, Russ. In Wirklichkeit liege ich zu Hause in meinem Bett.

Du weißt, was ich meine.

Nein, keiner weiß, dass ich mit dir rede. Das wissen nur wir beide."

Ich wandte mich zur Tür und winkte, damit sie merkten, dass mir das mit den Kameras klar war. Ich stellte mir einen Haufen Associates vor, die vor einem Bildschirm saßen und glotzten, als wäre das eine Reality-Show. Nur ein geistig gestörter Looser konnte sich daran aufgeilen, so etwas zu beobachten. Ich ging zur Tür in der Wand gegenüber und streckte behutsam die Hand nach der Klinke aus.

Nimm den Stuhl mit.

Ohne zu zögern kehrte ich um und holte den Stuhl. Zusammengeklappt passte er bestens unter meinen Arm. Ich öffnete die Tür und kam in einen neuen Raum, der ungefähr so wie der erste aussah. Er war leer, und oben brannte eine Deckenleuchte.

Ich schloss die Tür hinter mir, und plötzlich ging das Licht aus, und um mich herum war es vollständig dunkel. Die Dunkelheit hatte Abgründe der Dunkelheit; weil ich kein Raumgefühl mehr hatte, wurde mir schwindelig und alles drehte sich um mich wie damals, als ich acht war und mir ein großes Glas Bowle gemopst hatte. Ich stand ein paar Sekunden oder vielleicht sogar Minuten da, denn während ich versuchte, mich zu orientieren, fehlte mir jedes Zeitgefühl. Da absolut gar nichts geschah, wuchs in mir die Angst, dass ich überrumpelt würde, wenn dann endlich doch irgendwas passierte. *Nadia?*

Ich bin da, Russ.

Hast du irgendeine Ahnung, was als nächstes geschieht?

Hör mir gut zu. In ein paar Minuten lassen sie mehrere große Kampfhunde in den Raum. Wütende, knurrende Hunde, die nur eins wollen, beißen.

Mich wollen sie beißen?

Natürlich, wen denn sonst? Und folgendes musst du tun. Zieh dein Shirt aus.

Mein Shirt ausziehen? Warum denn?

Als dieser Kerl dich berührt hat, hat er dein Shirt mit einer Art Fleischgeruch präpariert, der die Hunde anlockt. Zieh es aus und häng es über den Stuhl.

Ich rieche aber gar nichts an mir.

Du bist ja auch kein Hund.

Ich klappte den Stuhl auf, zog mir mein T-Shirt über den Kopf und hängte es über seine Rückenlehne. *Und jetzt?*

Gib Fersengeld!

Ha, ha, sehr komisch, Nadia.

Okay, stell dich direkt neben die Tür.

Ich tapperte unbeholfen durch den Raum, bis ich an der gegenüberliegenden Wand zwei Türen fand. *Verdammt, ist das dunkel.*

Wenn es doch nur eine Möglichkeit gäbe, etwas Licht zu machen ... Obwohl ich Nadia nur im Geist hörte, entging mir ihr sarkastischer Tonfall nicht.

Ach ja. Ich hielt die Hände in einem gewissen Abstand zueinander und konzentrierte mich, bis zwischen ihnen Funken sprühten. Nun sah ich genug, um ein Gefühl für den

Raum zu bekommen. Mit einem Blick zur Deckenleuchte sagte ich: „Es werde Licht."
Ich warf eine Art kleinen Feuerball zwischen meinen Händen hin und her. Er blendete
mich, wenn ich direkt hineinschaute, und so hob ich den Blick über das Gleißen hinweg.
Ich stand zwischen den beiden Türen.

Auf der anderen Seite hörte ich die Hundemeute, ein wütendes, geiferndes Knurren,
genau wie Nadia vorhergesagt hatte. Ich bin verärgerten Vertretern der Gattung Canis
und ihren Reißzähnen immer aus dem Weg gegangen, vor allem, indem ich es vermieden
habe, nachts auf Schrottplätzen einzubrechen, aber diesmal ließ sich die Begegnung nicht
vermeiden. Die Hunde sprangen von der anderen Seite gegen die Tür. Ich hörte, wie ihre
Nägel über das Holz kratzten und wie die Türkante gegen den Rahmen rumste. Wenn
man die Tiere in den Raum ließ, dann hieß es Höllenhunde gegen den Zehntklässler Russ
Becker. Ich war mir nicht sicher, ob meine elektrischen Blitze mir diesmal helfen würden.
Ich konnte sie in einer geraden Linie losschleudern, wenn ich nur ein einziges Ziel hatte
und dieses sich nicht bewegte. Wie groß war wohl die Chance, dass es so sein würde?

Obgleich ich es erwartet hatte, schrak ich doch zusammen, als die Tür aufflog und
die Hunde hereinstürmten. Der Funkenball entfiel meinen Händen, und er fiel zischend
in sich zusammen und ließ mich im Dunkeln zurück. Ich hatte allerdings schon genug
gesehen. Die Hunde waren riesig, hatten mächtige Schnauzen und starke Flanken, und es
waren drei, die sich wie Drillinge glichen. Sie stürzten sich an mir vorbei in den Raum und
schossen direkt auf das Shirt zu, das über der Rücklehne des Metallklappstuhls hing. Die
Wucht, mit der sie gegen den Stuhl sprangen, ließ diesen quer durch den Raum rutschen,
und er prallte krachend auf der anderen Seite gegen die Wand.

Darauf erpicht, aus dem Raum zu entkommen, nutzte ich die Gelegenheit und packte
den Griff der anderen Tür, also derjenigen, hinter der keine Hunde gewesen waren. Das
erschien mir als die naheliegende Wahl. Der Griff ließ sich aber nicht herunterdrücken,
und als ich daran zog, bewegte sich nichts. Ich versuchte es auch mit der anderen Tür,
doch die war ebenfalls verschlossen. Warum?

„Ich habe das Hindernis überwunden. Macht die Tür auf!", rief ich.

Oben ging das Licht an, und plötzlich interessierten sich die Hunde für mich. Mit
aufgestellten Ohren drehten sie sich zu mir um und fletschten knurrend die Zähne. In der
siebten oder achten Klasse hatte ich einmal eine labile Phase durchgemacht, in der ich mir
meinen Tod auf hunderterlei verschiedene Arten vorstellte. Aber von Hunden zerrissen
zu werden, hatte nicht dazu gehört.

„Brave Hundchen", sagte ich und zog mich in eine Ecke zurück. Die drei stürmten jetzt nicht mehr vorwärts, sondern näherten sich mir langsam, als wären sie dazu ausgebildet worden, sich Zeit zu lassen. Ich blickte mich im Raum um, doch ich konnte nirgendwo hinfliehen, mich nirgends verstecken, und es gab nichts, was ich als Waffe hätte verwenden können. Panik stieg mir wie Galle in die Kehle.

Dann aber fiel mir ein, was Carly mir auf der Fahrt mit dem Kleintransporter gesagt hatte. *Die Waffe bist du selbst.*

Das stimmte.

Ich schüttelte meine Angst ab, hielt ihnen die Hände mit den Handflächen nach unten über den Kopf und lenkte meine Energie auf sie. Dann sagte ich im Befehlston: „Sitz." Die Hunde blieben stehen und hörten auf zu knurren, befolgten mein Kommando aber nicht. Einer legte den Kopf schief, als dächte er darüber nach, was ich als ein gutes Zeichen auffasste.

Ich versuchte es erneut. „Sitz." Zu meiner Verblüffung gingen alle drei mit den Hinterteilen herunter und hockten sich hin. Ich rief mir typische Befehle für Hunde ins Gedächtnis und versuchte es mit: „Bleib." und dann: „Down." Die drei legten sich in Ruhestellung hin. „Brave Hunde!" Plötzlich fiel mir auf, dass einer von ihnen mein T-Shirt im Maul hatte. Ich ging zu ihm und legte ihm die Hand auf den Kopf. „Aus."

Als er das Shirt fallen ließ, hob ich es auf und schob die Hände in die Ärmel, was Nadia zu einem Kommentar veranlasste: *Igitt.*

Mädels ekelten sich wirklich ganz schön schnell, dachte ich, als ich es über den Kopf streifte. Hundesabber machte mir nichts aus. Ich hatte auch gar keine Zeit, mich mit so einer Kleinigkeit abzugeben. Ich musste mich auf die nächste Prüfung konzentrieren.

Ich entschied mich für eine Tür, machte sie auf und ging hindurch.

Neununddreißigstes Kapitel

Dahinter lag ein etwas größerer Raum, bei dem sich eines tatsächlich entscheidend verbessert hatte: Es gab richtige Fenster, die auf einen Parkplatz hinausgingen, an dem eine Schnellstraße vorbeiführte. Aus Lautsprechern, die ich nicht sehen konnte, ertönte Musik. Ich erkannte den Song nicht, aber es war ein fröhlicher, schmissiger Rhythmus, ganz im Gegensatz zu dem inneren Tumult, der meinen Magen in Aufruhr versetzte.

Zwei muskelbepackte Kerle etwa meines Alters standen auf der gegenüberliegenden Seite des Raums, jeder vor einer Tür. Das Erste, was mir an ihnen auffiel, war, dass sie wie Football-Spieler gebaut waren. Und das Zweite – dass sie Trainingsanzüge trugen. Im Ernst. Abgesehen von diesen beiden Menschen war der Raum leer. Vermutlich waren also diese beiden Typen die Hindernisse.

„Hey, Leute", sagte ich. „Ich arbeite mich hier so irgendwie durch. Könnt ihr mir bitte den Weg zu meinem nächsten Ziel zeigen?"

Die hatten überhaupt keinen Sinn für Humor, diese Kerle. Sie sagten kein Wort, und ihre Gesichter blieben vollkommen ausdruckslos, aber sie verschränkten die Arme vor der Brust.

Wie wär's mit ein bisschen Hilfe, Nadia? Ich spürte ihre Gegenwart nicht mehr. Aus welchem Grund auch immer, sie war verschwunden, und ich war auf mich selbst gestellt.

Ich schaute den Typen ins Gesicht. Einer sah ein bisschen jünger aus als der andere. Er hatte hässliche Pickel, aber schöne Locken. Der andere Jugendliche, der die Tür zur Linken bewachte, hatte eine Tätowierung am Hals. Eine gemein aussehende Schlange. Die Art von Tattoo, die man häufig bei ehemaligen Strafgefangenen (oder bei Leuten mit Aussicht auf eine Knastlaufbahn) sieht. Jeder dieser Jungs wog mindestens einen halben Zentner mehr als ich, und beide machten eine Miene, als könnten sie es gar nicht abwarten, auf mich einzudreschen und Hackfleisch aus mir zu machen.

Als Schlangen-Boy schließlich etwas sagte, war es nicht an mich gerichtet. „Das soll also dieser ganz besondere, dieser einzigartige Typ sein? Ich seh nichts dergleichen."

Sein Freund grinste höhnisch. „Mit dem könnten wir gerade noch eine Taschenlampe betreiben, vielleicht." Er sprach das Wort wie „vö-lleicht" aus, wodurch er wie der letzte Provinztrottel wirkte.

Offensichtlich waren diese Neandertaler scharf auf einen Kampf. Ich wusste, sobald ich versuchte, an ihnen vorbeizukommen, würde es losgehen, und so musste ich meine Tür im Voraus wählen. Ich trat einen kleinen Schritt auf Schlangen-Boy zu, und keiner der beiden zuckte mit der Wimper. Ich trat zurück und versuchte dasselbe bei der anderen Tür, die von dem jünger wirkenden Teenager bewacht wurde. Beide spannten sich an, als machten sie sich bereit, mir in den Weg zu treten. Es war nur ein winziges, unwillkürliches Signal, aber es war unübersehbar. Sie wollten absolut nicht, dass ich mich der rechten Tür näherte.

Ich kreuzte diese Tür im Geist an. In mir drin wurde sie nun zu *meiner* Tür, und diese Kerle verstellten mir den Weg. Ich holte tief Luft und machte mich so groß, wie ich konnte. „He du Höhlenmensch", ich deutete auf Lockenhaar. „Geh zur Seite."

Darauf sagte er, und das würde ich vor Gericht beschwören: „Zwing mich doch dazu."

Ich habe, glaube ich, schon erwähnt, dass ich noch nie auf Streit aus war. Ich mied Konflikte und ging Ärger wenn möglich aus dem Weg. Wenn mir in meiner Zeit in der Middle School jemand den Weg verstellt und gesagt hatte: „Zwing mich doch zum Weggehen", hatte meine Reaktion normalerweise darin bestanden, dass ich mich lieber selbst verzogen und für die Toilette auf der anderen Seite des Gebäudes entschieden hatte. Ich hielt mich nicht für eine Kämpfernatur, aber ich stellte fest, dass ich durchaus das Zeug dazu hatte, wenn es um Leben und Tod ging.

Ich schoss einen Blitzstrahl nach Lockenhaars Füßen, was ihn rückwärts zur Tür springen ließ. Er wirkte bestürzt, aber sein Freund, der Schlangen-Boy, johlte: „Da haben wir ja ein Prachtexemplar!"

Ein Rauchfaden stieg von Lockenhaars linkem Fuß auf. Mein Blitz war ihm unangenehm nahe gekommen. Er zog hektisch den Schuh aus und warf ihn nach mir. „Die waren neu", sagte er wütend.

„Sorry", antwortete ich und stürmte direkt auf die beiden zu. Sie hielten noch die Stellung, aber ich malte mir aus, ich könnte noch ein paar Blitze nach ihnen schleudern und im Nullkommanichts nichts durch die Tür sein. Wenn ich mich beeilte, würde Tom ja vielleicht noch den Jackpot knacken.

Folgendes sollte man sich für alle Zukunft merken: Unterschätze niemals irgendjemanden, nur weil er wie ein Provinztrottel redet oder ein fragwürdiges Tattoo trägt. Diese Typen hatten mehr drauf, als ich angenommen hatte. Sie griffen mich an, schlugen mich zu Boden, sprangen auf mich drauf und nahmen mich abwechselnd in die Mangel wie Ringkämpfer im Fernsehen. Lockenhaar hielt mich auf dem Beton fest und rammte mir immer wieder die Faust ins Gesicht, bis ich spürte, wie meine Nase brach. Ein Strom von Blut schoss daraus hervor, und etwas davon lief mir rückwärts in die Kehle. Als ich es schmeckte, musste ich fast kotzen. Diese beiden Raufbolde verfügten nicht über so viel Elektrizität wie ich und hatten auch nicht die gleiche Reichweite, aber für ihre Strategie war das auch nicht nötig. Jetzt, da sie mich unter sich festhielten, verpasste Schlangen-Boy mir mehrere Stromstöße aus kurzer Entfernung. Ich hatte zu viel damit zu tun, mich zu verteidigen, um meine Energie richtig einzusetzen und selbst zum Angriff überzugehen. Sie verfügten nicht über meine Fähigkeiten, aber sie waren zu zweit und sie verdroschen mich auf die gute altmodische Art.

„He!" Ich versuchte hochzukommen, aber sie stießen mich wieder und wieder zurück. Ich staunte über die Gehässigkeit in ihrem Blick. Sie kannten mich doch noch nicht einmal. Warum hassten sie mich dann?

Schlangen-Boy hatte mir die Hände auf die Brust gelegt und versetzte mir einen Stromschlag nach dem anderen; unterdessen quetschte sein Kumpel meinen Kopf so heftig zusammen, dass es wehtat. „Gib zu, dass du besiegt bist", sagte Lockenhaar im selben Tonfall, in dem er zuvor „Zwing mich doch dazu" gesagt hatte. Das hier war Krieg im Erstklässler-Stil. „Sag es. Sag, dass wir gewonnen haben."

Ich würgte ein einziges Wort heraus. „Niemals."

Immer, wenn ich es schaffte, mich auf den Ellbogen aufzurichten, wurde ich wieder zurückgestoßen. Es schien so, als könnte ich dieses Spiel nicht gewinnen. Sehnsüchtig reckte ich den Arm nach der Tür, wo ich hinwollte. Stimmen wirbelten um mich herum – die Erinnerungen an alles, was ich heute gehört hatte.

Carly, wie sie sagte: *Die Waffe bist du selbst.*

Tom, der uns so übereifrig wie ein begeisterter Welpe herumgeführt hatte, hörte ich sagen: *Weil Sie Russ Becker sind. Ein G-Zwei-Mann. Jemanden wie Sie gibt es nur alle hundert Jahre oder so.*

Dann hörte ich Shirley, die Dame an der Rezeption: *Aber heute bin ich länger geblieben, um noch Russ Becker zu begegnen.* Und dann hatte sie mir die Hand geschüttelt, als wäre es eine Ehre für sie. Als wäre ich jemand ganz Besonderes.

Und zum Schluss dachte ich an Franks Nachricht auf Carlys Handy: *Kannst du Russ schicken, damit er mich abholt und nach Hause bringt.*

Frank wartete darauf heimzukommen. Wenn ich aber so weitermachte, wenn ich mich weiter nach Strich und Faden verdreschen ließ, würde das nicht klappen. Ich brauchte eine neue Strategie.

Ich sog die Luft ein, wehrte mich nicht mehr mit Muskelkraft und dachte stattdessen über Elektrizität nach. Ich war ja ohnehin schon aufgeladen, und sie gaben mir jetzt noch mehr. Genau wie vor kurzem, als die Associates versucht hatten, Mallory zu entführen, zog ich all diese Elektrizität zusammen, und sie verlieh mir wie ein Adrenalinstoß einen Schub übermenschlicher Energie.

Ich erinnere mich nicht, wie ich hochkam. Gerade eben drückte Schlangen-Boy mich noch auf den Boden, und dann stand ich schon auf den Beinen, ein ernstzunehmender Gegner. Die plötzliche Bewegung brachte Schlangen-Boy und Lockenhaar aus dem Gleichgewicht.

Doch kaum war ich an der Tür, sprangen sie auf und kamen hinter mir her. Ich drückte den Griff herunter und war beinahe hindurch, doch noch immer hatte ich beide auf den Fersen. Mit seinem ganzen Gewicht warf Lockenhaar sich gegen die Tür und klemmte mich auf halbem Wege ein. Sein Kumpel kam dazu und verpasste mir einen Stromschlag in die Schulter, doch ich zuckte nur ganz leicht zusammen. Ich war so kurz davor. Ich hatte schon zwei Drittel des Weges in den Nachbarraum geschafft, aber das spielte keine Rolle. Wenn es mir nicht gelang, diesen Typen zu entkommen, würde ich niemals zur nächsten Prüfung gelangen.

Ich hörte, wie Schlangen-Boy mich verspottete: „Und was machst du jetzt?" Die Tür klemmte meine Brust ein und hielt mich wie ein Schraubstock fest. Jetzt riss jemand an meinem Arm, und es fühlte sich so an, als würde er ihn mir gleich auskugeln.

Ich beherrschte mich nicht, sondern verschoss einen gewaltigen Stromstoß aus dem Arm, an dem gerissen wurde. Noch nie hatte ich so viel Elektrizität freigesetzt: Es gab einen ohrenbetäubenden Donnerschlag und einen blendend hellen Lichtblitz. Der Strahl war nicht gezielt, aber ich wusste, dass er getroffen hatte, weil beide Kerle mich losließen und die Tür aufschwang. Ich hörte einen schrillen Schmerzensschrei von einem der Typen, und als ich zurückschaute, sah ich Lockenhaar wild um sich tretend auf dem Boden liegen. Sein Kopf zuckte, als hätte er einen epileptischen Anfall.

Schlangen-Boy, der sich über ihn gebeugt hatte, warf mir einen entsetzten Blick zu. Er öffnete den Mund wie zum Sprechen, aber es kam kein Wort heraus.

Ich machte die Tür hinter mir zu.

Vierzigstes Kapitel

Ich stellte fest, dass ich mich im Wartezimmer eines Arztes befand, einschließlich einiger Patienten, die dort saßen und in Zeitschriften lasen, und einer mütterlich wirkenden Sprechstundenhilfe am Empfang. Eine Frau seufzte und schaute auf die Uhr ihres Handys, während eine junge Mutter ein weinendes Baby auf dem Schoß wiegte. Ein älterer Herr meldete sich vorne an; die Sprechstundenhilfe reichte ihm ein Klemmbrett und wies ihn an, wie er die Formulare ausfüllen musste.

Man darf mich ruhig überrascht nennen. Ich hatte keine Ahnung, was ich tun sollte. Körperlich befand ich mich im äußersten Alarmzustand und hielt ständig nach Ninja-Kriegern oder Scharfschützen Ausschau, aber es tauchten keine auf. Tatsächlich blickte nicht einmal jemand auf, als ich ins Wartezimmer trat. Ich fragte mich, ob mein Erscheinen in der Sprechstunde eines Arztes etwas damit zu tun hatte, dass ich verletzt war. Auch ohne Spiegel wusste ich, dass ich schrecklich aussah. Mein T-Shirt war vorne voller Blut, meine eine Gesichtshälfte fühlte sich geschwollen an, und ich hätte schwören können, dass ich ein paar Rippen gebrochen hatte. Jeder Atemzug war mit stechenden Schmerzen verbunden.

Ich ging nach vorn, vorbei an dem Mann, der gerade mit dem Klemmbrett wegging. Nervös trat ich an die Theke. Die Sprechstundenhilfe blickte auf und fragte: „Ja bitte? Haben Sie einen Termin?"

Ein Termin? Das sollte wohl ein Scherz sein. Doch ich spielte mit. „Ich bin mir nicht sicher", antwortete ich. „Ich heiße Russ Becker."

Ihr Gesicht hellte sich auf. „Oh, ja, Mr Becker. Frau Doktor erwartet Sie. Setzen Sie sich doch bitte. Sie werden gleich aufgerufen."

Ich setzte mich neben die Frau mit dem Baby, ein Platz, der mir einigermaßen sicher vorkam. Das Baby schrie laut, sein Gesicht war hochrot angelaufen und in den Augen standen Tränen. Seine Mutter sagte so deutlich, dass es bei dem Geplärr zu verstehen war: „Er ist normalerweise ein ganz lieber Junge, aber jetzt zahnt er gerade, und das bereitet ihm große Schmerzen."

„Der Arme", sagte ich, jetzt schon ein bisschen weniger wachsam. Ich war mir ziemlich sicher, dass niemand einen Mordversuch gegen mich unternehmen würde, solange ich neben einem Baby saß. Das nächste, was ich ganz spontan machte, war, dass ich dem Kleinen einen Finger hinhielt. Er schaute ihn mit aufgerissenen Augen an und griff dann danach. „Der packt aber ordentlich zu", sagte ich. Ich schnitt ein lustiges Gesicht, und der kleine Junge hörte auf zu weinen und betrachtete mich neugierig.

„Er mag Sie", sagte die Mutter.

Das Baby wirkte von mir fasziniert. Es schien vergessen zu haben, dass es eigentlich geweint hatte, und starrte mir ohne zu zwinkern direkt ins Gesicht.

„Wie heißt er?", fragte ich.

„Terry", antwortete sie. Und dann wandte sie sich wieder dem Jungen zu und sprach so, wie man es manchmal mit kleinen Kindern oder Tieren macht: „Er ist ein ganz lieber Kleiner, mein Männlein. Ja, genau."

„Hi, Terry." Ich spürte, wie mein Finger wärmer und die Verbindung zwischen dem Baby und mir stärker wurde. Seine Mutter hatte recht, der Kiefer tat ihm furchtbar weh. Diese Backenzähne waren mörderisch. Aber je länger der kleine Junge meinen Finger festhielt, desto mehr ließ der Schmerz nach, und nach einer kurzen Weile ging es ihm wieder gut. Ich spürte seinen Stimmungsumschwung von elend zu glücklich. Und als er dann ganz bei glücklich angelangt war, war er wirklich glücklich – die ganz große Show. „Der arme kleine Kerl", sagte ich zu seiner Mutter. „Schmerzen machen keinen Spaß."

„Mr Becker?", rief die Sprechstundenhilfe.

Ich entwand meinen Finger Terrys Umklammerung und ging nach vorn.

„Frau Doktor empfängt Sie jetzt."

Eine zierliche Frau im weißen Kittel und mit einem Stethoskop um den Hals kam in den Wartebereich, um mich zu begrüßen. Sie war jung, allenfalls Anfang dreißig, und sie hatte dunkles Haar und gerade, weiße Zähne. Über der Brusttasche war ihr Name eingestickt: Dr. Poore. „Schön, dass Sie hier sind", sagte sie und hielt mir die Hand hin.

Ach Nadia, wo bist du nur? Ich erhielt keine Antwort. Da Frau Dr. Poore nicht allzu bedrohlich aussah, ging ich das Risiko ein und schüttelte ihr die Hand.

„Ich werde Sie nicht lange aufhalten", sagte sie. „Ich weiß, dass Sie mit Ihren Aufgaben beschäftigt sind, aber ich habe eine Patientin, die Sie sich doch bitte einmal anschauen sollten." Sie winkte mich heran und führte mich durch einen Gang.

„Sie wissen über die Aufgaben Bescheid?" Ich redete mit ihrem Hinterkopf und versuchte gleichzeitig, meine Umgebung im Auge zu behalten. Ich war noch immer nicht völlig überzeugt, dass mich hier kein Hinterhalt erwartete.

„Ja, natürlich."

„Das hier ist also tatsächlich eine Arztpraxis?"

„Derzeit."

„Aber morgen und nächste Woche auch noch?"

Sie blieb vor einer Tür stehen und sagte: „Also, nein, nur heute als Szenerie für einen Teil des Tests."

„Dann sind Sie also gar keine Ärztin?"

„Doch, ich bin Ärztin, ich habe ein Medizinstudium abgeschlossen. Ich arbeite für die Organisation, die Sie derzeit testet."

„Die Associates."

Sie presste die Lippen zu einem Strich zusammen. „Einzelheiten darf ich nicht nennen. Ich habe hier einfach nur die Aufgabe, Sie durch diese bestimmte Prüfung zu begleiten." Sie stemmte eine Hand in die Hüfte, als wollte sie sagen: *Wollen Sie jetzt weitermachen oder nicht?*

„Nur zu", sagte ich. „Ich bin dabei."

Sie setzte den Weg durch den Korridor fort und trat in einen Raum, der sich als Sprechzimmer entpuppte. Auf der Untersuchungsliege saß mit herabbaumelnden Beinen eine rothaarige Jugendliche in einem Krankenhemd. „Oh, Entschuldigung", sagte ich und ging rückwärts aus dem Raum.

„Seien Sie doch nicht albern", sagte Dr. Poore und zog mich an meinem blutbefleckten Hemd wieder hinein. „Sie sind ja gerade wegen Clarice hier."

„Was ist denn mit dir passiert?", fragte Clarice mit gerunzelter Stirn. „Ich hab Krebs und sehe besser aus als du."

„Ich hatte eine Auseinandersetzung mit ein paar Freunden."

„Scheint so, als hätten sie gewonnen."

„Eigentlich ..."

„Wir wollen, dass Sie Ihre Fähigkeiten als Heiler an Clarice testen", unterbrach Dr. Poore mich.

Darüber wussten sie also auch Bescheid. Carly hatte recht. Ich zuckte mit den Schultern. „Okay, ich werd's versuchen."

„Sie hat vor kurzem die Diagnose ..."

„Nicht." Diesmal unterbrach ich sie. Ich hob die Hände und erklärte: „Das brauchen Sie mir nicht zu sagen." Einerseits wollte ich die traurige Geschichte dieses hübschen Mädchens nicht hören, und andererseits wusste ich, dass ich es selbst herausfinden konnte. Clarice hatte immer noch einen dichten, roten Haarschopf und sah überhaupt nicht krank aus. Aber ich wusste, dass der Schein trügen kann.

Ich streckte die Hände aus, und Clarice legte die ihren hinein.

„Sie müssen die befallenen Körperbereiche nicht berühren?" Dr. Poore stand neben mir und reckte den Hals, um mir zuzusehen.

„Nein." Mir fiel ein, was Nadia gesagt hatte, und ich schaute zur Tür. „Hört ihr das auch alle gut?"

Clarice lächelte albern.

Ich spürte, wie meine Hände wärmer wurden, und wusste, dass irgendetwas geschah. Ich konzentrierte mich und versuchte, Energie dahin zu senden, wo sie am meisten gebraucht wurde. Ich wusste, was für ein Gefühl es gewesen war, als ich meine eigene Kugelwunde und den Schnitt in Mallorys Finger geheilt und als ich meine Heilenergie in die beiden Associates gelenkt hatte, die versucht hatten, Mallory zu entführen. Jedes Mal hatte ich instinktiv gespürt, wo der Körper geschädigt war, und meine Energie war genau von diesem Bereich angezogen worden. Bei Clarice suchte die Energie, aber sie fand nichts.

Nach ein paar Minuten schüttelte ich den Kopf. „Tut mir leid. Ich finde es nicht heraus."

„Was findest du nicht heraus?", fragte Clarice. „Ich habe Krebs. Heile mich."

„Tut mir leid", wiederholte ich. „Ich kann bei dir keine Krankheit fühlen." Ich zog die Hände zurück, und mein Magen krampfte sich zusammen. Nun hatte ich also drei Aufgaben gelöst, nur um bei dieser hier zu scheitern. „Vielleicht könnte ich es ja mit einem anderen Patienten versuchen?"

„Nein, danke für Ihre Bemühungen. Ich denke, wir schicken Sie einfach zur nächsten Stufe weiter", sagte Dr. Poore, legte mir die Hand auf den Rücken und lenkte mich aus dem Zimmer.

Im Hinausgehen drehte ich mich zu Clarice um und sagte: „Tut mir leid, dass ich dir nicht helfen konnte."

„Schon okay." Sie klang gelangweilt. „Mach dir mal keinen Kopf."

Dr. Poore leitete mich durch den Korridor weiter vom Empfangsbereich weg. Am Ende des Ganges befand sich eine geschlossene Tür und daneben, rechts von mir, noch eine. „Eine dieser Türen wird Sie aus dieser Praxis und zur nächsten und letzten Prüfung führen", sagte sie.

Ich betrachtete die geschlossenen Türen und zögerte. Sie sahen genau gleich aus, und doch würde die eine mich ins Verderben stürzen, während die andere Leben und Freiheit bedeutete. *Nadia, bist du da?*

Keine Antwort.

Dr. Poore beugte sich mitfühlend vor und sagte: „Wenn ich den Weg nicht weiß, hilft es mir manchmal, darüber nachzudenken, wo ich vorher gewesen bin."

Schön für Sie, wollte ich sagen, aber dann begriff ich, dass sie mir einen Hinweis gegeben hatte. *Wo ich vorher gewesen bin.* Denk nach, Russ, denk nach. Ich blickte durch den Korridor zurück und bemerkte, dass er parallel zum Wartebereich verlief. Wenn ich die Tür zur Rechten nähme, würde die mich wieder zum Empfang führen, wo sich die Sprechstundenhilfe befand. Dort musste ich ganz offensichtlich nicht hin. Die Tür am Ende des Korridors war also die richtige.

Ich drehte mich um und reichte Dr. Poore die Hand. „Hat mich gefreut, Sie kennenzulernen", sagte ich, und das meinte ich ernst. Abgesehen von Terry, dem Baby, war sie hier die einzige, die wie ein richtiger Mensch wirkte.

Einundvierzigstes Kapitel

Wenn das kein Schock war. So verwirrend es auch gewesen sein mochte, ins Wartezimmer eines Arztes zu geraten, das hier war noch viel hirnzersprengender. Ich öffnete die Tür und stellte fest, dass ich mich an einem Ort befand, der wie eine öffentlich zugängliche Halle wirkte, ein großer, weiter, sonniger Bereich voller Leute, die kamen und gingen. Ich brauchte einen Augenblick, um mich zu orientieren, aber dann wusste ich plötzlich, wo ich mich befand. Es war die Milwaukee Intermodal Station, in der Carly und ich den Fahrschein für den Bus gekauft hatten.

War der Kleintransporter auf die Schnellstraße zurückgekehrt, über die wir mit dem Bus gekommen waren, und wieder nach Milwaukee gefahren, ohne dass wir es bemerkt hätten? Genau so musste es gewesen sein, und doch war ich mir sicher, dass dafür nicht genug Zeit gewesen wäre. Aber Carly und ich hatten natürlich da hinten im stockdunklen Transporter jedes Gefühl für Zeit und Entfernung vollkommen verloren gehabt.

Ich lehnte mich mit dem Rücken an eine Wand und wusste nicht recht, wie ich weitermachen sollte. Wenn ich jetzt zum Parkplatz hinausginge, würden Carly und Frank mich dann am Auto erwarten? Sollte ich vielleicht irgendetwas tun, und falls ja, was genau? Im Lautsprecher wurde ein abgehender Zug angekündigt, und Leute kamen und gingen. Es war ein bisschen mehr los, als ich es in Erinnerung hatte.

Schon wieder ein Déja-vu, wie es so heißt. Aber trotzdem.

Irgendetwas stimmte nicht. Ich schaute nach den Sonnenstrahlen, die schräg durch die Scheiben kamen, und erinnerte mich, dass sie schon im selben Winkel eingefallen waren, als ich meinen Fahrschein abgeholt hatte. Seitdem war Zeit vergangen. Warum hatte sich aber die Sonne nicht bewegt?

Ich schlängelte mich durch die Menge zu der einen Stelle, die ich näher kannte: Dem Fahrkartenschalter von Greyhound. Dort arbeitete derselbe Mann mit den über den Kopf drapierten Sardellen wie zuvor. Ich ging hin und stützte die Ellbogen auf den Tresen. Als er aufblickte, spürte ich, dass er mich erkannte. Er lächelte. „Mr Becker! Wie schön, Sie wiederzusehen. Hatten Sie gestern eine gute Fahrt mit uns?"

„Gestern? Nein, wir sind uns doch erst vor einigen wenigen Stunden begegnet."

„Ich widerspreche Ihnen nicht gerne, Sir, aber ich habe Sie zuletzt gestern gesehen." Er klang überzeugt, aber ich spürte etwas, was unter diesem selbstgewissen Ton lag. Eine Andeutung von Hinterlist. Er log.

„Ich habe Sie nicht gestern gesehen", erklärte ich. „Sondern heute vor einigen Stunden. Und auch nicht hier, sondern in der Milwaukee Intermodal Station."

„Sir, das hier ist die Milwaukee Intermodal Station."

„Nein", entgegnete ich. „Zugegeben, es sieht hier ganz ähnlich aus, aber sie ist es nicht. Das ist nicht möglich."

Er wandte sich an seinen Kollegen. „Gary, sag, wie heißt dieses Gebäude?"

Gary, der einer Kundin gerade Wechselgeld herausgab, blickte verwirrt drein. „Die Milwaukee Intermodal Station? Manchmal wird sie auch einfach nur Zugbahnhof oder Busbahnhof genannt."

„Sehen Sie", sagte der mit dem Sardellenhaar, als wäre seine Behauptung durch Garys Bestätigung bewiesen.

„Außerdem gehen die Uhren falsch", sagte ich. „Ich bin um viertel nach sechs von hier aufgebrochen, und seitdem sind mindestens zwei Stunden vergangen."

„Tut mir leid, Sir", entgegnete er, „aber Sie irren sich. Der Achtzehn-Uhr-fünf-fzehn-Bus ist heute noch gar nicht abgefahren."

„Im Gegenteil, der Irrtum liegt bei Ihnen." Ich merkte nämlich beim Umherblicken, dass ich mich nicht in der Milwaukee Intermodal Station befinden konnte. Und ich war auch nicht wieder in Milwaukee. Sie hatten den Bahnhof irgendwie nachgebaut. Was sie hier hinbekommen hatten, kam ihm nahe, aber nicht nahe genug. Ich schaute um mich her und fragte mich, wie aufwendig es gewesen sein musste, ein riesiges Glasgebäude wie dieses zu errichten. Sehr. War all das nur für mich bestimmt? Und warum? „Ich weiß, wie viel Uhr jetzt in Wirklichkeit ist und dass ich mich nicht einmal in der Nähe der

Intermodal Station befinde. Sie wurde allerdings sehr schön nachgebaut." Ich ließ den Blick umherwandern. „Die meisten Einzelheiten stimmen. Aber eben nicht alle. Dieser Baum zum Beispiel", dabei deutete ich auf einen der Pflanzkübel in der Mitte, „hat einen geringfügig anderen Wuchs als vorher."

Sardellenhaar schüttelte den Kopf. „Ich möchte Sie nicht unnötig aufregen, denn ich merke ja, dass Sie verwirrt sind. Aber gestern, als ich Ihnen den Umschlag mit dem Fahrschein für den Bus um achtzehn Uhr fünfzehn gegeben habe, habe ich Sie zum letzten Mal gesehen. Gestern Abend bin ich nach Hause gegangen, habe die Nacht über geschlafen, und jetzt stehe ich wieder an meinem Platz hinter dem Schalter."

„Ich möchte Sie ebenfalls nicht unnötig aufregen", nahm ich das Ping-Pong-Spiel auf. „Aber ich habe Sie vor ein paar Stunden in der Milwaukee Intermodal Station gesehen, und jetzt sind wir hier an diesem Ort, der ihr täuschend ähnlich sieht."

„Nehmen wir einmal an, das wäre so", sagte er langsam. „Nehmen wir einmal an, Sie wären erst vor wenigen Stunden aufgebrochen und Ihr Bus hätte Sie an einen Ort wie diesen gebracht, der aber anderswo liegt. Wie wäre ich dann da hingekommen? Ich meine, Sie sind doch weggefahren, oder? Und da habe ich noch gearbeitet. Ich hätte doch gar keine Zeit gehabt, ebenfalls aufzubrechen und jetzt schon irgendwo anders zu sein."

Ich zögerte. In meinem Gehirn verknotete sich alles. Wie hätte er den Bus und den Kleintransporter überholen können? Vielleicht, wenn er wirklich schnell gefahren wäre … Aber damit es klappte, hätte so vieles perfekt zusammenspielen müssen.

„Die Bäume werden in regelmäßigen Abständen umgestellt", fuhr er fort. „Damit alle gleich viel Licht bekommen."

Das klang beinahe logisch.

„Hatten Sie vielleicht kürzlich eine Kopfverletzung?", fragte er freundlich. „Es kommt vor, dass jemand wegen eines Gehirntraumas sein Zeitgefühl verliert."

Ich war mir so sicher gewesen, dass ich nicht wieder im Bahnhof war, aber vielleicht war ich ja k.o. geschlagen worden, und sie hatten mich nach Milwaukee zurücktransportiert, ohne dass ich es mitbekommen hatte. Möglich wäre das wohl.

„Sie sehen so aus, als hätten Sie gerade etwas Schreckliches durchgestanden", sagte Sardellenhaar und zeigte auf die Blutflecken auf meinem Hemd. „Setzen Sie sich doch einmal kurz dort drüben hin, dann lasse ich jemanden ein Glas Wasser für Sie holen. Wenn Sie wollen, können wir auch veranlassen, dass jemand Sie nach Hause fährt." Seine Stimme wirkte irgendwie einlullend auf mich, und ich merkte plötzlich, dass ich mich wider besseres Wissen einfach nur hinsetzen und umsorgen lassen wollte. Und ich wünschte mir ja auch wirklich nichts anderes, als dass ich nach Hause konnte und alles wieder so war wie früher.

Ich warf einen Blick auf den Sessel, auf den er zeigte, und stellte mir vor, ich würde mich darauf niedersinken lassen, während mir jemand ein Glas Wasser brachte. Vielleicht könnte man mir den Weg zur Toilette weisen, und dort würde ich mir vor der Heimfahrt kaltes Wasser ins Gesicht klatschen. Es wäre schön, nur für ein paar Minuten den Kopf anzulehnen und die Augen zu schließen. Hin- und hergerissen stützte ich mich auf die Theke. Ich wollte auf Teufel komm raus, dass das hier endlich vorbei war. Es wäre einfach gewesen nachzugeben, aber dann fiel mir plötzlich etwas ein: Carlys Kaugummi. Als ich den Fahrschein abgeholt hatte, hatte sie ihn in einer Aufwallung von Trotz unter die Theke geklebt.

Ich trat einen Schritt zurück und schaute darunter. Ich erinnerte mich ganz deutlich, wie ich ihre zwei Finger gesehen hatte, die einen rosa Kaugummiklumpen unter die Platte klatschten. Aber jetzt war er nicht da. Weder ein Kaugummi noch irgendein Hinweis, dass er jemals dort gewesen war. Und nicht nur das, von unten war die Theke dunkelgrau und nicht weiß. Dieser Ort hier kam dem Bahnhof nahe, aber er war nicht genau gleich. Da war ich mir jetzt sicher. Ich richtete mich auf und blickte Sardellenhaar direkt in die Augen.

„Hören Sie", sagte ich. „Falls die Aufgabe darin bestanden haben sollte, dieses Verwirrspiel zu durchschauen, ist sie jetzt gelöst. Ich glaube nicht einen einzigen Augenblick, dass ich mich in der Milwaukee Intermodal Station befinde. Vor ein paar Stunden habe ich Sie, oder jemanden, der genau wie Sie aussah, im Bahnhof von Milwaukee gesehen, aber dort befinden wir uns jetzt nicht. Dieser Baum ist anders", sagte ich und deutete dorthin. „Und diese Theke ist ebenfalls anders." Ich klopfte darauf, um meinen Worten Nachdruck zu verleihen. „Und die Sonne sollte inzwischen tiefer am Himmel stehen. Sie können hier umstellen und sagen, was Sie wollen, aber was ich weiß, das weiß ich. Ich befinde mich nicht in der Milwaukee Intermodal Station. Auf so ein Psycho-Spielchen fall ich nicht rein."

Er sah mich ungerührt an. „Ist das Ihre endgültige Antwort?"

„Verdammt nochmal, ja."

„Gut gemacht, Mr Becker", sagte er mit einem anerkennenden Nicken.

Über den Lautsprecher ertönte ein lauter Gong. Als wäre das das Stichwort gewesen, hörten alle im Bahnhof von einem Moment zum anderen mit dem auf, was sie gerade taten. Der Mann vom Reinigungsdienst legte seinen Wischmop aus der Hand, die Leute, die im Wartebereich saßen, klappten Zeitschriften und Laptops zu, und alle jene, die gerade kamen oder gingen, blieben unvermittelt stehen.

Und dann klatschten alle spontan los. Mit langsamen, gemessenen Handbewegungen. Jeder, der sich in der Halle befand, applaudierte und kam auf mich zu. Die Bahnhofsangestellten, die Reisenden und dazu noch eine Menschenmenge, die aus dem Nichts aufzutauchen schien. Sie näherten sich mir und jubelten dabei, als wäre im Football-Stadion Lambeau Field ein Touchdown erzielt worden. Und ihre ganze Aufmerksamkeit galt ausschließlich mir.

Neben mir tauchte Tom auf und hob meinen Arm hoch. Überall klatschten die Leute sich ab und redeten aufgeregt miteinander. Als die Menge sich schließlich beruhigte, ließ Tom meinen Arm los und verkündete: „Achtundvierzig Minuten und dreiundfünfzig Sekunden", worauf gleich alle wieder losjubelten. Ich schnappte die eine oder andere Bemerkung auf:

„Unglaublich!"

„Kannst du dir auch nur vorstellen, wozu wir jetzt, da wir diesen Kerl haben, fähig sein werden?"

„So also ist ein G-Zwei-Mann!"

Tom wandte sich mir zu. „Ihre Fähigkeiten sind wirklich sehr beeindruckend. Darf ich Ihnen irgendetwas bringen – etwas zu trinken oder frische Kleider?"

„Ich möchte meinen Neffen zurückhaben", sagte ich.

Zweiundvierzigstes Kapitel

Frank Shrapnel saß vor einem Fernseher auf einer Couch und blickte kaum auf, als ich durch die Tür hereinkam. Die Möblierung bestand nur aus der Couch, dem Fernseher und einem Beistelltischchen, auf dem eine Auswahl von Knabbereien und ein halbvoller Becher Root Beer mit Trinkhalm standen. „Hey, Kumpel", sagte ich, und normalerweise hätte er bei so einem Gruß vor Glück gestrahlt, aber diesmal bestand seine einzige Reaktion aus einem kurzen Blick in meine Richtung.

Ich kniete mich vor ihn hin. „Bist du soweit? Können wir heimgehen?"

„Okay", antwortete er unverbindlich. Sein Gesicht blieb ausdruckslos, und er lächelte nicht, als würde er mich gar nicht erkennen. Von seiner üblichen Energie war überhaupt nichts übrig, hier hatte ich nur noch die äußere Hülle eines Jungen vor mir.

Ich würgte meine Wut herunter, um Tom zur Rede zu stellen. „Was habt ihr mit ihm gemacht?"

„Wovon reden Sie denn?", fragte Tom unschuldig. „Er sitzt hier doch vor Ihren Augen, und es geht ihm prima. Schauen Sie ihn sich ruhig genau an. Sie werden nicht einen einzigen Kratzer an ihm finden. Und wenn Sie ihn fragen, wird er wohl antworten, dass er sich bei seinem Besuch hier bei uns im Testzentrum prima amüsiert hat. Nicht wahr, Frank?"

„Ich habe mich im Testzentrum zusammen mit Russ prima amüsiert", antwortete er, die Augen noch immer auf den Bildschirm gerichtet.

„Ihr habt sein Bewusstsein manipuliert?", fragte ich ungläubig.

„Hätten Sie es vorgezogen, wenn er vor Angst hysterisch geworden wäre?"

Ich sprang Tom fast ins Gesicht. „Ich hätte es *vorgezogen,* dass er sicher zu Hause ist, wo er hingehört."

„Bitte beruhigen Sie sich doch."

„Mich beruhigen? Wohl kaum. Ihr seid doch Unmenschen. Erst entführt ihr Frank, und dann spielt ihr mit seinem Bewusstsein herum. Er ist noch ein Kind." Ich wünschte, ich könnte Frank auf den Arm nehmen und hinaustragen, wie ich es früher gemacht hatte, als er noch klein war.

„Regen Sie sich nicht unnötig auf", sagte Tom. „Es geht ihm gut. Er wird heimfahren und eine schöne Erinnerung an seinen Besuch mit Onkel Russ im Testzentrum für Videospiele behalten."

„Er glaubt, dass er sich in einem Testlabor für Computerspiele befindet?"

Tom nickte. „Er ist sich da sogar ganz sicher. In seiner Vorstellung haben Sie beide für ein großes Unternehmen Videospiele getestet. Den Namen des Unternehmens wird er nicht mehr wissen. Das haben wir unbestimmt gelassen, aber er wird sich mit Sicherheit erinnern, welchen Spaß er hatte und wie stolz er war, dass er einen Abend mit Onkel Russ verbringen durfte."

„Das soll wohl ein Scherz sein."

„Ganz und gar nicht. Er wird noch in Jahren davon erzählen, und was sollte daran verkehrt sein?"

„Verkehrt daran ist, dass es nicht der *Wirklichkeit* entspricht", sagte ich. „Es ist *niemals geschehen.* "

„Aus seiner Sicht ist es durchaus geschehen. Woher wollen Sie eigentlich wissen, dass *Ihre* sämtlichen Erinnerungen der Wahrheit entsprechen? Wir schaffen uns die Realität, an die wir glauben wollen, selbst. Das eine Kind findet, es habe die gemeinsten Eltern auf der ganzen Welt. Sein Bruder denkt, sie seien streng, aber gerecht. Welcher von beiden hat recht? Spielt das zweite Kind die Probleme herunter, oder ist das erste vielleicht ein Jammerlappen? So viel im Leben hängt von der Perspektive ab."

„Das hat überhaupt nichts mit irgendeiner Perspektive zu tun", erwiderte ich scharf. „Wir reden hier über ..."

In diesem Augenblick stürmte Carly ins Zimmer und unterbrach die Diskussion. „Frank!", rief sie, warf sich zu ihm auf die Couch und riss ihn in ihre Arme. Normalerweise hätte er sich ihrer Umklammerung entwunden, doch jetzt nahm er sie gefügig wie ein Teddybär hin. Genau wie ich merkte sie schnell, dass das nicht der Frank war, den sie kannte. Sie blickte empört auf. „Was ist mit ihm los?", fragte sie.

„Sie haben sein Bewusstsein manipuliert", erklärte ich erbittert. „Sie haben ihm falsche Erinnerungen eingepflanzt. Er wird glauben, dass wir beide den Abend in einem Testlabor für Videospiele verbracht haben."

Frank sah Carly mit einem leeren Blick an. „Russ und ich haben neue Spiele getestet. Es war total cool." Seine Stimme klang wie ein Automat.

Carly sagte: "Wach auf, Frank. Schau mich an. Schau mich jetzt mal richtig an." Sie packte ihn bei den Schultern und schüttelte ihn ein wenig. Er starrte sie zwar direkt an, begriff aber nichts. Mit seinen geweiteten Pupillen vermittelte er den eigenartigen Eindruck von jemandem, der hypnotisiert worden ist.

„Das bringt überhaupt nichts", sagte Tom. „Es lässt bald von alleine nach, wahrscheinlich schon, bis Sie wieder zu Hause sind."

Aber Carly achtete nicht auf ihn. Sie schnippte mit den Fingern vor Franks Gesicht. „Frank, antworte mir. Weißt du, wo du bist?"

„Im Testlabor für Videospiele", sagte Frank, jedes Wort so monoton wie das nächste. „Russ und ich haben ein paar supercoole neue Spiele ausprobiert. Ich freu mich schon total drauf, wenn man sie endlich vorbestellen kann."

„Ach, Frank." Ihre Augen füllten sich mit Tränen. Sie wandte sich an mich. „Tu doch was, Russ."

„Es ist alles bestens mit ihm", sagte Tom. „Alles ist gut."

„Er steht unter irgendeinem Bann. Wo bist du, Frank?", fragte sie und strich ihm mit den Fingerspitzen über Schläfe und Wange. „Ich hätte dich niemals allein lassen dürfen. Es tut mir leid."

„Schon gut, Mom", antwortete Frank. Er hatte den Blick wieder auf den Fernseher geheftet. „Russ und ich hatten Spaß."

Carly umfasste seine Hand mit beiden Händen und legte sich mit dem ganzen Körper schützend um ihn. „Ich will heim", sagte sie, und ihre Stimme klang viel jünger, als sie war. Als wäre sie ein Kind und keine Erwachsene.

Ich wollte ebenfalls heim, aber wenn ich jetzt schon aufbräche, würde ich die Dinge nicht zu Ende bringen. Ich wollte nicht tagein, tagaus auf der Hut sein müssen, wann die Associates kommen würden, um mich zu holen. Denn das würden sie tun. Mit dem Bestehen dieses Tests war die Sache nicht erledigt, das wusste ich. Es war erst der Anfang, und ich musste mehr in Erfahrung bringen. „Halt noch ein bisschen aus, Carly", sagte ich. Und dann zu Tom: „Ich gehe erst, wenn ich mit dem Chef gesprochen habe, wer auch immer das ist."

„Da haben Sie Glück", antwortete Tom. „Er möchte ebenfalls mit Ihnen sprechen."

Dreiundvierzigstes Kapitel

Unterwegs passierten wir immer wieder verschlossene Türen. Tom beugte sich dann für einen Iris-Scan vor, und so bekamen wir Zugang zu dem Korridor, der zu unserem Ziel führte. Für den letzten, den eigentlichen Raum, musste er einen Zifferncode eingeben und seinen Handabdruck scannen lassen. Danach sagte eine Frauenstimme: „Zugang gestattet", und die Doppeltüren glitten nach beiden Seiten hin auf und gaben den Blick auf einen Saal frei, der wie eine Kommandozentrale aussah. Mehrere Menschen saßen an Computern, die auf einer Theke in Bumerangform standen. Ein Mann stand mit verschränkten Armen auf der Seite. Alle waren wie Geschäftsleute gekleidet – mit weißen Hemden und dunklen Hosen.

Sie bemerkten unser Eintreten nicht, weil sie ganz auf einen großen Bildschirm an der gegenüberliegenden Wand fixiert waren. Links und rechts davon befand sich noch je ein weiterer, kleinerer Bildschirm. Das erinnerte mich ein bisschen an die Spiegel in den Umkleidekabinen der Kohl's-Kaufhäuser. Ich hasste das Anprobieren von Kleidung im Laden, aber wenn meine Mutter dabei war, bestand sie immer darauf. Das Schlimmste war aber, wenn ich herauskommen und mich begutachten lassen musste. Dann entschied sie, ob die Schultern richtig saßen, und brauchte entsetzlich lange, um sich darüber klar zu werden, ob die Beinlänge auch auf Zuwachs gekauft noch reichte. Nicht gerade meine liebste Form der Demütigung. Der Anblick, der sich mir jetzt bot, war genauso peinlich, denn auf dem Bildschirm war ich selbst zu sehen, wie ich mit Schlangen-Boy und Lockenhaar kämpfte. Oder vielleicht war Kämpfen auch nicht das richtige Wort. In diesem bestimmten Videoausschnitt verpassten Schlangen-Boy und Lockenhaar mir eine Abreibung, als wäre ich ein Klumpen Fleisch, der mürbe geklopft werden muss.

Hinten im Saal, wo ich nun stand, zuckte ich bei jedem Schlag zusammen, denn ich hatte nicht vergessen, wie es sich vorhin angefühlt hatte. Seitdem waren die Wunden weitgehend verheilt, was gut war. Wenn ich nach Hause kam, würde nichts mehr zu sehen sein, was ich meinen Eltern erklären müsste.

Während der Episode mit den beiden Raufbolden, Schlangen-Boy und Lockenhaar, gab es einen bestimmten Augenblick, in dem ich merkte, dass ich aus der elektrischen Energie in meinem Körper Kraft schöpfen konnte, und genau dieser Moment war auf dem Video zu sehen. Mein Gesichtsausdruck veränderte sich plötzlich, und ich sprang mit fast übermenschlicher Gewalt vom Boden auf. An diesem Punkt angelangt, gaben die Associates im Zimmer anerkennende Geräusche von sich, und der Mann, der auf der Seite stand, sagte: „Spulen Sie das mal fünf Sekunden zurück und spielen Sie es dann Bild für Bild nochmals ab.“ Und nun studierten und diskutierten sie die Bewegung meines Körpers von liegend zu stehend und das Tempo meines Aufspringens anhand der Einzelbilder.

Ich hatte natürlich gewusst, dass ich über Kameras beobachtet wurde, aber nun dieses Video zu sehen und zu wissen, dass es analysiert wurde, war etwas ganz anderes. Diese Menschen kannten keine Grenzen. Ich war ein Affe im Zoo, der einen Hindernisparcours überwinden musste, um seine Banane zu kriegen, und die Banane war Frank.

Die nächste Szene, die betrachtet und diskutiert wurde, zeigte die beiden Rambos bei dem Versuch, Mallory am Abend unserer Heimfahrt von Mr Specters Haus zu entführen. Einer von ihnen hatte offensichtlich eine Kamera am Körper versteckt gehabt, denn alles war aufgezeichnet: Wie ich die beiden mit Blitzstrahlen niedergestreckt und sie dann geheilt hatte, und wie Mallory ihr Bewusstsein manipuliert hatte, um sie davon zu überzeugen, dass in Edgewood kein Jugendlicher der Wirkung der Lichtpartikel ausgesetzt gewesen war. Soviel dazu. Und das hatte ich nun also damals für eine tolle Idee gehalten.

Ich warf Tom einen Blick zu, ob er die Leute vielleicht unterbrechen und ihnen Bescheid geben wollte, dass wir gekommen seien, aber er stand einfach nur stumm da und schüttelte den Kopf, als ich ihn mit einer Geste fragte, ob wir weiter vortreten sollten.

Schließlich hatte ich es satt. „Entschuldigung“, rief ich. „Wer ist hier der Chef?“ Tom wirkte entsetzt über meinen Vorstoß, aber das war mir egal. Wenn sie vorgehabt hätten, mich umzubringen, hätten sie es wohl schon getan.

Fünf Minuten später hatten alle den Saal verlassen; nun waren nur noch ich und der Chef übrig, der Mann, der mit vor der Brust verschränkten Armen dagestanden hatte. Er gewährte mir ein Gespräch unter vier Augen.

„Nun lernen wir uns also endlich kennen", sagte er mit einem herzlichen Lächeln, als wären wir auf einer Party miteinander bekannt gemacht worden. Er hätte auch einer der Männer sein können, mit denen Carly ausging und die sie nach Hause mitbrachte, damit wir sie beschnuppern konnten. Jedenfalls gab er sich supernett und höflich. Äußerlich machte er allerdings mehr daher als ihre jeweiligen Freunde. Er sah proper aus, hatte schöne Zähne, ein faltenfreies Hemd und ordentlich gebügelte Hosen. Ein junger Manager, in seiner Schulzeit wahrscheinlich ein Überflieger. Ich kannte diesen Typ. Der Mann war viel älter als ich, aber ich ließ mich nicht einschüchtern.

„Ja, aber wir haben wohl noch gar nicht offiziell Bekanntschaft gemacht, denn Sie haben mir Ihren Namen nicht genannt", gab ich zurück. Er setzte sich auf einen Stuhl und forderte mich mit einer Geste auf, es ihm nachzutun, aber ich lehnte mich stattdessen mit dem Hintern gegen den Arbeitstresen, auf dem die Computer standen. Meine Psychologielehrerin hatte uns beigebracht, durch eine erhöhte Position zeige man sich dominant. Dieses ganze Leitwolf-Gehabe eben. Na ja, der Rudelchef war ich hier wohl nicht, aber wenigstens sah ich so nicht verängstigt aus, und darum ging es mir. Außerdem hatte unsere Psychologielehrerin gesagt, wenn man nicht wisse, was man sagen solle, sage man am besten: „Ach, tatsächlich." Was man nicht alles so lernt in der Schule.

„Oh, entschuldigen Sie bitte", sagte er und stand auf, um mir die Hand zu schütteln. „Ich heiße Miller."

„Sind Sie der Kommandant, von dem ich immer höre?"

„Ich, der Kommandant?" Er lachte. „Nein, ich bin der Divisionsführer. Niemand wird einfach so mir nichts, dir nichts dem Kommandanten vorgestellt. Wegen so etwas kommt er nicht hierher." Er lehnte sich zurück, eindeutig belustigt.

„Der Kommandant ist in Ihrer Organisation also der Zauberer von Oz?", fragte ich.

„Entschuldigung?"

„Sie wissen schon: ,Keiner sieht den Zauberer, achten Sie nicht auf den Mann hinter dem Vorhang' und so?" Er schien die Anspielung nicht zu verstehen, und so ließ ich es auf sich beruhen und fuhr fort: „Na, egal. Ich habe ein paar Fragen an Sie."

„Kein Problem. Legen Sie los."

„Warum ich?"

„Warum denn nicht Sie?", schoss er zurück.

Okay, so kamen wir nicht weiter. „Schauen Sie, lassen wir die Spielchen", sagte ich. „Ich will einfach nur Antworten haben. Warum musste ich mich diesen Tests unterziehen? Sie wissen ja nun offensichtlich, dass ich nicht als einziger der Wirkung der Lichtpartikel ausgesetzt war."

„Nein, Sie sind tatsächlich nicht der einzige", antwortete Miller. „Ich möchte Ihnen gerne etwas zeigen." Er setzte sich an einen Computerterminal und tippte ein paarmal auf die Tastatur. Auf dem großen Bildschirm an der vorderen Wand erschien plötzlich ein Foto Jamesons und daneben eine Liste mit seinen Daten. Name, Alter, Adresse und ganz oben: Fähigkeit – Telekinese, niedrig. „Sie kennen ihn, oder?", fragte Miller auf das Bild deutend.

Eine rhetorische Frage, aber ich antwortete trotzdem. „Ja."

„Aber Sie mögen ihn nicht." Eine Feststellung.

„Er ist in Ordnung", sagte ich.

„Hier ist jemand, den Sie ebenfalls kennen, aber diese Person mögen Sie um ein Vielfaches lieber als den Jungen." Miller öffnet mit einem Klick ein Bildschirmfoto Mallorys, wieder begleitet von einer Liste der über sie bekannten Informationen. „Mallory Nassif, eine äußerst talentierte junge Dame. Nicht so talentiert wie Sie, aber das ist schließlich niemand." Er sondierte mit einem Blick, wie ich auf diese Bemerkung reagierte, aber als ich nichts darauf erwiderte, fuhr er fort: „Und hier ist schließlich die letzte Jugendliche aus Edgewood." Das Foto zeigte Nadia in den üblichen dunklen Jeans, die Kapuze ihres Pullis über dem Kopf. Nur ihre kleinen Hände und ihre Nasenspitze waren zu sehen. Auch bei ihr waren die bekannten Daten und die Fähigkeiten aufgelistet. „Alle drei haben das, was wir schwach bis mittel ausgeprägte Fähigkeiten nennen. Jameson ist der am wenigsten eindrucksvolle von ihnen. Ich kann Ihnen gar nicht sagen, wie viele Menschen es weltweit gibt, die das gleiche vollbringen können wie er. Die meisten treten als Magier auf, bis ihre besonderen Fähigkeiten ab dem Alter von dreißig Jahren allmählich nachlassen. Tja, das, was Ihr Freund kann, ist nicht der Rede wert. Sie dagegen besitzen etwas äußerst Ungewöhnliches."

„Ach, tatsächlich."

„Ja."

„Wenn Sie also schon so viel über mich wissen, warum haben Sie mich dann hierher geholt? Was sollte diese ganze List mit der Entführung meines Neffen und den mit Stimmenverzerrer aufgenommenen Nachrichten? Wozu haben Sie uns diese Tortur angetan?"

„Um zu sehen, wie Sie unter Druck reagieren", antwortete er. „Um zu testen, wie Sie sich dann verhalten. Sie sind sehr beherzt, und Sie denken schnell. All das wussten wir nicht, bis wir Sie mit den Hindernissen konfrontiert haben. Sie haben unsere Erwartungen bei jedem einzelnen Schritt des Weges übertroffen."

„Aber ich habe doch Clarice nicht vom Krebs geheilt."

„Clarice hatte überhaupt keinen Krebs. Das war ja gerade der Test. Das Baby dagegen hatte seit drei Tagen ununterbrochen geschrien. Diese verdammten Backenzähne." Miller schüttelte mit einem tss-tss-tss den Kopf. „Das Baby war im ganzen Raum der einzige Mensch, der Schmerzen hatte. Das hat Sie sofort angezogen, Sie haben sich zu ihm gesetzt und das Problem im Handumdrehen behoben."

„Ach, tatsächlich."

Es folgte ein langes Schweigen; Miller brach es. „Sie, Mr Becker, besitzen nicht nur sehr stark ausgeprägte Fähigkeiten, sondern auch eine Vielzahl von ihnen, und im Laufe der Zeit scheinen es immer noch mehr zu werden."

„Und das liegt daran, dass ich ein G-Zwei-Mann bin?"

„Ja", antwortete er. „So lautet unsere Theorie. Können Sie sie bestätigen?"

„Ich habe keine Ahnung, was das Wort bedeutet. Ich habe es nur den ganzen Tag lang immer wieder gehört."

„Oh." Miller verzog enttäuscht das Gesicht. „Nun, es bedeutet, dass Sie diese Fähigkeiten in der zweiten Generation erlangt haben. Wir haben eine bisher noch nicht bewiesene Theorie, dass die DNA, wenn schon nicht die Fähigkeiten selbst, so doch die Erinnerung an sie speichern kann. Und wenn die Nachkommenschaft der Wirkung der Partikel ausgesetzt wird, macht sie dann von dort aus weiter. Das würde Ihre besonderen Eigenschaften sicherlich erklären."

„Wollen Sie damit sagen, dass bereits einer meiner Eltern solche Fähigkeiten besessen hat? Ich widerspreche Ihnen ja nicht gerne, aber ich bin mir ziemlich sicher, dass Sie da falsch liegen." Ich dachte an meinen Dad, wie er ein Nickerchen in seinem Fernsehsessel machte, und meine von der Arbeit ausgepowerte Mom. Sollten sie jemals eine Phase durchgemacht haben, in der ihr Leben außergewöhnlich verlaufen war, war das meiner Meinung nach nicht mehr zu erkennen.

„Es ist eine Theorie", erklärte Miller fest. „Und falls irgendjemand die Antwort weiß, dann Carly."

„Carly? Meine Schwester Carly?"

Er nickte. „Unsere Informationen reichen nicht weit genug zurück, aber wir wissen, dass sie Bescheid weiß. Sie müssen sie fragen."

„Warum fragen Sie sie denn nicht selbst?"

„Glauben Sie uns, wir haben es versucht. Aber sie redet einfach nicht mit uns."

Plötzlich war mir ganz elend zumute, und mit einem Mal ergab vieles einen neuen Sinn. Carly stand das hier schon seit sechzehn Jahren durch, und meine Eltern und ich hatten keine Ahnung gehabt. Immer, wenn sie nicht zu erreichen gewesen war oder uns versetzt oder ein Familientreffen versäumt hatte, hatte sie wahrscheinlich einen guten Grund gehabt. Vielleicht hatte sie uns durch ihr Schweigen beschützt. Es war, als wankte der Erdboden unter meinen Füßen. Ich hatte das Schlechteste von meiner Schwester gedacht, dabei war sie in Wirklichkeit eine Heldin.

„Vielleicht sind Sie der Meinung, dass unsere Taktik ziemlich extrem ist, Russ", sagte Miller. „Und ich würde auch zugeben, dass das oberflächlich gesehen stimmt. Aber wenn Sie mehr über unsere Organisation wüssten, würden Sie es wohl verstehen." Er wandte sich wieder dem Computer zu und setzte tatsächlich eine PowerPoint-Diashow in Gang. Wider Willen schenkte ich ihr meine Aufmerksamkeit. Das erste Dia zeigte eine Weltkarte, die mit Punkten übersät war. „Wir sind eine internationale Organisation und haben Hauptquartiere in allen größeren Städten. Der offizielle Name der Vereinigung lautet The Associates, aber unter dieser Bezeichnung werden Sie uns nirgends finden. Unsere Mitglieder sind vielmehr überall, wo Struktur und Stabilität vonnöten sind, in Regierungen und Unternehmen vertreten."

Er klickte zum nächsten Bild weiter – ein altes Gemälde eines ernst dreinblickenden Mannes, wie man es oft in Museen sieht. „Es gibt uns bereits seit mehreren Jahrhunderten. Unser Gründer Matthew Bradford war der Wirkung der Lichtpartikel, wie Sie sie nennen, als einer der Ersten ausgesetzt. Er hat weitere Menschen um sich geschart, die ebenfalls besondere Fähigkeiten erworben hatten, weil er hoffte, dass sie gemeinsam etwas bewirken könnten. Und das haben sie auch getan.

Irgendwann fand die Gruppe heraus, dass die Fragmente periodisch an verschiedenen Orten der USA niedergingen", fuhr Miller fort und klickte dabei auf ein Bild, das die Lichtpartikel auf einem Feld zeigte, allerdings nicht auf meiner Wiese. „Außerdem stellte sie fest, dass alle Menschen, die in Kontakt mit den Partikeln kamen, Jugendliche waren, die schon vor dem Ereignis und dann in der Nacht seines Eintretens an Schlaflosigkeit gelitten und sich genötigt gefühlt hatten, draußen herumzuwandern." Er wandte sich mir zu. „Wie war es, Russ? War es so unglaublich, wie alle sagen?" Seine Stimme klang sehnsüchtig.

„Ja, das war es wirklich", antwortete ich. „Es ist völlig unmöglich, es zu beschreiben. Und nichts auf der Welt kommt dem auch nur nahe, zumindest nichts, was ich kenne."

Er seufzte. „Ja, das sagen sie alle." Wir schauten beide auf das Foto der Lichtpartikel, die auf dem Feld eine vollendete Spirale bildeten. Das Foto hatte die Form und das Leuchten eingefangen, aber es fehlte die schimmernde Magie der realen Erfahrung. Ein Bild konnte unmöglich das Gefühl vermitteln, das die Lichter einem einflößten – wie der erste Tag der Sommerferien, nur tausend Mal besser. Miller ging zum nächsten Dia weiter, und wir betrachteten nun eine Zeittafel. „Zwar wurden einige der ersten Gruppen enttarnt und verurteilt, wie zum Beispiel in den Hexenprozessen von Salem, aber die Mitglieder der Organisation lernten, ihre Spuren zu verwischen. Mit Hilfe unserer Talente haben wir die Lebensqualität der Amerikaner und vieler anderer Menschen weltweit verbessert."

„Was waren das für Verbesserungen?"

„Es gab Tausende von ihnen, und sie waren überwiegend vorbeugender Natur. Was meinen Sie wohl, wie die Vereinigten Staaten zu einer Supermacht mit so viel materiellem Wohlstand geworden sind? Nur unter uns, es hat durchaus ein paar Hitler-Typen gegeben, die nach der Macht gestrebt haben und die sie ohne unsere Gegenmaßnahmen auch *ergriffen hätten*. Während die Bürger unseres Landes ruhig schlafen, geben wir hinter den Kulissen in aller Stille unser Bestes, damit die Wirtschaft nicht einbricht und in unseren Städten Ruhe und Ordnung herrschen."

Das war aufgeblasenes Werbegelaber, aber ich forderte ihn nicht heraus. Vielmehr fragte ich: „Es verfügen also nicht alle Mitglieder der Associates über besondere Fähigkeiten?"

„Richtig. Tatsächlich müssen sogar die meisten von uns ohne sie auskommen", antwortete er. „Einige von uns sind Wissenschaftler oder Politiker oder kümmern sich um das Tagesgeschäft. Die Mitglieder mit den Fähigkeiten sind sozusagen die James Bonds unserer Gruppe. Sie genießen ein hohes Ansehen und sind von entscheidender Bedeutung für unsere Sache."

„Sie schicken Leute auf Missionen?"

„Das und mehr. Für die Associates, die über Fähigkeiten verfügen, wird gut gesorgt. Wenn Sie sich unserer Organisation anschließen, brauchen Sie sich nie wieder um irgendetwas Sorgen zu machen. Für einen jungen Mann wie Sie können wir alle möglichen Hebel in Bewegung setzen. Wir sorgen dafür, dass es für Sie läuft."

„Dass es wie läuft?"

„Genau so, wie Sie es gerne hätten. Sie wollen Ihren Highschool-Abschluss früher machen? Das können wir arrangieren. Sie hätten gerne einen bestimmten Wagen, vielleicht etwas Sportliches, was die Aufmerksamkeit der Mädchen erregt? Zu Ihrer Überraschung werden Sie einen in einem Wettbewerb gewinnen, an dem teilgenommen zu haben Sie sich gar nicht mehr erinnern. Sie wollen an Harvard studieren? Wir können für ein Komplett-Stipendium sorgen und sicherstellen, dass Sie jedes Jahr bis zu Ihrem Abschluss auf der Liste der Besten stehen. Und das Großartigste daran, mein Freund? Wenn Sie wollen, können Sie auf die Plackerei in den Seminaren verzichten. Unterdessen arbeiten Sie natürlich hier und da für uns, wenn Ihre Zeit es zulässt. Und wenn Sie dann Ihren Abschluss gemacht haben, bieten wir Ihnen eine lukrative Position in einem Unternehmen, in welcher Stadt auch immer Sie leben wollen."

„Aber für dieses Unternehmen werde ich in Wirklichkeit gar nicht arbeiten, weil das nur ein Deckmantel ist. Tatsächlich arbeite ich dann für Sie."

„Bingo", antwortete er, erfreut, dass ich ihn verstand. „Sie werden natürlich gut bezahlt. Sehr gut sogar. Und dann gibt es noch massenhaft weitere Vorteile. Und das Schönste daran ist, mein Freund, dass Sie die Welt zu einem besseren Ort machen werden. Wir hätten liebend gerne jemanden mit Ihren Talenten an Bord. Und?", fragte er und stand auf. Jetzt überragte er mich. „Was sagen Sie dazu?"

„Dazu sage ich, dass ich nicht Ihr Freund bin." Ich hatte nicht vorgehabt, es mit einer so gemeinen Stimme hervorzustoßen, aber so kam es heraus.

Sein Mund verzog sich zu einem schmallippigen Lächeln, als hätte er diese Reaktion schon erwartet. „Nun gut." Er zuckte mit den Schultern. „Wir werden Ende des Sommers noch einmal bei Ihnen nachfühlen. Ich habe so die Vermutung, dass Sie Ihre Meinung dann ändern."

Vierundvierzigstes Kapitel

Als sie uns zum Parkplatz gegenüber der echten Milwaukee Intermodal Station zurückbrachten, waren Carly, Frank und ich erschöpft. Frank schlief auch tatsächlich auf der Rückfahrt im Kleintransporter ein. Es war diesmal ein anderer Transporter, aber wieder saßen wir in einem fensterlosen Laderaum. Unser Fahrer schien endlose Schleifen zu fahren, aber wir konnten unmöglich wissen, ob er das absichtlich machte oder ob wir uns vielmehr auf der kürzesten Strecke befanden, die nur eben zufällig tatsächlich gewunden war. Selbst wenn man mir eine Million Dollar gegeben hätte, hätte ich den Weg zu dem Gebäude, in dem ich den Parcours durchlaufen hatte, nicht mehr gefunden.

Carly und ich redeten dort im Laderaum nicht miteinander. Beide waren wir emotional fix und fertig, und außerdem wussten wir, dass die Associates uns beobachteten und belauschten. Mir kam das inzwischen schon gar nicht mehr unheimlich vor. So war es eben einfach.

Als wir auf dem Parkplatz in Milwaukee ankamen, gingen die Hecktüren des Transporters auf. Wir stiegen vollkommen desorientiert aus. Außerdem musste ich Frank, der so stark taumelte, als wäre er von Drogen benommen, auch noch halb tragen. Carly kam wieder ein bisschen in Fahrt und schlug die Tür des Transporters mit einem wütenden Krachen zu, um ihre Meinung kundzutun, aber ich glaube nicht, dass das irgendjemanden beeindruckte. Der Fahrer des Transporters stieg nicht aus und redete nicht mit uns; er wartete einfach nur, bis wir in Carlys Wagen saßen, und fuhr dann mit quietschenden Reifen davon.

Nachdem ich Frank auf den Rücksitz bugsiert hatte, legte Carly seine Füße nebeneinander und schnallte ihn an, als wäre er ein kleines Kind. Mit den geschlossenen Augen und den Haarsträhnen, die ihm ins Gesicht hingen, wirkte er jung und unschuldig. Ich war froh, dass er sich an die gewaltsame Entführung aus seinem Zuhause nicht erinnern würde, aber die Tatsache, dass er ein Opfer gewesen war, ließ sich nicht auslöschen.

Als wir bei Carly waren und Frank im Bett lag, öffnete sie eine Flasche Rotwein und schenkte sich ein Glas ein. „Ich würde dir auch was anbieten, aber ich fühl mich eh schon schrecklich, weil ich dich all dem ausgesetzt habe. Da will ich nicht auch noch diejenige sein, die dich zum Trinken verführt", sagte sie, ließ sich in einen Sessel sinken und stellte die Flasche auf das Beistelltischchen. Sie hatte beide Hände um das Glas gelegt, als wäre es eine Rettungsleine. „Nimm dir eine Cola. Es sind ein paar Flaschen im Kühlschrank."

„Nein, danke." Ich saß auf der Couch, was wohl ganz passend war, da sie bald mein Bett sein würde, falls wir bei der Lüge blieben, die ich meinen Eltern aufgetischt hatte – dass ich bei Carly übernachten werde, um Frank bei einem Naturwissenschaftsprojekt zu helfen. Carly fand auf dem Anrufbeantworter eine Nachricht von Mom vor, dass diese mit meiner Übernachtung bei Carly einverstanden sei. Tatsächlich nutzten meine Eltern meine Abwesenheit sogar aus, um ganz spontan nach Door County zu fahren, wo sie in ihrer Lieblingspension übernachten würden. Das zum Thema Sorgen machen. „Ich weiß nicht, warum du denkst, dass du mich dem ausgesetzt hast", gab ich zurück. „Schließlich war ich derjenige, der draußen herumgewandert ist und die Lichter gesehen hat. Damit hattest du nichts zu tun."

„Ich hätte aufpassen sollen", entgegnete sie. „Hätte ich gewusst, dass Mom und Dad dich wegen Schlafproblemen zu Dr. Anton schicken, hätte ich alles verhindern können."

„Aber du wusstest es nicht. Da brauchst du dich jetzt nicht deswegen fertigzumachen."

„Leicht gesagt. Ich habe trotzdem Schuldgefühle." Sie leerte ihr Glas mit einem großen Schluck und schenkte sich nach.

„Du weißt also seit sechzehn Jahren über die Associates Bescheid und hast es geschafft, das geheim zu halten?"

„Ja. Ich würde es gerne vergessen und einfach ein ganz normales Leben führen, aber das lassen sie nicht zu. Sie behalten mich immer im Auge. Ich weiß nicht so viel, dass sie meinen Tod wünschen, aber ich mache sie doch nervös. Sie mögen es nicht, wenn jemand zurückbleibt, der Probleme bereiten könnte." Sie schaute in ihren Rotwein und ließ ihn im Glas kreisen. „Und jetzt muss ich mir schon wieder ein neues Handy besorgen. Das ist doch zum Kotzen."

Plötzlich dämmerte mir etwas. „Darum also hast du ständig neue Handys mit anderen Nummern?" Meine Eltern fanden es unfassbar, wie oft Carly die Nummer wechselte. Sie hatte immer eine Ausrede – ein Problem mit dem Anbieter, ein ehemaliger Freund, der zum Stalker geworden war, oder ein günstigerer Tarif. Keiner der Gründe war überzeugend.

„Ja, klar. Warum sollte ich meine Telefonnummern denn sonst andauernd wechseln?"

„Keine Ahnung."

Sie seufzte. „Früher bin ich auch noch ständig umgezogen, aber das habe ich inzwischen über. Jetzt suche ich nur noch in regelmäßigen Abständen meine Wohnung nach Wanzen ab. Ganz sicher entgehen mir welche, aber es fühlt sich jedenfalls wie ein kleiner Sieg an, wenn ich eine finde. Dann zerquetsche ich sie wie eine echte Wanze und spüle sie im Klo runter."

„Und deine vielen Freunde ...?"

„Die besten haben sich immer als Spitzel der Associates erwiesen", antwortete Carly. „Glaub mir, das ist ein hundertprozentiger Beziehungskiller. Ich traue keinem Mann mehr über den Weg." Sie hielt einen Augenblick inne und fügte hinzu: „Außer Dad."

Mir schien die Zeit gekommen, sie etwas zu fragen, was mir schon seit Stunden durch den Kopf ging.

„Carly, die Associates haben mich ständig einen G-Zwei-Mann genannt. Miller hat mir erklärt, was das sein soll, aber das haut doch überhaupt nicht hin."

„Ach, das", erwiderte sie. „Sie glauben, dass du in der zweiten Generation solche besonderen Fähigkeiten besitzt und deswegen so gut bist."

„Aber das stimmt nicht, oder? Mom und Dad ist so was doch niemals passiert?"

„Ich glaube, wir können mit ziemlicher Gewissheit davon ausgehen, dass Mom und Dad niemals übernatürliche Fähigkeiten besessen haben. Sie wissen nichts von alldem, und hoffentlich wird das auch so bleiben."

„Warst du denn nie in Versuchung, zur Polizei zu gehen?", fragte ich. „Überhaupt nie?"

Carly schnaubte. „Und was hätte ich dort sagen sollen? Dass der Junge, mit dem ich in meiner Highschoolzeit gegangen bin, der Wirkung eines Wirbels fallender Sternschnuppen ausgesetzt war und aus seinen Handflächen Lichtblitze verschießen konnte, dann aber von einer mächtigen Geheimorganisation ermordet wurde, weil er das Angebot abgelehnt hatte, sich ihr anzuschließen? Die würden mich doch für verrückt erklären."

„Ich könnte ihnen zeigen, wozu ich imstande bin, und dann müssten sie dir glauben."

„Ja, nur zu. Dann sind wir alle tot."

„Ehrlich? Wir wären tot? Alle?"

„Alle, die damit zu tun hatten. Jeder, der irgendetwas bezeugen könnte."

Carly konnte manchmal ganz schön dramatisch sein. Ich versuchte es erneut. „Ich kann mir nicht vorstellen, dass sie eine komplette Polizeiwache ausradieren würden. Was, wenn wir eine Pressekonferenz einberufen und Hunderte von Menschen Zeugen werden?"

„Ach, Russ." Sie schüttelte traurig den Kopf. „Hast du noch nie in der Zeitung gelesen, dass eine ganze Gemeinde von einer Sturzflut oder einem Tornado oder einem Großbrand ausgelöscht worden ist?" Sie begegnete meinem Blick. „Und dann denkt man: ‚Ach, die armen Menschen. Was haben die aber auch für ein Pech gehabt. Mutter Natur kann so grausam sein."

„So etwas ist nicht einfach Pech?"

Sie stieß laut die Luft aus. „Genau solche Dinge machen die Associates regelmäßig. Du hast keine Ahnung, von wie viel Macht wir hier eigentlich sprechen."

„Und jetzt?"

„Immer ein Tag nach dem anderen. Mehr können wir nicht tun, als einfach jeden Tag zu nehmen, wie er kommt. Sollte es eine bessere Möglichkeit geben, mit dieser Sache umzugehen, habe ich sie noch nicht herausgefunden."

„Und wenn wir mit Mr Specter reden ...?"

„Nein!" Sie setzte sich ruckartig auf, und der Wein schwappte in ihrem Glas herum. „Lass die Finger davon, Russ. Kümmere dich einfach nicht darum."

„Aber das geht nicht. Dieser Miller hat gesagt, sie würden Ende des Sommers wieder bei mir nachfühlen."

„Und das werden sie auch tun. Halte sie so lange hin, wie es irgend geht, das ist mein Rat. Versuche, wenigstens die Highschool und das College abzuschließen. Und wenn du dich ihnen dann anschließt, siehst du zu, dass du in einer Funktion arbeitest, in der du keine Menschen töten musst."

„Du sagst mir also, ich soll einfach aufgeben?"

„Betrachte es nicht als ein Aufgeben. Sondern als eine Maßnahme, die dein Überleben sichert. Wenn du dich in dieses Problem verbeißt, geht es dir zum Schluss wie dem armen Gordon Hofstetter, dessen Wohnung von Landkarten und Notizbüchern überquoll, die mit unlesbaren Kritzeleien gefüllt waren. Er hat sich wegen dieser Sache in einen Wahn hineingesteigert und ist schließlich mit Elektroschocks gefoltert worden."

„Woher weißt du denn, was er in seiner Wohnung hatte?"

„Ich bin vorbeigegangen, als Davids Eltern sie geräumt haben", antwortete sie. „Sie haben mir ein paar Fotos von David gegeben, und noch ein paar andere Sachen. Und als sie nicht hingeschaut haben, habe ich das hier gefunden und einfach mitgenommen." In ihren Augen funkelte es, und sie zog eine Kette unter ihrem T-Shirt hervor. Daran baumelte ein alter Schlüssel. „Weißt du, was das für einer ist?"

„Ich habe nicht die geringste Ahnung."

„Er gehört zur Tür des alten Bahnhofsgebäudes. David hatte den Schlüssel, und wir haben uns immer dort getroffen. Es war, als hätten wir unser eigenes Clubhaus gehabt. Wir sind immer zum Knutschen hingegangen. Unter anderem." Jetzt stand ein verschmitztes Lächeln in ihrem Gesicht. In diesem Moment war sie ganz die Alte.

Ich wusste, dass das Gebäude seit Jahrzehnten mit Brettern vernagelt war. Ich konnte mir nur vorstellen, wie es da drinnen aussehen musste. „Waren da keine Mäuse und Ungeziefer und so?"

„Mir sind keine aufgefallen", antwortete sie fröhlich. „Wir hatten eine Decke. Und damals hatte ich natürlich andere Dinge im Kopf."

„Wie hat David den Schlüssel eigentlich überhaupt bekommen?"

„Sein Urgroßvater, Gordons Vater, war in grauer Vorzeit dort der Bahnhofswärter. Der Schlüssel ist in der Familie geblieben."

„Was wirst du damit tun?"

„Nichts." Sie steckte ihn wieder unter ihr T-Shirt. „Ich freue mich einfach nur, ihn zu haben."

Nachdem sie ihr Glas geleert hatte, holte Carly mir noch ein Kopfkissen, ein paar Decken und eine unbenutzte Zahnbürste und überließ mich dann mir selbst. Eine Couch ist zum Schlafen nicht das Gleiche wie eine Matratze, aber ihre war wenigstens einigermaßen lang, und ich war todmüde. Ich wusste, dass ich nicht mehr lange wach sein würde.

Ich ließ mich auf mein Kopfkissen sinken und zog die Decke bis zum Kinn hoch. Und in diesem Augenblick bemerkte ich, dass Nadia im Raum war. Ihre Stimme drang durch die Stille im Zimmer. Selbst im Kopf kam sie mir laut vor.

Ach, Russ, Gott sei Dank ist mit dir alles in Ordnung.

Ich spürte ihre Erleichterung. Bis gerade eben, das fühlte ich, hatte sie nicht gewusst, ob ich noch lebte oder schon tot war. Ich spielte den Coolen. *Natürlich ist alles okay. Du kennst mich doch, ich bin unverwüstlich.*

Ich hab mir furchtbare Sorgen gemacht.

Wohin warst du verschwunden, Nadia? Erst warst du bei mir, und dann warst du weg.

Ich weiß, ich weiß. Tut mir schrecklich leid. Meine Mom dachte, dass ich ein Nickerchen mache, und hat mich geschüttelt und aus allem rausgerissen. Jetzt eben war ich zum ersten Mal wieder allein.

Plötzlich zuckte ein Bild ihrer Mutter vor mir auf. Ich sah sie vor meinem inneren Auge, ihr wütendes Gesicht und die Hände, die sie wie Klauen in ihre Tochter krallte. Und ich spürte Nadias Angst. *Es tut mir leid, dass sie dich so behandelt,* sagte ich.

Sie stellte meine Bemerkung nicht in Frage. Vermutlich gewöhnten wir uns allmählich beide daran, im Kopf des anderen zu sein. Stattdessen sagte sie einfach nur: *An manchen Tagen denke ich, dass ich es keine Sekunde länger in diesem Haus aushalte.*

Halte durch.

Ich gebe mir Mühe.

Nadia, tut mir leid, aber mir fallen jetzt wirklich die Augen zu. Ich hatte einen sehr anstrengenden Tag.

Schlaf du nur. Ich werde über dich wachen.

Fünfundvierzigstes Kapitel

Ich hatte gedacht, die Nächte, in denen ich mich aus dem Haus stahl, hätte ich hinter mir, aber schon am Abend darauf schlich ich mich kurz nach Mitternacht die Treppe hinunter, zog meine Schuhe an und schlüpfte zur Hintertür hinaus. Es war ein gutes Gefühl, im Dunkeln draußen unterwegs zu sein. Die Nachtluft war frisch, und ein leises Lüftchen strich sanft über meine Haut. Das alles war mir vertraut, aber heute Nacht würde ich nicht meine übliche Route einschlagen. Stattdessen begab ich mich direkt zu Mr Specters Haus.

Er erwartete mich nicht, aber als ich dort ankam, brannte in seinem Wohnzimmer und auf der Vorderveranda Licht, und da hatte ich schon weniger Bedenken, ihn mit meinem nächtlichen Besuch zu stören. Er hatte ja gesagt, ich könne mich zu *jeder* Tages- oder Nachtzeit an ihn wenden, aber trotzdem. Ich klingelte und trat zurück, damit er mich durch den Spion mühelos erkennen konnte. Nach einer kurzen Pause hörte ich, wie auf der anderen Seite der Tür hantiert wurde: Ein Riegel wurde zurückgeschoben, eine Sicherheitskette ausgehängt, und schließlich drückte jemand die Klinke herunter.

Obwohl es schon halb ein Uhr nachts war, stand er dann mit einem breiten Lächeln in der geöffneten Tür. „Mr Becker, was für eine schöne Überraschung." Er hielt mir die Tür auf, und als ich hineinging, fragte er: „Und welchem Umstand habe ich das Vergnügen dieses Besuchs zu verdanken?"

„Ich brauche Ihre Hilfe", sagte ich.

Er nickte nachdenklich. „Vielleicht gehen wir am besten nach unten", sagte er und führte mich durchs Haus in Richtung Souterrain. Als er mein Zögern bemerkte, sagte er:

„Keine Sorge, das ist keine Falle. Ich bin allein zu Hause, und Sie wären bestimmt stärker als so ein alter Mann wie ich."

Da hatte er recht. Ich folgte ihm nach unten, und als wir zu der hufeisenförmigen Polsterecke kamen, sah ich, dass es stimmte – wir waren allein. Er schaltete die Deckenleuchten ein und machte noch eine Stehlampe an, die neben der Couch stand, so dass wir etwas mehr Licht hatten. „Ich wollte hier unten mit Ihnen reden, weil dieser Raum sicher ist", erklärte er. „Ich habe sehr viel Zeit aufgewandt und sehr viel Geld ausgegeben, um mich hier vor allen elektronischen Abhörgeräten und dem restlichen Spionagequatsch zu schützen, den die Associates verwenden."

„So ein Zimmer könnte ich bei mir zu Hause auch gebrauchen", sagte ich.

„So eine *Welt* könnten wir gebrauchen", erwiderte Mr Specter, setzte seine Brille ab und rieb sie mit seinem Hemdzipfel sauber.

„Haben Sie mich erwartet?", fragte ich.

„Nein."

„Aber Sie sind wach und angekleidet", merkte ich an. „Und Sie haben gar nicht überrascht gewirkt, als ich mitten in der Nacht bei Ihnen aufgetaucht bin."

Er setzte seine Brille wieder auf. „Ich bin von Natur aus eine Eule und leide gelegentlich auch unter Schlaflosigkeit. Sie werden mich oft um diese Zeit wach antreffen, allein und mit meinen Gedanken beschäftigt. Ich lese auch gerne nachts. Man wird dann nicht immer wieder gestört wie tagsüber."

Ich nickte. Ich wusste, was er meinte.

„Gehe ich recht in der Annahme, dass Ihnen vor kurzem etwas Bedeutsames widerfahren ist?", fragte er und forderte mich mit einer Handbewegung zum Setzen auf.

Ich ließ mich ihm gegenüber auf der hufeisenförmigen Polsterecke nieder – so nahe, dass ich ihn gut sehen konnte, aber doch weit genug weg, dass es nicht peinlich war. Vor meiner Ankunft hatte ich mich gefragt, wie viel ich ihm erzählen würde, aber es stellte sich heraus, dass ich die Geschichte unmöglich berichten konnte, ohne alles zu enthüllen. „Die Associates hatten meinen Neffen Frank entführt", begann ich, und dann brach alles aus mir heraus. Ich erzählte ihm von der Nachricht, die Carly auf ihrem Handy empfangen hatte, und wie wir in aller Eile zum Greyhound-Schalter gefahren waren. Wie der Bus von einem umgekippten Lastwagen aufgehalten worden war und wie Carly und ich die Anweisung zum Aussteigen erhalten hatten. Und wie wir dann von einem Lieferwagen abgeholt und an einen geheimnisvollen Ort gebracht worden waren. „Und als ich dann da war, wurde Carly bei einer Empfangsdame im Wartezimmer zurückgehalten, und ich musste einen Test mit Hindernissen durchlaufen. Sie sagten, das müsse ich tun, wenn ich Frank wiedersehen wolle."

Mr Specter beugte sich vor, die Ellbogen auf die Knie gestützt. „Was für Hindernisse waren das?"

Ich berichtete ihm, wie Tom mir die Hand hatte schütteln wollen und wie ich das abgelehnt hatte, und dann schilderte ich alle Tests im Einzelnen: Die Hunde, die beiden Raufbolde, die mich hatten zusammenschlagen wollen, die Arztpraxis und die nachgebaute Milwaukee Intermodal Station. Das einzige, wovon ich ihm nichts berichtete, war Nadias Unterstützung beim Test. „Die Associates haben während der ganzen Aktion meine Zeit gestoppt, das ist doch nicht zu glauben."

„Oh, ich glaube es durchaus", erwiderte er ernst. „Wie haben Sie abgeschnitten?"

„Achtundvierzig Minuten und dreiundfünfzig Sekunden."

„Beeindruckend."

„Das fanden sie auch. Es hätte fast einen Triumphzug gegeben."

„Hmmm." Er schaute an mir vorbei. „Nachdem diese Leute jetzt wissen, wozu Sie, Mr Becker, fähig sind, wollen die bestimmt, dass Sie sich ihnen anschließen."

„Sie haben es mir bereits vorgeschlagen und mir ein Angebot gemacht."

„Und was für eines?"

„Im Grunde genommen alles, was ich will."

„Den meisten Menschen würde es schwerfallen, das abzulehnen. Was haben Sie den Leuten geantwortet?" Er musterte mich über den Rand seiner Brille hinweg.

„Ich habe dankend abgelehnt."

Sein Gesicht leuchtete vor Bewunderung auf. „Gut für Sie, Russ!"

Mir fiel auf, dass er gerade zum ersten Mal meinen Vornamen verwendet hatte. Aus irgendeinem Grund kam mir das wie ein Durchbruch vor. „Die Associates waren darüber nicht besonders glücklich."

„Tja, nein, natürlich nicht."

Nachdem ich mit meiner Geschichte nun zu Ende war, wurde es im Zimmer still. Wir beide wussten, dass die Sache damit nicht erledigt war. Die Associates würden mein Nein nicht akzeptieren. Sie hatten mir einfach nur ein wenig Zeit eingeräumt, um mich von selbst zu ihrer Sichtweise zu bekehren.

„Wie geht es Ihrem Neffen?", fragte Mr Specter.

„Der ist wieder so ziemlich der Alte, nur dass er am nächsten Morgen fürchterliche Kopfschmerzen hatte", antwortete ich. „Er ist auf mich draufgesprungen, um mich zu wecken."

„Das klingt so, als hätte er keinen längerfristigen Schaden davongetragen."

„Er ist wirklich überzeugt, dass wir stundenlang Videospiele getestet haben. Er erinnert sich an ganz bestimmte Dinge, die ich angeblich zu ihm gesagt habe, und er kann die Spiele beschreiben. Die haben wirklich in seinem Kopf herumgepfuscht."

„Das ist eine Schande", sagte Mr Specter mitfühlend. Dann wechselte er unvermittelt das Thema: „Sie sagten, Sie bräuchten meine Hilfe?"

„Ach ja!" Ich schlug mir beinahe gegen die Stirn, als mir der wahre Grund einfiel, aus dem ich hergekommen war. „Es geht um Gordy – ich meine Mr Hofstetter."

„Was ist mit ihm?"

Ich stand auf, zog ein zusammengefaltetes Blatt Papier aus der Hosentasche und breitete es vor mir auf dem Couchtisch aus. „Das hier hat er mir vor seinem Tod gegeben." Ich strich die Ränder mit der Hand gerade. „Er sagte, sein Enkel werde gefangen gehalten und ich müsse ihn finden."

Mr Specter stand auf und setzte sich neben mich, um sich das Blatt genauer anzuschauen. „Haben Sie das sonst noch irgendjemandem gezeigt?"

„Nein, sonst niemandem." Das stimmte. Ich hatte es tatsächlich niemandem gezeigt. Aber ich hatte Nadia während unserer nächtlichen Gespräche davon erzählt.

Er musterte die Seite aufmerksam. „Hätten Sie etwas dagegen, wenn ich eine Kopie mache?"

„Nein."

Mit dem Blatt Papier in der Hand stand er von der Couch auf und verschwand durch eine Tür in einen anderen Teil des Souterrains. Kurz darauf hörte ich das Surren eines Kopierapparats. Als er aus dem Nachbarraum zurückkam, hatte er einen Stapel Blätter in der einen Hand und einen Bleistift sowie eine Lupe in der anderen. Er setzte sich und sagte: „Ich habe ein paar zusätzliche Kopien angefertigt, damit wir darauf schreiben können."

Ich drehte mich um und schaute durch die offene Tür. „Sie haben da nicht Ihre Waschküche?"

„Nein, die ist oben. Dieser Raum dort ist mein geheimes Arbeitszimmer", antwortete er belustigt. „Ich schließe es ab, wenn ich nicht zu Hause bin, um es mit Gewissheit vor den Associates zu behüten."

„Klug von Ihnen", sagte ich.

Er zuckte mit den Schultern. „Sicher ist sicher. Ich hatte einmal eine Putzfrau, die mir ein bisschen verdächtig vorkam. Man kann nie wissen." Er legte die Kopien neben das Original, nahm den Bleistift und zog die blassen Linien mit festen, gleichmäßigen Strichen nach. Ineinander verflochtene geometrische Figuren nahmen Gestalt an. Als er damit fertig war, konzentrierte er sich auf die Zifferngruppen, die ich nicht hatte entschlüsseln können. Nachdem er sie dunkler nachgezeichnet hatte, sahen sie irgendwie bekannt aus. „Wissen Sie, was diese Ziffern bedeuten?"

„Ich dachte, vielleicht irgendein Code." Es war mir ein bisschen peinlich. Angeblich sollte ich ja außergewöhnlich intelligent sein, und doch hatte ich hier keinen blassen Schimmer.

„In gewisser Weise", gab er zurück. „Ich glaube, dass jede Zifferngruppe für eine bestimmte geographische Koordinate steht."

„Längengrade und Breitengrade." Nun endlich dämmerte es mir.

„Sehr gut." Er klopfte mit dem Bleistiftende auf die geometrischen Figuren. „Und ich vermute, dass das hier eine Karte ist und wir mehr erfahren werden, wenn wir uns zu diesen bestimmten Koordinaten begeben. Sagen Sie, Mr Becker, was haben Sie in diesen Sommerferien vor?"

„Ich mache den Führerschein und suche mir einen Job", antwortete ich. Das Fahren und der Job gingen Hand in Hand. Ich würde Geld für Benzin und all das brauchen, was ich unternehmen könnte, wenn ich erst einmal selbst am Steuer sitzen durfte. Zum Beispiel mit Mädels ausgehen.

„Meinen Sie, Ihre Eltern würden Ihnen erlauben, im Rahmen einer Schulreise nach Peru zu fliegen? Alle Kosten würden übernommen."

„Nach Peru? Oh je, ich weiß nicht ..."

„Es wäre wohl am besten, auch noch ein paar andere Schüler mitzunehmen", überlegte er laut. „Damit es nicht allzu verdächtig wirkt. Mit Sicherheit Miss Nassif. Und was ist mit diesen anderen beiden? Meinen Sie, die würden auch mitkommen wollen?"

„Moment mal", sagte ich. „Ich kapiere das nicht. Warum wollen Sie denn nach Peru fliegen?"

„Um Mr Hofstetters Sohn zu befreien, natürlich."

„Aber der ist doch bei einem Verkehrsunfall ums Leben gekommen."

„Das hat man uns glauben gemacht", erwiderte Mr Specter.

Sechsundvierzigstes Kapitel

Auf dem Heimweg dachte ich über alles nach, was Mr Specter mir mitgeteilt hatte. Seine Gruppe, die Prätorianergarde, glaubte aus Gründen, die er nicht näher hatte erläutern wollen, seit langem, dass die Associates in Peru ein wichtiges Hauptquartier unterhielten. Es war den Prätorianern allerdings nie gelungen, das zu beweisen, und schon gar nicht, den genauen Ort zu finden, aber er war überzeugt, dass die Karte und die Breiten- und Längengrade uns nun die richtige Richtung wiesen.

„Okay", hatte ich gesagt. „Das habe ich jetzt kapiert. Aber warum wollen Sie auch noch ein paar Schulkinder mitnehmen? Wäre es nicht einfacher, wenn einige Leute von der Prätorianergarde das selbst untersuchen würden? Mir scheint, wir würden die Reise nur unnötig verkomplizieren."

„Sie sehen sich als einen einfachen Schüler", entgegnete Mr Specter, „dabei sollten Sie sich als einen Menschen mit Superkräften betrachten. Wenn ich hundert Leute mitnähme, würden die Sie vier nicht aufwiegen. Und außerdem neigt man allgemein dazu, so junge Menschen wie Sie nicht mitzuzählen. Wenn wir als Schulgruppe reisen, können wir sozusagen unter dem Radar fliegen."

Das klang einleuchtend. Ich hatte ihm geantwortet, ich würde darüber nachdenken. Dann hatte ich mir Mr Hofstetters Originalzettel zurückgeben lassen und behauptet, ich müsse jetzt los, sonst würden meine Eltern noch merken, dass ich weg sei. Aber das war nicht der eigentliche Grund. Allmählich war das Ganze hier ein solches Chaos, dass ich einfach nur noch heim wollte, um mir alles, was vorgefallen war, gründlich durch den Kopf gehen zu lassen. Und das wollte ich ganz allein für mich in den vier Wänden meines Zimmers tun. Auf dem Heimweg wurde mir klar, dass ich ihm nicht nur nichts von Nadias Fähigkeit zur Astralprojektion erzählt hatte, sondern in meinem Bericht auch das Medaillon ausgelassen hatte, das Gordy mir gegeben hatte. Ich trug es noch immer in meiner Brieftasche mit mir herum und nahm es von Zeit zu Zeit heraus. Ich spürte gerne sein Gewicht in meiner Hand, und es gefiel mir, wie das Licht durch die durchscheinende Scheibe in der Mitte sickerte. Ich fühlte mich dann wie Indiana Jones, der ein uraltes Artefakt untersucht. Das Medaillon hatte etwas an sich, das bewirkte, dass ich mit niemandem darüber sprechen wollte.

Als ich in meiner Straße ankam, war das Wetter umgeschlagen. Plötzlich lag Feuchtigkeit in der Luft, und das leichte Lüftchen hatte sich in einen starken Wind verwandelt. Ich hatte im Wetterbericht gehört, dass Gewitter angekündigt waren, diese aber erst für später erwartet. Gut, dass ich gleich drinnen sein würde, wenn der Regen losging.

Erleichtert trat ich in unseren Garten. Der Holzapfelbaum ganz hinten auf dem Grundstück hatte schon längst seine Blüten verloren. Sie waren um den Stamm herum niedergefallen und dann allmählich verschwunden, aber jetzt meinte ich, auf dem Weg zur Hintertür einen Hauch ihres blumigen Dufts zu erschnuppern. Ich war fast auf unserer Veranda angelangt, als ich einen Schatten bemerkte, der sich am äußersten, dunklen Rand unseres Gartens herumdrückte. Mir stockte der Atem, und gerade wollte ich einen Blitzstrahl in diese Richtung schießen, da hörte ich eine Stimme: „Russ?"

Es war Nadia. Sie trat aus der Dunkelheit hervor, und ich sah ganz deutlich, dass sie allein war. Wie üblich trug sie Bluejeans und einen Kapuzenpulli, der den größten Teil ihres Gesichts verhüllte.

„Nadia!" Ich eilte zu ihr und umarmte sie. Vor ein paar Tagen wäre das noch eigenartig gewesen, aber jetzt nicht mehr. Nicht nach allem, was wir durchgemacht hatten. „Was machst du denn hier?"

Sie zeigte zum Obergeschoss unseres Hauses. „Du warst nicht in deinem Zimmer, als ich dich besuchen wollte, und da dachte ich, es wäre bestimmt etwas Furchtbares passiert."

Ich hörte den Schrecken in ihrer Stimme. Ich stellte mir vor, wie sie die Astralwanderung in mein Zimmer gemacht hatte und dort auf das leere Bett gestoßen war, und wie sie dann geglaubt hatte, die Associates hätten mich entführt, und diesmal vielleicht für immer. „Ach nein, alles ist in Ordnung. Alles bestens." Ich trat zurück, nahm ihren

Kopf zwischen die Hände, und sie vergrub ihr Gesicht an meiner Brust. Ihren zierlichen Körper durchliefen lautlose Schauder, und ich merkte, dass sie weinte. „Ehrlich, es ist alles in Ordnung. Ich habe nur Mr Specter besucht, um mit ihm zu reden. Ich hatte dir doch von ihm erzählt, nicht wahr? Es ist wirklich alles okay."

„Das weiß ich ja." Ihre Stimme war gedämpft. „Ich bin nur einfach so erleichtert."

Wogen von Schrecken, Erleichterung und Liebe quollen aus ihr heraus, ein eigenartiger, berührender Gefühlswirrwarr. Ich hatte nicht viel Erfahrung mit dem Trösten von Mädchen, aber ich tat mein Bestes und gab die beruhigenden Geräusche von mir, die Menschen in Filmen machen. „Alles wird gut."

Sie zog sich zurück und wischte sich ein bisschen verlegen die Augen mit den Fingerspitzen trocken. „Ich weiß, dass ich überreagiere."

„Das macht nichts. Es ist schön zu wissen, dass da jemand ist, dem es nicht egal wäre, wenn ich verschwände."

Der Wind wurde stärker, und die Äste der Bäume schwankten und seufzten. In der Ferne zerschnitt ein Blitzstrahl hinter Nadias Kopf den Himmel in zwei Hälften; ganz kurz war der gesamte Garten taghell erleuchtet. „Oh", sagte sie und drehte sich danach um. „Eindrucksvoll."

Als sie sich wieder zurückwandte, war ihre Kapuze ein Stück weit nach hinten verrutscht. Ganz spontan streckte ich die Hand aus und zog sie auf ihre Schultern herunter. Ich hatte bisher nur ihre stacheligen Ponyfransen gesehen, und so wusste ich nicht, dass ihr dunkelbraunes Haar schulterlang war. Ohne die Kapuze war ihr Gesicht leichter zu erkennen, auch die Partien, die entstellt waren, aber ihre Narben störten mich nicht. Ich sah nur Nadia, meine gute Freundin. Ich musterte sie aufmerksam und bemerkte, dass in ihren Augen noch Tränen standen und ihre Lippen zitterten. Sie machte Anstalten, die Kapuze wieder hochzuschlagen. „Nicht", sagte ich und hielt ihre Hand zurück. „Ich schau dich gerne an."

„Ich finde es schrecklich", sagte sie. „Es graust mich, dass ich so hässlich aussehe."

„Aber du bist *überhaupt nicht* hässlich." Ich nahm ihr Gesicht zwischen meine Hände und blickte ihr tief in die Augen. Ich spürte die Verbindung zwischen uns, ihre warme Haut und das Pulsieren der Energie, das uns zueinander zog. „Ich finde dich schön."

Nadia schüttelte den Kopf. „Nicht schön." Sie erzitterte und schaute voll Vertrauen zu mir auf, legte ihr Schicksal in meine Hände.

EDGEWOOD

»Doch, das bist du«, entgegnete ich. »Du weißt es nur noch nicht.« Ich beugte mich vor, bis unsere Nasenspitzen sich berührten, und sagte: »Was hast du diesen Sommer vor?«

ENDE DES ERSTEN BANDES

Das nächste Buch!

Helden des Lichts, Band 2: Fernweh

Eine Bitte der Autorin

Wenn dir dieses Buch gefallen hat, sag das bitte deinen Freunden und Freundinnen weiter, poste es auf Facebook oder stell eine Kritik bei Amazon ein. Nichts macht einen Autor glücklicher als Leser, die ihn empfehlen. Ein bisschen Unterstützung in dieser Art wäre toll.

Sollte dir *Helden des Lichts: Edgewood* aber nicht gefallen haben, vergiss die Geschichte einfach. Dann lass uns nicht mehr davon reden.

Mehr von Karen McQuestion

Zwei Herzen in New York
Von einem fernen Stern
Alles, was man braucht
Hallo Schicksal
Eine unerwartete Erbschaft
Die andere Hälfte des Herzens

Helden des Lichts
Band 1: Edgewood
Band 2: Fernweh
Band 3: Vergebung
Band 4: Die Enthüllung